훔친 여자

훔친 여자

EVERYTHING
I WANTED

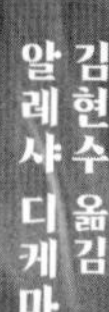

알레샤 디게마 지음
김현수 옮김

BOOK PLAZA

브룩스Brooks와 라이언Ryan에게.
내가 하는 모든 건 너희를 위한 거야.

1

저 여자들과 처지를 바꿀 수만 있다면 나는 영혼이라도 팔겠다. 그뿐일까, 사람을 죽이라면 죽일 것이고, 거길 핥으라면 핥을 것이다. 그녀들이 베고 자는 실크 베갯잇처럼 매끄러운 머릿결과 저 가지런한 치아를 가질 수만 있다면! 나는 식물성 귀리 우유와 정제 설탕을 탄 커피 두 잔을 일회용 컵에 담아 카운터 저편으로 밀었다. 이 '카운터'라는 것은 용도가 이미 정해져 있지만, 내겐 마치 운 좋은 사람들과 그렇지 못한 사람들을 가르는 장벽처럼 느껴졌다.

내가 여기에서 일하기 시작한 이유 중 하나가 바로 이 여자들 근처에 있고 싶어서였다. 주문받은 귀리 라테를 건네줄 때 혹시라도 그녀들의 사회적 지위와 행운이 내게 전해질까 싶었다.

"고마워요." 내 차보다 비싸 보이는 옷을 입은 짙은 갈색 머리 여자가 말했다.

나는 입술 안에 이를 감추고 웃으며 고개를 끄덕했다. "좋은 하루 보내세요."

그녀가 입구를 향해 돌아서는데 샴푸 향이 바람결에 날아왔다. 샴푸의 레몬 향은 카페 안을 가득 채운 커피 냄새, 갓 구운 빵 냄새, 로즈마리 냄새와는 잘 섞이지 않았다. 나는 떠나는 그녀의 뒷모습을 보며 이제 그녀는 어디로 가는 걸까 생각해 봤다. 여기서 5킬로미터쯤 떨어져 있는 대학교? 아니면 극장?

카페 '레바세'는 전문 제빵사들과 지나칠 정도로 숙련된 바리스타들이 일하는 고급 커피숍으로, 인디애나폴리스 도심에서 이름 좀 날린다는 예술가들이 모이는 장소로 인지도를 올리고 있었다. 그러니까 본인의 열정을 수익성 좋은 경력으로 승화시킨, 중서부 지역 크리에이터들의 허브라고나 할까.

원래는 나도 나의 예술가적 기질이 나를 이 카운터 반대편으로 안착시켜 줄 기회를 만날 때까지만 여기서 일할 생각이었다. 어리석게도 나는 이곳에서 일하기만 해도 마법의 기운 같은 것을 들이마실 수 있을 거라 믿었나 보다. 마치 이백 달러짜리 수분 크림이 피부에 스며들 듯 말이다.

하지만 벌써 3년이 그냥 흘러갔다.

그동안 이곳이 내게 준 것이라곤 하찮은 월급과 세계 최고 수준의 빵이 끝없이 제공되는 덕분에 계속 늘어나는 허리둘레뿐이었다. 물론, 모두가 다 원하는 걸 가질 수 있는 것은 아니라는 뼈아픈 깨달음도 얻었다.

오전 근무는 두 시간 전에 시작됐다. 야간 근무가 그립다. 몇 달 전에 매니저가 내 근무 시간대를 오전으로 돌린 뒤 절대 다시 바꿔 주지 않는 걸 보면 내가 그의 심기를 건드린 게 분명했다.

잠시 손님이 끊긴 틈을 타 잠을 깨기 위해 에스프레소를 한 모금 마셨다. 이제 겨우 아침 일곱 시가 조금 넘었을 뿐인데 카페의 테이블은 거의 만석이다.

나는 구석 자리의 여자 둘이 카페를 나가려고 짐을 챙기는 모습을 지켜보았다. 그녀들 중 한 명은 무릎 아래까지 내려오는 검은 원피스에 하이힐을 신었고, 머리에 들어간 컬은 물결처럼 찰랑거렸다. 이렇게 이른 시간에 저렇게 빈틈없이 보이려면 도대체 몇 시에 일어나는 걸까?

나는 그녀가 신인 작가를 만나러 가는 출판사 직원일 거라 상상해 봤다. 미팅 하나가 끝나면 또 다른 미팅을 위해 바삐 도시를 가로질러 갈 것이다. 퇴근 후엔 자상한 남편이 기다리고 있는 메리디언 힐스(인디애나폴리스 북쪽의 부촌이다. - 옮긴이 주)의 이층집으로 돌아가겠지. 본인 월급만으로는 그런 집은 꿈도 못 꾸겠지만, 출판사 임원인 남편이 고액 연봉을 받을 테니 자기가 하고 싶은 일을 맘껏 할 수 있겠지.

그런 상상을 하다가 누군가의 따가운 시선을 느끼고 깨어났다. 어깨 너머로 힐끗 보니 역시 내 느낌이 맞았다. 또 도나한테 걸렸다. 도나는 내가 누군가를 빤히 보고 있을 때마다 저런 표정으로 나를 쳐다봤다. 정말 지긋지긋하다. 도나도 내 시선을 따라 구석 자리에서 짐을 챙기는 여자들을 쳐다봤다.

나는 잔소리가 듣기 싫어서 얼른 등을 돌리고 일회용 컵들을 제자리에 채워 넣기 시작했다. 도나는 혀를 끌끌 찼다. 저 소리만 들으면 짜증이 치솟고 피가 끓었다. "로라, 뭘 저런 애들을 숭배하고 그러니."

나는 도나의 말을 무시하면서 비닐 포장을 뜯고 일회용 컵을 한 줄 더 쑥 뽑아냈다. 그러면서 일회용 빨대와의 전쟁으로 세상을 바꿀 수 있다고 생각하는 애꿎은 환경 운동가들만 멍청한 위선자라 욕했다.

그 정도 했으면 눈치를 챌 법도 하건만, 도나는 계속 잔소리를 해 댔다. "쟤들 인생도 완벽하진 않아. 다들 자기 앞가림이나 하며 사는 거야. 내 말 새겨들어."

커피 만드는 일은 그렇다 쳐도, 다른 일에서까지 왜 내가 도나 말을 들어야 하나 모르겠다. 하지만 나는 그저 이를 꽉 깨물고 웃는 얼굴로 도나를 봤다. "알아요. 그냥 잠깐 멍때린 거예요."

도나는 '거짓말인 거 다 안다'라는 얼굴로 나를 봤지만, 사실은 아무것도 모르고 있었다. 내가 그녀들을 숭배한다고 생각하는 건 착각이다. 나는 숭배하는 게 아니라 그냥 부러운 거다.

도나가 조리대 뒤쪽에 있는 캐비닛으로 가서 지갑을 꺼냈다. "손님 끊겼을 때 잠깐 나가서 담배 좀 피고 올게. 무슨 일 생기면 불러."

나는 고개를 끄덕이며 덩치 좋고 군살이 여기저기 붙은 도나가 뒷문으로 뒤뚱거리며 나가는 모습을 지켜봤다. 도나는 '더러운 금발'의 중년 아줌마다. 금발의 색깔이 더럽다는 뜻이 아니다. 무슨 뜻이냐 하면, 묶고 있던 머리를 풀어도 머리카락이 붙어서 그 형태 그대로 유지될 거라는 얘기다. 옷은 언제나 구겨져 있었고, 살갗에 달라붙은 유니폼처럼 몸에는 늘 담배 냄새가 배어 있었다.

카페 문이 열리고 한 무리의 여자들이 줄줄이 들어왔다. 나는 카운터 뒤에 서서 가짜 미소를 커다랗게 지었다. 이 미소는 이 카페가 내게 제공한 잘 어울리지도 않는 갈색 앞치마처럼 유니폼이나 다름없었다. 둘 다 어서 빨리 벗어 버리고 싶은 마음뿐이다. 앞으로 네 시간만 더 버티면 된다.

내 뒤에서 도나가 돌아온 기척이 느껴졌다. 아니, 냄새가 났다고 하는 편이 맞겠다. 곧이어 들려오는 캐비닛 문이 쾅 닫히는 소리가 도나의 존재를 확신시켜 주었다. 터치스크린에 주문을 다 입력한 다음 음료 준비를 도우려고 돌아섰다. 하지만 도나는 이미 조리대에서 일렬로 늘어선 컵에 일사불란하게 시럽을 짜 넣고, 얼음을 퍼 담고, 무지방 우유를 붓고 있었다.

주문 들어온 커피 열 잔을 1분 안에 손님의 요청 사항대로 뚝딱 만들어낼 수 있다면 기본적인 위생 따위는 무시해도 다들 괜찮은 모양이다.

여자들이 각자 커피를 받아들고 테이블로 돌아가자 도나는 조리대를 등지고 카운터에 몸을 기댔다. "요즘은 왜 그렇게 다들 일반 우유를 싫어하는 거야?"

나는 어깨를 으쓱했다. "유당 불내증 아닐까요?"

도나는 어이없다는 듯 눈을 굴리더니 카운터에서 몸을 뗐다. "하여간 요즘엔 다 계집애들 같다니까."

나는 도나의 저런 어휘 선택이 정말 싫었다. 역겨운 말이었다. 그녀처럼.

"네 남자 친구 요즘 통 안 보인다. 가끔 얼굴 좀 비추라고 해."

"새 일자릴 구했어요." 너무 성급하게 말해 버렸다. "이제 오전 근무 땐 못 올 것 같아요."

"안타깝네. 걔 얼굴 보면 기분이 좋았는데."

얼굴이 달아오르는 느낌이 들어 얼른 카운터로 몸을 돌렸다. 그때 카페 문이 다시 열렸고, 나는 주문받을 준비를 했다. 나를 향해 걸어오는 남자를 보고서 속이 살짝 요동쳤다. 그는 키가 컸다. 머리카락은 짙은 색이었고, 청바지에 갈색 재킷을 입고 있었다. 매력적인 남자가 가까이 다가오자 늘 그렇듯 얼굴이 상기됐다.

"안녕하세요, 주문하시겠어요?"

"안녕하세요," 그는 내 이름표를 힐끗 보더니 말했다. "로라 씨. 아메리카노, 다크 로스트 원두, 시럽 없이, 라지 사이즈로 주세요." 그러면서 그는 완벽한 치아를 드러내며 웃었다. 그의 목소리는 그가 주문한 커피만큼이나 깊고 부드러웠다.

"따뜻한 걸로 드려요, 아이스로 드려요?"

"따뜻한 걸로 주세요."

"네, 6달러 25센트입니다."

그가 청바지 뒷주머니에서 지갑을 꺼내는 틈을 타 그의 얼굴을 감상했다. 그가 내민 카드를 단말기에 긁을 땐 몰래 이름을 읽었다. 테오 코너.

"정답은 '더는 없다Nevermore', 인가요?" 내가 건넨 카드를 돌려받으며 그가 말했다.

"네?" 나는 그와 눈을 맞추려고 고개를 들었지만 그의 시선은 내 셔츠에 고정돼 있었다.

"에드거 앨런 포의 시 〈갈까마귀〉에서 까마귀가 외치는 말이에요. 더는 없다. 정말 뜬금없는 오답일 것 같긴 한데, 더 좋은 답이 안 떠오르네요." 그는 그렇게 말하고 웃었다.

내 가슴이 열기로 뜨거워졌다. 내가 앞치마에 달고 있는 동그란 배지를 보고 한 말이었다. 거기엔 이렇게 쓰여 있었다. '에드거 앨런 포가 나무에 부딪히자 사람들이 뭐라고 했을까?'

"아니요, 포Poe가 트리a tree에." 내가 말했다. "정답은 시Poetry예요."

그는 말장난을 바로 알아듣고 소리 내서 웃었다.

나도 미소를 지었다. "좀 썰렁하긴 하지만, 책방에서 이걸 보고 안 살 수가 없었어요."

순간 그의 시선이 나를 베듯이 스쳤고, 나는 터치스크린으로 눈길을 돌렸다. 갑자기 숨을 쉬기가 어려웠다. "재밌네요." 그가 말했다. "귀여워요."

"감사합니다."

도나가 카운터로 몸을 기대더니 그의 커피를 반대쪽으로 밀었다. "커피 나왔습니다. 좋은 하루 보내세요."

그는 도나를 향해 고개를 끄덕했다. "네, 고마워요." 그러고는 나를 향해 말했다. "로라 씨도 좋은 하루 보내세요." 그가 돌아서서 입구를 향해 걸어가자 나는 비로소 천천히 숨을 내쉬었다.

"와, 완전 미남이잖아?" 도나가 내 옆구리를 쿡 찌르는 바람에 내 몸이 옆으로 밀렸다. 나는 어금니를 꽉 깨물며 겨우 중심을 잡았다.

"네."

"너한테 꽂힌 것 같던데. 전화번호라도 물어보지 그랬어?"

나는 눈동자를 굴리며 말했다. "저 남자 친구 있잖아요. 그새 잊으셨어요?"

도나는 어깨를 으쓱하더니 가 버렸다. 보나 마나 또 뒷문으로 나가서 담배나 피우려는 거겠지.

테오 코너.

그 남자의 이름을 소리 내 읊는 것만으로도 등줄기를 따라 미세한 전율이 흘렀다. 무슨 일을 하는 사람일까? 카페 레바세는 예술가들의 집결지로 알려진 곳이지만 평범한 사람들도 드나든다. 그는 예술가처럼 보이진 않았다. 어쩌면 작가? 혹은 출판계에서 일하는 사람일지도.

그를 검색해 보고 싶은 충동이 내 안에서 강하게 일었다. 손이 가만히 있지를 못하고 어느새 바지 뒷주머니의 휴대폰을 더듬고 있었다. 직원이 잠깐이라도 카운터를 비우면 안 되는 것이 여기 규정이다. 제자리에서 뒷문으로 통하는 복도 쪽을 살펴봤지만 도나는 보이지 않았다.

화장실로 탈주하려는 계획을 세우기 전에 한 번 더 뒷문으로 이어지는 복도를 살폈다. 씨발. 한 시간에 대체 몇 번이나 나가는 거야?

나는 화장실 문을 쾅 닫고 잠갔다. 뒷주머니에서 휴대폰을 꺼내들고 변기 뚜껑 위에 앉았다. 지금은 세상 그 무엇보다 테오 코너란 남자를 알고 싶다.

2

"나는 결코 미쳐 있었던 적이 없다.
내 심장이 떨렸을 때를 빼고는."

_에드거 앨런 포Edgar Allan Poe

이름만 검색해서는 별로 나오는 게 없었다. 제일 위에 뜨는 건 할로웨이 대학교의 교직원 소개 홈페이지였다. 할로웨이 대학교는 내가 무려 6년 전에 졸업한 학교다. 이 학교의 문예 창작학과가 워낙 뛰어나기로 유명해서 나는 입학을 위해 인디애나폴리스로 이사까지 했다. 그리고 이곳과 사랑에 빠지는 바람에 졸업 후에도 고향으로 돌아가지 않았다. 애초부터 돌아갈 생각이 없긴 했다.

링크를 클릭하고 휴대폰 화면을 스크롤하다가 맥박이 빨라지기 시작했다. 테오 코너의 이름과 사진이 거기 있었다. 그는 영문학과 교수로 소개돼 있었다. 그래, 이건 운명이야.

내가 학교에 다닐 때는 그가 없었다. 새로 임용된 게 분명했다.

나는 다시 검색 결과 페이지로 돌아가서 다음 링크를 클릭했다. 페이스북 페이지가 떴지만 프로필 사진이 그와 전혀 닮지 않아서 바로 '뒤로가기'를 눌렀다. 남아 있는 목록은 블로그 같은 것들이라 일일이 뒤져보려면 시간이 더 많이 필요할 것 같았다. 나는 휴대폰을 다시 뒷주머니에 집어넣고 화장실을 나왔다.

자리로 돌아가다가 중간에 우뚝 멈춰 섰다. 카운터에서 벌어지고 있는 상황을 보니 뱃속 깊은 곳이 울렁거리기 시작했다. 잔뜩 짜증이 난 표정의 손님 열댓 명이 엉성한 줄을 만들며 서 있었고, 도나는 조리대의 이쪽 끝에서 저쪽 끝으로 뛰어다니며 커피를 만들고 있었고, 매니저 브라이스는 땀에 젖은 얼굴로 콧김을 내뿜으며 카운터에서 받은 주문을 터치스크린에 입력하고 있었다.

나는 정신을 수습하고 억지로 몸을 움직여 카운터 뒤로 얼른 들어갔다. "이제 제가 할게요." 변명은 이 상황을 넘기고 하자.

매니저는 내게 자리를 넘기고 옆으로 빠져 뒤쪽으로 사라졌다.

최대한 손님들께 사과하는 얼굴을 만들고 빨리 주문을 처리하는데 뱃속이 조여드는 느낌이었다. 겨우 5분 자리를 비웠을 뿐인데 잠깐 화장실 좀 다녀왔다고 이렇게까지 짜증이 나 있는 손님들과 매니저 모두에게 화가 치밀었다.

"휴!" 마지막으로 기다리고 있던 손님이 카페인을 손에 들고 물러가자 도나가 말했다. "오전 시간 막바지에 몰려드는 저 인간들, 참 사랑스럽기도 해라."

"매니저님은 언제부터 와 계셨어요?"

"아마 7, 8분은 됐을걸." 도나가 카운터에 몸을 기대자 엉덩이가 눌리면서 옆으로 더 퍼져 보였다.

"전 5분도 안 비웠는데요." 나는 쏘아붙이듯 말했다.

도나가 이맛살을 찌푸리며 고개를 저었다. "아니거든? 내가 왔을 때 넌 이미 없었고, 몇 분 정도 나 혼자 주문을 받고 있었는데 매니저가 온 거야. 그다음에 사람들이 몰려들기 시작했고."

나는 한숨을 푹 쉬었다. 뭐 어쩌라고. 자기는 30분에 한 번씩 나가 쉬면서. 나는 하루 종일 딱 한 번 나갔다 왔다고! 다 꺼지라고 해.

나는 남은 근무 시간 동안 마감 준비나 하며 화를 삭일 생각이었다. 스테인리스 피처와 블렌더를 닦고, 컵들을 채워 넣고, 테이블을 닦기 위해 행주와 분무기를 집어 들었다.

쓰레기통에서 쓰레기봉투를 잡아 뺀 다음 그 위에 걸려 있는 게시판을 정리했다. 손님들은 이 게시판에 다양한 것들을 붙여 둔다. 대부분 일감을 구하는 홍보 글이다. 편집, 웹 디자인, 오디오 리마스터링 같은 것들이 있었고, 가끔은 배우나 모델의 프로필 사진 촬영 광도도 붙었지만 그런 건 흔치 않았다. 여긴 인디애나폴리스지 할리우드가 아니니까.

일단 한 달 이상 붙어 있었던 것들과 기한이 이미 지난 광고들을 떼 내고서 남아 있는 것들을 다시 정리했다. 여름 특가 사진 촬영 이벤트, 개인 셰프 구인 광고, 그리고 실종자 전단지 하나.

두 달에 한 번은 그런 전단이 붙는다. 전단지에는 대학생 같아 보이는 앳된 여자의 사진이 실려 있었다. 미소를 짓고 있는 그녀는 사진이 찍히는 걸 모르는 듯 옆을 보고 있었다. 자연스러워 보이게 연출된 사진이 아니라 정말로 자연스럽게 찍힌 사진 같았다. 이 여자의 전단지는 예전에도 본 적이 있었다.

벌써 실종된 지 꽤 된 것 같은데, 두 달에 한 번씩 어떤 여자가 새 전단지를 들고 와 게시판에 붙여 두고 갔다. 늘 똑같은 여자의 다른 사진이다. 실종된 것은 슬픈 일이지만, 누군가가 온 동네에 계속 새 전단지를 만들어 붙일 정도로 그 사람을 아낀다는 건 또 얼마나 귀한 일인가. 나는 쓰레기봉투를 손에 들며 과연 내가 실종되면 나를 위해 저렇게 전단지를 붙여 줄 사람이 있을까 생각해 보았다.

마침내 근무 시간이 끝나고 카페 밖으로 나왔을 땐 해가 중천에 걸려 있었다. 한 블록도 다 못 가서 셔츠가 땀에 젖었다. 머리카락도 계속 목에 달라붙었다. 나는 손목에 차고 있던 머리끈을 빼서 머리를 묶기 시작했다. 머리를 묶고 마지막으로 머리카락을 빼내는 순간, '툭' 소리가 나며 머리끈의 탄성이 사라졌다. 묶은 머리카락이 다시 풀어지며 등으로 떨어졌다.

나는 끊어진 머리끈을 꽉 움켜쥐었다가 바닥에 내던졌다. 울분이 치밀어 오르며 눈물이 나려는 걸 겨우 참았다. 이런 날은 빨리 지나가야 한다. 나는 카페에서 주차비를 지원해 주는 주차장까지 남은 두 블록을 쿵쿵거리며 걸어갔다.

나머지 근무 시간은 악몽 그 자체였다. 매니저가 나보다 한 시간 먼저 카페를 나서며 잔뜩 굳은 얼굴로 '우리'에게 딱딱하게 한마디 했다. 카운터를 절대로 비우지 말라고.

도나는 일하는 시간보다 나가 쉬는 시간이 더 많다는 말이 목구멍 끝까지 올라왔지만, 도나가 바로 옆에 있는데 근무 시간의 대부분을 함께 보내야 하는 사람을 적으로 돌릴 순 없었다.

줄지어 주차된 차들 사이에서 내 은색 혼다가 살짝 튀어나와 있었다. 예전에 소화전에 박는 바람에 뒤쪽 범퍼가 크게 찌그러져 있었고 노란 페인트도 묻어 있었다. 너무 눈에 띄어서 지나치려 해도 지나칠 수가 없었다. 나는 찜통이 된 차에 올라타 손잡이를 돌려 창문을 내리고 에어컨을 최대로 틀었다. 뜨거운 바람이 내 얼굴을 향해 똑바로 뿜어져 나왔다. 속으로 욕을 내뱉으며 손가락으로 버튼을 꾹 눌러 꺼 버리고 후진하기 시작했다.

몇 분 정도 창문을 열고 달리다 보니 열이 좀 식었다. 나쁜 기분이 어느 정도 가라앉자 오늘 하루 중 나쁘지 않았던 부분이 생각났다. 테오 코너.

아까 남긴 검색 결과들을 읽어볼 수 있다는 기대감에 엑셀을 좀 더 세게 밟았다. 그런데도 집으로 가는 길이 다른 날보다 더 길게 느껴졌다.

3층짜리 저층 아파트 입구로 들어가 꼭대기 층까지 걸어 올라갔다. 우리 집 현관 앞에 도착했을 땐 숨이 너무 심하게 차서 이젠 진짜 주변 헬스장을 알아봐야겠다는 생각이 들었다.

테오 코너와의 만남에 대해서는 생각을 하면 할수록 어쩨 더 민망한 기분이 들었다. 나는 화장실로 들어가 거울 속의 내 모습을 들여다보고 나도 모르게 움찔했다. 축 늘어진 칙칙한 갈색 머리는 부스스했고, 피부는 기름이 번들거리는 데다가 여드름도 올라와 있었다. 게다가 몸매도 과거의 어느 때보다도 퍼지고 처진 것 같았다. 몸무게가 좀 늘고 있다는 건 알고 있었지만, 다른 사람의 시선으로 나를 보니 생각했던 것보다 더 많이 쪘다는 걸 알겠다. 나는 화장실 불을 탁 끄며 거울 속의 나를 어둠 속에 던져 버리고서 거실로 나갔다.

내가 사는 집은 미적인 만족감을 주는 공간과는 거리가 멀었다. 인스타그램에 올려 자랑할 만한 그런 집이 아니었다. 찢어진 소파, 금이 간 부엌 타일, 카펫을 뜯어낸 흔적이 그냥 남아 있는 마룻바닥. 이건 의도된 인테리어로 봐 줄 수 있는 정도를 넘어섰다. 리모

델링을 하다 만 것 같은 엉성한 모습이다. 볼품없는 집이지만, 딱 이 정도가 룸메이트 없이 내가 월세를 감당할 수 있는 수준이었다. 룸메이트와 같이 사는 건 질색이다. 그래서 시내에서 꽤 떨어져 있고, 장점도 없고 안전하지도 않은 동네에서, 곧 철거 대상이 될지도 모를 이런 건물에 사는 거다.

나는 중고로 산 찢어진 소파에 털썩 주저앉아 앞 테이블에 놓인 노트북을 집어 들었다. 일단은 페이스북을 열고 에단의 이름을 입력했다. 우리는 반년을 사귀었는데, 어느 날 갑자기 에단이 헤어지자고 했다. 연애 초기엔 내가 일하는 곳에 깜짝 방문까지 하던 사람이 하룻밤 사이 마치 딴사람이 된 것처럼 내 전화와 문자를 씹었다.

나와 그만 만나고 싶다고 문자로 통보한 지 겨우 이틀 뒤, 에단은 페이스북의 어떤 계정에서 올린 사진에 태그되어 있었다. 나도 만난 적 있는 그의 친구들 몇몇과 바에서 찍은 사진이었는데, 높은 의자에 앉아 있는 그의 다리 사이에 빨간 머리의 여자가 서 있었다.

하지만 이젠 내가 에단의 이름을 검색해도 그의 프로필이 뜨지 않는다. 나를 차단한 거다.

짜증도 나고 기분도 더러워서 노트북을 탁 닫았다. 잠시 화를 식히려고 부엌으로 가서 레드와인을 한 잔 따랐다. 길게 한 모금 마시고 심호흡을 한 뒤 소파로 돌아가 다시 페이스북을 열었다. 지금 계정에서 로그아웃을 한 다음 다른 이메일 주소와 암호를 입력했다. 그렇게 '사라 프레이저'라는 계정으로 접속했다. 1년 전에 만든 가짜 계정이다. 다시 에단의 이름을 검색하니 그의 프로필이 첫 번째 목록에 떴다.

에단에게 메시지를 보내려고 프로필을 클릭하는 순간, 솟구치기 시작한 아드레날린이 손끝까지 전달됐다.

하이! 나 완전 이상한 사람처럼 보일 것 같긴 한데요, 아무래도 그쪽이랑 내가 필번 교수님 19세기 문학 수업 같이 듣는 것 같거든요. 오늘 결석해서 그러는데, 혹시 필기한 것 좀 보내줄 수 있나요? 고마워요!

에단은 일리노이에서 대학을 나왔고, IT 업계에서 일하기 위해 이곳으로 이사 왔다. 그런데도 사라를 할로웨이 대학교 4학년으로 정한 이유는 이것이 모르는 남자에게 말을 거는 가장 좋은 방법이었기 때문이다. 상대방을 같은 수업을 듣는 사람으로 착각한 척하면 상대방은 내게 사람을 착각했다고 알려 주고, 왜들 그러는 건진 몰라도 내게 사과도 하고, 대부분은 늘 어떻게든 대화를 이어 나가려 한다. 왜냐, 사라는 어리고 매력적이고 발랄한 여대생이니까.

'보내기'를 클릭한 뒤 사라의 프로필 사진을 가져다 쓰고 있는 여자의 계정을 훑어봤다. 이 여자는 자주 새 사진을 올리는데 나는 그걸 전부 저장해 두었다가 사라의 계정에 업로드하곤 한다. 프로필을 꾸준히 업데이트해 줘야 진짜처럼 보이기 때문이다.

여기까지 한 뒤 드디어 그 남자를 머릿속에 떠올렸다.

나는 온라인 스토킹에는 제법 일가견이 있다고 생각하는데 테오 코너라는 남자는 요즘 같은 디지털 시대에 오프라인에서만 살아가는 것 같다. 소셜 미디어 프로필도 찾을 수 없었고 교직원 홈

페이지에 등록된 사진 외에는 인터넷이 그에 대해 제공할 만한 것이 하나도 없는 것 같았다.

검색창을 닫고 나의 패배를 인정하려는데, 세 번째 페이지에서 뭔가 눈에 띄었다. '돈 코너'라는 사람의 부고 기사였다. 그의 증손자 목록에 테오 코너가 있었다. 나는 기사를 다 읽은 다음 돈 코너를 검색했다. 놀랍게도 테오를 검색했을 때 보다 훨씬 많은 검색 결과가 떴다.

그중 몇 개를 클릭해 보았다. 대부분이 코너 가문이 재단, 자선 행사, 그리고 할로웨이 대학교에 기부했다는 지역 신문 기사들이었다. 코너 가문은 대대로 크게 성공한 사업가 집안인 듯했다. 가문 소유의 사업체 중에서 가장 유명하고 잘나가는 곳은 지금도 건재한 '코너 컨설턴트'라는 회사였다. 테오의 증조부가 바로 이곳 인디애나폴리스에서 창립한 것 같았다.

기사를 더 뒤져본 끝에 나는 테오 코너와 그의 가족은 인디애나폴리스의 로열패밀리라는 결론에 도달했다. 이 도시의 절반이 코너 가문의 기부금으로 세워졌다고 해도 과언이 아니었다.

그런데 테오는 영문학과 교수라니, 가문의 사업에 몸담고 있지 않다니, 나는 완전히 빠져들고 말았다.

아침은 늘 너무 빨리 찾아온다. 주차장까지 운전해서 가는 동안에도 자꾸만 눈이 감겼다. 아직 해도 안 떴는데 일어나야 한다는 사실이 어이가 없다. 야간 근무를 하던 때가 너무 그립다.

다른 동료와 함께 오픈 준비를 하며 도나가 오늘 휴무라는 걸 알고 하느님께 감사드렸다. 아무리 기억해 내려 해도 이 여자의 이름은 생각이 안 났지만 조용한 성격에 같이 있기도 편했다.

에스프레소 두 잔을 연거푸 들이켠 다음에야 정신이 좀 맑아지는 것 같았다.

줄에 서 있던 마지막 손님의 주문까지 입력한 다음 그녀에게 물었다. "제가 얼른 화장실 갔다 올 때까지만 카운터 좀 봐주시겠어요?"

"그럼요."

나는 부지런히 화장실로 가서 거울 속 내 모습을 체크했다. 테오는 어제 이 시간쯤 카페에 왔다. 그를 놓치고 싶지 않았다. 머리를 빗어 내리고, 오늘 아침에 주머니에 넣어 뒀던 립글로스를 꺼내 입술에 쓱쓱 바르고 얼른 카운터로 돌아갔다.

카페를 둘러보았지만 테오는 없었다. 오늘 꼭 다시 왔으면 좋겠는데. 어제 그를 만난 이후로 다른 생각은 할 수 없었다. 나는 카운터 뒤의 좁은 공간을 서성이며 축축한 손을 앞치마에 닦았다.

한 무리의 여자들이 유리문을 향해 다가오는 게 보였다. 한숨이 절로 나왔다. 그 무리 속에서도 테오가 보이지 않으니 힘이 쭉 빠졌다. 그녀들이 카운터를 향해 다가왔고, 나는 커다란 미소를 장착한 채 주문받을 준비를 했다. 첫 번째 주문을 입력하고 더 주문할 게 없는지 확인하려 고개를 들었는데, 줄 끝에 서 있는 그가 눈에 들어왔다.

쳐다보지 않으려고 애를 쓰는데도 그는 자석같이 내 눈을 끌어당겼다. 갈색 머리의 여자가 내 앞에서 주문을 하고 있는데도 시선은 자꾸만 그를 향했다. 그리고 그와 눈이 마주쳤을 때 웃지 않으려고 무지하게 애를 썼지만 소용없었다. 결국은 입꼬리가 올라 갔고 미소는 점점 커졌다. 갈색 머리 여자가 주문을 하다 말고 무 슨 일이 있나 보려고 뒤를 힐끗 돌아볼 정도였다.

"미디움 사이즈 콜드 브루에 무가당 바닐라 시럽, 그리고 스트로 베리 데니시 맞으시죠? 더 주문하실 게 있을까요?" 나는 그녀의 관심을 다시 이쪽으로 돌리려고 얼른 말했다.

"없어요."

주문 내용을 입력하고 남은 주문 두 건을 더 받았다. 그리고 테 오가 카운터를 향해 다가오자 나 자신에게 말했다. 숨 좀 쉬어!

"이거 정말 반가운데요." 그가 말했다. "로라 씨가 오늘 근무 중 이길 바라고 있었거든요."

"전 거의 매일 출근해요. 제가 없을 때 오시는 게 더 어려우실걸 요." 말을 해 놓고 너무 바보 같은 말인가 싶어 속으로 움찔했다.

"다행이네요. 어젯밤에 시내 서점에 갔다가 이걸 보고 그쪽 생 각이 났어요." 그는 재킷 안주머니에서 뭔가를 꺼내어 내게 건넸 다.

나는 내 앞치마에 달린 에드거 앨런 포 배지와 비슷한 금속 배 지의 매끈한 표면을 손가락으로 매만지며 거기 쓰인 글귀를 소리 내 읽었다.

"신경 꺼Nevermind. 삐딱한 까마귀." 웃음이 났다. "진짜 맘에 들 어요. 감사합니다." 나는 어린 여자애처럼 웃으며 배지를 바로 앞 치마에 달았다.

"맘에 든다니 다행이네요."

계속 웃고 있다가 일을 해야 한다는 걸 깨달았다. "오늘은 뭘 드릴까요?”

나는 그가 주문한 대로 어제와 같이 라지 사이즈 아메리카노를 입력했다. 조리대에서 동료가 그의 커피를 컵에 따르기 시작했고, 나는 도나가 여기 없다는 사실에 속으로 다시 한번 감사했다.

“로라 씨도 남은 하루 잘 보내세요.” 그리고 테오는 커피를 챙겨 들고 입구를 향해 돌아섰다.

3

"내가 한 모든 사랑은 나 혼자만의 사랑이었다."

_에드거 앨런 포Edgar Allan Poe

얼룩 하나 없는 카운터 위를 나는 이미 세 번째로 닦고 있었다. 거의 한 시간 가까이 손님이 없었기 때문에 찾아서 하려고 해도 할 일이 없었다. 머릿속을 비우기 위해서라도 손을 바삐 움직이고 싶었다. 며칠 전 매니저와 있었던 일이 계속 마음에 걸렸고, 게으름을 피우는 것처럼 보일까 봐 걱정이 됐다.

하지만 지금 이렇게 신경이 곤두선 것은 지난밤 엄마에게서 온 문자 때문일 수도 있다. 엄마의 문자를 받으면 원래 긴장이 되긴 했지만, 이번 저녁 식사 자리에 오라는 말은 마치 소환장처럼 느껴져 속이 무겁게 가라앉았다.

"담배 좀 피우고 올게." 도나가 자리를 비우며 어깨 너머로 말했다.

한숨이 나왔다. 나도 담배나 피워 볼까. 가만 보니 이 자릴 벗어나 쉴 수 있는 방법은 그것뿐인 것 같았다. 카페 문이 열리자 드디어 머리를 비울 만한 일이 생긴 것 같아 힘이 솟았다. 하지만 테오 코너를 본 순간 속이 덜컹 내려앉았다. 나쁜 의미는 아니다. 롤러 코스터가 꼭대기에서 하강하기 직전과 비슷한 느낌이랄까. 아찔한 자유 낙하를 앞둔 설렘과 공포 비슷한 감정이었다.

테오는 카운터로 다가오며 미소를 지었다. "오늘도 계시네요."

"네, 오늘도 저예요." 나도 그를 따라 미소를 지었다. "오늘 하루 어떠셨어요?" 나는 외우고 있던 그의 주문을 과감하게 입력하며 담담한 척 물었다.

"나쁘지 않은 정도? 하지만 지금은 아주 좋네요. 카페인도 있고, 게다가 예쁜 얼굴을 보면 남자의 하루가 좋아질 확률이 최소 60퍼센트래요."

나는 웃으며 커피를 만들기 위해 돌아섰다. "저도 아직까진 그냥 그랬는데, 잘생긴 분한테 칭찬을 들으면 여자의 하루가 좋아질 확률이 최소 30퍼센트라고 하더라고요."

"겨우 삼십?"

나는 그를 향해 돌아서서 눈썹을 살짝 모으며 커피를 밀어 주었다. "그럼요. 칭찬 몇 마디로 여자를 행복하게 하긴 어렵죠." 내가 싱긋 웃자 그는 내게서 시선을 떼지 않았다. 그의 눈에서 굶주린 욕망이 번뜩이는 것 같아 나는 숨이 잠시 멎었다.

"나는 늘 도전하는 걸 좋아하는데." 그는 내게 시선을 고정한 채 커피를 한 모금 마셨다. "오늘 하루 나머지 70퍼센트도 채워지길 바랄게요. 그럼 담에 또 봐요."

그는 돌아서서 카페를 걸어 나갔고, 나는 조용히 그의 뒷모습을 지켜보았다. 손끝을 양쪽 뺨에 갖다 대자 뜨거운 열기가 전해졌다. 그리고 십 대 소녀처럼 바보 같이 피식 웃었다. 카페 안에 아무도 없는 틈을 타 제자리에서 빙글 돌기까지 했다.

뒤쪽에서 무슨 소리가 나는 바람에 나는 얼른 정신을 수습했고, 곧 도나가 돌아왔다. "나 없는 동안 신나는 일이라도 있었어?"

"아뇨." 나는 도나에게 내 웃는 얼굴을 보이고 싶지 않아서 돌아서지 않고 말했다.

"요즘 일이 너무 한가해지는 것 같다."

"지난번엔 사람들이 엄청 몰렸잖아요." 나는 비로소 그녀 쪽으로 돌아서서 카운터에 기대어 섰다.

도나는 코웃음을 쳤다. "그게 뭐라고. 손님이 해마다 줄고 있잖아. 아무래도 가격 때문인 것 같아."

나는 어깨를 으쓱했다. "원래 최고급을 지향하는 하이엔드 카페잖아요. 그게 마케팅 포인트 같은데."

"손님을 더 끌어들이지 못하면 곧 카페 문을 닫아야 할걸."

나는 못마땅한 표정이 나오려는 걸 가까스로 참고 카운터를 다시 닦았다.

퇴근해서 집에 온 뒤에도 무언가 몰두할 거리를 찾아야 했다. 평소엔 오전 근무를 끝내고 돌아오면 남은 하루를 즐기는 편이었지만, 오늘은 가족과의 저녁 식사 시간까지 너무 많은 시간이 남아 있었고, 가족과 식사를 할 생각을 하니 마치 사망 선고를 앞둔 기분이었다.

테오 코너는 썩 괜찮은 탈출구였다. 나는 노트북을 꺼내 검색 목록에 남겨 뒀던 그의 이름을 클릭했다.

여전히 그에 관한 건 찾을 수 없었지만 대신 그의 증조부에 관한 기사라도 계속 읽었다. 손가락으로 소파 쿠션의 찢어진 틈을 무심히 만지작거리며 그를 알아 나갔다. 그럴수록 그에게 더 가까워지는 느낌이었다. 나는 그의 역사를 알고, 그가 어디서 왔는지 안다. 그의 전 세대들에 대해 모든 걸 알고 있지만, 더 알고 싶다. 테오 코너의 모든 걸 다 알고 싶다.

휴대폰에서 알람이 울렸다. 이제 저녁 모임에 갈 준비를 해야 할 시간이었다. 나는 후다닥 샤워를 끝내고 제일 좋은 청바지와 하늘하늘한 검정 셔츠를 입었다. 청바지를 입기엔 좀 더웠지만, 짧은 바지는 내 다리를 너무 가차 없이 드러내는 데다 지금은 너무 꽉 끼기까지 해서 어쩔 수 없었다.

부모님은 '월컷'이라는 마을에 살고 있었다. 여기서 차로 한 시간 반이나 걸리긴 하지만, 자주 찾아가지 않는 것은 꼭 그래서가 아니다. 길가에 세워 둔 차를 향해 가면서 휴대폰 잠금화면을 열고 팟캐스트 중에 들을 만한 게 있나 찾아봤다. 긴 시간 운전하는 동안 빠져들 무언가가 필요했다. 전에 오디오 북도 시도해 보긴 했는데 너무 요즘 감성처럼 느껴졌다. 나는 책은 옛날식으로 읽는 게 좋다. 종이에 인쇄된 것으로.

공기 중에 습기가 가득했다. 구름이 은회색인 걸 보니 비를 쏟아붓기엔 아직도 가벼워서 아마 밤새 후덥지근할 것 같았다. 딱히 관심이 가는 팟캐스트도 못 찾겠고, 음악을 들을 기분도 아니어서 휴대폰을 조수석에 던지고 한숨을 쉬었다. 그냥 조용히 운전이나 하며 가는 수밖에.

열쇠를 돌려 시동을 걸자 95년식 혼다가 털털거리며 깨어났다. 낡고 녹슨 잔디 깎는 기계가 내는 것 같은 소리에 주변의 사람들이 다 쳐다보는 게 정말 싫었다. 기어를 드라이브에 놓고 브레이크에서 천천히 발을 떼자 차가 도로 위로 기어오르듯 출발했고, 나는 고속도로 방향으로 차를 몰았다. 차 한 대가 내 앞으로 확 끼어드는 바람에 욕을 내뱉으며 급브레이크를 밟아야 했다. 그 검은색 세단은 속도를 올려 대더니만 결국엔 빨간 불을 받고 내 앞에서 섰다. 나는 그 차 뒤로 바짝 붙어 번호판을 읽었다. 그럼 그렇지. "망할 놈의 일리노이 것들."

부모님 집에 너무 이르게 도착해 버렸다. 기어를 파킹에 놓고, 또 욱하는 감정이 올라오기 전에 얼른 내려 버렸다. 어두워지는 하늘을 배경으로 현관 왼쪽의 창문이 따뜻한 노란빛을 밝히고 있었다. 창틀이 마치 액자처럼 식탁을 보여 주었고, 나는 그 자리에 서서 나의 가족을 바라봤다.

엄마는 언제나 분노에 차 있거나 엄청 신이 나 있거나 둘 중 하나다. 중간은 없었다. 아빠는 식탁 끝에 앉아 언제나처럼 허공을 응시하고 있었다. 아빠의 정신은 늘 딴 데 가 있다. 파란색 티셔츠 밖으로 삐져나온 앙상한 두 팔이 보였다. 아빠는 뼈가 툭 튀어나온 팔꿈치로 식탁을 괴고 있었다. 여동생 둘은 한창 수다 중이었다. 유리 너머로 희미하게 목소리가 들렸다. 베서니가 머리를 뒤로 젖힌 채 미친 듯이 웃어댔고, 셸비는 두 팔을 허공에 휘저었다.

모두 편안하게 얘기하고 웃는 모습을 보며 그들 곁에 있으면 스멀스멀 올라오곤 하는 감정을 억눌렀다. 가족들은 늘 서로 잘 맞는 것처럼 보였고, 나만 늘 엉뚱한 상자에 잘못 들어간 퍼즐 조각처럼 겉돌았다.

현관으로 걸어가 문을 두드리는 일이 마치 침범처럼 느껴졌지만, 어쨌거나 비바람에 닳아 낡은 현관문을 두드렸다. 막내 베서니가 문을 열었다.

"왔어? 늦었네."

나는 꼭 쥐고 있던 휴대전화 옆면의 버튼을 눌러봤다. 6시 53분.

"아닌데."

"아니, 다들 이미 와 있잖아."

"다들 여기 살고 있잖아." 안으로 들어서며 뒤축을 밟아 신발을 벗었다. 이미 짜증이 올라오기 시작했다.

"이제 나타나는구나!" 엄마가 소릴 쳤다.

"7분 일찍 온 건데요." 나는 방어적으로 말했다. 긴장이 역력한 목소리였다.

"넌 대체 왜 그러니?" 엄마의 얼굴이 일그러졌다. 나는 바로 물러서기로 했다. 지금 엄마와 전면전을 벌일 기분도 아닐뿐더러, 엄마 성격이 나보다 더 불같기 때문이다. 그게 엄마가 싸움에서 이기는 방식이다. 화가 더 많이 난 사람이 더 옳은 사람이니까.

"아무것도 아니에요. 운전해서 오느라 좀 힘들었어요. 죄송해요."

엄마 얼굴이 바로 누그러졌다. "그래? 65번 도로가 막혔니?"

"네. 공사 때문에요." 나는 싸움을 피했다는 안도감에 한숨을 내쉬었다.

아빠도 한마디 거들었다. "거기 공사는 왜 끝날 줄을 모르냐. 일하는 사람들은 보이지도 않던데 말이다."

나는 고개를 저으며 부엌으로 갔다. 가스레인지 위에 기름 범벅 된 피자 박스 두 개가 놓여 있었다. 저녁은 언제나 패스트푸드. 알아서 먹으라는 얘기다. 첫 번째 상자를 열어 보니 치즈피자였다.

셸비가 제일 좋아하는 거다. 나머지 가족들은 페퍼로니피자를 먹으니까 다른 상자 안엔 뭐가 들어 있을지 뻔했다. 그래도 확인 삼아 열어 봤다. 그럼 그렇지. 번들거리는 작고 동그란 페퍼로니들을 보자 코끝이 절로 찡그려졌다. 나는 셸비가 좋아하는 피자를 한 조각 집어 들었다. 접시로 옮기는데 피자 조각이 축 늘어졌다. 그냥 먹지 말까? 나는 소시지 토핑을 좋아하지만 가족들이 내가 좋아하는 걸 시켜 준 기억은 없다. 뭐, 살은 덜 찌겠지.

하지만 만약 안 먹겠다고 하면 질문 공세와 못마땅한 눈초리가 이어질 거다. 그럴 바에 그냥 접시를 들고 식탁으로 가는 게 낫다.

셸비와 베서니는 나는 들어보지도 못한 TV 프로그램에 대해 얘기 중이었고, 엄마는 몸을 앞으로 내민 채 이것저것 물어가며 대화에 껴들고 있었다. 나는 그들의 대화 소리에 귀를 닫고 식탁 건너편에 앉아 있는 아빠를 바라보았다. 허공을 응시하고 있는 아빠를 보며, 아빠도 때로는 나처럼 이 자리가 낯설 때가 있을지 생각해 보았다.

아빠의 눈동자에 초점이 생기는 걸 보니 딴 데 가 있던 정신이 돌아오는 모양이었다. 아빠는 고개를 돌려 자신을 보고 있던 내게 물었다. "로라, 너 아직도 그 커피집에서 일하니?"

"카페요. 네, 하고 있어요."

아빠 얼굴에 실망감이 퍼져 나갔다. 티 내지 않으려고 애쓰고 있지만 다 보였다. 아빠는 다 들릴 만큼 크게 한숨을 내쉬었다. "다른 직장은 안 알아보고 있고?"

"네. 지금 하는 일이 좋아요. 글 쓸 시간도 있고요." 아주 솔직한 답은 아니었다. 나는 카페 일을 좋아하지 않으니까. 하지만 아빠에게 그걸 인정하진 않을 거다. 특히나 '네가 실망스럽구나' 대화를 하는 중에는.

"거기서 벌써 3년이나 일했잖아. 글을 써서 먹고살 순 없어. 뭔가 대비책이 있어야지. 이제 서른이 코앞인데, 복지도 좋고 월급도 많이 주는 일자리를 찾아야지."

이래야지, 저래야지. 그런데 넌 왜 안 하니, 왜, 왜, 왜.

머리가 욱신거렸다. 나는 아이처럼 두 귀를 손으로 막고 싶은 충동과 싸워야 했다. 이건 내가 이 집에 있을 때 항상 느끼는 감정이었다. 내가 마치 나쁜 아이가 된 기분.

자기들끼리 떠드느라 정신이 없던 엄마와 동생들은 이제 아빠와 나의 대화에 집중하고 있었다. 가슴속에서부터 열이 치밀어 올라 얼굴까지 퍼지는 느낌이다. "그냥 이런 얘긴 좀 안 하면 안 될까요?" 나도 모르게 날카롭게 말했다.

막내 베서니는 한 달 이상 일을 해 본 적이 없었고, 셸비는 백화점에서 옷 개는 일이나 하고 있지만 늘 들볶이고 비난받는 건 나다. 나의 부모는 그걸 '엄격한 사랑'이라 하겠지만, 나는 단 한 번도 내가 사랑받고 있다고 느낀 적이 없다. 그리고 사랑이 빠진 그런 행위는 그저 재수 없는 짓거리일 뿐이다.

내가 버럭하는 모습에 흥미를 잃은 베서니는 다시 셸비와 떠들기 시작했다.

이제 다들 나에게 싫증이 난 모양인지, 마치 내가 거기 없는 것처럼 얘기하기 시작했다. 자기들끼리 나는 전혀 모르는 것을 의논하기 시작했다. 이럴 거면 대체 왜 나를 부른 거지?

"이제 짐을 싸기 시작해야 하니까 내일은 상자를 구해 와야겠네요." 베서니가 말했다.

"제레미한테 남는 게 없을까?" 엄마가 물었다.

"한번 물어볼게요. 근데 아마 없을 거예요."

나는 제레미가 누군지도 모른다. 아마도 새 남자 친구겠지. 그런데 왜 둘한테 상자가 필요한 건지 모르겠다. "너희 같이 살기로 한 거야?"

베서니가 결연하게 고개를 끄덕였다. "시내에 있는 집을 계약했어."

한 입 베어 문 피자가 목에 걸릴 뻔했다. "둘이 집을 샀어?"

베서니의 미간이 좁혀지며 이마 한가운데에 주름이 그어졌다. "응."

나는 믿을 수 없다는 표정을 숨기지 못한 채 고개만 끄덕였다. 사실 놀랄 일도 아니었다. 나는 저 애를 늘 멍청하다고 생각했으니까. 그리고 그걸 아무렇지도 않게 받아들이는 것도 딱 내 부모다웠다.

베서니의 사생활에 대해선 거의 아는 게 없다. 아무 관심도 없기 때문이다. 하지만 지난 크리스마스 때만 해도 싱글이었다는 건 알고 있었다. 그게 겨우 일곱 달 전이다. 그날 베서니는 저녁 먹는 내내 그걸 불평해댔다. 나도 나 자신을 로맨틱한 사람이라고 생각하고 갑자기 불붙는 사랑도 이해한다. 하지만 베서니는 멍청하고 어리다. 웬 남자랑 같이 집을 사기에는 너무 어리다.

"그 표정은 뭐야?" 베서니가 물었다.

"무슨 표정? 난 네가 누굴 만나는 것도 몰랐어. 둘이 집을 산 건 둘째치더라도." 나는 피자를 한 입 더 베어 물었다.

"언니가 그걸 어떻게 알겠어? 나에 대해 아는 게 아무것도 없는데. 그러니까 언니 생각은 그냥 언니나 알고 있어." 베서니의 얼굴이 일그러지더니 눈물까지 글썽거렸다.

"내가 무슨 말을 했다고 그래?"

"로라, 그만 해!" 엄마가 소릴 쳤다. "적당히 해. 넌 왜 여기까지 와서 이렇게 문제만 일으키는 거니?"

내 입이 쩍 벌어졌다. "내가 무슨 문제를 일으켜요? 무슨 말을 했다고? 그리고 엄마가 불렀잖아요. 내가 그냥 쳐들어온 게 아니잖아요."

"그러게나 말이다. 다음엔 다시 생각해 봐야겠다."

얼굴에 경련이 일어나는 것 같았다. 엄마의 뾰족한 말이 가슴에 박혀 얼굴이 다시 벌게졌다.

"네 동생한테 좋은 일이 생겼는데 저녁 먹을 때만이라도 좀 참지, 그 질투심 하나 통제 못 해서 분위기를 이렇게 망치니?" 엄마는 내게 이를 드러내고 입가에는 하얀 침까지 고인 채로 말을 퍼부었다.

"질투요?" 나는 웃었다. "진짜 어이가 없어서. 날 역겹게 하는 인간들을 질투하는 게 가능하긴 해요?" 나는 식탁에서 벌떡 일어났다. 의자가 마룻바닥을 긁는 소리가 났다. 그리고 곧장 현관으로 향했다.

나는 저들이 싫다. 내 모든 걸 다 바쳐 증오한다. 호흡이 얕아지고 숨이 가빠졌다. 가슴이 분노로 불타올랐다. 한동안 느끼지 못한 격한 감정이었다. 밖은 여전히 무더웠고, 후덥지근한 공기가 숨통을 더 조여 오는 것 같았다.

나는 차로 가서 문을 쾅 닫았다. 집으로 가야 한다. 어쩌다 유전자를 공유하게 됐는지 모르겠는 저 무식한 촌뜨기들로부터 멀리 떨어진 도시로 가야 한다. 한때는 내가 입양됐을 거라 굳게 믿은 적도 있었다. 외모가 엄마를 똑 닮았음에도 불구하고 내가 엄마가 자기 배로 낳은 딸이라는 사실을 믿을 수 없었다.

거지 같은 아파트로 혼자 돌아가야 한다고 생각하니 참담했다. 운전하는 내내 지금 만나자고 문자를 보낼 만한 사람이 있나 생각해 봤지만 아무도 생각나지 않았다. 에단은 나를 모든 경로에서 차단했다. 몇 번 만나 같이 논 적이 있는 여자애가 생각나긴 했지만, 내가 다시 시간 되냐고 물어봤을 때마다 바쁘다고 했기 때문에 또 물어보긴 좀 구차했다.

아파트로 이어지는 길로 접어들었지만 집을 그냥 지나쳐 계속 차를 몰았다. 그리고 도시의 동쪽으로 20분쯤 더 달려서 길가에 차를 댈 자리를 하나 찾았다. 차 에어컨이 여전히 뜨거운 바람을 내뿜었기 때문에 옷이 축축한 피부에 다 달라붙어 있었다. 나는 내가 제일 좋아하는 벤치로 가서 마음을 가라앉혔다.

에단의 방은 불이 꺼져 있었다. 휴대폰으로 시간을 확인했다. 밤 9시 52분. 적어도 자정까진 깨어 있을 텐데. 시내의 바에서 처음 만났을 때 우린 둘 다 올빼미형 인간이란 점 때문에 대화를 텄다. 그는 저녁 내내 자기가 개발에 참여 중인 스마트 홈 앱에 관해 이야기했고, 나는 그가 하는 말 대부분을 알아듣지 못했지만 내게 호감을 사려 애쓰는 모습이 좋았다.

그렇다면 거실에 있다는 얘기다. 어쩌면 룸메이트가 집을 비워서 집을 혼자 쓸 기회를 살리고 있는지도 모르고.

나는 벤치에서 일어나 에단의 집 건물 뒤로 돌아갔다. 전에도 이렇게까지 한 적은 두 번밖에 없어서 좀 긴장이 됐다. 나는 마음을 단단히 먹고 건너편 건물의 화재용 비상계단을 올라갔다. 에단은 5층에 살았다. 꼭대기까지 올라갔을 땐 심장이 터질 것 같았고, 셔츠는 땀으로 흠뻑 젖어 있었다.

거실 불이 켜져 있었다. 역시 내 추측이 맞았다. 나는 철제 계단식 발판에 앉아 맞은편을 바라보았다. 에단은 거실 오른쪽에 붙어 있는 주방의 아일랜드식 식탁에 몸을 기대고 있었다. 그 집도 우리 집처럼 벽이 없는 구조라 거실과 주방이 하나로 트여 있었다.

그는 셔츠를 입고 있었다. 보통은 집에 가자마자 옷을 갈아입는데 이상하다. 하지만 곧 이유를 알 수 있었다. 웬 여자가 거실에 나타났다. 아마도 화장실에 다녀온 모양이다. 그가 몸을 일으켜 여자에게 잔을 건넸다. 여자는 그걸 받아들고 미소를 짓더니, 다시 식탁에 올려놓고 발끝을 세워 그에게 키스했다.

나는 창밖으로 흘러나오는 따뜻한 불빛을 통해 그들을 바라보았다. 마치 영화 속 한 장면을 보고 있는 것 같았다. 그 여자가 에단의 셔츠 단추를 풀었고, 에단은 지긋이 바라보며 그녀의 입술을 깨물었다. 여자의 몸에 딱 달라붙어 있는 원피스를 에단이 벗기는 모습도 지켜보았다. 그가 그녀를 소파 위로 넘어뜨렸고, 나는 지루해져서 비상계단을 내려왔다.

에단이 다른 여자와 있는 모습을 보면 괴로울 거라고 생각했다. 폭약에 불을 붙이듯이 내 안의 분노에 불을 붙일 거라고 생각했다. 하지만 아무 느낌도 없었다. 솔직히 말하면 내 머릿속에 떠오른 것은 내일도 테오 코너를 볼 수 있을까, 하는 생각뿐이었다.

4

_실비아 플라스Sylvia Plath

내가 잠을 자야만 한다는 건 알고 있었다. 곧 아침이 밝아올 것이고, 지금 잠들더라도 침대에서 벗어나려면 여간 고생이 아닐 거다. 하지만 이렇게 땀에 전 몸으로 그냥 잠들 수는 없었다. 마치 뱀의 껍질처럼 나를 감싸고 있는 이 짠 내 나는 막을 찬물 샤워로 벗겨 내야 했다.

나는 샤워 커튼을 옆으로 당기고 수도꼭지를 돌렸다. 하지만 물이 나오지 않았다. 다시 해 보면 될까 싶어 수도꼭지를 잠갔다가 다시 돌려 보았다. 여전히 물 한 방울 나오지 않았다. 나는 이 집에 살며 관리비를 따로 내지 않는다. 그래서 이 집을 혼자 쓰는 비용을 감당할 수 있는 거다. 하지만 집주인 한스 씨가 관리비 납부를 잊어버렸다고 해도 놀랄 일은 아니다. '한스'라는 이름은 언제나 디즈니 캐릭터를 떠올리게 했다. 하지만 그의 떡이 진 긴 회색 머리와 누런 이빨을 생각하면 분명 악당 역이나 맡아야 할 거다.

이제 어떡하지? 땀이 말라붙은 피부는 이곳저곳 다 당기고 정말 말도 못 하게 찝찝했다. 부엌으로 가서 싱크대 물을 틀어 보았지만 거기도 물이 나오지 않았다. 결국 냉장고 문을 열고 하나 남아 있는 생수병을 꺼냈다. 그리고 벽장에서 작은 수건을 하나 꺼내 생수를 부어 적신 뒤 부엌에서 대충 몸을 닦았다.

이런 굴욕적인 순간을 지켜보고 있는 사람이 아무도 없는데도 수치심에 눈이 화끈거렸다. 어쩌다 내 삶이 이 지경까지 왔을까?

나는 침대로 기어 올라가 휴대폰을 꺼내 들고 테오의 이름을 검색했다. 새로운 게 없는 걸 확인하고 이번에는 내가 생각해 낼 수 있는 모든 SNS 플랫폼에서 그의 이름을 검색해 봤다. 물론 이것도 이미 다 해 본 짓이다. 이젠 무슨 강박증 같다. 멈출 수가 없어서 그저 하고, 또 하고 있다.

더 이상 뒤져 볼 게 없다는 것을 확인한 뒤에 나는 만족하고 휴대폰을 머리맡 탁자 위에 놓았다. 몸을 돌려 천장을 향해 누워서 눈을 감고 방음이 거의 안 되는 벽을 통해 흘러드는 도시의 소음을 들었다. 끊임없이 이어지는 도시의 소음과 흐름은 언제나 내게 위로가 됐다. 적막함을 삶으로 채워주는 느낌이랄까. 멀리서 울리는 사이렌 소리를 들으며 나는 잠으로 빠져들었다.

다음 날 아침 일찍 눈이 떠졌다. 출근 준비를 시작했지만 물은 여전히 나오지 않았다. 머리카락에 기름기가 돌아 그냥 하나로 묶어 버렸다. 화장을 하고, 평상시엔 아까워서 잘 입지 않는 제일 좋은 청바지를 꺼내 입었다.

오늘 테오의 전화번호를 물어볼 생각이다. 만약 그가 카페에 온다면.

지난밤에 잠을 거의 못 잤고 샤워도 못 했지만 몸에서 힘이 넘쳤다. 오늘 일이 끝난 뒤에 테오와 데이트를 할지도 모르니까.

오늘은 제스와 함께 일하는 날이다. 마침내 이름을 외웠다. 내가 매장으로 들어서자 제스가 입술을 다문 채 형식적인 미소를 지으며 고개를 끄덕하고 인사를 했다. 나도 따라서 미소를 지어 보이고 그녀를 도와 일하기 시작했다. 할 일이 많진 않았다. 오늘은 카페 오픈 시간이 내 근무가 시작하는 시간이었기 때문에 대부분의 오픈 준비는 이미 끝나 있었다.

시계와 입구를 번갈아 보는 동안 시간은 천천히 흘러갔다. 테오가 카페를 찾는 시간은 보통 늦은 오전이었다. 대학 강의 사이에 그때가 쉬는 시간이 아닐까 싶다. 열한 시가 되자 심장이 뛰기 시작했다. 이제 곧 오겠지?

가만히 있으려고 노력했지만 뭐라도 정신을 빼앗길 일이 없나 싶어 좁은 공간을 자꾸만 돌아다녔다. 내가 다 말아먹으면 어떡하지? 말을 더듬거리나 너무 매달리는 듯한 인상을 주면 어떡하지? 이 사이에 뭐가 끼어 있으면 어떡하지? 나는 혀로 한 번 이를 쓱 훑어 보았다. 오늘은 지금까지 먹은 게 없으니까 괜찮을 거다.

문이 열렸고, 나는 숨을 들이마셨다. 아담한 금발 머리 여자가 카페 안으로 들어왔다. 몸에서 힘이 쭉 빠졌다가 바로 뒤따라 테오가 들어오는 걸 보고 자세를 고쳐 섰다. 입가엔 이미 미소가 번지기 시작했다. 여자가 먼저 카운터로 와서 주문을 했다.

"바닐라 라테 스몰 사이즈로 주세요."

"네. 우유는 어떤 걸로 하시겠어요?"

"일반 우유로 주세요."

와, 정말 오랜만에 일반 우유를 주문하는 사람을 만나고 나니 도나가 옆에 있었으면 좋았겠다는 생각까지 들 뻔했다. "네. 다른 건 필요 없으세요?"

"아, 다크 로스트 원두 아메리카노 미디움 사이즈도 하나 주세요." 그녀가 뒤돌아 테오를 쳐다보자, 테오가 그녀를 향해 미소 지었다. 속에서 뭔가가 '쿵' 하고 내려앉았다.

"15달러 53센트입니다." 나는 목구멍에 걸리는 덩어리를 삼키며 겨우 말했다.

그녀가 카드를 건네자 나는 엄지손가락 끝으로 볼록하게 찍혀 있는 이름을 더듬어 보았다. 아스트리드 코너.

가족인가?

그녀의 카드를 긁었다.

어쩌면 여동생?

나는 카드를 그녀에게 다시 내밀었고, 그녀는 왼손으로 받아들었다. 그녀의 약지에서 하얀 다이아몬드가 박힌 금반지가 빛나고 있었다.

결혼은 했지만 원래 성을 그대로 쓰고 있는 여동생?

하지만 테오를 보자 그의 두 눈은 내 시선을 피해 그녀를 내려다보고 있었고, 그의 손은 그녀 허리의 잘록한 부분에 얹혀 있었다. 아, 아내구나.

너무 충격을 받아 아무 말도 나오지 않았다. 그의 예쁘고 아담한 아내에게 댁의 남편은 당신이 없을 땐 바리스타랑 시시덕거리는 사람이라는 말도, 테오에게 오늘은 그의 하루가 몇 퍼센트나 좋아질 것 같냐는 농담도 할 수 없었다. 목에 걸린 말들은 나의 무거운 마음에 짓눌려 갔다.

제스가 다 만든 커피를 카운터 위에 내려놓으며 두 사람에게 좋은 하루 보내시라고 인사를 건넸지만, 나는 그들이 좋은 하루를 보내길 바라지 않았다. 카페 문을 나서자마자 버스에 치였으면 좋겠다. 두 사람은 돌아섰고, 그들에게서 눈을 떼지 못하고 있던 나는 테오가 나를 힐끗 돌아보는 모습을 볼 수밖에 없었다. 나와 눈이 마주치자 그가 윙크를 했다.

입이 떡 벌어졌다. 그가 나간 뒤 문이 닫혔고, 나를 보고 있는 제스의 시선이 느껴졌다. 고맙게도 그녀는 아무 말도 하지 않았다.

테오가 유부남이었다니.

여기서 도망치고 싶었다. 화장실로 달려가서 숨거나, 집으로 가서 울거나. 하지만 나는 이 카운터 뒤에 꼼짝없이 갇혀 있다. 나는 두 팔로 욱신거리는 배를 감쌌다. 나는 왜 이렇게 멍청하지? 테오 같은 남자에겐 당연히 임자가 있겠지. 그리고 그녀는 아름답기까지 하다. 그녀에 비하면 나는 쓰레기 수준이다. 그와 어떻게 엮여 볼 생각을 했다니 정말 바보 같다.

하지만 테오가 먼저 나한테 작업 걸었잖아. 방금도 윙크까지 했잖아. 아주 기가 막히네. 그건 대체 무슨 의미인 거야? 불륜이라도 원하는 거야? 결혼 생활이 행복하지 않다는 거야? 불행해 보이진 않던데. 하지만 돌아봤잖아. 돌아보고 윙크까지 했잖아.

시간은 견딜 수 없이 더디게 흘러갔고, 나는 완전히 기계적으로 움직였다. 주문 내용을 듣고 터치스크린에 입력만 하면 제스가 나머지를 다 했다. 나는 테오와 그의 아내와의 만남을 계속 머릿속에서 돌려보았다. 돌려보고 또 돌려보고, 대체 그것이 무슨 의미인지 생각했다.

무슨 의미가 있겠어. 어쩌면 내가 이 사태를 너무 어렵게 생각하는 건지도 모르지. 하지만 도저히 멈출 수가 없었다.

무심코 넘어가기엔 그녀의 반지는 너무 예뻤고, 그녀가 입고 있던 찰랑거리는 검은색 원피스는 정말 비싸 보였다.

테오는 내가 꿈에 그리던 남자였다. 내가 늘 찾아 헤매던 딱 그런 남자였다. 그와 함께라면 나는 더 이상 혼자가 아닐 텐데. 이렇게 참담할 정도로 불쌍하게 살 필요도 없을 텐데.

카페 문이 열리는 걸 보고 이런 생각에서 겨우 헤어 나와 카운터 앞에 몸을 세웠다. 하지만 손님이 아니라 카페 사장 잭슨이었다. 나는 코를 찡그리고 싶은 본능을 억지로 눌러야 했다. 잭슨은 소름 끼치는 인간이었다. 그는 제스와 나에게 말 한마디 건네지 않고 조리대 뒤쪽에 있는 방으로 사라졌다.

잠시 후 등 뒤에서 그의 목소리가 들려 깜짝 놀랐다. "로라 씨, 잠깐 내 방으로 좀 올래요?"

"어, 네, 알겠습니다." 나는 그를 따라 방으로 들어갔다. 이 방엔 정말 들어오고 싶지 않았다. 카페 공간과는 정말 대조적이었다. 오래된 목재와 자연광 대신, 잔뜩 때가 긴 리놀륨 바닥재에 머리 위의 조명도 병든 것 같은 누런색 빛을 띠고 있었다.

뱃속이 요동을 치더니 토할 것 같았다. 토할 것 같은 충동을 안간힘을 쓰며 눌러야 했다. 사장이 책상 뒤로 간신히 비집고 들어가는 동안 나는 맞은 편 자리에 있는 접이식 검정 의자에 앉았다. 며칠 전에 매니저가 카페에 왔을 때 내가 자리를 비우고 화장실에

가 있었던 것 때문에 그러나?

사장이 한숨을 내쉬었고, 나는 그의 분홍빛 이마에 땀방울이 맺히는 모습을 빤히 보았다. "로라 씨, 내 말 잘 들어요." 사람들은 왜 저런 말을 하는 걸까? 듣고 있는 걸 뻔히 알면서. 이런 지시는 정말 불필요하다. "요즘 근무 시간이 많이 줄었잖아요. 올해 초 보다도 카페에 손님이 줄어서."

나는 도나가 요즘 카페가 너무 한산하다고 했던 말을 떠올리며 고개를 끄덕였다.

"그래서 경영진이 결정한 건데, 이런 비수기에 고참들의 근무 시간을 지금보다 더 줄이는 건 공평하지 않은 것 같다는 결론을 냈어요. 그런 사정으로 로라 씨가 나가지 않으면 안 될 것 같아요."

뱃속에서 요동치던 소란이 일시에 푹 꺼지는 것 같았다. 씨발. 경영진이란 게 대체 누군데? 이 인간이 여기 사장 아니야? 말을 하려는데 흉곽이 심장을 조여 오는 느낌이었다. "뭐라고요?"

사장은 눈을 피했다. "로라 씨한테 줄 근무 시간이 없다고요."

"저 여기서 3년이나 일했어요. 근무 시간을 좀 줄이는 걸로 안 될까요?"

그는 고개를 저었다. "그건 공평하지가 않아요."

"그럼 저를 해고하는 건 공평하고요?"

"요즘 로라 씨 근무 태도도 좋지 않았잖아요. 지난번 사고도 매니저 통해 들어서 알고 있어요."

"사고요? 제가 화장실에 한 번 다녀온 걸 말씀하시는 거예요?"

"카운터를 완전히 비우고 오래 나가 있었잖아요."

"화장실에 다녀올 시간만큼만 비웠죠! 도나 선배는 15분에 한 번씩 담배를 피우러 나간다고요. 자르려면 도나를 잘라요!”

“지금 바로 짐을 정리해서 가도 괜찮아요. 주소를 알고 있으니까 마지막 급여는 우편으로 보내줄게요.”

나는 눈물을 참으며 고개를 끄덕였다. 더 이상 할 말도 없었다. 사장은 이미 결정을 내렸다. 나는 방에서 나와 내 물건을 챙기기 위해 캐비닛으로 향했다. 제스가 주문을 받다가 내가 가방을 꺼내고 캐비닛을 쾅 닫자 어깨 너머로 나를 봤다. “제스, 여기서 얼마나 일했어?”

“1년 조금 넘었어요.” 제스가 작고 불안한 목소리로 말했다.

“그럼 너도 곧 잘리겠네. 우리 같은 신입들한테 나눠 줄 근무 시간이 없대.” 나는 카운터를 돌아 나와서 카페 문을 향해 걸어갔다. 그러다가 등 뒤를 돌아보고 소리쳤다. “혹시 안 잘리더라도 엿 같은 화장실은 절대 가지 마!”

나는 문을 박차고 나왔다. 호흡을 하는 동안 가슴이 무겁게 오르락내리락했다. 두 블록을 걸어가 차에 타서야 참고 있던 눈물을 쏟았다.

어떻게 감히 나를 잘라? 나처럼 일 잘하는 직원이 어디 있다고. ‘고참들’이라는 것들은 다 엿같다. 도나는 담배 냄새가 진동하고 씻을 줄도 모른다. 그런데도 십 년 가까이 일했다는 이유만으로 일자리를 지켰다.

이제 어떡하지? 실업 수당을 받을 수 있을까? 그런 건 어떻게 신청하는지도 모르는데. 내가 아는 거라곤 지금 당장 들어올 돈이 전혀 없고 이제 그 거지 같은 아파트조차 잃어버리게 될 거라는 거다.

나는 분노와 두려움 비슷한 감정에 몸을 떨며 운전대를 잡았다. 이제 어떻게 하면 좋지? 카페 레바세는 근처의 다른 커피숍보다 훨씬 급여를 많이 줬다. 음식점 종업원을 할까? 비슷한 일이잖아. 아니면 내 학위로 할 만한 일을 찾아봐야 하나?

나는 영어영문학 학사 학위를 갖고 있지만 작가 말고는 그 무엇도 시도해 볼 생각조차 해 본 적이 없었다. 카페 레바세도 내 책을 출판할 때까지만 먹고 살기 위해 임시로 하고 있는 일이었다.

현관문을 열고 집에 들어서는데 현기증이 났다. 싱크대로 가서 유리잔을 하나 집어 들고 떨리는 손으로 물을 틀었다. 물은 여전히 나오지 않았다.

나는 유리잔을 움켜쥔 채로 비명을 질렀다. 그리고 돌아서서 잔을 맞은편 벽에 내던졌다. 잔은 산산조각이 났고 나는 거칠게 숨을 몰아쉬었다.

5

"나는 문을 활짝 열었다.
그곳엔 어둠뿐, 아무것도 없었다."

_에드거 앨런 포Edgar Allan Poe

잠이 오지 않았다. 머릿속도 너무 복잡했다. 그럴 만도 하다. 이제 서른이 코앞인데, 개똥같은 바리스타 일 하나 잃었다고 삶이 완전히 무너지게 생겼으니.

이 지경까지 오게 될 거라곤 상상조차 해 보지 못했다. 열여덟 살에 대학에 들어갈 때만 해도 순진할 정도로 낙천적이었다. 그 당시엔 누가 내게 '넌 서른이 되어서도 바리스타로 일하면서 책 한 권도 출판 못 하고 다 쓰러져 가는 집에서 살고 있을 거야'라고 했다면 아마 난 깔깔 웃어댔을 거다.

시간은 정말 너무 빨리 흘러간다. 내가 열여덟 살이었던 때가 십여 년 전이 아니라 일 년 전처럼 느껴진다. 어쩌다가 이렇게 긴 시간을 그냥 흘려보내고 아무것도 하지 못했을까? 어떻게 아무것도 이루지 못했을까?

테오 옆에 있던 예쁜 금발 아내의 얼굴이 떠올랐다. 얼마나 좋을까. 부자로, 예쁜 얼굴로 태어나서, 테오 같은 남자와 결혼하고,

아무런 걱정도 할 필요가 없는 삶을 살면. 보나 마나 저택에서 명품 잠옷을 입고 테오 집안의 돈으로 매일매일 빈둥거리며 살고 있겠지.

낮이 밤으로 깊어 가고, 밤이 낮으로 밝아 오도록 나는 침대에 누워 있었다. 마침내 다음 날이 되어 해가 떴을 땐 며칠이 지난 느낌이었다.

월세 내는 날이 일주일밖에 남지 않았다. 그리고 일주일 치 급여가 빠진 마지막 월급으로는 돈이 부족했다.

나는 억지로 침대에서 일어나 집주인 한스에게 전화를 걸어 물이 안 나온다고 말했다. 그는 자긴 분명히 수도 요금을 다 냈다면서 뭐가 문젠지 봐주러 오겠다고 했다.

나는 그에게 월세를 좀 미뤄 달라고 부탁해야 했다. 그 생각만으로도 속이 울렁거렸지만, 이런 일은 그가 수도를 봐주러 왔을 때 얼굴을 보고 말하는 편이 나을 거라는 결정을 내렸다.

한스는 까칠하다. 아니, 못돼먹은 인간이다. 집에 고장 난 걸 고쳐 달라고 전에 불렀을 때 그가 혼잣말처럼 '멍청한 년'이라고 중얼거리는 걸 적어도 두 번이나 들었다. 한번은 1층 사는 남자가 자기를 '개자식'이라고 불렀다는 이유로 보일러가 고장 났을 때 건물 전체의 난방을 끊어 버린 적도 있었다.

나를 대신할 새로운 세입자를 찾는 번거로움을 감수하는 것보다 차라리 나의 월세를 몇 주 더 기다려 주는 쪽을 선택하기만을 바랄 뿐이다.

나는 소파 끝에 걸터앉아 다리를 떨며 한스를 기다렸다. 조금 지나 노크 소리가 들리자 벌떡 일어나 현관을 향해 달려갔다. 일단 숨을 깊이 들이마시며 긴장과 메스꺼움을 억누른 다음 문을 열고 그를 맞이했다.

술 냄새가 코를 찌르는 바람에 나도 모르게 주방 시계를 힐끗 봤다. 아직 정오도 안 됐다. 더부룩한 머리는 끈적하게 떡이 져 있었다. "화장실 물은 나와?" 목소리가 자갈을 밟는 소리처럼 거칠고 탁했다.

"아뇨, 전체가 다 안 나와요. 혹시 다른 집들은 물이 나오나요?"

한스의 미간이 좁아졌다. "수도는 멀쩡해. 요금 제대로 냈다고 말했잖아."

그의 목소리가 높아졌고, 나는 귀가 먹먹했다. 정신 똑바로 차려. 여기서 더 기분을 상하게 하면 안 돼.

"네, 알죠. 전 그저 뭐가 문제인진 모르겠지만 이게 우리 집만 이런 건지 건물 전체가 그런 건지 궁금해서 여쭤본 거예요."

그는 낮게 비웃는 소리 같은 것을 뱉으며 몸을 굽히고 싱크대 아래에 달린 장을 열었다. 싱크대 아래 배관을 보고 어떻게 이 집 전체에 물이 안 나오는 원인을 알 수 있는 건지 물어보고 싶었지만 나는 입을 꾹 다물었다.

그는 한동안 말없이 이것저것 만지작거리더니 마침내 힘겹게 몸을 일으켜 세우고 말했다. "금방 올 테니까 문 열어 둬." 그는 현관문을 향해 턱짓을 한 번 하더니 밖으로 걸어 나갔다.

한스가 나간 사이 나는 거실을 서성거리며 월세가 늦을 수 있다는 얘기를 어떻게 꺼내야 하나 계속 고민했다. 곧 그가 돌아와 힘겨워 보이는 걸음걸이로 다시 부엌으로 들어갔고, 나는 초조해하며 그를 뒤따라갔다. 그리고 그가 수도를 틀자 기적처럼 물이 흘러나왔다.

"와, 감사합니다." 괜히 그를 짜증 나게 할까 봐 뭐가 문제였는지는 묻지 않기로 했다.

그는 아무 말 없이 현관으로 향했다. 지금 말해야 한다.

"저, 저기요," 나는 더듬거렸다. 한스가 문밖으로 나가려다 말고 나를 향해 반쯤 돌아섰다. "혹시 이번 달 월세를 조금만 늦춰주시면 안 될까 여쭤보고 싶어서요. 제가 일자리를 잃었는데, 며칠만 지나면 새 일자리를 찾을 수 있거든요. 그럼 바로 낼게요." 나는 그가 월세를 늦춰 달라는 말에 반응하기도 전에 그런 부탁을 할 수밖에 없는 이유와 곧 내겠다는 다짐까지 다 쏟아 냈다.

그는 잠시 동안 아무런 말도, 아무런 움직임도 없었다. 나는 숨을 죽였다.

"원래 월세는 안 미뤄 줘." 마침내 그가 말했다.

"네, 알아요. 저도 원래 이런 부탁은 안 드리는걸요. 그동안은 그럴 필요도 없었고요. 정말 절대 이번 한 번뿐이에요."

제발 이런 집에 살게 해 달라고 애원해야 한다는 사실에 짜증과 분노가 솟구쳤다. 이런 후진 집에서 살게 해 달라고 빌고 있다니. 하지만 내겐 다른 선택지가 없었다.

한스는 어깨를 으쓱하더니 바닥을 바라보며 말했다. "뭐 방법이 없는 건 아니고."

나는 두 손으로 입을 가렸다. "정말요? 아, 진짜 감사합니다. 다음 달 월세 내기 전에 꼭 드릴게요."

그는 여전히 바닥에서 눈을 들지 않았다. "조건이 있어."

나는 고개를 끄덕였다. "당연하죠. 돈을 더 드릴게요. 연체금으로 백 달러 정도 드리면 어떨까요?"

그는 고개를 젓더니 마침내 내 눈을 보았다. "아냐. 그럴만한 가치가 있어야 미뤄 주지." 그의 눈길이 내 몸을 더듬고 내려갔다가 다시 위로 올라왔다. 속이 울렁거렸다.

설마 내가 생각하는 그건 아니겠지.

그가 한 발짝 앞으로 다가왔다.

나는 한 발짝 물러났다.

"셔츠 벗어." 그 한마디로 혹시나 했던 희망은 완전히 날아가 버렸다.

나는 얼굴에 혐오감을 숨기지 못하고 움찔했다. "농담하시는 거죠?"

"아니, 일단 벗어. 그러고 나서 월세를 어떻게 할지 얘기해 보자고."

"싫어요." 나는 가슴 앞으로 팔짱을 단단히 끼고 한 걸음 더 물러나면서 무기로 쓸 만한 것이 있는지 방 안을 재빨리 둘러보았다.

그의 얼굴이 붉어지더니 축 처진 얼굴이 분노로 일그러졌다. "토요일에, 씨발, 물이 안 나온대서 기껏 고치러 와 줬더니, 감히 월세를 늦춰 달래? 이 더러운 돼지 같은 년아. 내가 너 같은 년하고 하고 싶은 줄 알아?"

그는 자신처럼 더러운 말을 내뱉으며 나를 향해 더 가까이 다가왔다.

"나가세요!" 나는 소리를 지르고 소파 뒤로 몸을 숨겨 그를 가로막았다.

그는 그 굵고 더러운 손가락으로 내게 삿대질해 댔다. "너나 나가! 이 멍청한 년아. 스물네 시간 안에 나가. 안 나가면 씨발, 경찰 부를 거니까. 이 쓰레기들도 다 갖고 꺼져." 그는 집 안에 있는 물건들을 가리키며 팔을 휘둘렀다. "두고 가면 다 갖다 버릴 거니까."

그리고 현관으로 향했다. "내일 다시 올 거야. 그땐 사라져 있는 게 좋을 거야."

문이 쾅 닫혔고, 나는 바닥에 주저앉았다. 아드레날린, 공포, 역겨움, 그리고 절망감이 한꺼번에 밀려 올라왔다. 눈물을 멈출 수 없었지만 나는 벌떡 일어나 현관문으로 달려갔다. 손잡이 잠금장치를 누르고, 그 위의 걸쇠를 걸어 잠그고, 그다음엔 체인까지 걸었다. 문이 완전히 잠긴 걸 확인한 뒤 나는 주방 칼꽂이에서 식칼을 집어 들었다.

이제 진짜 어떡하지?

6

"나는 비참하기에 악할 수밖에 없다."

_메리 셸리Mary Shelley

내겐 이제 선택지가 남아 있지 않다. 더 이상 갈 곳도 없고, 생각할 시간도 없다. 통보 후 24시간 내 내쫓는 것이 과연 합법적인 절차인지 의심이 가긴 했지만 그걸 문제 삼는 것은 안전하지 않을 것 같았다. 그리고 그가 돌아왔을 때 여기에 남아 있을 생각은 절대 없었다.

나는 휴대폰을 집어 들고 주소록에서 엄마의 전화번호를 찾았지만 손가락은 선뜻 통화 버튼을 누르지 못했다. 차라리 아빠에게 전화를 걸까도 생각했지만 어차피 결정은 엄마가 하는 것이라 답을 듣는 시간만 늦어질 뿐이었다.

엄마가 날 외면하면 어쩌지? 그러지 않을 거라 믿고 싶지만 솔직히 그럴 가능성이 나를 받아 줄 가능성보다 큰 것 같았다.

나는 크게 심호흡을 하고 통화 버튼을 눌렀다. 이를 너무 악물어서 턱이 아플 지경이었다.

전화가 울리고, 또 울렸다.

이제 음성 사서함으로 넘어갈 것 같아 그만 끊으려는데 엄마가 숨이 찬 목소리로 전화를 받았다.

"여보세요?" 목소리에서 짜증이 묻어났다. 뭔가에 정신이 팔려 있는 것 같았다. 평소 같으면 이미 기분이 저조한 엄마에게 뭔가 부탁하는 일은 피하겠지만, 엄마의 기분이 좋아질 때까지 기다리는 것조차 지금 내겐 사치다.

"엄마, 저예요. 뭐 하세요?" 나는 목소리를 밝게 냈다. 최대한 다정하게.

"냉장고 청소하려던 참이야. 왜? 무슨 용건인데?"

그렇지, 예의 같은 거 챙겨 봐야 소용없지.

"엄마 도움이 좀 필요해요." 나는 엄마가 한 번도 내게 드러낸 적 없는 모성 본능을 자극하려고 애쓰며 말했다.

"무슨 일인데?" 엄마가 한숨을 내쉬었다.

"오늘 안에 집을 나가야 하는데, 갈 데가 없어요."

엄마가 침묵을 지키는 동안 내 맥박 소리가 귓속에서 울리는 것 같았다.

"…엄마?"

"지금 우리 집에서 재워달라는 거니?" 엄마가 물었다.

이빨이 다 바스러질 정도로 이를 악물었다. 정말 이 말까지 꼭 하게 만드는 건가.

"네. 달리 갈 데가 없어요. 오늘 안에 집을 비워야 해요."

사실 내일까지 시간이 있지만 여기선 하룻밤도 더 잘 수 없었다.

엄마가 또 한숨을 쉬었다. 엄마의 모습이 대강 그려졌다. 새치가 여기저기 보이기 시작한 갈색 머리를 언제나처럼 단정히 땋아 등까지 늘어뜨린 채 한쪽 손으로 허리를 짚고 얼굴을 찡그렸겠지.

"반지하실 소파에서 지내면 될 것 같네." 엄마가 말했다. "얼마나 있어야 하는데?"

반발심에 내 안의 모든 것이 끓어오르는 것 같았다. 됐으니 다 집어치우라고, 당신은 엄마라고 부르기도 민망한 인간이라고 말해 주고 싶었다. 자존심을 삼키기 위해 내게 남은 모든 기운을 쥐어짜 내야 했다.

"아무리 길어도 한 달이면 돼요." 그 말을 하는데 심장이 방망이질을 했다.

"알았다. 아빠랑 네 동생들한테 얘기해 둘게. 몇 시쯤 올 건데?"

"저녁 식사 시간 맞춰서 갈게요."

"그래. 너도 와서 먹을 생각이면 음식을 좀 더 해야겠네."

"그래 주시면 감사하고요."

엄마는 내게 무슨 일이 있었냐고, 괜찮은 거냐고 묻지 않았다. 혼자 짐을 옮길 수 있는지, 도움이 필요한 건 아닌지도 묻지 않았다. 눈물이 고이려고 했다. 나는 내 뺨을 후려치고 싶었다. 내게 무관심한 엄마 때문에 더 이상 상처받고 싶지 않았다.

전화를 끊은 뒤 차에 짐을 실었다.

결국 가구는 전부 두고 가기로 했다. 옷, 책, 그리고 잡동사니들만으로도 차엔 이미 자리가 남지 않았다. 그릇들을 들고 갈까 잠시 고민했지만 가져가 봤자 둘 데도 없을 거다. 그 역겨운 집주인 새끼보고 알아서 하라지.

운전석에 겨우 앉았을 때 몸은 땀범벅에다 숨도 가빴다. 한낮의 태양이 작열하는데 하늘엔 그 강한 광선을 가릴 구름 한 점이 없었다. 차가 앞으로 나아가기 시작했을 땐 6년 가깝게 나의 집이었던 곳 말고 앞만 보자고 마음먹었다.

어차피 다 쓰러져 가는 곳이었어.

부모님 집에서 다시 가족과 함께 살아야 한다는 생각만으로도 너무 절망스러웠다. 그 집에선 내 방이 있었을 때조차 환영받는 기분을 느껴 본 적이 없었다. 이제는 심지어 반지하실 소파에 나 앉게 됐으니 사생활도 없고 내 물건을 둘 공간조차 없다.

나 자신이 안쓰럽다는 생각을 떨칠 수가 없다. 어떻게 여기서 벗어날 수 있을지도 모르겠다. 내가 있어야 할 자리가 어딘지, 어떻게 가야 하는지도 모르겠다. 너무 많은 시간을 낭비해 버렸다.

부모님 집에 도착했을 땐 일단 아무것도 들고 들어가지 않기로 했다. 그래야 나를 위해 어느 정도 공간을 마련해 뒀는지, 내 물건을 어디에 둬야 할지 생각해 볼 수 있을 테니까.

문을 두드리려고 주먹을 쥐었다가 잠시 망설였다. 그리고 문손잡이를 잡으려다 다시 멈칫했다. 일단 크게 한숨을 내쉰 다음, 문을 두드리고 기다렸다.

볼륨을 최대로 높인 듯한 TV 소리를 뚫고 엄마가 고함치는 소리가 들려왔다.

그냥 돌아서고 싶은 마음이 굴뚝같다. 정말 다른 선택지는 전혀 없는 걸까? 거의 돌아서려는데 문이 벌컥 열렸고, 나는 그대로 굳어 버렸다. 셸비가 문간에 서서 히죽히죽 웃으며 말했다. "하이고, 그렇게 잘난 척을 하시더니."

나는 그녀를 밀치고 안으로 들어갔다. "닥쳐."

"대체 뭔 짓을 했길래 쫓겨났어? 그냥 다른 집을 구하면 되잖아? 설마 잘린 건 아니지?"

나는 돌아서서 셸비를 마주 보고 말했다. "닥치라고."

셸비는 킁킁거리며 비웃는 듯한 소리를 냈지만 나는 그냥 지나쳐서 반지하실로 향했다.

셸비가 내 뒤를 따라오는 게 느껴졌다. 돌아서서 우리가 어렸을 때처럼 머리통을 한 대 쥐어박고 싶었다. 셸비는 늘 말썽을 부렸고, 학교에서도 늘 싸움을 벌이는 문제아였다. 뭐랄까, 매를 사서 버는 타입이랄까.

나는 반지하실로 이어지는 계단 네 개를 내려가 마지막 계단에서 잠시 멈춰 섰다. 상자들이 잔뜩 놓여 있었다. 어떤 상자는 열린 채로 안에 든 짐이 일부 나와 있기도 했다. 소파에는 옷걸이에 걸린 옷들 한 무더기가 쌓여 있었다.

"이게 다 뭐야?" 나는 누구에게랄 것도 없이 그냥 물었다.

"베서니가 제레미랑 헤어졌어. 이사 간 날 바로 다시 들어왔지 뭐야. 그래서 자기 방으로 다시 짐을 옮기는 중이야." 셸비는 웃음을 숨기려는 기색도 없이 낄낄거렸다.

"그렇다고 왜 여기에 짐이 다 널려 있는 거야?"

엄마가 계단을 성큼성큼 내려오더니 나를 그냥 지나쳐 맞은편 벽으로 향했다. 그리고 마치 상자 안을 투시해서 볼 수 있는 것처럼 쭉 둘러봤다. "베서니가 집에 막 돌아왔어. 여기 물건들은 곧 옮길 거야. 자기 방 가구들을 새로 배치한 다음 짐을 들여놓고 싶다더라." 엄마는 내게 눈길 한 번을 안 주고 숨 가쁘게 말했다.

나는 한숨을 내쉬고 거실로 올라갔다. 그냥 아무와도 마주치지 않게 부엌 식탁에 앉아 있을 생각이었다. 하지만 셸비가 따라 들어와 식탁 끄트머리에 앉았다.

"온 가족이 다시 한 집에 모이니 좋네." 셸비가 말했다.

"응, 그래, 진짜 좋다. 다 같이 똘똘 뭉칠 생각에 벌써 설렌다."

"다 언니가 자초한 일이라는 거, 알지?"

"내가 뭘?"

"언니 스스로 겉돌잖아. 언니는 한 번도 우리랑 어울리려고 하지 않았어." 셸비가 일어서더니 나가 버렸다.

절망감에 한숨을 내쉬는데 눈앞이 흐려졌다. 나는 눈가에 맺힌 눈물을 닦아 내며 눈동자를 위로 들었다. 내가 왜 몰상식하고 교양도 없는 사람들과 어울려야 해?

나는 일어나서 현관으로 향했다. "잠깐 나갔다 올게요. 뭐 좀 살 게 있어서요." 나는 근처에 있는 사람 아무나 들으라고 소리쳤다.

차로 돌아와서 손바닥으로 운전대를 내리쳤다. 시동을 켜자 차가 부르릉 떨려 왔고, 나는 그대로 진입로를 후진해서 나왔다. 시내에는 24시간 영업하는 식당이 있었다. 카페 레바세 같은 곳은 아니지만 커피값도 저렴할 것이고, 뭣보다 나는 생각을 정리할 장소가 필요했다.

금연 표시가 입구에 붙어 있는데도 식당 안에서 담배 냄새가 났다. 아마도 여기선 다들 규칙을 무시하거나, 아니면 맘껏 피워대던 시절의 담배 냄새가 벽에 배어 있는 건지도 모르겠다. 알아서 앉으라는 안내문이 붙어 있어서 나는 일렬로 이어진 칸막이 있는 자리를 둘러보며 콘센트에서 가까운 자리를 찾았다.

"코드 꽂을 수 있는 자릴 찾아요?" 중저음의 목소리가 뒤에서 들려왔다. 나는 허리를 펴고 돌아섰다.

"네. 콘센트 쓸 수 있는 자리가 있을까요?"

남자가 돌아서며 고개를 까딱했다. 따라오라는 신호였다. 키도 크고, 어깨도 넓고, 머리카락은 연한 모래 빛 갈색이었다. 그가 나를 향해 돌아서서 자리 하날 가리킬 때 보니 아주 전형적으로 잘생긴 얼굴이었다. 십 년 전쯤엔 동네 풋볼 팀에서 쿼터백을 했을지도 모르겠다. 하지만 영화 속에서 이런 남자들이 모두 그렇듯이 동네를 떠나 도시로 가는 꿈을 끝내 이루지 못하고 결국 식당 종업원 일이나 하게 됐을지도.

"감사합니다." 나는 자리 안쪽으로 몸을 밀어 넣었다.

"넵." 그는 그렇게 말하고 떠났다.

나는 가방에서 노트북을 꺼낸 다음 충전 플러그를 자리 밑 콘센트에 꽂았다. 내 노트북 화면 맨 아래 작업 표시줄엔 워드 문서가 늘 떠 있다. 창을 닫지는 않지만 늘 최소화된 상태로. 나는 몇 달 만에 처음으로 그 문서를 클릭했다.

이 식당은 미적인 구석이라곤 전혀 찾아볼 수 없었다. 잠깐이었지만 이 칸막이 자리의 빛바랜 초록색이 한방에 나의 뇌를 마비시켜 버리는 건 아닐지 걱정될 정도였다.

내 문서. 늘 열려 있지만 한 번도 쓰지 않은 것. 제목은 있지만 내용은 없는 것. 커서만 나를 조롱하듯이 계속 깜빡거렸다. 그 긴 세월 동안 책 한 권 쓰지 못한 나를 놀리듯이. 나는 언제나 책을 출간하고 문학상을 받는 꿈을 꿔 왔지만, 그 꿈을 현실로 만들 첫걸음조차 떼지 못했다.

쓰다가 도중에 그만둔 원고만 열두 개쯤 됐다. 몇천 자 정도 겨우 쓰고 나면 이야기가 너무 밋밋하고, 너무 평범하고, 너무…, 별로라 더 이상 이어갈 수 없었다.

왕년에 동네 영웅이었던 그 남자가 옆으로 다가와서 나는 고개를 들었다. 아까는 못 봤는데, 앞치마에 '조'라고 적힌 명찰이 달려 있었다.

"마실 거 필요하세요? 아니면 식사?"

"커피 주세요."

"넵." 그가 돌아섰다.

"아, 저기, 조? 혹시 에스프레소나 라테 같은 건 없나요?"

"어. 없는데요오." 그는 말머리를 길게 끌었다. "한 시간 전에 내린 블랙커피가 다예요. 헤이즐넛 맛 크림이 있긴 한데."

나는 맥이 탁 풀려 말했다. "그거면 되겠네요. 감사합니다."

"그런데 제 이름은 로건이에요. 조가 아니라."

"그럼 왜 조라고 적힌 명찰을 달고 있는 거예요?" 내가 물었다. 이게 대체 왜 궁금한 건지 알 수는 없었지만.

"이런 대화를 하루에 다섯 번씩 해야 하는 게 너어무 재밌어서요." 그는 그렇게 말하고 돌아섰다.

그가 빈정댔다는 건 확실히 느꼈지만, 왜 그러는지는 알 수 없었다.

조인지 로건인지가 커피와 헤이즐넛 맛 크림 몇 개를 가져와 테이블 끝에 내려놓았다. "일하는 중인가 봐요?" 그가 턱짓으로 내 노트북 화면을 가리키더니 맞은 편 자리에 앉았다. 얘, 왜 이러는 거야?

나는 눈썹을 치켜올렸다. "네, 그런데요."

"뭐 하는 건데요?"

입이 절로 벌어졌지만 얼른 다물었다. 진짜 뭐 하자는 거야?

"제 원고예요."

"그러니까 책 같은 걸 쓰는 거?" 조금의 주저함도 없이 그가 물었다.

"그래요. 책 같은 거예요."

그는 이마를 찌푸리더니 자리에서 일어나 상체를 앞으로 쭉 내밀고 내 노트북 화면을 봤다. "아무것도 없는데요?"

"나도 알아요." 나는 이를 꽉 물고 대답했다. "그리고 그쪽이 그렇게 말을 걸면 계속 아무것도 못 쓰겠죠?"

그는 두 손을 번쩍 들어 보였다. "완전 알아들었어요!" 그렇게 말하고 그는 자리에서 일어나 떠났다.

나는 길게 한숨을 내쉬며 머릿속을 정리해 보려고 했다. 머릿속은 안개가 낀 듯 혼탁했고, 지금 무언가를 쓰려고 하는 것 자체가 헛된 짓이라는 생각이 먼저 들었다. 뜨거운 커피를 한 모금 마셨다가 혀만 데었다. 커피 맛은 싸구려에다 퀴퀴하기까지 했다. 인디애나폴리스의 커피숍들이 그리웠다.

한 시간 동안 간신히 몇 쪽을 썼다. 심지어 글이 나쁘지 않았다. 로건에게 내가 쓴 글을 보여 주고 싶다는 생각까지 들 정도였다. 이제 내 워드 문서에 아무것도 없지 않다는 걸 보여 주고 싶었다. 하지만 계산서를 들고 내 자리로 온 건 작은 체구의 빨간 머리 종업원이었다.

나오는 길에 소심하게 식당 안을 훑어보았지만 로건은 보이지 않았다. 근무 시간이 끝난 모양이었다.

해가 나무 뒤로 깊이 넘어가며 하늘이 어두워지고 있었다. 더위도 견딜 만했다. 이젠 계단으로 3층을 오르락내리락하며 내 물건이 담긴 박스들을 나르지 않아도 되니까.

집에 도착했을 땐 집으로 들어갈 때의 불편함을 억눌러 가며 문을 열어야 했다. 엄마는 나를 가뿐하게 휙 지나쳐서 계단을 향해 갔다. 그러다 내가 거실로 들어서자 두 손을 번쩍 들어 보이고 2층으로 올라갔다. 나는 엄마를 가만히 지켜보았고 엄마는 계단 위 층계참에서 다시 멈춰 섰다. "너 말이야, 집안일을 좀 도와야 하는 거 아니니? 우린 온종일 네 동생 짐 옮기느라 계단을 오르락내리락하고 있는데, 너는 몇 시간씩 나가 있기나 하고."

엄마는 내 대답을 기다리지도 않았다. 바로 쿵쾅거리면서 복도를 걸어갔다. 저러니 내가 어떻게 여기에서 한 달을 버티겠어. 내 짐 옮기는 걸 돕겠다고 나선 가족은 단 한 사람도 없었다. 그리고 나는 겨우 한 시간만 밖에 나가 있었단 말이다. 씨발.

7

"그녀는 더 이상 미래에 대한 희망으로
현재의 슬픔을 견딜 수 없었다."

_나다니엘 호손Nathaniel Hawthorne

밤 열 시쯤 되자 베서니는 오늘 짐을 옮기고 푸는 것을 그만 접기로 했다. 그러니까 오늘 밤 반지하실에는 여전히 그 애의 짐이 가득할 거라는 소리다. 나는 입을 꾹 다물기로 했다. 수적으로 밀리기 때문이다. 그리고 혼자서 소파 위에 남아 있는 상자들을 옮겼다.

차에서 잠옷, 세면도구, 베개, 그리고 이불만 가지고 와서 잘 준비를 했다. 정적이 섬뜩했다. 벽 너머에서 들려오던 도시의 소음에 익숙해져 버린 탓이다. 나는 이 집의 낯선 고요 속에서 잠을 청하려 애쓰다가 끔찍한 상상을 해 보았다. 1층에 불을 지르는 거다. 계단부터 불을 지르면 아무도 탈출할 수 없겠지. 그리고 나만 현관으로 빠져나가 한밤에 집이 타오르는 모습을 지켜보는 거다.

다음 날 아침, 나는 소파에서 벌떡 일어났다. 가족들이 깨기 전에 준비를 마치고 나가야만 했다. 다행스럽게도 다들 아침잠이 많으니 마주칠 일은 없을 것 같았다. 나는 세면도구 가방을 들고 살금살금 화장실로 가서 가능한 한 조용히 씻었다.

그리고 부엌으로 들어갔다가 깜짝 놀라 자빠질 뻔했다. 아빠가 두 손을 모아 커피잔을 쥐고 식탁에 앉아 있었다. 아빠도 나만큼 놀란 것 같았다. 나는 가슴에 손을 올리고 숨을 크게 내쉬었다.

"깜짝 놀랐잖아요."

"마찬가지야. 주말에는 적어도 11시까지는 나 혼자 깨어 있거든."

"죄송해요. 방해 안 할게요." 나는 물을 가지러 부엌으로 들어갔다.

"아냐. 그냥 나 말고 누가 깨어 있을 거라고 생각을 못 했을 뿐이야. 여기 앉아."

나는 잠시 머뭇거렸다. 아주 잠깐이라도 아빠랑 단둘이 앉아 시간을 보낸 게 언젠지 기억조차 나지 않았다. 늘 다른 가족들이 주변에 북적거렸으니까. 그들은 마치 캠핑장에 몰려든 비둘기 떼처럼 부산스러웠다. 나는 냉장고에서 생수병을 하나 꺼내 들고 식탁에 앉았다. 무슨 말을 해야 할까.

"거기에 네 동생 짐 쌓아둔 거 미안하다." 아빠가 턱짓으로 반지하실 쪽 계단을 가리키며 말했다. "다들 깨면 남은 짐 꼭 빼라고 할게."

나는 고개만 끄덕였다.

우리는 침묵 속에 앉아 각자 마실 것을 마시며 앞만 보고 있었다. 아빠도 나만큼이나 불편한 걸까?

아빠가 먼저 침묵을 깼다. "오늘도 출근하니?"

나는 잘렸다는 얘기를 아무에게도 하지 않았다. 얘기할 생각도 없다. 다른 건 몰라도, 질문 세례를 받지 않고 이 집에서 나갈 수 있을 방법은 그것뿐이니까. 출퇴근하는 데에 왕복 세 시간이 걸린다고 거짓말하면 내가 이 집에 있지 않아도 되는 시간을 그만큼 늘릴 수 있으니까.

"네, 오늘은 오후 근무예요."

아빠는 고개를 끄덕이고 커피를 한 모금 마셨다. 하고 싶은 말이 있는 표정인데도 그냥 커피만 한 모금 더 마셨다. 그리고 마침내 머그잔을 내려놓고 말했다. "지금 상황이 마음에 들지 않는다는 거 안다. 시내에서 이렇게 멀리 떨어져 사는 게 답답하겠지. 하지만 그렇게 나쁘기만 한 건 아니야. 그게…, 너도 알잖아. 조금이라도 같이 시간을 보낼 수 있는 것 말이다. 아빤 네가 와서 좋다."

생각지도 못했던 눈물이 맺혔다. "네. 저도 좋아요." 그리고 자리에서 일어섰다. 이렇게 이상한 감정에 휩싸인 채 앉아 있고 싶지 않았다. 사실 좋지 않으니까. 나도 그렇고, 엄마와 동생들도 그럴 것이고. 지난밤만 해도 모두를 산채로 불태워 버리는 상상까지 하지 했다. 하지만 아빠가 한 말이 위안이 된 건 인정할 수밖에 없었다. 가족에게 내가 돌아와서 좋다는 말을 들은 건 처음이니까.

"아빠, 이제 출발해야 할 것 같아요. 출근 전에 볼일도 좀 있고요."

"그래. 운전 조심하고."

나는 고개를 끄덕이고 서둘러 차로 향했다.

운전석으로 몸을 숨긴 뒤에야 어디로 갈지 생각해 보았다. 인디애나폴리스로 가고 싶었지만 수입도 없는 마당에 거기까지 왕복할 기름값이 있을 리 없었다. 하지만 가족들과 절대 마주치지 않을 만한 장소, 그리고 앞으로 내 삶을 어찌해야 할지 조용히 생각해 볼 수 있을 만한 장소가 필요했다.

동네를 차로 돌아보았지만 딱히 눈에 들어오는 곳은 없었다. 새로운 장소 찾기를 포기하고 어제 갔던 식당에 다시 가기로 했다. 제발 동생들이 식당 문을 열고 들어오지 않기만을 바랐다. 부모님은 일요일엔 집 밖으로 나오시지 않을 테니까.

노트북 가방을 들고 들어가 코드를 꽂을 수 있었던 어제 그 자리에 앉았다. 그리고 종업원이 오길 기다리는 동안 휴대폰을 꺼내 통장 잔액을 확인했다. 107달러. 그리고 며칠 있으면 휴대폰 요금이 빠져나갈 예정이다.

바로 그 순간, 마지막 급여를 내가 전에 살던 집으로 부쳐 주겠다고 사장이 말했던 게 생각났다. 나는 다시 가방을 들고 종업원을 지나쳐 차를 향해 전력 질주했다. 내겐 그 돈이 절실했다. 아무리 평소 월급의 절반뿐이라 해도 인디애나폴리스까지 다녀오는 기름값은 하고도 남을 돈이었다.

먼저 예전 아파트로 향했다. 한스가 보일까 싶어 거리와 보도를 둘러보는데 심장이 늑골을 두들기듯 쿵쾅거렸다. 섬뜩한 기분으로 그가 보이지 않는 걸 확인한 다음, 차에서 내려 예전 아파트 건물을 향해 내달렸다.

여기에 오니 기분이 이상했다. 어제까지만 해도 내가 사는 집이었다. 그리고 아무리 집 상태가 재앙 수준이라는 걸 알고 있긴 했어도 어느새 그 열악한 환경에 익숙해져 버렸던 것 같다. 너무 오래 봐 와서 눈이 멀어 버렸던 건지도 모르겠다. 이제 아파트 입구에 서서 보니, 누렇게 바랜 흰 벽이 꼭대기서부터 갈라지기 시작하는 게 보였다. 입구에 깔린 누더기 같은 갈색 카펫도 보였고, 이런저런 음식 냄새가 쓰레기 냄새와 뒤섞여 풍겨 오기도 했다.

입구 바로 안쪽에서 우편함부터 확인했다. 전단지들뿐이었다. 수표는 없었다. 나는 계단을 올려다보고 마음을 단단히 먹은 다음 3층까지 올라가기 시작했다. 현관 앞에 도착해서 잠시 망설이다가 문손잡이를 돌렸다. 놀랍게도 손잡이가 돌아갔고 문이 열렸다. 안은 조용했다. 그리고 어두웠다. 나는 문턱을 넘으며 집 안을 둘러보았다.

한스는 자기가 한 말을 그대로 실천했다. 남은 건 소파뿐이었다. 조리대 위에 올려 두었던 식기들도, 커피포트도, 심지어 화분들까지 모두 사라지고 없었다.

더 이상 보고 싶지 않았다. 볼 필요도 없었다. 내가 살던 집을 걸어 나오는데 마치 허물을 벗어 버리는 느낌이었다. 마치 삶의 의욕을 잃은 죄수처럼 그곳에서 빠져나오기 위한 어떤 노력도 하지 않았던 곳. 이제 그곳을 벗어나는 것에 어떤 슬픔도 미련도 느끼지 않았다.

카페 레바세로 차를 모는데 긴장감으로 목이 뻣뻣했다. 아무 생각 없이 주차장으로 들어갔다. 이제 카페에서 일하지 않기 때문에 주차비를 내야 했다. 하지만 길가에 주차하면 시간제한이 있고, 또 이렇게 도시에 왔으니 종일 머물 생각이었다. 달리 갈 데도 없었다.

카페가 보이기 시작하자 나는 자세를 꼿꼿이 했다. 그리고 입구로 향하며 조용히 기도했다. 제발 도나가 없게 해 주세요, 제발 도나가 없게 해 주세요.

나는 문을 열고 들어가 손님처럼 행동하려 했다. 나는 더 이상 여기 직원이 아니다. 밤 근무조가 청소를 제대로 했는지, 매니저가 아몬드 밀크 발주를 잊지 않았는지 걱정할 필요가 없다.

카페에 들어서자마자 도나와 눈이 마주쳤다. 씨발. 가만히 심호흡을 하고 카운터로 다가갔다. 도나의 얼굴엔 연민이 그득했다. 그 면상을 한 대 갈기고 싶었다. 정신 똑바로 차려. 이 바퀴벌레 같은 인간들이 너를 동정하게 하지 마.

"안녕하세요." 내 인사를 받고 도나가 되먹지도 않은 소리를 지껄이려 입을 여는 순간 내가 바로 말했다. "사장님이나 매니저님 계세요?"

나는 목소리에 평정심을 유지했다. 최대한 태연하게.

"매니저 안에 있어. 불러 줄게."

"그래 줄래요? 고마워요."

도나가 뒤뚱거리며 안으로 들어갔고, 30초도 되지 않아 둘이 함께 걸어 나왔다.

매니저는 가뜩이나 안 좋은 인상을 더 구겨 가며 말했다. "무슨 일이야?"

"사장님이 제 남은 급여를 우편으로 보내 주신다고 했는데 제가 이사를 해서요. 살던 집에 가 봤는데 아직 안 보내신 것 같아서, 시간 난 김에 제가 직접 받아 가려고 왔어요."

"아. 안에 있어. 오늘 보내려고 했지."

"잘됐네요. 지금 받아 갈게요."

그가 고개를 끄덕이더니 사무실로 들어갔다.

"도나, 제가 여기서 글을 좀 쓰려고 하는데 바닐라 라테, 일반 우유로 좀 부탁해도 될까요?"

"물론이지." 도나가 터치스크린에 주문을 입력했다. "그런데 돈은 받을 거야."

얼굴이 불타는 느낌이었다. "당연하죠." 나는 체크카드를 내밀었다. 지금 내가 공짜를 바란다고 생각한 거야?

도나는 카드를 긁은 다음 내게 건네줬다. "매니저만 없었어도 돈은 안 받았을 거야."

나는 그 말엔 대답하지 않고 내 수표와 내겐 너무 비싼 커피를 기다렸다. 곧 매니저가 흰 봉투를 들고 나타났다. "여기 있어."

나는 예의 바르게 웃어 보였다. "감사합니다."

도나에게서 커피를 건네받고 두 사람이 무슨 말이라도 더 걸까 봐 얼른 테이블로 갔다. 나는 제일 구석진 테이블 자리를 골랐다. 카운터에서 가장 먼 자리였다.

도나든 누구든 신경 쓰지 말자고 스스로에게 말하면서 가방에서 노트북을 꺼냈다. 부팅이 되는 동안 커피를 한 모금 마시고 한숨이 나오려는 걸 겨우 삼켰다. 그래도 커피는 진정 9달러의 가치가 있었다.

지난 며칠간 받은 모든 스트레스를 털어내 보려 했다.

하지만 스트레스는 사라지지 않았다. 마치 가슴 속에 바윗덩이처럼 그대로 남아 있었다.

"그래, 이제 앞으로 어떻게 살지 생각해 보자." 나는 혼잣말로 내게 속삭였다.

나는 빈 문서를 열고 타이핑을 시작했다. 이게 내가 무언가를 정리하는 방식이다. 현재 내 삶은 상당한 정리가 필요했다.

나의 문제는 무엇인가? 일자리를 잃었다. 그게 단가? 아니.

내 삶 전부가 문제다. 어쩌면 이건 잘된 일인지도 모른다.

어쩌면 우주가 내가 해이해진 걸 보고 이제 일어나 하기로 다짐했던 걸 하라고 이렇게 한 건지도 모른다.

좋아, 그렇다고 치자. 이제 나는 정신이 들었다. 다음으로 뭘 해야 할까?

일단 책을 써야 한다. 하지만 곧 돈이 다 떨어질 테고, 부모님 집에 얹혀살면서 어떻게 집중할 수 있겠나.

나중에 다시 생각해 보기로 하자.

나는 의자에 등을 기대고 커피를 한 모금 더 마셨다. 엉망이 된 내 삶을 어떻게 수습해야 할까?

그때, 마치 신의 계시처럼 그것이, 아니 그녀가 보였다.

그녀는 당당한 걸음걸이로 카운터로 향했다. 매끈한 밝은 금발이 검은색 민소매 블라우스와 대조를 이루고 있었다. 당당히 편 어깨, 정면을 향한 시선, 자신에 찬 그녀의 자세가 그녀를 실제보다 더 커 보이게 했다.

나는 최대한 눈에 띄지 않게 재빨리 내 물건을 챙겼다. 그녀가 카페를 나가자 커피를 한 모금 더 마셨다.

그리고 자리에서 일어나 아스트리드 코너를 따라 나갔다.

8

"영혼을 만족시키는 것, 그것이 곧 진리다."

_월트 휘트먼Walt Whitman

그녀는 걸음걸이가 빨랐다. 거리를 메운 인파 속에서 그녀를 놓치지 않기 위해 나는 뛰다시피 따라갔다. 그러다 약간 뒤처졌을 뿐인데 아예 눈앞에 보이질 않게 됐다. 온몸의 신경이 날카롭게 곤두서고 손끝이 떨렸다.

놓쳤나? 내가 뒤따르는 걸 알아차리고 숨었나?

아니, 그녀가 다시 보였다. 어떤 상점의 커다란 나무문을 열고 있었다. 아름다운 짙은 색 목재 현판에는 검은색 필기체로 '라 갤러리아La Galleria'라고 쓰여 있다. 스페인어인가? 아니면 이탈리아어?

나는 나무문을 지나쳐 계속 걷다가 블록 끝에서 길을 건너 갤러리 맞은편의 벤치를 찾아 앉았다. 그리고 기다렸다.

내가 질문을 던지자마자 우주는 내게 해답을 안겨 줬다. 아스트리드 코너는 내가 늘 원했던 삶을 살고 있었고, 내가 꿈에 그리던 남자와 결혼도 했다. 갑자기 해답이 너무 명확해졌다. 내가 해야 할 일은 바로 그녀가 되는 것이다.

나는 어차피 할 일도 없었고 갈 곳도 없었다. 그래서 기다렸다. 도시는 내게 익명성을 준다. 생각해 보면 정말 웃기는 일이다. 사람들 대부분은 누군가가 되기 위해 도시로 몰려든다. 다른 사람들 눈에 띄길 원하고 알려지길 원한다. 하지만 같은 목표를 가진 사람들이 너무나 많이 넘쳐나는 통에 너무나 쉽게 군중 속으로 사라진다. 인디애나폴리스는 뉴욕이나 LA 같지 않다. 유명해지고 싶어서 이곳으로 오는 사람은 없다. 대신 이곳은 좀 더 조용한 부류의 예술가들을 끌어들인다. 노트북이나 캔버스 뒤에 숨는 그런 부류들. 우리 같은 사람들은 무대 위나 카메라 앞에서 빛나는 타입이 아니다.

하지만 그 역시 이 도시의 한 단면일 뿐이다. 그런 예술가들을 제외하면 어느 도시에서나 볼 수 있는 비슷한 부류의 사람들로 가득하다. 그들은 저마다 목적지를 분주히 오가며 거리를 북적북적 채우고, 나를 그들 속으로 숨겨 준다.

내가 여기 너무 오래 앉아 있는 걸 누가 눈치챌까 봐 책을 한 권 꺼내 들고 읽는 척만 했다. 갤러리를 나가는 아스트리드를 놓치면 안 되니까.

시간이 가면 갈수록 혹시 뒷문으로 빠져나갔을까 봐 겁이 났다. 그녀와 그녀가 푹 빠져 있는 듯한 이 갤러리를 인터넷에서 검색해 보고 싶지만 역시나 눈을 뗄 순 없었다.

여기에서 일하는 걸까? 아니면 주인일까?

뭐가 됐든 이렇게 오래 머물 생각이었다면 그녀도 아마 내가 주차한 주차장에 차를 세웠을 거라 짐작했다. 노상 주차는 두 시간까지 가능한데, 벌써 세 시간 반이 지나고 있었다. 엉덩이에서 감각이 느껴지지 않았다.

하지만 혹시 운전을 직접 한 게 아니라면? 시내로 나올 때 우버 택시를 이용하는 사람이 많으니까. 하지만 그녀를 놓쳤다고 해도 괜찮다. 그녀에 대해 알아볼 만한 정보는 충분히 얻었고, 즐겨 찾는 커피숍이 어딘지도 이미 알고 있으니까. 그런데도 나는 벤치에 뿌리를 내린 것처럼 꼼짝 않고 계속 그녀를 기다렸다.

그녀는 원래부터 카베 레바세의 단골이었던 걸까? 내가 오전 근무를 한 건 얼마 되지 않았었지만, 그녀가 자주 왔었다고 해도 눈에 띄었을 것 같진 않았다. 테오와 함께 나타나지 않았다면 말이다. 그 카페를 즐겨 찾는 돈 많은 여자들과 별반 다를 게 없기 때문이다.

순간 반짝이는 금발 머리가 내 시선을 끌었다. 그녀가 갤러리를 나와 종종걸음으로 걸어갔다. 믿기 힘들지만 몇 시간 전에 산 커피를 아직도 손에 든 채였다. 나는 벤치에서 벌떡 일어나 길 건너편에서 그녀를 뒤따라갔다.

그녀는 분명히 주차장을 향해 가고 있었다. 나는 달리기 시작했다. 내 차는 1층에 세웠으니까 그녀가 나가는 걸 보고 뒤쫓아 나갈 수 있다. 심장이 미친 듯이 뛰었다. 흥분해서이기도 하고, 갑자기 근육을 써서 그런 것 같기도 하다. 젠장, 정말 헬스장을 알아봐야겠어.

아스트리드는 모퉁이에서 사라졌고, 나는 더 빨리 뛰었다. 그러자 다시 그녀가 보였다. 여전히 주차장 쪽을 향해 가고 있다. 그러더니 거대한 시멘트 구조물로 곧장 들어갔다. 이렇게 운이 좋을 수가 있다니!

나는 주차장 출구 바로 옆에 세워 둔 내 차를 향해 뛰었다. 그녀가 몇 층에 주차했는지도 모르고 그녀의 차가 어떻게 생겼는지도 모른다. 나는 내 차 옆에 주차된 차를 긁지 않으려고 조심하면서도 최대한 재빨리 후진해서 차를 뺀 다음 다시 후진으로 들어가 주차했다. 그래야 잘 보고 있다가 그녀가 나갈 때 쉽게 따라붙을 수 있을 테니까.

파란색 픽업트럭이 내 앞을 지나갔다. 나는 눈에 띄지 않으려고 몸을 낮췄지만 저 차가 아스트리드의 차 일리는 없을 것 같다. 계기판 너머를 힐끗 보니 내 직감이 맞았다. 턱수염을 기른 남자가 운전석에 앉아 주차장을 빠져나가는 게 보였다.

그 뒤에 나타난 차는 하얀색 소형차였다. 일단 비싸 보였다. 앞 유리 뒤에서 금발이 언뜻 보였지만 다른 창문은 전부 어둡게 선팅되어 있었다. 그녀임이 틀림없었다.

나는 선글라스를 끼고 그 차 뒤를 따라 출발했다. 솟구치는 아드레날린 때문에 손가락이 떨렸다. 누군가를 미행하는 건 생전 처음이었지만 어떻게 하는지는 책에서 얼마든지 읽어 봤다. 아무리 소설이라고 해도 어느 정도는 현실을 반영한 것일 테니 지금은 읽은 대로 하는 수밖에 없다.

도시에서는 의심을 사지 않을 정도로 앞차와 거리를 두고 따라가는 게 쉬운 일이 아니다. 차선을 바꾸기도 어렵고, 신호등이나 횡단보도가 불쑥불쑥 나타나 흐름을 끊기 때문이다.

하지만 하느님이 내 편이었는지 그녀는 금방 대로를 빠져나갔다. 인제 보니 흰색 포르쉐다. 그녀의 차는 시내에서 점점 더 멀리 벗어나고 있었다. 이제는 좀 더 거리를 두고 따라가도 됐다. 심지어 몇 번은 위험을 감수하고서 그녀가 접어든 길로 방향을 틀기 전에 잠깐씩 멈추기도 했다.

그녀를 따라 거대한 대저택들이 늘어선 거리에 들어섰을 땐 더 멀리 떨어져야 했다. 집들은 서로 멀찍이 자리 잡고 있어서 이웃집은 거의 보이지도 않을 것 같았다. 내 차는 이 동네에서 너무 튀었다. 어쩌면 누구네 집에서 일하는 가정부로 볼 수도 있겠지만 이런 동네는 일하러 오는 사람들도 비싼 차를 탈 것 같았다.

하얀색 포르쉐가 방향을 틀자 나는 속도를 줄였다. 그녀가 들어간 진입로를 눈으로 따라가니 내가 여태껏 본 집 중에서 가장 인상적인 집이 나타났다. 마치 빅토리아풍의 성 같았다. 주택이라기보다는 오랜 역사를 가진 명문대학교 건물에 가까운 모습이었다. 저택의 양쪽 끝에는 건물에서 조금 앞으로 나온 육각형 탑이 하나씩 솟아 있었다. 건물 전체가 벽돌로 지어져 있었고, 수많은 아치형 창문들이 나 있었다. 벽 위를 타고 오른 담쟁이덩굴은 마치 완벽하게 그려 넣은 그림 같았다.

저택은 대지 안쪽으로 깊숙이 들어앉아 있었고, 그 앞을 거대한 검은색 철제 대문이 가로막고 있었다. 대문 역시 그냥 문이 아니라 저택만큼이나 하나의 예술 작품 같았다. 철제를 꼬아 만든 화려한 장식들과 꽃들로 치장되어 있었다.

아마도 입구에 CCTV가 있을 것 같아서 나는 저택을 지나쳐 계속 차를 몰았다. 힐끗힐끗 봐 가면서 휴대폰 네비게이션에 부모님 집을 목적지로 설정했다. 아스트리드와 테오 코너가 정말 저런 대저택에서 살고 있다고? 어쩌면 누군가를 방문한 건지도 모른다. 하지만 나는 직감적으로 알았다. 저 저택이 그들의 집이라는 것을.

나는 아스트리드에 대해 더 많은 것을 알아야 했다. 그녀의 모
든 것을 알아내야 했다.

9

_메리 셸리Mary Shelley

집에 돌아오니 안에서 싸우는 소리가 들렸다. 벽을 넘어서 고함치는 소리, 물건 던지는 소리가 마치 나의 어린 시절 주제곡처럼 울려 퍼졌다. 한 가지 확실한 건 엄마가 분명 저기 있을 거란 거였다. 베서니와 셸비가 싸울 때도 엄마는 어느 한쪽 편을 들었고, 주로 베서니 편이었다. 그리고 마치 그게 자신의 싸움인 것처럼 열을 올렸다.

나는 그저 평화롭게 앉아 필요한 조사를 하고 싶을 뿐이다. 기어를 후진으로 넣고 동네 식당에 갈까 생각했지만 브레이크에서 발을 떼려는 순간 현관문이 벌컥 열렸다. 입술이 일그러진 채 콧김을 내뿜으며 엄마가 나오더니 나를 발견했다. 지금 떠나 버리면 엄마의 분노가 고스란히 내게 향할 것이다. 뭐, 떠나지 않는다고 해서 별반 달라질 건 없지만.

나는 기어를 파킹에 두고 천천히 차에서 내렸다.

"어디 갔다 오니?" 현관 계단을 올라가는데 엄마가 쏘아붙였다.

"일하고 왔어요."

엄마는 내 말을 믿지 않는다는 듯 코웃음을 쳤지만, 나는 현관을 지나 곧장 반지하실로 들어갔다. 절대로 걸려들지 말아야지.

아빠가 약속한 대로 상자들은 치워져 있었다. 나는 노트북 가방을 소파에 내려놓았다. 이제 차에서 내 짐을 좀 가져와도 되겠다 싶어 주위를 둘러보는데 마치 내 마음을 읽기라도 한 듯 계단참에서 엄마의 목소리가 들려왔다. "여길 네 방처럼 생각하면 곤란해. 아무 데나 이것저것 막 늘어놓고 그러지 마라."

나는 코로 한숨을 내쉬었지만 대답은 하지 않았다. 엄마는 그냥 내게 싸움을 걸고 싶은 거다. 하지만 말려들지 않을 거다. 나는 지갑을 뒤져서 20달러짜리 지폐 두 장을 꺼냈다. 그리고 계단을 올라가 엄마에게 내밀었다.

"이게 뭐니?"

"제가 먹는 것들도 있고, 얼마 안 되지만 보태려고요." 나는 부엌으로 가서 냉장고를 열며 말했다.

"아빠가 피자 사러 가셨다." 엄마는 말하면서 돈을 주머니에 쑤셔 넣었다. "그런데 왜 이렇게 오래 걸리는지 모르겠네. 나간 지 한 시간이나 됐는데."

날이 서 있던 엄마의 목소리가 좀 누그러지긴 했지만 이제는 그 짜증이 아빠에게 향하고 있었다. 마치 새 숙주를 찾아 헤매는 바이러스 같다. 내가 냉장고 문을 닫자마자 현관문이 열렸다.

"여보, 피자 좀 받아줄래?" 아빠가 입구에 서서 말했다.

엄마가 뛰어가 피자 박스를 받았다. "당신, 이게 다 뭐예요?"

나도 현관 쪽으로 갔다. 아빠가 커다란 나무 상자를 끌고 들어왔다. 서랍장인가?

"집에 오는 길에 이게 길가에 있는 거야. 어떤 남자가 20달러에 판다고 해서 바로 가져왔지."

"그걸 뭐 하러?" 엄마가 물었다.

아빠는 날 올려다보며 말했다. "로라가 쓰게. 옷하고 이것저것 넣어 둘 수 있을 거 아냐."

가슴이 꽉 조여 왔다. 비록 누가 쓰다 길가에 내놓은 못생긴 서랍장이지만, 날 생각해 주는 아빠의 마음에 코끝이 찡했다.

"얘가 여기서 계속 산대? 나가고 나면 이걸 어떡하라고?"

아빠는 서랍장을 이고 엄마를 그냥 지나쳐 반지하실로 내려갔다. 그리고 어깨 너머로 외쳤다. "로라가 들고 나가도 되고, 싫다고 하면 집 밖에 내놓으면 돼. 누가 가져가겠지."

나는 아빠를 제외한 가족들과 같은 식탁에 앉아 피자를 먹기 싫어서 배가 아프다고 핑계를 댔다. 아직은 아스트리드가 될 방법을 알지 못하지만, 지금처럼 두툼한 허리와 출렁거리는 팔뚝 살은 전혀 도움이 안 될 거라는 것 정도는 안다. 나는 저녁 식사 대신 담요와 노트북을 챙겨 소파에 기대앉았다.

먼저 페이스북을 확인했다. 내 것 말고 사라의 계정으로 접속했다. 어차피 내 계정엔 아무것도 온 게 없을 것이다. 메시지 아이콘 옆에 조그맣게 숫자 3이 보였다. 그걸 클릭하는데 익숙한 짜릿함이 손끝에서 느껴졌다. 에단은 내가 예상한 그대로 답장했다.

미안하지만 저를 다른 사람과 착각하신 것 같네요.

저는 이제 학교 안 다녀요. 19세기 영문학은 제겐 악몽입니다. 하하. IT 쪽에서 일하는 사람이라서요.

정말 조금도 예상에서 벗어나지 않는다. 나도 그를 더 알고 싶다는 듯이 정말 똑똑하신 분이겠다며 답장을 썼다. 에단이 자신을 띄워 주는 말을 아주 좋아한다는 걸 알고 있었기 때문이다. 늦은 밤 그의 집에 있던 여자와는 진지한 관계가 아닌 모양이다.

나는 새 탭을 열고 '아스트리드 코너'를 검색했다. 검색 결과가 몇 개 나왔다. 온라인 기사들, 페이스북 프로필, 그리고 웹사이트 하나. 나는 먼저 웹사이트를 클릭했다.

LaGalleria.com

화면 맨 위에 그녀의 이름이 우아한 필기체로 길게 펼쳐지며 나타났다. 아마도 갤러리 현판에서 본 것과 동일한 글씨체 같다. 스크롤을 내리자 판매 중인 그림들이 떴다. 그녀가 그린 그림들일까? 그녀는 화가인 걸까? 가격은 적혀 있지 않았다. 나의 경험상 가격이 안 적혀 있다는 건 내가 살 수 없다는 얘기였다. 일단 하나 클릭해 보았다.

작가의 이름을 복사해서 검색 창에 붙여 넣었다. SNS 계정 몇 개와 광고 사이트들이 몇 개 뜨긴 했지만 엉뚱한 정보들뿐이었다. 나는 작가의 이름 옆에 '예술가'라는 말을 덧붙여서 다시 검색해 보았다. 여전히 나오는 게 없었다. 아마도 인터넷을 기피하는 부류의 예술가인 모양이다.

갤러리 웹사이트에서 파는 다른 그림들을 전부 클릭해 봤지만 어느 것에도 아스트리드의 이름은 없었다. 그런즉 그녀는 화가가 아니라 미술품 딜러인 것 같다. 그것도 업계에서 꽤 인정받는 딜러인 것 같다. 그녀가 판매 중인 작품 목록에 있는 그림들은 하나에 수십만 달러씩 하는 것들이었다. 심지어 수백만 달러에 팔리는 것들도 몇 개 있었다. 하지만 작품의 작가들 중 몇몇만 검색으로 찾아낼 수 있었다.

나는 웹사이트에서 '갤러리 소개'를 클릭하고 아스트리드 코너가 5년 전 갤러리를 연 배경에 대해 읽었다. 그리고 예정된 전시를 소개하는 페이지들도 둘러봤다. 가장 가깝게는 4주 후에 일반에 공개되는 전시가 있었다.

나는 검색을 멈추지 않고 이번에는 그녀의 페이스북 프로필을 클릭했다. 프로필 사진에서 그녀는 매끈한 검은 원피스를 입고 물결치는 긴 금발 머리를 늘어뜨린 채 카메라를 보고 있었다. 하지만 그 외에는 전부 비공개로 되어 있었다.

나는 몸을 기울여 휴대폰을 집어 든 다음 인스타그램을 열고 그녀의 이름을 검색했다. 테오는 SNS 계정 자체가 아예 없었지만 그녀는 분명 갖고 있을 것 같았다. 내 예상대로 계정은 있었지만 이것도 비공개였다.

아니, 요즘 누가 계정을 비공개로 해?

나는 아침에 쓰던 문서 창을 열고 다시 계획을 세우기 시작했다.

아스트리드 코너. 어떻게 그녀의 삶을 가질 수 있을까? 그녀는 돈, 남편, 기회, 내가 원하는 것 전부를 가졌다.

테오가 그녀를 버리고 나를 선택하도록 만들 수 있을까?

돈, 외모, 접근성.

내 인생의 해답은 찾았지만 어떻게 실현할 수 있을까? 나는 무일푼에, 실업자에, 내가 있어야 할 곳에서 한 시간 반이나 떨어진 부모님 집에 얹혀살고 있는데.

나는 돈이 필요하다. 시내에, 아니면 적어도 시내 근처에라도 살 집이 필요하다. 다시 검색 창으로 돌아가서 '부업'에 관한 영상을 몇 개 찾아냈다. 세상에 온통 돈 얘기뿐인 게 정말 싫지만, 돈 버는 법을 검색했더니 온갖 광고들이 뜨기 시작했다. 카드 광고, 대출 광고.

대출도 여러 개 받았고, 내가 생각해 낼 수 있는 모든 신용 카드 사에 전부 카드를 신청한 끝에 자랑스럽게도 나는 총 1만 5천 달러를 손에 넣었다. 내가 예상했던 것보다 훨씬 큰돈이었다.

큰 빚을 졌지만 이건 새로운 인생을 위한 투자라고 생각해야 했다. 테오가 아스트리드를 버리고 나를 선택하게 만들겠다는 계획은 무조건 성공해야 했다. 무조건 해내야 한다.

모든 징후가 내 계획이 옳다는 걸 보여 주고 있다. 아스트리드는 아름답고, 돈도 많고, 성공했다. 그녀는 나만큼 테오를 필요로 하지 않는다. 그녀는 쉽게 다른 사람을 찾을 수 있을 것이다. 카페에서 테오를 처음 봤던 때를, 그가 나를 쳐다보던 눈길을 떠올려 봤다. 만약 아스트리드가 그의 영혼의 단짝이라면 나를 그런 눈길로 봤을 리 없었다.

대출받은 돈은 24시간 이내에 내 계좌로 입금될 예정이었다. 편리함과 즉각적인 만족을 보장하는 이 시대에 감사함을 느끼는, 내 인생의 드문 순간이었다. 내일 이맘때쯤이면 나는 1만 5천 달러를 가지고 있을 것이다. 내 계획을 실행에 옮길 수단을 갖추게 되는 거다.

다음 날, 계좌에 돈이 입금됐을 때 수많은 가능성이 떠올라 머리가 아찔했다. 한꺼번에 이렇게 많은 돈은 처음 가져 봤다. 일단 시내로 나가서 헬스클럽 회원으로 등록했다. 그다음엔 마트로 가서 냉동 야채와 닭 가슴살을 카트에 가득 담았다.

그리고 미용실을 예약했다. 가격은 현기증이 날 정도로 비쌌다. 하지만 60달러짜리 염색과 400달러짜리 염색의 차이는 확연했다. 이제 나는 400달러짜리 머리를 한 여자가 됐다. 헤어 디자이너에게 보여 준 사진은 미리 캡처해 두었던 아스트리드의 프로필 사진이었다. 몇 시간 동안 탈색 약품의 따가운 자극을 견디고 나서 거울 속의 내 모습을 바라봤다. 하마터면 숨이 막힐 뻔했다. 나 금발이 될 운명이었나 봐.

나는 주로 시내나 헬스클럽에서 시간을 보냈다. 이제는 기름값이 문제가 아니었으므로 필요한 조사를 위해선 그만한 곳이 없었다. 나는 최고급 바에 가서 새로운 나로 완벽하게 거듭나기 위한 정보들을 얻었다. 작가 지망생이었던 것이 내겐 큰 장점으로 작용

했다. 나는 사람들을 관찰하는 법을 잘 알았기 때문이다. 내겐 어떤 사람을 규정하는 아주 사소한 것들을 알아보는 눈이 있었다.

한번은 돈 많은 젊은 층이 찾는 '좀비 클럽'이란 고급 바에 갔었다. 사람이 정말 많은 날이었는데 키 큰 갈색 머리 여자가 내 눈길을 끌었다. 그녀는 허리를 꼿꼿이 펴고 이곳저곳 걸어 다니며 대화에 쉽게 들어갔다가 쉽게 빠져나왔다. 그녀가 새로운 무리의 사람들에게 갈 때 남자들의 눈길이 그녀에게 머무는 것을 나는 지켜보았다.

그녀의 자신감은 공간 전체를 장악했다. 그녀는 자주 미소 지었고, 사람들이 자기에게 말을 걸면 고개를 끄덕이며 들었다. 그녀는 주위 사람들에게 진심으로 관심이 있는 것 같이 보였는데, 바로 그런 면이 사람들을 끌어당기는 것 같았다. 우리는 모두 사람들이 자신의 이야기를 들어주길 바라니까.

그녀의 옷차림 역시 완벽했다.

같은 바를 찾은 다른 날 밤, 나는 어떤 여자가 이 남자 저 남자의 팔에 매달리는 모습을 지켜보았다. 그녀가 화장실에 가면 남자들은 킥킥거렸다. 그녀는 너무 애를 쓰고 있었다. 남자들의 팔에 매달릴 때도 어딘가 절박해 보였다. 같이 춤을 추자며 앉아 있는 남자들의 팔을 끌어당기는 모습도 그랬다. 정신을 놓은 것까진 아니지만 늘 다른 사람들보다 더 취해 있었다. 혼자만 너무 빨리 달리고 있었다.

나는 내가 매력을 느끼는 여자와 그렇지 않은 여자에 대한 모든 것들을 기록해 두었다. 내 몸에 들인 노력의 대가가 드러나길 기다리며 내가 원하는 자세나 인상을 연습하고 다듬었다.

살은 생각보다 훨씬 쉽게 빠졌다. 출근하듯이 매일 헬스클럽에 나가서 종일 운동을 하고 닭 가슴살과 채소만 먹으니 꽤 괜찮은 몸매가 만들어졌다.

새 옷을 고르는 일은 지금까지 해 온 일 중에 가장 즐거운 일이었다. 맘에 드는 몸매에 돈까지 있으니 옷 쇼핑은 예전과는 완전히 다른 경험이 됐다.

준비의 마지막 단계는 시내로 이사하는 거였다. 혹시 몰라 큰돈이 나가는 걸 피하려고 이 일은 최대한 늦추고 있었다. 먼저 새로운 나를 만든 다음 코너 가의 궤도로 진입하는 것이 순서였다.

코너가 유부남이라는 사실을 알고 내가 해고를 당한 날로부터 정확히 4주 뒤, 택시에서 보도로 내려선 나는 완전히 다른 여자였다. 내가 입은 검정 바지는 최신 유행하는 부드럽고 여유로운 핏이었다. 그리고 얇디얇은 누드 빛 레이스 탑은 내 노력의 결실인 가녀린 어깨와 허리 부분을 보일 듯 말 듯 드러내고 있었다. 이 코디는 좀비 클럽에서 자신감 넘치던 갈색 머리 여자가 보여 준 것과 똑같은 거였다. 나는 머리 스타일도 그녀를 똑같이 따라 했다. 윤기 흐르는 매끈한 스트레이트에 옆머리를 살짝 뒤로 넘겼다. 슈퍼 모델이라도 된 기분이었다.

나는 새로 발견한 자신감을 걸치고 갤러리 입구를 통과했다. 오늘 밤 열리는 행사는 예술 커뮤니티에서도 큰 관심을 보이는 행사였다. 티켓값은 말도 안 되게 비쌌지만 주변을 둘러보니 그 정도 가치는 충분했다.

"음료 드시겠습니까?" 돌아보니 흰 셔츠에 검은 턱시도를 갖춰 입은 웨이터가 황금빛 쟁반에 와인 잔을 받쳐 들고 예의 바른 미소를 짓고 있었다.

"네, 감사합니다."

"화이트로 드릴까요, 레드로 드릴까요?"

"레드 주세요."

그가 건네는 잔을 받아 붉은색 와인을 한 모금 마셨다. 우리 집에 두고 마시던 싸구려 와인과는 비교가 안 됐다. 나는 와인보다 '올드 패션'이라는 칵테일을 더 좋아했지만, 일단 비싸고 재료도 많이 들어가므로 기본적으로 늘 레드와인을 마셨다.

나는 천천히 시선을 돌리며 공간을 훑어보았다. 세심하게 설치된 천장 조명이 벽에 걸린 작품들을 제대로 비추고 있었다. 젊건 나이가 좀 들었건 이곳에 모인 사람들에게선 모두 하나같이 이 세계 사람들만의 품격이 엿보였다. 내가 가장 선호하는 예술의 형태는 '글'이었지만, 그렇다고 다른 매체의 예술을 감상할 줄 모르는 건 아니었다.

그리고 마침내, 내가 찾던 것이 눈앞에 나타났다. 여기까지 온 나의 목표이자 지금껏 해 온 모든 노력의 정점이 바로 이 순간이었다. 나는 숨을 깊이 들이마시고 붉은색과 파란색 꽃잎들이 그려진 그림 앞으로 성큼성큼 걸어갔다.

"이 작품, 정말 아름답네요." 내가 말했다.

"그렇죠? 이 작가님 작품 중에 제가 가장 좋아하는 그림 중 하나예요." 그녀는 나를 바라보며 따뜻한 미소를 지었다.

"혹시, 이 갤러리 대표님이신가요?"

그녀의 미소가 한층 더 밝아졌다. "네." 그리고 내게 손을 내밀었다. "아스트리드 코너예요."

10

> **"순결한 꽃처럼 보이지만
> 그 아래 숨은 뱀이 되어라."**
>
> _윌리엄 셰익스피어William Shakespeare

"저는 올리브 테이트예요." 나는 그녀와 악수하며 말했다.

"만나서 정말 반가워요, 올리브. 정말 예쁜 이름이네요." 그때 멀찍이서 누군가가 그녀의 이름을 불렀다. 그녀가 돌아보더니 그쪽을 향해 웃어 보였다. 일단 여기까지겠지. 머리가 빨리 돌아가지 않았다. "즐겁게 관람하시면 좋겠네요. 주변에 금색 배지를 단 스태프들이 몇 명 있어요. 그림에 대해 알고 싶은 점이 있거나 구매에 관심이 있으시면 그분들이 도움을 줄 거예요. 그럼 전 이만 실례할게요. 한 바퀴 돌던 중이라." 그리고 활짝 웃는데 그 웃음이 정말 눈부셨다.

"네, 만나서 반가웠어요." 나는 최대한 태연한 척 그림을 향해 다가갔다. 패배감 따위는 느끼지 않겠다. 이제 막 도착했을 뿐이다. 대화를 나눌 기회가 또 오겠지. 기다리는 동안엔 여기 사람들과 어울리면 된다. 여기엔 그녀를 아는 사람들이 많을 테니까. 그녀가 몸담고 있는 예술계의 지인들은 모두 여기 있다고 봐도 될 것이다. 그들과 안면을 많이 트면 틀수록 그녀와 '우연히 만날' 확률도 높아질 것이다.

나는 작품 사이를 오가며 내가 보고 있는 것들을 다 이해하고 있는 것처럼 보이려 노력했지만 실은 작품 앞에 모여 있는 사람들에게 더 집중하고 있었다. 어떤 작품 앞에 있는 작은 무리의 사람들에게 가까이 다가갔다. 나는 작품을 들여다보는 척하며 등 뒤에서 오가는 대화를 들었다.

"정말 화려한 행사네요." 한 여자가 말했다.

"조금 과한 것 같지 않아요?" 다른 여자가 말했다.

"전혀요. 이런 특별한 작품들을 위해 이 정도 격식은 차려야죠. 안 그랬음 오히려 불쾌했을걸요."

나는 와인을 한 모금 마시고 다음 작품으로 넘어갔다. 한 커플이 그림을 보며 대화 중이었다. 남자가 하는 말을 중간부터 들을 수 있었다.

"그럼 여덟 시에는 나가자. 경기 끝부분은 볼 수 있겠다."

"제발 그 경기 얘기 좀 그만하면 안 돼? 그렇게 빨리는 못 나가."

"난 이런 거 싫어!" 남자는 소리를 낮춰 악을 썼다. "그림 보는 거 정말 지루하다고. 그리고 추상화는 더 싫어. 아주 소름이 돋는다니까. 요가 가서 아스트리드를 만나면 나 때문에 일찍 나왔다고 해. 난 그래도 상관없으니까."

"아스트리드는 우리 친구고 우린 응원을 해 줘야 해. 그리고 당신, 명색이 작곡가면 이런 것들도 좀 즐기려고 노력해 봐."

그들은 다음 작품으로 넘어가며 내게서 멀어졌다.

나는 작품 앞에서 물러난 다음 웨이터를 찾아 빈 와인 잔에 와인을 더 받았다. 그리고 뒤에 있는 아까 그 커플에게 다가갔다.

"혹시 두 분은 우리가 대체 뭘 보고 있는 건지 이해되시나요?" 나는 여자 옆으로 가서 서며 물었다.

둘이 동시에 돌아봤다. 그리고 뭐라고 답해야 할지 머뭇거리는 것 같았다.

"그게, 저는 추상화는 정말 모르겠네요. 솔직히 이런 건 애들도 그릴 수 있지 않나요?" 나는 캔버스 위에 펼쳐진 색채 덩어리를 응시하며 말했다.

"내 말이 그 말이에요." 남자가 말했다. "내가 말했잖아." 그가 눈썹을 치켜뜨고 여자를 돌아봤다.

여자는 우리가 작품을 모욕하는 것을 혹시 누가 들을까 봐 주변을 살피며 남자의 입을 막았다. "그래, 당신이 말했지." 여자는 웃고 있었지만 불편해 보였다. 그녀는 한 손으로 드레스를 살짝 들어 올리며 말했다. "솔직히 우리도 이런 자리가 편하진 않아요. 하지만 친구를 응원하러 왔어요. 친한 친구가 이 갤러리를 운영하거든요."

"아, 그러시구나. 저도 방금 그분을 만났어요. 정말 사랑스러운 분 같더라고요."

그녀의 얼굴에 의아한 표정이 나타났지만 곧 사라졌다. 내가 왜 여기 있는지 궁금하겠지. 그림 볼 줄도 모르고, 아스트리드의 친구도 아니면서, 대체 왜 여기에 있는지.

"저는 작가예요. 지금 쓰는 책의 자료 조사를 하려고 왔어요."

"아, 그럼 혹시 테오의 학생이세요?" 그녀가 물었다.

"아뇨, BH 출판사와 신간 계약이 돼 있어요. 졸업은 오래전에 했고요." 나는 웃어 보였지만 속으로는 좀 움찔했다. 재수 없게 들렸을까?

"제가 실례했네요. 이 갤러리를 운영하는 친구 남편이 대학에서 글쓰기 강의를 하거든요. 학위를 주는 과정이 아니라 외부인도 등록할 수 있는데, 가끔 활동 중인 작가들도 수강하는 걸로 알아서요."

"그럼 저도 한 번 찾아봐야겠네요. 재미있을 것 같아요." 그녀가 고개를 끄덕였고, 나는 손을 앞으로 내밀었다. "저는 올리브 테이트라고 해요."

남자가 먼저 내가 내민 손을 잡았다. "닐 시거드슨입니다. 여긴 제 아내 테사이고요."

"두 분 모두 만나서 반가워요."

"어, 잠시만요. 아스트리드가 지금 짬이 난 것 같네요. 가서 얼굴 도장 좀 찍어야겠어요." 테사가 내 어깨 너머를 쳐다봤다. "그러면 당신도 그 망할 경기를 보러 갈 수 있겠네." 그녀가 남편의 팔짱을 끼고 끌어당기며 말했다. "그럼 전시 재미있게 보세요. 만나서 반가웠어요, 올리브."

그녀가 부른 내 이름에 등줄기가 간질간질했다. 그 이름을 고른 건 독특하면서도 약간은 이상하기 때문이었다. 이름만으로도 내가 흥미로운 사람처럼 들렸다. '로라'라는 이름이 한 번도 주지 못한 느낌이다. 지난주에 개명을 위한 법적 절차도 마쳤다. 나는 이제 법적으로, 공식적으로 올리브 테이트다.

그 뒤로도 몇몇 무리의 사람들에게 스며들었다. 밀물과 썰물처럼 아주 자연스럽게 들어갔다가 자연스럽게 빠져나왔다. 카페에서 고객을 응대한 경험 덕분에 나는 많은 기술을 습득했는데, 그중 하나가 눈앞의 상대에게 관심이 없어도 관심이 있는 척하는 것이다. 나는 몇몇 여자들과 함께 서 있었는데, 모두들 너무 예쁘게 생겨서 다시 예전의 나처럼 자존감이 바닥을 칠 뻔했지만 스스로를 다독였다. 쫄지 마, 나도 이제 예뻐.

"저기 봐." 한 여자가 말했다. 자신을 '재닌'으로 소개했던 그 여자는 먹은 게 다 올라온다는 듯 토하는 소리를 냈다. 저렇게 예쁘게 차려입은 미모의 여성과는 정말 어울리지 않는 소리였다. 나도 그녀가 가리키는 쪽으로 고개를 돌렸다.

한 남자가 아스트리드의 허리를 팔로 단단히 감고 있었고, 그녀는 그 남자가 하는 얘기에 웃고 있었다. 테오였다. 그를 올려다보는 그녀의 눈은 별처럼 반짝였고, 그녀를 내려다보는 그의 눈동자에서도 꿀이 뚝뚝 떨어졌다. 하마터면 나까지 토할 뻔했다.

"못되게 들릴 수도 있긴 한데, 저런 사람들 보면 좀 무섭지 않니?" 재닌이 말했다.

옆에서 가슴이 내 머리통만 한 갈색 머리 여자가 웃었다. "그게 무슨 소리야?"

"너무 완벽하잖아. 저렇게 완벽한 사람들이 진짜 있다고?"

"글쎄. 모든 걸 다 가진 사람들도 있잖아."

재닌은 술을 마시다 말고 고개를 절레절레 흔들며 입에서 잔을 뗐다. 그리고 와인을 꿀꺽 삼키더니 말했다. "아니, 저 사람들 분명히 지하실에 시체 같은 걸 숨겨 놓고 있을 거야. 내 촉이 맞을걸."

왕가슴이 코웃음을 쳤다. "잘도 그러겠다."

"어쩌면 지금이 신혼이라 그런 건 아닐까요?" 내가 물었다.

가슴이 농구공만 한 여자가 술을 한 모금 들이키더니 말했다. "두 사람 십 년도 넘었어요. 대학 때부터 만났으니까."

"참나," 재닌이 말했다. "신혼은 옛날에 지나갔잖아."

나는 어깨를 으쓱하고 와인을 한 모금 마셨다. 목구멍이 조여드는 느낌이었다. 십 년이나 함께였다니. 와인이 겨우 넘어갔다.

"한 남자랑 그렇게나 오래? 그분 물건이 꽤 실한가 보네요." 나는 위험을 무릅쓰고 노골적으로 말했다. 재닌과 가슴이 특대 G컵인 여자는 그런 표현을 좋아할 것 같아서였다. 그리고 정말 그게 먹혔다. 둘은 깔깔 웃더니 재닌은 친근하게 내 어깨를 툭 치기까지 했다.

나는 그 이후로 더 이상 아스트리드와 테오에게 접근하지 않았다. 지금은 때가 아니었다. 아스트리드에게 나를 소개한 것, 오늘 밤은 그것만으로도 충분했다. 테오의 경우에는 그의 시선이 가는 곳을 내가 몇 번 지나치긴 했다. 하지만 정말 강렬하게 올라오는 그를 보고 싶은 충동을 억누르고 절대로 눈을 마주치지 않았다. 그가 나를 보길 바랐지만 나는 미스터리한 여자로 남아야 했다. 사람들이 하나둘씩 갤러리를 빠져나가기 시작했을 때 나도 자리를 떴다. 몇 명 남지 않을 때까지 머물 생각은 없었다.

계획의 첫 단계를 잘 수행하고 성공적인 밤을 보냈다는 생각에 온몸이 들떠 흥분을 가라앉히기 어려웠다. 이대로 그냥 집으로 가고 싶진 않았다. 머리도 뭔가 팽팽 도는 느낌이었고, 정말 오랜만에 창의력이 샘솟으며 처음으로 뭔가 기발한 걸 할 수 있을 것만 같았다. 택시를 타고 몇 블록 떨어진 곳에 세워 둔 내 차 앞에서 내린 다음 내 차로 월컷까지 갔다. 가는 동안 음악에 맞춰 손가락으로 운전대를 두드렸다.

나는 부모님 집을 지나쳐 동네로 들어가 24시간 운영하는 식당 앞에 차를 세웠다. 글을 쓰고 싶다는 욕구가 올라왔다. 노트북 가방을 챙겨 식당에 들어가서 코드를 꽂을 수 있는 그 자리에 앉았다.

"이야, 오늘 좀 멋진데요? 설마 나한테 잘 보이려고 이렇게 차려 입은 건 아니죠?" 로건이 내 맞은편 자리에 털썩 앉으며 말했다.

나는 어이가 없어서 눈동자를 굴렸다. "그 자신감은 대체 어디서 나오는 거예요?"

그가 웃었다. "그러는 그쪽은 비가 오면 익사하겠어요. 코를 그렇게 치켜들고 다니니까." 그는 테이블을 손가락으로 두들기다가 자리에서 일어났다. "커피 드려요?"

"네." 나는 그에게 조금도 관심을 주지 않고 문서창에 집중했다.

"오, 드디어 뭔가 쓰긴 썼네요. 축하해요." 로건의 말에 나는 발끈했다. 그는 커피와 헤이즐넛 맛 크림을 테이블 위에 올려놓았다.

"그렇게 소리도 없이 슬그머니 나타나지 좀 말래요? 그냥 보통 사람처럼 평범하게 걸어오면 안 되겠어요?"

"넵, 알겠슴다!" 그는 손을 올려 경례 자세를 하더니 가 버렸다.

나는 고개를 절레절레 흔들고 다시 집중하려고 노력했다. 지난 4주 동안 꽤 자주 여기 왔지만 로건은 한 번도 보이지 않았었다. 저렇게 자꾸 산만하게 장난을 걸어오는 걸 피하려면 아무래도 로건의 근무 시간을 알아내야 할 것 같았다.

그가 가 버린 다음, 내 외모에 대해 그가 한 말을 곱씹어 봤다. 칭찬 같았지만 묘하게도 전혀 칭찬받은 느낌이 아니었다. 그를 처음 만났을 때 난 땅딸한 갈색 머리였다. 이제 나는 여리여리한 금발에 죽도록 비싼 옷까지 입고 있다. 그러면 '오늘 좀 차려입었네' 정도로는 반응이 너무 약한 거 아닌가?

난 대체 왜 이러는 걸까?

이까짓 동네 식당 종업원 말에 왜 이렇게 신경을 쓰고 있냐는 말이다. 정신을 차리자. 집중해야 한다.

시간은 계속 흘러갔고, 나는 키보드를 두드리고 있긴 한데 방금까지 쓴 걸 전부 삭제하고 있을 뿐이다. 지금 쓰고 있는 이야기에 도저히 집중이 안 됐다. 아스트리드, 테오, 갤러리, 그리고 아까 만난 흥미로운 사람들이 내 머릿속을 가득 채웠다. 나는 한숨을 내쉬고 노트북을 탁 닫아 버렸다.

"그렇게 별로예요?"

나는 깜짝 놀라서 팔꿈치를 테이블에 찧고 말았다. 그리고 휙 돌아보니 로건이 옆 테이블에 기대어 서 있다. "왜, 대체 왜 이러는 거예요?" 나는 팔꿈치를 문지르며 말했다.

"왜라뇨? 손님이랑 대화하면 안 되는 거예요? 글쎄요, 저는 원래 이래요. 언제나 사람들이랑 잘 어울리는 편이에요." 그는 내 머그잔에 커피를 더 부어 주었다.

"그쪽 근무 시간이 어떻게 돼요?"

"어, 지금 나한테 데이트 신청하는 거예요?" 그가 능글맞게 웃으며 한쪽 눈썹을 치켜올렸다.

"아뇨." 나는 딱 잘라 말했다.

"다행이네. 왜냐면 나는 당신이 동네방네 데리고 다니면서 자랑하고 다닐 몸이 아니거든요." 그는 팔짱을 끼며 말했고, 나는 한숨을 푹 쉬었다.

"그쪽 근무 시간은 피해서 오려고 물어본 건데요."

그는 미간을 좁히며 비웃는 표정을 지었다. "퍽이나." 그는 '스토커'라고 입 모양으로만 과장되게 말하더니 계산서를 테이블에 탁 놓고 갔다.

나는 5달러짜리 한 장을 가방에서 꺼내 계산서 위에 올려놓았다.

"하지만 꼭 알고 싶으시다면," 그가 속삭이듯 말했다. "사실 나 여기서 일하는 사람 아니에요."

이제는 내가 눈썹을 치켜들 차례였다. "근데 지금은 왜 여기서 일하고 계시나요?"

그는 어깨를 으쓱했다. "우리 할아버지 식당인데, 요즘 직원 구하기가 힘들어서 가끔 나와서 돕는 것뿐이에요."

"동네 영웅 납셨네." 나는 혼잣말처럼 중얼거렸다.

"뭐라고요?" 그가 입술 한쪽만 치켜올리며 웃었다.

나는 노트북을 가방에 쑤셔 넣고 어깨에 둘러멨다. "아무것도 아니에요. 전 이만 갑니다."

그는 고개를 끄덕하며 인사를 하고 테이블의 식기를 치우기 시작했다. 나는 식당을 나와 내 차를 향해 걸어갔다.

11

"나는 비통함 속에서 가슴 아프게 웃었다.
겉으로 보이는 나와 내 실체의 괴리를 보면서."

_나다니엘 호손Nathaniel Hawthorne

밤이 깊었고 종일 하이힐을 신고 다닌 탓에 발이 아팠다. 하지만 기분은 세상을 다 가진 것처럼 좋았다. 입가의 미소를 감출 수가 없었다. 지난 몇 주간 내 침대가 되어 준 반지하실의 소파에 몸을 던지고 싸구려 와인을 손에 들었다. 그리고 발가락을 꼼지락거려 값비싼 구두에서 발을 뺀 다음 안도의 한숨을 내쉬었다.

식구들은 주말 동안 캠핑을 떠났기 때문에 집엔 나뿐이었다. 나는 출근해야 한다는 핑계를 대고 캠핑에서 빠질 수 있었다. 와인을 한 모금 살짝 마시고 잔을 내려놓은 다음 휴대전화를 집어 들었다.

오늘 밤에 많은 사람을 만났기 때문에 조사할 것들이 아주 많았다.

제일 처음 만난 사람들은 닐과 테사 시거드슨이었다. 남자는 자기 아내와 아스트리드가 요가를 같이 한다고 말했다. 요가 스튜디오는 우연을 가장한 만남에 완벽한 장소다. SNS 플랫폼에서 테사를 검색해 보았다.

테사는 인스타그램 중독인 것 같았고, 사생활 노출 따위는 겁내지 않는 사람 같았다. 나는 새로 만든 올리브 테이트 계정으로 들어갔다. 아직 사진 몇 장 올렸을 뿐인데 팔로워가 몇백 명이나 됐다. 처음 올린 사진은 고층 아파트에서 찍은 도시의 야경 사진이었다. 누군가의 계정에서 퍼 온 거였다. 그 밑에는 이렇게 적었다. '결국은 인스타를 시작하게 됐네요!'

그리고 그녀가 올린 사진들을 훑어보다가 선글라스를 끼고 스포츠 브라를 입은 채 연갈색 벽돌 건물 앞에서 찍은 사진을 발견했다. 일주일 전에 올라온 사진이었다. 사진 밑에는 '솔스티스 요가 스튜디오'가 태그돼 있었다. 수고를 왕창 덜었군.

테사의 인스타그램을 더 파보기 전에 먼저 솔스티스 요가 스튜디오를 검색했다. 웹페이지에서 수업을 등록할 수 있게 돼 있어서 바로 사흘 뒤 아침 수업을 예약했다. 이상해 보이지 않으려면 보통은 일주일은 기다렸다가 '우연히' 아스트리드를 만나는 것이 이상적이겠지만, 내가 원하는 것을 갖기 위해 나는 이미 너무 오래 기다렸다. 그러니 사흘이면 충분했다.

수업을 예약한 다음에는 계속해서 테사에 대해 조사했다. 테사는 아스트리드의 친구이거나 적어도 지인일 것이므로 아스트리드에게 접근하는 데에 도움이 될 사람이었다.

테사는 두 아이의 엄마였다. 자기가 올린 사진 아래에 '#말썽쟁이꼬마둘'이란 해시태그를 달고 육아가 마치 아주 쉬운 일인 것처럼 보이게 하느라 시간을 쓰고 있었다. 온통 하얀색으로 꾸민 먼지 하나 없이 깨끗한 집, 완벽한 머리와 화장에 예쁜 코디, 색색깔의 샐러드와 아이들을 위해 짠 균형 잡힌 식단을 세상에 자랑하고 있었다. 그녀가 존재하지도 않는 뱃살을 만들어 내려고 거울 앞에서 잔뜩 웅크린 채 찍은 사진을 보고서 나는 앱을 닫아 버렸다. 그녀는 '#있는그대로의몸을사랑하자'를 위한 퍼포먼스를 연출하고 있는 거였다. 테사의 요가 강사는 상을 받아야 마땅하다. 테사의 몸은 애 둘을 나은 몸처럼 보이지 않았다. 심지어 출산한 지 열 한 달밖에 되지 않은 몸이 저렇다니.

집 안은 고요했다. 북적거리는 갤러리에 있다 와서 그런지 평소에는 즐기던 고요가 공허하게 느껴졌다. 흥미로운 사람들을 속에 둘러싸여 있는 동안 나는 살아있다는 느낌을 받았다. 살아오며 한 번도 느껴 보지 못한 감정이었다. 그러다 아스트리드와 테오가 서로를 바라보던 모습과 그들이 십 년이나 함께해 왔다는 사실이 떠올랐다. 내가 이 싸움에서 이길 수 있을까?

나는 한숨을 쉬고 작은 탁자에서 노트북을 집어 들었다. 이제는 새 아파트를 구할 때가 됐다. 아스트리드와 그녀의 친구들과 친해질 기회를 잡으려면 그들 가까이에 살아야 했다.

몇 시간에 걸쳐 인터넷을 뒤졌다. 당연히 좋은 곳에 살고 싶지만 그런 집은 내가 감당할 수 있는 수준을 넘어섰다. 이제는 1만 천 달러 남짓 남아 있었다. 그들과 어울리려면 그 돈을 가지고 있어야 한다. 몇 달 치 월세로 다 날릴 순 없다. 결국은 한동안 버틸 만한 집을 하나 찾아냈다. 시내에선 가깝지만 예전에 내가 살던 아파트보다 나아 보이진 않았다. 가구는 포함되어 있다지만 알지도 못하는 사람이 쓰던 침대에서 자고 소파에 앉으니 차라리 내 살가죽을 벗겨 버리는 편이 나을 것 같았다. 생각만 해도 진저리가 났다.

하지만 내일 집을 볼 수 있냐고 문의 메일을 보냈다.

노트북을 바닥에 스르륵 내려놓고 눈을 감는데 테오의 시선이 아스트리드 대신 나를 향했을 때의 감정이 떠올랐다. 나를 '예쁜 여자'라고 하며 바보 같은 에드거 앨런 포 농담에 웃던 그의 모습. 나도 행복할 자격이 있지 않나? 그리고 만약 테오가 아스트리드 대신 나를 선택한다면 내가 뭐라고 그걸 마다할까.

나는 옆으로 돌아누우며 소파 밑에서 테오가 준 배지를 꺼냈다. 그리고 그 매끄러운 표면을 엄지로 문질러 보았다. 그가 나에게 준 선물. 그가 내 생각을 했다는 징표. 그가 나를 원한다는 상징.

◆

아침 6시보다 좀 이른 시간에 요가 스튜디오에 도착했다. 원래 나는 아침형 인간이 아니지만 마치 크리스마스 날 아침의 아이처럼 들떠서 침대에서 더 오래 버틸 수가 없었다. 하지만 첫 번째로 들어가기는 싫어서 차에서 기다렸다. 누군가가 입구로 다가갈 때마다 심장이 빨리 뛰었다. 바로 눈에 띌 수밖에 없는 그녀의 금발 머리를 계속 찾고 있었지만 수업 시작까지 십분 밖에 남지 않았는데도 그녀는 보이지 않았다. 결국 나는 아마존에서 산 요가 매트를 들고 스튜디오로 뛰어 들어갔다.

수업이 시작됐는데도 여전히 아스트리드와 테사는 나타날 기미가 없었고, 나는 실망해서 그냥 돌아가야 하나 생각했다. 하지만 강사가 스튜디오 안을 돌아다니기 시작하자 어쩌면 그들과 마주치기 전에 미리 수업을 받아 보는 것도 나쁘지 않겠다는 생각이 들었다. 그러면 오늘은 헬스클럽에 가지 않아도 될 것이고.

다섯 번째 다운독 자세를 할 때쯤엔 내가 요가를 혐오한다는 결론에 도달했다. 도대체 이 자세의 어떤 부분이 몸을 이완시킨다는 거지? 나는 지금 그 어느 때보다 몸 상태가 좋은데도 여기서 몇 초만 더 내 무게를 지탱했다가는 손목이 나갈 것 같았다.

사바사나 자세에 들어가자 내 평생 가만히 누워 있는 것이 이렇게 행복한 적이 또 있었나 싶었다. 하지만 그것도 잠시뿐, 이제 일어나서 가고 싶은데 강사는 일어나라는 얘기를 하지 않았다. 모두들 그대로 바닥에 누워 있었다. 나는 한쪽 눈만 살짝 뜨고 혹시 일어난 사람이 있나 살폈다. 대체 언제까지 이렇게 누워 있어야 하는 거지? 인내심이 바닥나자 온몸이 근질거렸다.

강사가 마침내 우리에게 발가락과 손가락부터 움직여서 서서히 몸을 깨우라고 했을 땐 몸이 거의 벌벌 떨릴 지경이었다. 이보세요, 이미 5분째 움직이고 있었거든요.

나는 매트를 둘둘 말아 입구를 향해 뛰었다. 한참을 꼼짝 않고 있느라 안달이 나서 달리기라도 해야 할 것 같았다. 그리고 아스트리드를 우연히 만날 때까지 이 짓을 계속해야 한다고 생각하니 누군가에게 주먹질이라도 해야 직성이 풀릴 것 같았다.

요가를 끝낸 뒤 어쩌면 나의 새 아파트가 될 수도 있는 집으로 향했다. 나의 가장 큰 관심사는 '집주인이 변태인가?'였다. 집이 어떻게 생겼는지는 이미 알고 있었다. 전혀 기대가 없었다. 하지만 또 한스 같은 추잡한 인간과 엮일 순 없었다.

건물 앞에 차를 세웠는데 나의 예전 집과 느낌이 비슷했다. 안전할 것 같기는 하지만 그래도 혹시 몰라 주변을 한 번 살피고 빠른 걸음으로 들어가야 할 것 같은 그런 느낌.

어떤 여자가 아파트 복도에 서 있는 게 보였다. 내가 다가가는 소릴 듣고 그녀가 고개를 들었다.

"혹시 올리브 씨?" 그녀는 따뜻한 미소를 지으며 나를 향해 다가왔다.

"네, 맞아요. 안녕하세요."

그녀가 손을 내밀었고 우리는 악수를 나눴다. "저는 집주인 맥켄지예요. 이쪽으로 오시면 바로예요."

일단 인상이 좋다. 그리고 여자라는 것도 안심이 된다. 월세가 조금 늦는 일이 생겨도 셔츠를 벗으라는 말 같은 건 하지 않겠지.

"집을 내놓고 나서 몇 군데 손을 좀 봤어요. 사진을 새로 찍어 올리려던 참에 연락을 주신 거예요. 자, 이 집입니다." 집주인이 현관문 옆으로 비켜섰고 나는 집 안으로 들어갔다.

확실히 사진으로 본 것보다 나았다. 새로 손 본 곳들이 제법 괜찮았다. 여전히 후진 집이긴 하지만 적어도 조리대는 꽤 좋았다. "정말 좋네요. 수리하신 것 때문에 혹시 월세를 더 내야 하나요? 실은 이미 제 예산으로는 빠듯해서…."

"아니에요, 아니에요. 월세는 똑같아요. 걱정하지 마세요."

"다행이네요, 그럼 바로 계약할게요."

"정말요?" 약간 놀란 눈치였다.

"네. 언제 들어올 수 있을까요?"

집주인은 눈썹을 살짝 치켜올리고 입가에 미소를 지으며 열쇠를 건네주었다. "원하실 때 언제든지요."

그리고 부엌 서랍에서 계약서를 꺼냈고, 나는 여러 장에 나의 새 이름을 써넣으며 1년 계약을 마쳤다. '올리브'의 O를 한 바퀴 돌리고 V의 커브를 그릴 땐 심장이 두근거렸다. 나는 매일 조금씩 더 올리브가 되어 갔고, 매일 로라를 떠나보내고 있었다.

부모님 집으로 차를 모는 동안에는 흥분으로 몸을 떨었다. 부모님과 사는 것은 거의 고문에 가까웠고, 얼른 도시로 돌아가 본격적으로 내 계획을 실행에 옮기고 싶어 몸이 달아 있었다.

짐을 차에 싣느라 두 번째 오가는 중에 부모님 차가 내 옆으로 들어왔다. 내가 나간다는 사실을 알게 되면 엄마는 좋아 죽겠지. 조수석에서 내린 엄마는 내 차 뒷자리에 눈길을 보냈다.

"나가는 거니?"

"넵." 나는 서랍장에서 뽑아 온 서랍 하나를 트렁크에 집어넣느라 끙하는 소리를 내며 대답했다.

뒷좌석에서 베서니가 내리더니 나를 지나쳐 집으로 들어가며 눈동자를 굴려 댔다. 그러거나 말거나 나는 계속 짐을 나르려 그 애를 따라 안으로 들어갔고, 그런 나를 따라 아빠가 들어왔다. 아빠는 내가 뽑아 둔 다음 서랍을 들어 올렸다. "뒷자리에 다 들어갈까?" 물건이 가득 담긴 서랍을 내 차로 옮기며 아빠가 물었다.

"될 것 같아요. 조수석을 앞으로 당기면 비스듬히 눕혀서 넣을 수 있을 것 같아요."

나는 노트북 가방, 세면도구, 지갑을 조수석에 내려놓고 좌석을 앞으로 당기기 위해 손잡이를 찾았다. 그리고 반대편으로 가서 차에 탄 다음 운전할 수 있을 정도의 공간만 남기고 운전석도 최대한 앞으로 당겼다.

"서랍장은 내가 가져올게." 아빠가 말했다.

"고마워요, 아빠." 나는 나직이 말했다. 나를 돕겠다고 나선 사람은 아빠뿐이다. 엄마랑 동생들은 집으로 들어가 버렸다.

나는 현관문 옆에 서서 문을 붙잡고 아빠가 서랍장을 들고 계단을 내려와 차까지 가는 걸 봤다. 그리고 둘이 같이 서랍장을 들어 옆으로 비스듬히 눕혀 뒷좌석에 밀어 넣기 시작했다.

"언니, 그거 어디 있어?" 베서니가 문간에 서서 소리를 질렀다.

깜짝 놀라 하마터면 서랍장을 떨어뜨릴 뻔했다. 아빠가 서랍장을 이리저리 돌리며 좀 더 밀어 넣었다.

"뭐가 어디 있어?" 내가 어깨 너머로 소리쳤다.

"너는 반대쪽으로 가서 당겨 봐. 나는 밀 테니까." 아빠가 말했다.

아빠 말대로 차 앞쪽으로 돌아서 반대편으로 가는데 갑자기 뭐가 휙 하고 지나가는 것 같더니 베서니가 나를 차 옆면에 밀어붙였다. 그러더니 트렁크에 실어둔 서랍에서 옷을 꺼내 차 밖으로 던지기 시작했다. 나는 얼른 뛰어가 그 애를 밀어냈다.

"뭐 하는 거야, 너!"

"언니가 가져간 거 다 알아. 두고 나갔는데 와 보니까 없잖아. 내놔, 이 도둑년아!"

"대체 뭔 소릴 하는 거야?"

"제레미한테 받은 약혼반지! 내 방 서랍장에 넣어 뒀는데 없어졌다고!" 베서니는 나를 다시 밀쳐 내고 손에 잡히는 대로 옷들을 바닥에 내던졌다.

"그만해!" 나는 베서니의 팔을 붙잡고 차에서 떼어 내려 했다.

"그 반진지 뭔지 나한테 없거든? 난 네가 약혼한 줄도 몰랐어. 헤어졌다고 하지 않았니?"

베서니가 내 머리끄덩이와 셔츠를 잡아챈 순간 아빠가 베서니를 붙잡았다. 아빠한테 끌려가면서도 베서니는 손을 놓지 않았고, 나는 머리와 셔츠가 다 잡아 뜯기는 느낌이었다. 결국 나는 비명을 질렀고 제발 피를 보게 해 달라고 하느님께 빌며 베서니의 팔을 닥치는 대로 할퀴었다.

"안으로 들어가." 아빠가 베서니를 현관으로 몰다시피 하며 말했다. 그 와중에 셸비가 현관 앞 계단참에 서서 팔짱을 끼고 히죽히죽 웃는 게 보였다.

그리고 엄마가 현관에 나타났다. 마치 거실에서 팔 벌려 뛰기를 하다 나온 사람처럼 얼굴은 벌겋고 머리는 산발이었다. "로라, 동생한테 반지 줘. 네가 가져간 거 알아. 당장 돌려주고 여기서 사라져."

"반지 나한테 없다고요!" 내가 소리쳤다. 두피는 얼얼했고, 벽돌이라도 하나 들고 있었으면 엄마의 텅 빈 두개골을 향해 던지고 싶은 심정이었다.

"로라, 얼른 가." 아빠가 베서니와 엄마를 집 안으로 밀어 넣으며 말했다.

열이 올라 얼굴 전체가 화끈거리는 채로 나는 잠시 그대로 서 있었다. 무슨 말이라도 하고 싶은데 할 말이 생각나지 않았다.

"로라, 괜찮아, 그냥 가."

나는 트렁크와 차 문을 닫고 운전석에 앉았다. 그리고 아빠가 두 팔을 벌려 막아선 채 이성과는 담쌓고 사는 여자들을 이성적으로 설득하려고 하는 모습을 지켜보았다. 진입로에선 셸비가 비웃고 있는 모습이 보였다.

나는 후진으로 빠져나와 그대로 차를 몰았다.

새 아파트에 도착하고 나서 두 시간 동안 짐을 나른 뒤에야 거실 소파에 앉을 수 있었다. 그 소파에서 무슨 일이 있었는지 알 수 없었으므로 시트부터 덮어 두고.

해냈어. 빠져나왔어.

나는 옆으로 몸을 돌려 바지 주머니에서 다이아몬드가 박힌 은으로 된 반지를 꺼내 검지에 돌려 끼워 보았다. 촌스러운 게 딱 베서니 취향이다. 이걸로 중고 시장에서 몇천 달러는 받을 수 있었으면 좋겠다. 나는 휴대폰 카메라로 반지를 찍은 뒤 노트북 전원을 켰다.

오늘로 이번 주만 네 번째 요가 수업에 왔다. 이젠 그만둬야 하나 싶다. 이젠 사람들이 줄지어 들어와도 더 이상 기대되지 않는다. 그래도 거의 처음으로 수업에 도착한 나는 들어오는 사람들이 다 보이는 뒷자리에 자리를 잡았다.

발끝을 잡으려고 두 손을 뻗어 보았지만 손이 전혀 닿지 않는데, 그때 테사가 들어오는 게 보였다. 뒤에서 그녀를 지켜보는데 심장이 쿵쾅거렸다. 그리고 테사 뒤로 금발 포니테일이 좌우로 찰랑거리는 게 보였다. 그녀였다.

나는 시선을 돌리고 스트레칭에 집중하며 흥분을 가라앉히기 위해 안간힘을 썼다. 그러다 요가 매트가 획 펼쳐지며 바닥에 착

깔리는 소리에 눈을 들었다. 테사였다.

이제 시작이군.

"테사?" 내가 부르자 그녀가 돌아서서 내 얼굴을 알아보려고 애를 썼다. "테사 시거드슨 씨, 맞죠? 지난번에 갤러리에서 만났던 올리브예요."

테사의 얼굴이 밝아졌다. 기억하고 있었다. 자신에게 익숙한 공간에선 훨씬 더 밝은 모습이었다. "올리브! 안녕하세요! 어머, 여기 다니는 줄 몰랐네요. 오래 다니셨어요? 우리 같은 스튜디오 다니면서 서로 모르고 있었던 거예요?"

테사가 웃음을 터뜨리는데 기분이 날아갈 것 같았다. 평소 같았으면 이런 여자들을 질색했을 거다. 나를 잘 알지도 못하면서 친한 척하는 부류. 그날 겨우 통성명만 했을 뿐인데 마치 저녁 내내 함께 얘기하며 시간을 보내기라도 한 것처럼 구는 부류. 하지만 지금은 이런 과장된 가짜 친근함이 내게 유리했다.

"실은 다니기 시작한 지 며칠 안 됐어요. 그래도 만약 진짜 서로 모른 채 같은 곳에 다니고 있었다면 정말 재밌는 일이었겠네요."

"그러니까요! 올리브, 이쪽은 아스트리드 코너예요. 기억해요? 그때 전시회를 열었던 갤러리 대표." 내 미소가 한층 더 밝아졌다. "아, 맞아요! 그날 밤에, 아주 잠깐이긴 했지만 뵀었죠. 그날의 주인공이셨잖아요."

"저도 기억나요. 어떻게 올리브란 이름을 잊을 수 있겠어요?" 아스트리드가 미소를 지었다.

강사가 수업을 시작하며 모두 매트에 자리를 잡으라고 했다.

"수업 끝나고 얘기해요." 테사가 속삭였다.

나는 수업 전반부 내내 웃음이 나는 걸 참아야 했다. 매우 불편한 자세로 오래 버티느라 얼굴에 남아 있던 즐거움의 흔적이 싹 사라져 버리기 전까진 말이다.

영원히 끝나지 않을 것 같았던 사바사나 자세가 끝나자 나는 일어나 매트를 말기 시작했다. 간절해 보이지 않으려면 그들이 먼저 말을 걸어오는 편이 나을 것 같았다.

"올리브." 아스트리드가 내 이름을 부르자 나는 숨을 멈추고 고개를 들어 그녀와 눈을 맞췄다. "우리 요 근처 카페에 커피 마시러 갈 건데 같이 갈래요?"

"좋아요." 나는 너무 신난 강아지가 내는 소리처럼 들리지 않으려고 애쓰며 대답했다. 제발 걸어가야 할 텐데. 아직 차를 새로 바꾸지 못했고, 저들에게 나의 녹슨 고물 차를 보여 줄 순 없었다. 그녀들이 주차장을 지나쳐 계속 앞으로 걸어갔을 때 나는 안도의 한숨을 내쉬었다.

"몇 주 전에 아스트리드가 자그맣고 귀여운 카페를 찾았어요. 완전 마음에 들 거예요." 테사가 어깨 너머로 말했다.

그 카페가 혹시 카페 레바세일까 싶어 잠깐이었지만 두려움이 바늘처럼 손끝을 찔러 댔다. 말 많은 도나와 마주치기라도 하면 큰일이다. 그러면 아스트리드가 내 정체를 바로 알게 될 테니까. 하지만 여긴 도시 반대편이다. 나는 안전하다. 아직까진.

"여기예요." 테사가 아주 평범한 건물의 문을 활짝 열었다. 어떤 매장이 입점하더라도 이상하지 않을 신축 건물이었다. 전체적으로 밋밋했고 특별히 눈에 띄는 것도 없었다. 하지만 내부로 들어서자 전혀 예상치 못했던 모습에 입이 떡 벌어졌다. 카페는 마치 19세기 영국의 펍 같은 분위기인데, 모든 벽을 그림과 책들이 채우고 있었다.

"대단한데요." 나는 바보처럼 보이지 않으려고 입을 꾹 다물며 말했다. 그들을 따라 카운터로 갔고, 그들은 나부터 주문할 수 있도록 옆으로 비켜 주었다. 나는 내 마음을 찢고 내가 꿈꿨던 테오와의 미래를 박살 내던 날 아스트리드가 주문한 음료를 시켰다.

"와, 정말 신기하네요. 그거 내가 늘 마시는 건데." 아스트리드가 말했다.

나는 웃으며 '정말?'이라고 말하는 듯한 표정을 지어 보였다. 신기하다고? 정말? 자기가 늘 마시는 별것도 아닌 커피를 내가 주문한 게 그렇게 신기하다고?

주문한 커피가 나오자 나는 그녀들을 따라 구석의 나무 테이블 자리로 향했다. 테사와 아스트리드가 나란히 앉고 내가 그 맞은편에 앉자 마치 인터뷰를 당하는 느낌이 들었다. 하지만 나는 인터뷰에 소질이 있을뿐더러 모든 준비를 마치고 엄청나게 공을 들인 끝에 이런 기회를 얻게 된 것이 오히려 신났다.

"지난주에 전시회에 오셨잖아요. 어떠셨어요?" 아스트리드가 물었다.

"정말 좋았어요. 그런 전시회는 처음 가봤는데 앞으로 더 많이 다니고 싶어졌어요."

아스트리드가 미소를 짓자 완벽하게 다듬어진 눈썹이 이마 쪽으로 올라갔다. "와, 우리 전시가 올리브의 첫 번째 전시였다니, 영광인데요?" 그녀는 남부의 귀부인처럼 가슴에 손을 얹었다. "이런 질문, 실례가 안 된다면 왜 그 전시에 오셨던 거예요?"

"쓰고 있는 책 자료 조사 때문에 갔어요." 나는 테사를 보며 말했고, 테사는 커피를 마시며 고개를 끄덕였다.

"음, 맞아요. 출판사와 계약한 소설을 쓰고 있다고 하셨었죠." 테사가 내 말을 확인해 주었다.

"소설 작가세요? 우와. 우리 남편이 내가 작가님이랑 친구가 됐다고 하면 정말 좋아하겠는데요?" 아스트리드가 웃었다.

내 얼굴도 덩달아 환해졌다. "아, 그래요? 남편분도 작가세요?"

테사가 아스트리드의 남편이 대학에서 글쓰기 강의를 한다고 얘기를 하긴 했지만, 낯선 사람에게 자기 남편 얘기를 한 걸 언급하면 테사가 불편해질까 봐 모른 척 물었다.

"네. 대학에서 강의를 하고 있긴 하지만 실은 뼛속까지 작가인 사람이에요."

"예술가 집안이시네요!" 테오가 무슨 책을 썼는지 궁금했다. 인터넷에서는 그가 쓴 책을 하나도 찾지 못했지만 어쩌면 필명으로 활동하는지도 모른다. 이 도시에선 코너 가문을 모르는 사람이 없으니까 그 이름과 거리를 두고 싶었을 수도 있다.

저녁 식사 때 코너 부부가 나누는 대화는 우리 가족들이 나누는 대화와는 완전히 다를 거라 상상해 보았다. 예술과 문학에 대해 이야기를 나누겠지. 아침엔 커피를 마시며 문학 이론에 대한 이야기를 나누겠고.

"솔직히 부정은 못 하겠어요. 전부 제가 여자아이였을 때부터 꿈꿔오던 것들이에요." 그녀의 입가에 잔잔한 미소가 번지고 눈동자가 반짝였다. 나는 질투가 나야 마땅했고, 약간은 그렇기도 했지만, 그보다는 경이로움이 더 느껴졌다. 자기가 꿈꿔오던 삶이 그대로 이루어졌다는 것은 얼마나 놀랍고 멋진 일인가. 그리고 곧 그것을 빼앗기게 된다면 그것은 또 얼마나 슬픈 일일까.

"휴, 이런 감상적인 얘긴 이제 그만하기로 해요." 아스트리드가 웃으며 말했다. "테사, 데빈 생일 파티 얘기나 마저 해 줘."

이제 자기 차례가 되었다는 사실에 흥분한 테사의 눈이 커다래졌다. 나는 인스타그램을 통해 데빈이 테사의 첫째 아들이라는 사실을 알고 있었다. 그 애는 곧 네 살이 된다.

"응, 지난번에 얘기했지? 케이터링 예약을 다시 했다고." 테사가 나를 보며 부연 설명을 했다. "원래 예약했었던 케이터링 업체가 막판에 취소하겠다는 거예요. 그래서 시간이 얼마 안 남은 상황에서 새로 알아보느라 애를 먹었거든요."

"정말 다행이지." 아스트리드가 말했다.

"아무튼 이젠 토요일을 위한 모든 준비가 끝났어요. 파티 테마는 '여름의 마지막 축제'예요. 그래서 수영장도 열어 두려고요."

"신난다. 나는 수영장에서 놀아야지."

아스트리드가 수영장에 들어가 있는 모습은 상상이 잘 안 갔다. 아이의 생일 파티에서 수영을 하고 놀기엔 너무 우아해 보인달까.

"올리브도 놀러 오세요." 테사가 말했다.

순간 심장이 멎는 것 같았다. "아, 아니에요. 폐가 되고 싶진 않아요."

"오세요. 애들 생일 파티잖아요. 사람이 많을수록 더 흥이 나죠."

"그럼, 알겠어요." 나는 고마움을 느끼며 미소를 지었다. 진심이었다.

"자," 테사가 휴대폰을 꺼내며 말했다. "번호가 어떻게 돼요?"

내가 전화번호를 불러 주자 테사가 자기 휴대폰에 입력했다. 그리고 잠시 후 내 휴대폰에서 알람이 울렸다. 아스트리드의 휴대폰에서도 함께 울렸다.

"아스트리드도 초대해서 단체 채팅방을 만들었어요. 우리 둘 번호 알 수 있게. 7108로 끝나는 게 제 번호예요. 다른 하나가 아스트리드 번호고. 시간이랑 주소 문자로 보내 줄게요."

"고마워요." 나는 그렇게 말하곤 내 맞은편에 앉아 있는 두 여자를 쳐다봤다. 둘 다 예의를 갖춘 미소를 짓고 있었다.

테사가 아스트리드에게 데빈의 생일 선물에 대해 말하는 동안 나는 잠시 이 순간을 음미해 보았다. 이것이 바로 내가 그토록 원했던 순간이다. 카운터 반대편의 여자가 되는 것.

나는 계산대 뒤에 서 있는 바리스타를 바라봤다. 나보다는 어려 보였다. 아마도 대학생 같다. 머리를 단정하게 하나로 묶었고 눈가엔 다크서클이 짙어 보였다. 저 친구는 손님들을 보면서 어떤 상상을 할까. 그녀는 무엇이, 어떤 사람이 되기를 열망할까. 혹시 나를 부러워하고 있을까? 나 같은 사람을 목표로 삼기도 할까?

12

테사는 주소, 시간, 그리고 파티의 주제를 문자로 보내 주었다. 드레스 코드는 뭐고 뭘 챙겨야 하는지까지 세세히 알려 줘서 내가 따로 고민할 것은 하나도 없었다. 나는 하얀색 비키니를 선택했고 그 위에 하얀색 원피스를 입었다. 머리까지 밝은 금발이라 나는 마치 영화 〈화이트 올랜더〉에 나오는 르네 젤위거 같았다.

생일 선물은 장난감 가게에서 포장까지 다 해 줘서 수고를 덜었다. 테사는 아이를 위해 장난감 자동차를 사 달라고 했고, 그래서 그렇게 했다.

차는 우버를 부르기로 했다. 내가 낡은 고물차에서 내리는 걸 그 누구도 보게 할 순 없었다.

차에서 내리자 음악 소리가 들려왔다. 흰색 울타리 너머로 공기를 넣어 부풀린 노란색 에어 바운스의 꼭대기가 보였다. 이리저리 흔들리며 위로 불쑥 솟아올랐다가 다시 뒤로 누웠다가를 반복했다. 아이들과 어른들의 목소리, 웃음소리가 왁자지껄하게 뒤섞여 들려왔다. 입구로 다가가는데 저절로 미소가 지어졌다.

현관문에는 주황색 바탕에 흰색 글씨로 '데빈의 생일 파티에 오신 걸 환영합니다!'라고 쓰인 푯말이 붙어 있었다. 나는 커다란 파란색 문을 힘껏 열었다. 테사의 인스타그램에서 이미 사진으로 보았던 문인데 사진에서만큼 예쁜 문이었다.

소리가 들리는 쪽을 따라 안으로 들어가자 부엌이 보였다. 사진으로만 보다가 실제로 그 공간 안으로 들어가니 기분이 묘했다. 여긴 처음 왔는데도 나는 이미 릴스를 통해 은식기는 어디에 보관하고 있는지, 머그잔은 어느 찬장에 들어 있는지까지 알고 있었다. 뿐만 아니라 냉장고에는 뭐가 들어있는지, 설탕과 밀가루 통은 어디 걸 쓰는지도 알았다. 그리고 테사는 자신의 부모님이 하던 대로 구운 페이스트리나 식빵을 오븐에 그냥 보관하는데, 남편이 그것 때문에 돌아 버리려고 한다는 것까지 나는 전부 알고 있었다.

언제든 화재를 불러올 수 있는 위험한 습관이었다.

"올리브! 이렇게 와 줘서 정말 고마워요. 같이 뒷마당으로 가요." 테사는 두 손 가득 무언가를 든 채 팔꿈치로 이중 유리문을 밀려고 애를 쓰고 있었다. 나는 얼른 다가가 그녀가 들고 있는 것을 나눠 받았다. "고마워요." 테사가 한숨을 내쉬었다.

"뭘요. 또 도울 일 있을까요?"

"아니에요. 괜찮아요. 나가서 마실 거 드세요. 선물 테이블은 애피타이저 테이블 바로 옆에 있어요. 바로 보일 거예요." 테사는 그렇게 말하고 얼른 오븐으로 갔다. 오븐 안에 있던 빵들은 무사히 밖으로 옮겨졌다.

"뭘 또 만드는 거예요? 설마 케이터링 업체가 또 펑크 낸 건 아니죠?"

"아니요, 데빈 케이크를 만드는 거예요. 매년 케이크를 직접 구워 주는 걸 우리 집 전통으로 하고 싶어서."

"다정하기도 하셔라. 정말 제가 도울 일 없을까요?" 내가 물었다.

"정말 없어요. 고마워요, 올리브."

나는 밖으로 나가며 누가 내게 케이크를 구워 준 적이 있는지 기억해 내려고 애써 보았다. 우리 가족은 생일엔 언제나 밖에서 파는 케이크를 사 왔다. 제과점에서 상자를 열고 케이크 위에 시럽으로 우리 이름을 적어 주는 것으로 만족하곤 했다.

뒷마당은 전문가가 연출한 서커스 공연장 같았다. 공기를 넣은 대형 트램펄린과 슬라이딩을 할 수 있게 물이 흐르고 있는 비닐 매트, 그리고 수영장과 미끄럼틀이 설치돼 있었다. 그리고 마당 한쪽 텐트에는 바텐더가 대기 중인 미니 바, 음식이 올려진 테이블, 그리고 DJ 부스가 있었다. 정말 말도 안 되게 환상적이었다. 이런 세상에서의 내 삶은 완전히 다른 모습일 거다. 아이를 가질 생각은 전혀 없지만, 이런 부가 줄 수 있는 무한한 가능성이 너무 좋았다.

나는 천막 아래에서 밝은 금발 머리를 보고 그녀를 향해 걸어갔다. 이런 세상에서라면 내 삶도 아스트리드의 것처럼 보일 것이다. 아니, 아스트리드의 삶이 될 것이다. 선물 테이블에 내 선물을 올려놓고 아스트리드에게 다가가는데 테오가 그녀 옆에 나타나 음료를 건넸다. 요동치는 에너지의 파동이 마치 혈관 속에서 번개가 치듯 온몸을 관통했다.

드디어 올 게 왔다. 테오가 전시회에서 나를 봤다고 해도 지금처럼 가까이에선 보지 못했을 것이다. 지금의 나는 몇 주 전과는 완전히 다른 모습이지만 나와 오래 알고 지낸 사람이라면 알아보지 못할 리 없었다. 다행히 나는 해고되기 전까지, 그리고 그에게 아내가 있다는 사실을 알기 전까지 테오와 함께 보낸 시간이 거의 없었다. 하지만 그는 내 눈을 들여다보았었다. 내 얼굴을 세심하게 바라보았었다.

"아스트리드, 잘 지냈어요?" 그녀 옆에 가서 내가 말했다.

"올리브! 안 그래도 지금 있었으면 싶었는데!" 아스트리드는 나를 보아서 반갑다는 듯 활짝 웃더니 마치 친한 친구처럼 나를 꼭 안았다. 그녀의 머리카락에서 장미 향이 났고, 나는 그녀가 사용하는 샴푸가 무엇인지 알아내기 위해 그 향을 머릿속에 입력했다.

우리가 포옹을 풀자마자 아스트리드는 테오를 향해 돌아섰다. "이쪽은 제 남편, 테오예요. 여보, 이쪽은 올리브라고, 내가 말했던 작가 친구."

그가 손을 내밀자 나는 숨을 멈추고 그의 손을 잡았다. 한낮의 열기가 뜨거웠는데도 그의 손은 차가웠다. 그의 손길이 닿자 냉기가 등골을 타고 흘렀다. 나는 그의 눈을 바라보며 나를 알아보는 기색이 있는지 살폈다. 표정은 최대한 담담하게 유지하려 애썼다.

"만나서 반가워요, 올리브. 얘기 많이 들었어요."

알아보는 기색은 전혀 없었다. 예전에 본 적이 있다고 생각하지도 못하는 것 같았다. 나의 계획을 성공시키기 위해서 그게 바로 내가 원하는 것이었고, 그래야만 했음에도 불구하고 내 안에서 뭔가가 툭 내려앉는 느낌이었다.

"드디어 만나 뵙네요. 저도 말씀 많이 들었어요."

"다 좋은 얘기였어야 할 텐데요."

"거의 다 좋은 얘기였어요." 내가 아스트리드를 향해 눈을 찡긋해 보이자 그녀가 웃었다.

"바에서 뭐 마실 것 좀 가져다 드릴까요? 뭘 드시겠어요?"

"올드 패션 있으면 부탁드릴게요."

그가 미소를 지으며 고개를 끄덕였다. "아마 있을 겁니다. 잠시만요." 테오는 아스트리드의 뺨에 입을 맞추었고, 나는 고개를 돌려 버리고 싶은 충동을 가까스로 눌렀다. 그다음엔 나의 음료를 가지러 가는 그의 모습을 빤히 보지 않기 위해 애를 써야 했다. 그는 내가 기억하던 대로 숨이 멎을 만큼 매력적이었고 나는 그를 다시 만나기 위해 정말 오랫동안 인내심을 가지고 기다려 왔다.

그가 돌아왔을 때 나는 잔을 받아 들면서 숨을 멈췄다. 그의 손가락이 내 손가락에 닿길 기다렸지만 닿지 않았고, 그의 손이 그냥 내려가는 순간 나는 낙심했다.

"아스트리드 말이, 소설을 쓰고 계신다고." 그가 말했다. 나는 아스트리드와 테오가 거대한 벽난로가 있는 거실 소파에서 와인을 앞에 두고 앉아 내 얘기를 하는 모습을 상상해 보았다.

"네. 지난봄에 출판 계약을 했어요."

"정말 잘됐네요. 어떤 장르인가요?"

"순수 문학이에요."

"와. 요즘은 팔기 힘든 장른데요. 정말 대단하시네요." 그가 말했다.

"감사합니다. 다음 달 말까지 편집자에게 원고를 넘겨야 해서 요즘은 노트북 앞에만 앉아 있어요."

내가 그에게 한 말은 전부 거짓이었다. 나는 한 번도 책을 팔아 본 적이 없고, 심지어 책을 완성한 적조차 없다.

하지만 그가 그런 것까지 알 필요는 없다. 자신의 꿈을 이루지 못한 것은 로라니까. 올리브는 성공한 여자다. 올리브는 원하는 것을 가질 수 있다.

아스트리드의 시선이 내 어깨 너머로 향하는 것 같더니 그녀가 미소를 지으며 손을 흔들었다. 뒤를 돌아보자 우리 쪽으로 여자 둘이 다가오는 게 보였다. 나는 금방 그녀들을 알아보았다. 전시회에서 같이 얘기를 나눈 여자들이었다. 입이 거친 여자와 가슴이 큰 여자.

"둘이 오는 줄 몰랐어!" 아스트리드가 그 둘을 가볍게 안으며 말했다. "여기서 보니 너무 반갑다." 아스트리드는 그들을 우리의 작은 원에 끼워 주려고 한 걸음 물러났고, 나는 짜증이 올라오는 걸 애써 참았다. 셋만 돼도 조용히 대화하기엔 붐비는 편인데, 다섯 명이면 이건 교통 정체 수준이다. 아스트리드가 둘을 소개했다. 재닌은 기억하고 있었고, 가슴이 큰 여자는 이름이 '코리'라는 걸 알게 됐다. 그리고 아스트리드가 내 이름을 소개하자 재닌의 눈빛이 밝아졌다.

"맞아요! 어쩐지 낯이 익다 했는데, 우리 아스트리드의 갤러리에서 만났었죠?"

나는 고개를 끄덕이며 미소를 지었다. "맞아요." 저 얘기를 직접 꺼내다니 놀라운데. 그날 밤 재닌은 아스트리드와 테오에 대해 좀 안 좋게 얘기하지 않았나. 만약 내가 그 입장이라면 이들이 친해지기 시작했다는 사실이 신경 쓰일 것 같았다. 하지만 나는 아스트리드에게 아무 말도 전하지 않았으니 거리낄 게 없었다. 그리고 내가 생각했던 것보다 이 여자가 앞으로 자주 나타날 것 같으므로, 친분을 쌓아 두면 더 많은 걸 캐낼 수도 있을 것 같았다.

"둘이 친구 사이인 줄은 몰랐어." 코리가 말했다.

아스트리드가 고개를 저었다. "전시회 땐 아녔지. 그 뒤에 우연히 요가 교실에서 만났어."

아스트리드가 설명을 해 줘서 다행이었다. 그편이 내가 설명하려고 나서는 것보다 덜 수상해 보일 것 같았다. 그런데도 코리는 대놓고 호기심 어린 눈으로 나를 쳐다봤다. 하지만 금방 환한 미소를 지으며 어깨를 으쓱하더니 화제를 바꿨다.

바에서는 계속 술이 제공됐고, 나는 여기가 아이의 생일 파티장이라는 것을 떠올리며 속도를 조절했지만 다른 사람들은 모두 전속력으로 달리고 있었다. 태양이 어찌나 사정없이 내리쬐는지 천막 아래에 있는데도 통구이가 되는 느낌이었다. 잠시 대화가 끊겼을 때 나는 화장실에 다녀오겠다고 양해를 구했다.

부엌에 들어섰을 때 불어온 에어컨 바람은 오르가즘보다 더 짜릿했다. 화장실로 향하면서 나는 큰 소리로 한숨을 내쉬었다. 볼일을 본 뒤엔 세면대에서 손과 손목을 찬물로 적시고 찬 손으로 목뒤와 뺨의 열기를 식혔다.

그리고 아스트리드와 테오로부터 너무 오래 떨어져 있으면 안 될 것 같아 부지런히 테이블로 돌아가기 위해 화장실을 나왔다. 복도를 돌아가는데 부엌에서 달그락거리는 소리가 들렸다. 주방 조리대 앞에서 테오가 두 팔 가득 빨간 일회용 컵을 들고, 팔꿈치

116

와 몸 사이엔 팩 주스 한 상자를 끼고 서 있었다. 내가 들어서는 소리를 듣고 그가 고개를 들었다. 그리고 나와 눈이 마주치자 멋쩍은 듯 웃었다.

"누가 이런 심부름을 시켰나요?" 내가 아일랜드 식탁으로 다가가 기대어 서며 물었다.

테오는 일회용 컵과 주스 상자를 조리대 위에 내려놓았다. "그런 건 아니고요, 애들 음료를 더 채워 놓아야 해서 내가 돕겠다고 했죠."

"이 어린이들이 아주 술꾼 기질이 있네요."

테오가 웃었다. "어른들 뺨치죠."

이번엔 내가 웃었다. "저는 다들 너무 취하는 거 아닌가 저만 걱정하고 있는 줄 알았네요."

"어휴, 아직 시작도 안 한걸요. 파티는 밤부터죠. 그때까지 남아 있을 거죠?"

"글쎄요, 내일 종일 글을 써야 할 것 같아서요. 마감이 코앞이거든요."

"꼭 남으세요. 진짜 파티는 애들이 집에 간 다음부터니까." 그의 미소가 의미심장하다. 따뜻하다. 도발적이다.

나는 고민하는 듯한 표정을 짓다가 눈을 가늘게 뜨며 말했다. "그럼 숙취를 감당할만한 가치가 있어야 할 텐데요."

그가 의기양양한 미소를 지었다. "물론이죠. 자, 이제 좀 도와주시죠. 거기 주스 상자 좀 들어주세요." 그가 내게 윙크를 날렸다. 내 심장이 방망이질 쳤다. 저 죽일 놈의 윙크.

나는 그를 향해 다가가 필요 이상으로 가까이 섰다. 그리고 팔을 뻗어, 그의 몸을 가로질러 조리대 위에 놓인 과일 주스 상자에 손을 얹었다. "다른 건 필요 없나요?" 나는 목소리를 낮게 깔며 물었다.

그때 문짝이 벽에 부딪힐 정도로 활짝 열렸고, 나는 화들짝 놀라 테오에게서 한 걸음 물러났다.

"저기요, 주스 담당이 빨리 컵 가져다 달래요." 코리가 문가에 서서 말했다.

"여기 갖고 갑니다. 주스까지 챙기느라 팔이 부족했어요." 테오가 자신이 떨어뜨렸던 일회용 컵들을 집어 들며 아무렇지도 않게 말했다.

나는 주스 상자에 손을 얹고 내 쪽으로 끌어온 다음, 상자를 들어 올리고 미소를 지어 보였다. "이걸 혼자 다 들려고 애쓰는 모습을 보셨어야 했는데."

코리는 의심스러운 눈길을 숨기지 않고 말했다. "진짜 볼만 했을 것 같네요."

나는 그녀를 지나쳐 다시 뜨거운 열기 속으로 들어가며 내 얼굴이 이렇게 쉽게 달아오르지 않았으면 좋겠다고 생각했다. 상기된 뺨에서 열이 느껴질 정도라 더 죄지은 사람처럼 보일 것 같았다. 괜찮아, 아무 일도 안 일어났잖아. 하긴 무슨 일이 일어나려고 하는데 코리가 문을 벌컥 열고 들어오긴 했다.

다시 숨 막힐 듯한 더위를 느끼며 나는 아스트리드를 찾았다. 그녀는 수영장 옆에 무릎을 꿇고 앉아 울고 있는 아이를 달래고 있었다. 그녀의 아이일까? 그들의 아이일까? 그러고 보니 그들에게 아이가 있는지 없는지조차 나는 모르고 있었다. 아스트리드는 어린 여자아이의 뺨에서 눈물을 닦아 주며 뭐라고 속삭였다. 아이가 까르르 웃었다. 그리고 아스트리드가 일어서자 한 여자가 그들을 향해 달려왔다.

그 여자는 웃으며 아스트리드와 잠깐 이야기를 나눈 뒤 아이의 손을 잡았다. 아스트리드는 미소를 지으며 아이 엄마와 여자아이가 멀어지는 모습을 내내 지켜보았다. 하지만 미소 아래에서 어쩐지 슬픔의 흔적이 엿보였다.

그 일이 있은 뒤로부터 줄곧 나를 향하는 코리의 시선이 느껴졌다. 새로 구매할 그림과 조각 작품들을 보기 위해 곧 유럽에 다녀올 예정이라는 아스트리드의 얘기를 들으며 잠깐 왼쪽을 보았다가 깜짝 놀랐다. 코리가 혼자서 음료를 마시며 나를 똑바로 주시하고 있었다.

나는 침을 꿀꺽 삼키고 테사를 향해 돌아섰다. 테사는 뭔가에 대해 불평을 하는 중이었다.

"내가 친정에 간 사이에 그이가 그걸 다 설치해 놨는데, 어떻게 쓰는 건지 전혀 모르겠어."

닐이 두 손을 들어 보였다. "당신은 SNS 앱은 뭐든 척척 잘 쓰잖아. 당신이 종일 휴대폰만 붙들고 사니까 집도 휴대폰으로 관리하게 해 주면 좋아할 줄 알았지."

모두가 닐이 한 방 먹였다는 듯 '오우' 하고 소리 내자 테사가 팔꿈치로 닐의 배를 쿡 찔렀다.

"이러기야 진짜?" 테사가 쏘아붙이자 닐은 웃으며 그녀를 끌어당겨 안았다.

코리와 그녀의 친구들이 우리 무리에 합류했다. 작은 원을 만들고 있던 우리들은 모두 한 걸음씩 물러나며 그들이 낄 자리를 만들어 줬다. 나는 일부러 코리를 쳐다보지 않고 눈을 피했지만 그녀의 시선이 날 향해 있다는 건 느낄 수 있었다. 코리는 아스트리드 옆에 붙어 서서 그녀가 하는 말마다 맞장구를 치며 대화 속으로 끼어들었다.

"다음 주에는 런던에 며칠 있게 됐어요." 아스트리드가 말했다.

"정말 좋겠어요." 나는 코리가 끼어들기 전에 말했다. "그럼 남편분도 함께 가세요? 두 분이 같이 가시면 정말 좋은 휴가가 될 것 같네요."

"테오는 일해야 해서요." 아스트리드가 살짝 찌푸리며 말했다. "그이는 하고 있는 일이 많아서, 작품 보러 갈 땐 저 혼자 가는 편이에요."

"정말 아쉽네요." 나는 말했다.

그때 코리가 한 발짝 앞으로 나서면서 우리가 서 있던 원을 망가뜨렸다. "그러지 말고 딜러를 고용하는 걸 진지하게 생각해 봐. 매번 직접 다녀오면 시간이 아깝잖아."

"응, 맞아." 아스트리드가 말했다. "근데 내가 모든 걸 통제하고 싶은 게 문제야. 아직도 갤러리가 이렇게 성장한 게 익숙하질 않아. 하나부터 열까지 직접 해 왔으니까 일이 늘어도 놓을 수가 없네."

"그래, 이해해." 코리가 말했다. "하지만 이젠 모든 걸 혼자 다 할 순 없어. 다른 사람한테 맡길 수 있는 일은 맡겨야 전시에 더 집중할 수 있고, 가정에도 시간을 더 쓸 수 있고."

아스트리드가 고개를 끄덕였다. "생각해 볼게."

왜 코리는 아스트리드의 사업에 저렇게까지 신경을 쓰는 걸까? 나는 무심히 지켜보다가 그 점을 기억해 두기로 했다.

마당을 뛰어다니던 아이들의 숫자가 점점 줄어들 무렵 테사가 두 아이를 앞세우고 등장했다. 두 아이 다 배낭을 하나씩 메고 있었고, 여자아이는 금방이라도 넘어질 것 같았다. "데빈이랑 레아가 여러분께 정말 감사하다고 해요. 이렇게 데빈 생일 파티에 와 주시고, 너무 멋진 선물도 주셨다고요."

남자아이가 웅얼거리며 감사 인사를 마치자 테사는 아이들을 집 안으로 들여보냈다. 아스트리드가 내 쪽으로 몸을 기울이더니 말했다. "진짜 파티는 이제부터예요."

한 팀의 사람들이 들어와 일사불란하게 아이들 놀이기구를 철거하기 시작했다. 나는 테사의 뒷마당이 아이들을 위한 공간에서 어른들을 위한 호화로운 파티 장소로 바뀌는 모습을 지켜봤다. 테사는 이제 검정 원피스 수영복을 입고 허리에는 검정 랩스커트를 두른 모습으로 나타났다. 그리고 바 쪽으로 걸어가 아까 퇴근한 바텐더 대신 자기가 마실 음료를 직접 만들었다.

"자, 이제 그 난리가 끝난 걸 축하합시다!" 테사가 잔을 높이 들며 외치자 모두가 환호성을 질렀다. 나도 다른 사람들을 따라 잔을 높이 들긴 했지만, 내가 너무 겁도 없이 잘 모르는 곳에 와 있는 건 아닌가 싶어 약간 불안해졌다.

"애들은 다 어디 간 거예요?" 내가 아스트리드에게 속삭이듯 물었다.

"할아버지 할머니 댁으로요. 이게 애들 생일 파티 전통이에요." 흥미롭네.

내가 뭐라고 말을 할 새도 없이 아스트리드는 전속력으로 수영장을 향해 내달렸다. 상황 파악이 되기도 전에 아스트리드가 물속으로 풍덩 뛰어들었고 사람들은 또다시 환호성을 질렀다. 그녀가 물 위로 고개를 내밀었을 땐 얼굴 전체에 커다란 미소가 걸려 있었다. 나는 그 모습을 빤히 쳐다만 봤다. 아스트리드 코너는 물속에 첨벙 뛰어들 여자로는 도저히 안 보이는데. 이 여자는 계속 나를 놀라게 한다.

아스트리드만큼 갑자기는 아니지만 몇몇 사람들이 더 물에 뛰어들었다. 나는 수영장 끝에 걸터앉아 발만 담그고 올드 패션을 조금씩 마셨다. 약간의 취기가 느껴지긴 했지만 그래도 여기 있는 사람들 중엔 내가 가장 덜 취한 것 같았다. 코리와 재닌은 수영장 옆에서 내가 모르는 웬 남자와 바짝 붙어 수군거리고 있었다.

그때 바로 옆에서 누군가 말을 걸어왔다. 깜짝이야. "올리브, 내 친구를 소개해 줄게요." 테사가 내 옆에 쪼그려 앉았지만 그녀의 친구라는 사람은 그대로 서 있었다. 나는 몸을 뒤로 젖히고 목을 뒤로 꺾다시피 해서 그녀 옆에 있는 남자를 올려다봤다.

그가 손을 내 쪽으로 내밀었다. "안녕하세요, 켄이라고 해요."

악수를 하려고 손을 잡았는데 그가 내 손을 잡더니 끌어당겼다.

아, 이제 일어서야 하는 거야?

어색하게 몸을 일으키다가 나는 다리에 술을 쏟고 말았다. "아, 미안해요. 이런…." 그가 말을 더듬거리며 허리를 굽혀 자기 손으로 내 다리에 묻은 술을 닦아 주려 했다. 나는 한 걸음 물러났다.

"괜찮아요. 냅킨 좀 가져올게요." 나는 바를 향해 갔다. 테사는 이미 사라지고 없었다. 그래서 나를 웬 남자랑 엮어 주려고 한 걸 따질 수도, 나는 관심이 없다고 말해 줄 수도 없었다.

다리에 묻은 술을 다 닦아낸 후에 새로 잔을 채워 수영장 쪽으로 돌아갔다. 켄은 여전히 그 자리에 어색하게 서 있었다. "미안해요." 그가 다시 사과했다.

나는 괜찮다고 말하는 대신 그냥 웃었다.

"제가 기가 막힌 칵테일을 아는데." 그가 내 잔을 향해 턱짓하며 말했다. "새로 한 잔 만드시기 전에 알려드렸으면 좋았을 걸 그랬네요." 그가 긴장한 듯 어색하게 웃는데 좀 안쓰러웠다.

"어떤 칵테일인데요?" 나는 왜 이 남자의 장단을 맞춰 주고 있는 걸까?

"이리 오세요. 보여 드릴게요."

됐다고 말하려고 하는데, 그가 돌아서서 바 쪽으로 걸어갔다. 나는 어정쩡하게 서 있었다. 그를 따라가고 싶진 않은데 또 상처를 주고 싶지도 않았다. 나는 테오가 어디 있는지 둘러보았다. 그는 수영장 건너편 플라스틱 의자에 앉아 있었다.

내가 켄을 향해 갔더니 그는 술을 한 잔 들고 돌아섰다.

"여기요, 이거 드셔 보세요." 나는 그가 만든 혼합물을 의심스런 눈길로 보았다. 분홍색이었다. 좋은 징조는 아니다. "어서요, 한 모금 마셔 봐요."

어쩔 수 없이 한 모금 마셨다. 내가 알지도 못하는 남자가 건네 준, 심지어 만드는 과정을 직접 보지도 못한 술을 마시는 것에 대해 속에서 경고음이 울려 댔다. 빨대를 타고 설탕 맛이 올라와 입안 가득 퍼졌고, 나는 나도 모르게 인상을 썼다. 내가 이로 혀에 묻은 맛을 긁어내려 하는 모습을 보고 그는 낙담한 얼굴이었다.

"미안해요. 제가 예상했던 것보다 너무 달아서요."

"네." 그가 쓴웃음을 지으며 고개를 저었다. "확실히 좀 달긴 달죠."

"괜찮으시면 제가 올드 패션 만드는 법 알려 드릴까요?"

그가 미소를 지었다. "네. 아무래도 비장의 칵테일 제조법 하나는 알아 둬야 할 것 같네요."

나는 테오 쪽을 쳐다보지 않으려고 엄청 애를 쓰고 있었다. 너무 절박해 보여선 안 된다. 특히 아까 어설프게 접근하려던 시도를 방해받은 뒤라 더 조심해야 했다. 위스키를 따르는데 숨을 훅 들이마시는 소리가 들렸다. 입으로 낸 소리가 아니라 코로 들이마시는 소리였다. 고개를 돌려보니 코리와 아까 그 남자가 테이블 위로 허리를 숙이고 있었다. 코리가 몸을 뒤로 젖히는 순간 테이블 위의 하얀 줄이 그 남자의 콧속으로 사라지는 게 보였다.

손이 떨려서 들고 있는 위스키 잔 안에서 얼음들이 달그락거렸다. 나는 눈을 크게 깜빡이며 다시 칵테일 제조에 집중해 보려 애썼다. 그러니까 이게 다들 말하던 그 진짜 파티라는 거야? 빠져나갈 방법을 찾아야 할 것 같았다. 코카인을 하고 싶은 생각은 전혀 없으니까.

"생각했던 것보다 훨씬 쉽네요." 내가 올드 패션을 완성하자 옆에서 켄이 말했다.

"이제 비장의 카드로 달지 않은 칵테일을 하나 가지셨네요."

그는 아이스박스에서 맥주를 한 병 집어 들었고 우리는 다시 수영장 쪽으로 걸어갔다. 나는 흰색 커버 업 원피스를 훌렁 벗고서 다시 수영장 끝에 걸터앉았고, 이번에는 발만 담그는 대신 미끄러지듯 물속으로 들어갔다. 물 온도는 딱 좋았다. 편안할 정도로 따뜻했지만 너무 뜨뜻해서 찝찝하진 않을 정도.

켄이 신발을 벗고 내가 앉아 있던 자리에 앉아 발을 물에 담갔다. 나는 술을 한 모금 크게 들이키고 수면 아래로 깊숙이 들어갔다. 그리고 콘크리트 벽면을 발로 밀어 물 밑에서 수영장 반대편으로 건너갔다. 물 밖으로 올라왔을 땐 아스트리드의 바로 옆, 그리고 테오의 바로 앞이었다. 그는 여전히 의자에 앉아만 있었다.

"여기 있었네!" 아스트리드가 두 팔로 내 어깨를 감싸며 말했다. 그녀의 두 눈이 커다래져 있었다. 동공이 너무 확대돼서 푸른 눈동자가 거의 보이지 않을 정도였다. 그런 그녀의 모습이 어찌나 아름다운지 나는 완전히 압도되고 말았다. 화장은 거의 다 지워졌고, 이미 삼십 대이며, 지금 무언가에 완전히 취해 있다는 걸 알면서도, 그녀의 얼굴은 너무 어리고 순수해 보여서 그녀를 보호해주고 싶다는 충동까지 일었다.

그것은 원초적인 감정이었다. 이런 문명화된 시대에는 필요 없는 감정. 그녀는 나의 보호를 필요로 하지도, 원하지도 않을 것이다. 내가 이곳에 온 이유는 하나였다. 나는 그를 바라보았고, 그도 나를 보고 있었다. 그는 눈길을 돌리지 않았고 나 역시 그러지 않았다. 그의 눈길에 나의 가슴이 뜨거워졌고, 그를 위해서라면 나는 무엇이든 할 거란 걸 알 수 있었다. 그건 내가 누려야 마땅한 삶 이상의 무엇이었다. 돈, 기회 같은 것들 이상으로 그는 나의 운명이었다. 나는 느낄 수 있었다.

그때 아스트리드가 두 팔로 내 목을 휘감더니 바짝 끌어당겼다.

그리고 이마를 내 이마에 맞댔다. 그녀에게서 수영장 소독약 냄새와 땀 냄새, 그리고 장미 향 샴푸 냄새가 났다. 그 냄새에 취할 것 같았다. 취기가 내 머리끝까지 올라와 모든 것이 흔들렸다. 마치 우리가 나무 꼭대기에서 헤엄치고 있는 것처럼.

나도 내 몸을 고정해 보려고 아스트리드를 두 팔로 감았다. 흔들리는 나뭇가지들이, 아니, 물결이 나를 어지럽게 했다. 나는 그녀의 눈동자에 집중했다. 이렇게 가까이 붙어 있으니 보이는 것이 그것뿐이었다. 그리고 그때 그녀의 입술이 나의 입술 위로 포개졌다. 나는 그대로 얼어붙었다. 나는 키스를 하지 않았지만 그렇다고 그녀를 밀어내지도 않았다. 그녀의 입술이 벌어졌다. 내가 키스를 하려고 했던 사람은 이 사람이 아니었다. 나는 어찌할 바를 몰라 나도 그녀에게 입을 맞추었다. 거부하면 어색해질 게 분명했고, 그녀와의 사이를 망칠 순 없었다.

그녀의 혀에서 보드카의 맛과 다른 무언가의 맛이 느껴졌다. 딱딱한 무언가가 내 입 속으로 미끄러져 들어왔다. 달고 텁텁했다. 다른 생각을 더 할 겨를도 없이 나는 그것을 삼켰다. 아스트리드는 부드러운 미소를 띠고 눈은 거의 감은 채 나에게서 몸을 뗐다.

나는 다시 물속으로 들어가 수영장 끝까지 헤엄쳤다. 그 이후의 시간은 흐릿한 파편으로만 남았다. 미친 듯이 웃는 얼굴들이 너무 가까이에 있었다. 너무 가까웠고, 너무 시끄러웠다. 나는 돌고 있었다. 춤을 춘 건가? 아니, 떨어졌다. 세게. 얼굴이 아팠다. 어둠. 색깔의 소용돌이. 다시 어둠. 그리고 아무것도 남지 않았다.

13

"아, 거짓 하나를 지어내려면
우린 얼마나 뒤엉킨 거미줄을 짜야 하는가."

_월터 스콧Sir Walter Scott

잠에서 깨 보니 내 침대 위가 아니었다. 하지만 여전히 축축한 수영복을 입은 상태라는 걸 확인하고 안도감에 휩싸였다. 찝찝하고 불편하긴 했지만 낯선 침대에서 다 벗은 채로 깨어나는 것보단 이편이 훨씬 나았다. 혹은 내가 언제 입은 건지 생각도 안 나는 잠옷을 입고 있는 것보다도 나았다. 이 방에는 나밖에 없었다. 또 한 번 안도했다.

왼쪽에 길게 난 창들에서 빛이 쏟아져 들어왔다. 몸을 일으키다가 머리를 찌르는 듯한 두통에 신음을 뱉었다. 나는 눈을 질끈 감고 이마를 손으로 누르며 침대에서 내려오려고 애를 썼다. 흰색 침대 시트가 끝없이 이어지는 것 같았다.

발이 간신히 바닥에 닿자 억지로 몸을 세워 보았다. 입안에 침이 고이고 곧 토할 것 같았다. 주위를 돌아보니 방에 붙어 있는 화장실이 보였다. 깨질 듯한 머리를 부여잡고 화장실로 내달렸다. 너무 빨리 달렸나. 무릎이 변기 앞에 닿는 순간 눈앞이 캄캄해졌다.

시큼한 위액이 올라왔고, 속을 다 비워 냈는데도 헛구역질이 계속 나왔다. 마침내 뱃속이 진정되자 나는 그대로 바닥에 누웠다. 축축한 하얀색 수영복을 입고 땀범벅이 된 채 차가운 타일 바닥에 닿으니 몸이 덜덜 떨렸다.

그렇게 한참을 누워 있다가 겨우 일어섰다. 온몸이 다 아프지만 여기서 마냥 이러고 있을 순 없었다. 그리고 테사든 누구든 내가 괜찮은지 확인하러 왔을 때 이 꼴로 있고 싶지도 않았다. 다시 방으로 가 보니 침대 옆 탁자에 여러 가지 물건이 놓여 있었다. 생수 몇 병, 소염 진통제가 든 작은 약병 하나, 이온 음료 파우더, 잠옷 한 벌, 그리고 단백질 바 하나.

하마터면 울 뻔했다.

우선 이온 음료 파우더를 생수병에 털어 넣고 조금 마셨다. 다시 토하면 안 되지만 내 몸은 물과 전해질이 필요했다. 나는 침대 끝에 걸터앉아 진통제 병을 쳐다보다가 토할 위험을 감수하고 두 알만 먹어 보기로 했다. 알약을 삼키자 또 속에서 구역질이 올라와 숨을 깊이 들이마시며 겨우 억눌렀다.

토하지 않은 채로 몇 분이 지난 다음에야 나는 일어나서 샤워실을 살펴보았다. 선반에는 수건이 돌돌 말린 채 놓여 있었다. 전시용 아니겠지? 진짜 사용해도 되는 거겠지? 샴푸, 린스, 바디 워시도 갖춰져 있었다. 샴푸는 고급 브랜드였다. 나는 속으로 내 머리카락을 대신해 감사 인사를 했다.

샤워를 마치고 나서 잠옷으로 갈아입고 그나마 아까보단 사람 같은 꼴이 됐을 때 방 바깥에서 사람들 소리가 들려왔다. 그릇이 달그락거리는 소리와 부드러운 웃음소리. 어린 시절 어쩌다 한 번

128

친구네 집에서 아침을 맞이했을 때 들었던 소리. 하지만 우리 집에선 한 번도 듣지 못했던 소리. 아빠는 아침 해가 뜨기도 전에 이미 출근했고 엄마는 우리가 학교에 갈 때까지도 일어나지 않았다. 동생들과 나는 발끝을 들고 살금살금 다니며 등교 준비를 해야 했다.

방에서 막 나가려고 하는데 그제야 내 가방과 휴대폰이 안 보인다는 사실을 깨달았다. 나는 다시 돌아서서 찾기 시작했다. 머리가 핑 돌고 속이 휘젓는 바람에 몇 번 멈춰 서서 심호흡을 해야 했다. 아까보단 훨씬 나았지만 아직 100퍼센트 회복은 안 된 상태였다.

내 물건은 방에 없었다.

가방 안에 뭐가 있는지 생각이 나자 심장이 뛰었다. 나의 예전 이름이 박혀 있는 운전면허증이 들어 있었다. 그리고 내 휴대폰. 암호가 걸려 있긴 하지만 내 지문으로도 열 수 있다. 내 검색 기록을 마지막으로 지운 게 언제였는지 기억도 안 나니, 누군가 보려고 작정만 했다면 내가 아스트리드, 테오, 테사, 그리고 닐을 검색한 기록을 찾는 건 문제도 아니었을 것이다.

나는 서둘러 아침 식사 소리가 들리는 곳으로 향했다. 테오와 닐이 주방의 아일랜드 식탁 스툴에 앉아 있었고, 테사가 맞은편에 서서 커피를 따르고 있었다. 내가 들어서자마자 테사가 빙글 돌아섰다. 내가 오는 소리를 어떻게 들었는지 모르겠다.

"올리브, 잘 잤어요?" 기분 좋은 목소리였지만 고맙게도 톤은 높지 않았다. "아침 식사 준비해 뒀어요. 커피, 오렌지 주스, 샐러드, 혹시 술로 해장하는 타입이면 칵테일도 있고요."

"고마워요." 오늘 처음 말을 해서 그런가, 목소리가 쉰 채 갈라져서 나왔다. 나는 헛기침을 하고 어색하게 웃으며 한 번 더 말했다. "고마워요."

그리고 토스트 한 조각을 집어 들고 먹으면서 주변을 둘러보았다. 테사는 코리와 재닌이 앉아 있는 작은 원형 테이블 쪽으로 갔다. 숙취로 인한 불안이 가슴을 짓눌렀다. 아스트리드가 내 입으로 약을 밀어 넣어 주며 했던 키스가 떠오르자 얼굴이 불타는 것 같았다. 그때 테오가 마치 내 생각을 읽고 있기라도 한 것처럼 말했다. "아스트리드는 아직 자요. 원래부터 아침형 인간은 아니거든요."

"그럼 왜 아침에 요가를 하죠?" 나는 살짝 웃으며 물었다.

"요가 수업 가는 날 아침에 집에서 나가는 모습을 봐야 해요. 아주 엉망이에요."

"설마 내 얘길 하는 거 아니지?" 아스트리드의 목소리가 등 뒤에서 들려왔고, 테오는 내 어깨 너머로 미소를 지어 보였다.

"그럴 리가. 우리 마나님이 엉망이라고요? 그런 말도 안 되는 소리는 들어 본 적이 없습니다." 테오가 되지도 않는 영국식 발음으로 말하자 아스트리드가 깔깔 웃었고, 나도 피식 웃음이 나오려는 걸 간신히 참았다.

아스트리드는 내 쪽으로 몸을 기울이고 토스트 한 조각을 집어 들었다. 그리고 고개를 들어 내 눈을 봤다. "컨디션은 좀 어때요?"

"좋아요." 나는 아스트리드의 시선을 피하지 않으려고 애쓰며 말했다. "하지만 엄청 피곤하긴 하네요."

"저도 집에 가면 오늘은 종일 잠만 자려고요."

"저도요."

"아." 나는 테사를 향해 돌아서며 말했다. "제가 가방을 어디 뒀는지 모르겠어요. 방에는 없는데…."

"2층으로 올라가서 오른쪽으로 돌았을 때 첫 번째 방에 있어요. 거기가 우리 침실인데, 혹시라도 누가 운전해서 집으로 가려고 할까 봐 사람들 짐을 전부 안에 넣고 문을 닫아 버렸어요."

"그랬구나." 나는 미소를 지었다. "잘하셨네요."

나는 계단을 기어오르듯 올라가 침실 문을 열었다. 커다란 방이었다. 방 하나가 거의 내 집 전체만큼 컸다. 벽 쪽에 긴 소파 베드가 있었고, 그 위에 내 가방과 다른 가방 두 개가 놓여 있었다. 나는 내 가방을 집어 들고 휴대폰이 있는지부터 확인했다. 있다! 잠금을 풀려고 엄지를 갖다 댔는데 비밀번호를 입력하라는 메시지가 떴다.

보통은 지문이 일치하지 않거나 휴대폰 전원을 새로 켰을 때만 이렇게 입력하라는 메시지가 뜬다. 누군가가 내 휴대폰 잠금을 열려고 했다는 생각이 들자 아찔했다. 아냐. 그냥 숙취 때문일 거야.

나는 방 안을 찬찬히 살펴봤다. 테사의 드레스 룸을 보고 싶다는 생각이 들었다. 발끝으로 재빨리 걸어가 드레스 룸 문 사이를 들여다보고 한숨을 내쉬었다. 엄청났다. 공간 자체가 내가 사는 집의 거실과 주방을 다 합친 것만큼 컸다. 심지어 안에 테이블과 의자까지 놓여 있었다. 왜 드레스 룸 안에 앉아 있어야 하는 거지? 알 수는 없지만, 정말 마음에 들었다.

나는 아예 안으로 들어가서 하얀색 털 코트를 손으로 쓸어 보았다. 부드러운 털을 손으로 쓸어내리자 바스락거리는 소리가 들렸다. 다시 한번 쓸어 보고, 어디서 소리가 나는지 찾으려고 코트를 빙글 돌려 보았다. 손이 주머니에 닿았을 때 범인을 찾을 수 있었다. 구겨진 지폐 뭉치. 수십 장은 되는 것 같았다. 침실 문 쪽을 바라보는데 심장이 뛰었다.

그리고 몇 장을 슬쩍 뺐다. 오십 달러짜리, 백 달러짜리, 이십 달러짜리. 그리고 일 달러짜리 몇 장. 나는 그걸 전부 내 가방에 쑤셔 넣었다. 그리고 재빨리 다른 주머니들도 뒤져 현금을 더 찾아냈다. 더 뒤져 보고 싶었지만 이미 여기 너무 오래 있었다는 생각이 들어 밖으로 나와 문을 닫았다.

그리고 얼른 침실 문 쪽으로 가서 문을 열다가 놀라 자빠질 뻔했다. 코리와 거의 부딪힐 뻔했기 때문이다.

"어머! 미안해요." 나는 손을 가슴에 얹고 말했다.

"조심해요. 어디 불이라도 났어요?"

"사실 거의 불이 나긴 했어요." 나는 휴대폰을 들며 말했다. "에이전트가 메일도 보내고 전화도 여러 번 했는데 하나도 못 봤네요. 얼른 집에 가서 급한 불부터 꺼야겠어요."

"그래요. 그럼 또 봐요." 그리고 코리가 침실 안으로 들어갔다. 아마도 테사의 소파 위에 있는 자기 가방을 찾으러 가는 거겠지.

겨우 몇 시간 눈을 붙이고 일어났는데 머릿속이 분주해지기 시작했다. 스트레스 때문에 도무지 가만히 앉아 있을 수가 없었다. 우선 지금 이 순간에도 테오가 아스트리드와 함께 있기 때문이었고, 어떻게 하면 그와 단둘이 만날 수 있는지 아직도 알지 못하기 때문이었다. 이번 달에 대출금과 카드값을 최소 여섯 건이나 상환해야 하기 때문이었고, 내일 아침에 또 미용실이 예약되어 있기 때문이었다. 금발은 아름답지만 유지하기가 정말 지랄맞다.

나는 머리를 대충 위로 올려 묶고 잠옷 바지를 입었다. 너무 헐렁해져서 이제는 엉덩이에서 흘러내릴 것 같았다. 그리고 커피 한 잔을 만들어 들고 소파 구석에 올라앉아 테사의 옷 주머니를 털어 가져온 현금을 전부 꺼내 내 앞에 쌓아 놓았다.

지폐를 하나하나 잘 펴 가면서 다 더해 보았다. 1,107달러.

이 여자는 코트 주머니에 넣어 놓고 잊어버린 돈만 몇천 달러나 된다. 오랫동안 옷 주머니 안에 있었을 거다. 지금이 8월 말인데, 최근에 털 코트를 입었을 리가 없잖아. 주머니 속에 넣어 두고 잊어버린 그녀의 푼돈 덕분에 나는 다음 달 집세와 미용실 비용을 낼 수 있게 됐다.

일단 노트북을 무릎 위에 올려놓긴 했지만 내가 무엇을 찾으려고 하는 건지 잘 모르겠다. 또다시 굴러다니는 현금을 발견할 거라는 기대는 할 수 없었고, 내가 가진 돈이 바닥나는 것은 이제 시간문제였다. 어떤 형태로든 수입이 필요했다. 하지만 일하지 않을 자유도 필요했다. 사실 이것이 세상 사람들 모두의 문제 아닐까?

먼저 재택근무로 가능한 일을 찾아보았다. 괜찮아 보이는 게 몇 개 있었다. 데이터 입력 보조, 고객 센터 상담원, 하지만 둘 다 정해진 근무 시간이 있다. 아스트리드와 테오를 계속 따라다니려면 불가능한 일이다.

그때 다른 아이디어가 생각났다. 프리랜서로 잡다한 글쓰기나

교정 일 같은 걸 하면 어떨까. 영문학 석사 학위가 있으니 가능한 일이다. 과거에는 자존심 때문에 나의 글쓰기 실력을 그런 식으로 쓰고 싶지 않았지만 지금은 절박했다. 많은 돈을 벌어야 하는 것도 아니다. 그때그때 대출과 카드 상환금을 낼 수 있을 만큼이면 된다. 그러면 남은 한도와 대출금으로 얼마간은 더 버틸 수 있으니까.

찾아보니 정말 많은 곳에서 작가를 구하고 있었다. 기사 작성 보조, 카피라이터, 대필 작가, 블로그 글 관리자, 출판용 원고 편집자. 나의 장기는 소설이니까 대필 작가 구인 공고 몇 군데에 지원했다. 프리랜서 구직 사이트에 계정을 만들어 편집과 대필이 가능하다는 소개문도 올려 두었다.

그 일을 마치자 어느 정도 스트레스가 가라앉았다. 행동을 취했으니 기다려 봐야지. 이제는 테오와의 다음 단계를 고민해 봐야 했다. 여전히 가장 좋은 방법은 그들 부부의 일상에 내가 계속 존재하는 것이란 생각이 들었다. 그래야 테오가 나란 사람을 알아갈 수 있을 테니까. 평생을 함께 살아갈 사람은 바로 나라는 사실을 그가 조금씩 깨달을 수 있을 테니까. 그리고 그걸 위한 최선의 방법은 아스트리드와 더 가까워지는 것이었다.

나는 계속해서 일주일에 세 번씩 아스트리드, 테사와 함께 요가를 했고, 매번 수업이 끝나면 함께 커피를 마셨다. 그녀들은 테사의 파티에서 있었던 일을 전혀 언급하지 않았고, 나는 그것이 규칙임을 알 것 같았다. 술에 취하고, 약에 취하고, 옆에서 무슨 일이 일어나든 상관하지 않지만 아침이 밝은 후엔 전부 잊을 것. 나는 이제나저제나 테사가 코트에 넣어 둔 돈을 잃어 버렸다는 얘기를 꺼내나 기다려 보았지만 그런 일은 일어나지 않았다.

다행히 지원했던 대필 작가 일 중에서 하나를 하게 됐다. 로맨스 3부작 소설을 대필하는 일이었다. 한편으론 여전한 자존심 때문에 내심 떨어지길 바라기도 했지만 그 일이 다른 어떤 일보다도 원고료가 높았다. 나는 원래부터 대중 소설을 좋아하지 않았고, 시작하기도 전부터 그런 글을 쓰는 것이 버겁다고 느끼고 있었다. 하지만 선금으로 천 달러, 책을 완성하면 사천 달러를 더 준다는 계약서에는 서명할 수밖에 없었다. 이런 일을 마다할 순 없었다.

특히 어려운 장면을 붙들고 있는데 휴대폰에서 문자 메시지 도착 음이 울렸다. 잠금화면에서 아스트리드의 이름을 보고 심장이 철렁했다.

아스트리드: 이번 주 토요일 저녁 6시에 우리 집에서 파티를 해요. 올래요?

나: 당연히 가야죠. 무슨 특별한 일이라도?

아스트리드: 그냥 친한 사람들끼리 가볍게 모이는 거예요. ^^ 옷차림은 격식 있게. 아무것도 가져오지 말고요. 그럼 그때 봐요!

아스트리드와 테오의 집에서 열리는 격식 있는 디너파티라니, 심장이 두근거렸다. 마침내 상상만 해 오던 그 집에 들어가는 것이다. 내 계획이 착착 진행되기만 한다면 내가 테오와 함께 살게 될 그 집.

나는 소파에서 벌떡 일어나 노트북을 옆으로 치우고 옷장으로 갔다. 제대로 차려입고 갈 만한 옷은 전시회 때 입은 옷뿐이었다. 그걸 또 입을 순 없지. 새 옷이 필요했다. 나는 테사에게 이번 주에 같이 쇼핑하러 가겠냐고 문자를 보냈다. 테사가 옷을 고르는 걸 도와줄 테고, 그녀에게서 아스트리드의 약점 같은 것을 캐낼 수도 있지 않을까 하는 생각에서였다.

휴대폰이 울렸다. 테사가 보낸 답 문자였다.

테사: 어머나, 불러 주면 고맙죠. 대신 내가 다 고르게 해 주기~

나: 좋아요!

나는 테사가 고른 가게 앞에서 그녀를 만났다. 아름다운 드레스들이 가득한 고급 부티크였다. 오늘은 아찔할 정도로 출혈이 클 거라는 각오는 이미 되어 있었다. 되도록 돈 생각은 하지 말자고, 지금 쓰는 책만 끝내면 걱정하지 않아도 될 거라고 나 자신을 달랬다.

테사는 걸려 있는 옷들을 쭉 훑어보더니 이것저것 골라 직원에게 피팅 룸에 넣어 달라고 했다. "좋아요. 일단 이렇게 시작해 보자고요. 그럼 어떤 색이랑 핏이 올리브한테 제일 잘 어울리는지 감이 잡힐 것 같아요."

직원이 나를 거울로 둘러싸인 피팅 룸으로 안내했다. 옷을 벗기 시작하며 땀이 밴 손바닥을 오늘 입고 나온 청바지에 문질렀다. 값비싼 옷들에 둘러싸여 있으니 긴장이 됐다. 입다가 찢어 먹으면 어쩌지? 땀을 묻히면 어쩌지? 첫 번째 드레스를 입어 보는데 심장이 목구멍 밖으로 튀어나올 것 같았다.

몸을 살짝 돌리자 하얀 천이 내 몸 위에서 살랑거렸다. 정말 예뻤지만 감히 가격표를 볼 엄두가 안 났다. 테사에게 보여 주기 위해 그대로 밖으로 나갔다.

"와, 진짜 예쁘다. 흰색이 진짜 잘 어울려요. 아스트리드도 흰색이 정말 잘 받는데. 나는 흰색이 영 안 어울리거든요. 내 피부색은 따뜻한 색이랑 더 잘 맞더라고요."

"마음에 쏙 들어요." 아스트리드와 비슷하다는 칭찬에 살짝 현기증이 나면서 짜릿한 기분이었다.

"어서 다른 것들도 입어 봐요." 테사가 손짓으로 재촉했다.

다음 옷은 샴페인색이었다. 디자인은 마음에 들었는데 색 때문에 얼굴빛이 죽었다. 나는 등 뒤로 팔을 올려 뒤에 달린 지퍼를 올리려고 했다.

"내가 한 번도 안 물어본 것 같은데요, 어떻게 솔스티스 요가 스튜디오에 다니게 된 거예요?" 테사가 문밖에서 물었다.

나는 잠시 얼어붙었다. "아. 그냥 근처 요가 교실을 검색하다가 좋아 보이는 곳으로 골랐어요." 나는 문을 열고 한 발짝 나왔다. "지퍼 좀 올려 주실래요?"

테사는 나를 위아래로 보더니 말했다. "올릴 것도 없겠네. 색이 얼굴을 다 죽여요. 다음 걸로 입어 봐요."

나는 돌아서서 다시 피팅 룸으로 들어갔다.

"그렇게 검색하면 스무 군데는 나올 텐데, 나랑 아스트리드가 다니는 곳으로 오다니 우연도 이런 우연이 없네요."

목구멍이 조여드는 것 같았다. "그러니까요. 세상 참 좁죠."

나는 샴페인색 드레스를 옷걸이에 걸어 놓고 빨간색을 입어 보았다. 빨간색을 마지막으로 입었던 게 언제인지 기억도 나지 않았다. 워낙 대담한 색인데, 나는 나 자신을 한 번도 대담한 사람으로 생각해 본 적이 없기 때문이었다. 하지만 어쩌면 이제는 가능할지도 모른다.

"아스트리드가 올리브한테 호감을 느끼나 봐요. 낯선 사람을 집으로 초대하는 일은 잘 없는데."

나는 한 번 더 피팅 룸에서 걸어 나왔다. 내가 입은 드레스만큼 얼굴도 빨개진 느낌이었다. "저한테 호감이 있다니 영광이네요. 저도 아스트리드가 좋아요. 테사도 좋고요. 그런데 이제 낯선 사람이라고 하기엔 우리 좀 가까워지지 않았나요?"

테사가 내 눈을 똑바로 보며 미소를 지었다. 그녀의 표정이 좀 차갑다. 조심하자. "이게 딱이네요. 구두 있는 쪽에서 기다릴게요."

테사는 돌아서서 성큼성큼 걸어가 버렸고, 나는 숨이 턱 막힌 채 그 자리에 그대로 서 있었다. 그러다가 억지로 몸을 움직여 가까스로 피팅 룸에 들어갔다. 왜 이렇게 갑자기 나를 경계하는 거지? 얼마 전까지만 해도 자기 아이 생일 파티에 초대까지 했으면서?

내 휴대폰에 비밀번호를 입력해야 했던 일이 떠올랐다. 테사가 휴대폰 잠금을 풀려고 했던 걸까? 혹시 현금이 없어진 걸 알아차린 걸까? 왜 나를 경계하기 시작한 건지 알아내야만 했다. 그리고 무엇보다 그녀의 경계를 풀어야만 했다. 질투가 난 걸지도 모른다. 지금까지 내가 알아본 바로는 테사가 아스트리드의 절친이니까. 적어도 테사는 그렇게 생각하고 있는 것 같았다.

구두가 진열된 곳 앞에 테사가 있었다. 그녀는 내게 루부탱 한 켤레를 건넸다.

"이게 딱이겠어요. 사이즈는…, 8 맞죠?"

"네." 나는 미소를 지었고, 우리는 함께 계산대로 향했다.

"모두 해서 1,824달러 92센트입니다." 계산대 뒤에서 직원이 말했다.

머리가 어질어질했다. 카드를 건네주면서 담담한 표정을 짓느라 애를 써야만 했다. 이번 쇼핑의 카드값을 막으려면 테사의 드레스 룸을 한 번 더 털어야 할 판이었다.

우리는 함께 바깥으로 나왔다. 햇볕이 눈을 공격하듯 쏟아졌고, 나는 가방 안을 뒤져 선글라스를 찾았다. 중고 장터에서 거의 줍다시피 한 프라다였다.

"집으로 가요?" 테사가 자기 선글라스를 끼며 물었다.

"네. 또 일해야 해서요."

"아스트리드랑 나는 가끔 저녁에 여자들끼리만 하는 와인 모임에 가요. 서로 번갈아 가면서 집으로 부르는데, 다음에 한 번은 올리브 집에서도 해요."

"그럼요, 언제든지요."

절대로 안 될 일이었다.

"그럼 제가 그룹 채팅방에 올릴게요." 테사는 내게 다가오더니 두 팔로 나를 안았다. 그때 그녀의 어깨 너머로 익숙한 얼굴이 들어왔고, 몸이 그대로 굳어 버렸다.

"로라! 로라, 맞지?" 도나가 몇 미터 떨어진 곳에서 나를 불렀다. 오후의 쇼핑객들로 거리는 붐비고 있었고, 나는 도나의 목소리가 그 인파 속에 묻히기만을 바랐다.

"그래요, 그럼 나중에 봐요." 나는 테사에게 인사를 하고 휙 돌아서서 최대한 빨리 걸었다.

"로라!"

뒤를 돌아보니 이제 도나는 테사보다도 내게 더 가까워져 있었다. 테사는 반대 방향으로 걸어가고 있긴 했지만 도나가 또 내 이름을 부르자 멈춰 섰다.

젠장. 젠장. 젠장.

도나는 슬슬 뛰기 시작했고, 내가 전력 질주를 하지 않는 한 그녀를 피할 방법은 없었다. "로라, 넌 줄 알았다니까. 와, 왜 이렇게 예뻐졌어. 너무 달라졌잖아. 잘 지냈어?"

"죄송한데요, 사람 잘못 보신 것 같아요." 나는 도나의 어깨 너머를 보며 말했다. 테사가 가던 길을 멈추고 우리를 지켜보고 있었다.

"아닌데." 도나가 웃었다. "로라 테이트 맞잖아. 카페 레바세에서 일했잖아."

"저 아닌데요." 나는 점점 최악으로 치닫고 있는 이 상황을 더 악화시키지 않고 웃어넘겨 보려고 미소를 지었다. 그리고 그냥 돌아서서 냅다 걷기 시작했다. 도나는 더 이상 따라오거나 소리를 치진 않았다. 하지만 이미 상황은 돌이킬 수 없게 돼 버렸다.

14

"나는 그녀를 사랑했다. 고뇌, 서약, 평화, 희망, 행복,
그리고 모든 절망과 낙담에 맞서 그녀를 사랑했다."

_찰스 디킨스Charles Dickens

우버 택시 뒷자리에 앉아 나는 다리를 달달 떨며 입술을 씹어
댔다. 이 상황을 어떻게 타개해야 할까. 테사에게 문자를 보낼까?
웬 미친 여자가 나를 쫓아왔다고 농담처럼 보내 볼까? 혹시 내가
먼저 말하면 괜히 더 수상해 보일 수도 있을까?

땀이 이마에 맺혔고, 등을 타고 흐르는 것도 느껴졌다. 나는 휴
대폰을 꺼내 화면을 두드리기 시작했다.

나: 가게 밖에서 날 쫓아오던 미친 여자 봤어요? 아무래도 전기 충격기
를 사야겠어요. ㅎㅎ

나는 두 손에 얼굴을 묻었다. 엿 먹어, 도나.

아파트 계단을 올라갈 때까지도 머릿속이 폭주했다. 테사는 아
직 문자에 답이 없었다. 아마 아직 운전 중이겠지. 나는 현관문 손
잡이에 열쇠를 꽂았다.

“어, 내가 아는 사람인데?” 뒤쪽에서 남자 목소리가 들렸다.

이번엔 또 뭐야?

돌아서자마자 로건과 눈이 마주쳤다. 식당에서 일하는 동네 영웅.

“정말 어이가 없네.” 짜증이 치밀었다.

“여자한테서 이런 반응은 낯선데요.”

“그런데도 당신 얼굴에서 그 거만한 미소를 지울 정도는 아닌가 봐요? 지금 왜 여기에 당신이 있는 건데?”

“어휴, 그럼 그 정도로 내가 기죽을 것 같아요? 그리고 나 여기 사는데요? 그쪽이야말로 여기서 뭐 해요?”

나는 고개를 저었다. 아니야. 아니야. 지금 쟤까지 상대할 순 없어. 나는 대꾸도 하지 않고 집으로 들어가 문을 닫아 버렸다. 대체 세상이 나한테 왜 이러는 거야?

나는 테오와 아스트리드의 디너파티 날이 올 때까지 집 밖으로 나가지 않았다. 일주일 내내 꾸역꾸역 대필 작가 일을 하며 보냈다. 테사와 쇼핑한 여파를 막으려면 돈이 필요했으니까.

테사는 내 문자에 끝내 답하지 않았다. 오늘 밤이 도나와 마주친 뒤로 테사를 처음 보고 얘기하는 날이 될 것이다. 어찌나 긴장이 되던지 준비하는 내내 계속 물건을 떨어뜨리고 가구에 부딪혀 댔다.

휴대폰에서 우버 택시가 도착했다는 알람이 울렸다. 일단 현관 문을 열고 복도에 로건이 있는지 살짝 내다봤다. 그가 없는 것이

확실해지자 서둘러 계단을 내려가 대기 중이던 반짝이는 검은색 차에 올라탔다. 오늘 밤에는 절대 튀지 않기 위해 가장 비싼 차를 선택했다.

코너 부부의 집을 다시 보자 온갖 감정이 뒤섞여 밀려왔다. 럭셔리한 차에 탄 채 긴 진입로를 따라 올라갈 때엔 거의 황홀한 기분이었다. 이 집을 제대로 들여다볼 수 있다는 사실이 정말 기뻤다. 아주 가까이에서, 돌도 직접 만져 보고, 냄새도 직접 맡아 보고. 가능한 모든 경험을 다 해 보고 싶었다.

"대통령이랑 저녁이라도 드시는 거예요?" 집 앞에 차를 세운 기사가 말했다.

나는 대꾸하지 않고 차에서 내려 휴대폰에 그의 평점과 팁을 입력했다. 딱 적당한 선에서 줬다. 방금 전 그의 말이 거슬리기도 했고, 나는 진짜 부자도 아니고 그저 부자인 척하는 사람일 뿐이니까.

현관문은 내가 아는 사람 중에서 가장 키 큰 사람보다도 두 배는 더 높아 보였다. 그리고 벨을 누르려고 손을 들자마자 문이 열렸다. "테이트 양, 어서 오세요." 검은색 정장을 입은 중년 여성이 인사하며 나를 맞이했다.

나는 그녀에게 미소를 지어 보이며 숄과 백을 맡겼고, 그녀를 따라서 집 안으로 들어갔다. 잠시 멈춰서 제대로 보고 싶었다. 벽에 걸린 그림들도, 늘어선 조각품도 감상하고 싶었다. 하지만 얼른 뒤따라야 했다. 그녀는 나를 아스트리드, 테오, 테사, 그리고 닐이 크리스탈 유리잔을 들고 앉아 있는 거실까지 안내했다. 거실 뒤편에는 사람이 들어가고도 남을 만큼 커다란 벽난로에서 불꽃이 타닥 타닥 소리를 내며 타오르고 있었다.

"올리브, 와 줘서 정말 고마워요." 아스트리드가 자리에서 일어서며 말하더니 거실을 가로질러 다가와 포옹하고 뺨에 가볍게 입을 맞췄다. 그녀의 드레스는 순백색이었고, 밑단은 사선으로 잘려 있었다. 테오는 검은 정장에 흰색 타이를 매고 뒤쪽에 있는 가죽 안락의자에 앉아 있었다. 머리는 지난번에 봤을 때보다 짧아져 있었지만, 얼굴의 수염은 아침 일찍 면도하고 오후 다섯 시를 넘긴 것처럼 까슬까슬하게 올라오고 있었다. 나는 손으로 그의 뺨을 쓸어 보고 싶다는 충동을 느꼈다.

"뭘 마실래요?"

"올드 패션 부탁드려요. 아니면 와인도 좋아요."

아스트리드가 턱짓을 보내는 곳으로 시선을 돌리자 그곳엔 목재로 만든 바가 있었고 그 뒤에 한 남자가 서 있었다. 그 남자가 내가 마실 음료를 만드는 동안 나는 모두를 한 번씩 가볍게 안으며 인사를 시작했다. 테사는 딱딱했고 조금 냉랭한 것 같아 마음이 편치 않았다.

테오 차례가 됐을 땐 심장이 너무 크게 뛰어서 그에게 들리고도 남을 것 같았다. 그에게서는 계피, 정향, 오렌지, 그리고 가죽 냄새가 났다. 그가 몸을 숙여 내 뺨 옆의 공기에 입을 맞출 때 그의 턱수염이 내 뺨을 스치고 지나갔다.

"다시 만나서 반가워요, 올리브."

"저녁은 십 분 정도 있으면 준비될 거예요. 다들 배가 고파야 할 텐데." 아스트리드가 말했다.

우리는 기다란 짙은 색 나무 식탁에 둘러앉았다. 식탁 중앙에는 크기가 제각각인 양초가 스무 개 남짓 놓여 있었고, 그 사이사이로 꽃을 엮어 만든 장식이 있었다. 사방을 둘러싸고 있는 붙박이 책장들은 마치 내 꿈속에서 그대로 꺼내 놓은 것 같았다.

요리가 차례로 나오자 입안에 침이 고였다. 나는 이 군살 하나 없이 예쁜 몸매의 여자들과 수준을 맞추느라 최근에 칼로리를 거의 섭취하지 않고 있었다. 오늘도 아무것도 먹지 않았다. 그래야 이 한 끼는 내가 원하는 대로 잘 먹는 여자처럼 보일 수 있으니까. 살이 찔까 봐 음식을 깨작거리는 모습은 매력적이지 않다. 남자들은 우리가 자기들처럼 잘 먹길 바라면서 겉모습은 굶주린 열두 살 아이처럼 보이길 원한다. 정말 어이없는 일이다.

"음식 정말 맛있다." 테사가 린넨 냅킨으로 입가를 찍어 내며 말했다.

"고마워." 아스트리드는 주방에서 분주히 움직이고 있을 요리사들을 대신해 마치 자기가 요리를 한 것처럼 환하게 웃었다.

"그런데 이렇게 잘 어울리는 두 분은 어떻게 만나신 거예요?" 나는 아스트리드와 테오를 번갈아 보며 물었다. 두 사람이 서로를 쳐다보다가 아스트리드가 테오를 향해 말했다. "당신이 말할래요? 당신이 나보다 얘기를 잘하잖아."

테오가 씩 웃고는 아스트리드에게 시선을 고정한 채, 마치 모두에게 비밀이라도 털어놓으려는 것처럼 몸을 앞으로 기울였다. "엄청난 스캔들이었죠."

그는 이야기를 시작하면서 시선을 옮겨 가며 식탁에 앉아 있는 손님들을 차례로 둘러보았다. 그의 시선이 내게 닿은 순간 뱃속이 요동치듯 뒤집혔고, 그의 두 눈은 내게 계속 머물렀다. "그때 나는 할로웨이 대학교 2학년이었고, 아스트리드는 1학년이었어요. 아스트리드는 나의 가장 친한 친구와 사귀고 있었고, 나는 아스트리드의 가장 친한 친구와 만나는 중이었죠."

"우우." 테사는 어린 애들이 내는 야유 소리를 냈다. 자긴 이미 들은 적 있는 얘기겠지. 나는 완전히 흥미를 느껴 한시도 테오에게서 눈을 떼지 못했고, 테오 역시 내 시선을 그대로 받고 있었다.

"그렇게 만났어요. 넷이서 더블 데이트를 몇 번 했는데, 아스트리드와 나는 처음부터 너무 잘 맞았죠."

"야, 이 나쁜 놈아." 닐이 소년 같은 웃음을 지으며 말했다. 오늘 밤 그가 처음으로 입을 연 것 같았다.

테오가 웃더니 이야기를 이어 갔다. "하루는 파티에 놀러 갔는데 내가 여자 친구랑 싸웠어요. 그 친구는 그냥 가 버렸고 나는 남아서 울적하게 혼자 마시고 있었죠. 아스트리드 커플은 구석에서 아주 다정하게 붙어 있더라고요. 그때부터 나는 아스트리드에게 마음이 있다는 걸 스스로 인정하기 시작했던 것 같아요. 어쩌면 그래서 여자 친구랑 그렇게 자주 싸웠던 것 같기도 했어요. 그러니 둘이 그렇게 붙어 있는 걸 보는 게 기분이 안 좋았고, 나는 술에 취했죠. 그 친구에게 가서 술 게임을 하자고 했어요. 아스트리드에게서 떼어 놓을 생각으로."

나는 그제야 겨우 테오에게서 눈을 돌렸다. 테오의 시선은 그가 닐의 말에 웃을 때부터 내게서 떠나 있었다. 아스트리드는 웃으며 테오를 보고 있었고, 나는 그의 이야기 속 테오가 된 기분이었다.

"나는 친구를 완전히 취하게 만드는 데에 성공했어요. 우리가 테이블에서 일어났을 땐 그 녀석은 제대로 걷지도 못했죠. 내가 자리에 앉히니까 거의 바로 곯아떨어지더라고요. 아스트리드는 어디에도 보이지 않았어요. 그래서 찾아다니기 시작했죠. 그날 우리가 파티를 하던 집의 어느 방 창틀에 앉아 있더라고요. 그 어느 때보다도 더 아름다웠어요.”

테오가 몸을 기울여 아스트리드의 머리에 입을 맞췄다. 나는 미소를 지었지만 속으론 양초 하나를 집어서 그녀에게 던져 버리고 싶은 심정이었다.

“나는 곧바로 그녀에게 걸어가서 입을 맞췄어요. 아스트리도 처음에는 깜짝 놀라더니 곧 제게 입을 맞췄죠. 그리고 꽤 격렬해졌는데, 그때 우리 둘과 사귀던 친구들이 동시에 들어왔어요.”

“으악, 안 돼!” 테사가 말했다.

“알고 보니 내 여자 친구가 나를 찾으려고 다시 돌아왔다가 내 친구가 소파에서 기절해 있는 걸 봤고, 그 친구를 깨워서 내가 어디 있냐고 물어본 거죠. 그리고 둘이 같이 우릴 찾으러 다닌 거예요. 말할 필요도 없지만, 둘 다 차였죠, 뭐. 그리고 몇 주 뒤에 둘이 사귀기 시작했어요. 그리고 그 정도로 서로에게 미쳐 있었으니 6개월 뒤에 바로 결혼했어요. 그 뒤로는 뭐 다 아는 얘기죠.”

아스트리드가 와인을 길게 한 모금 마셨다. 얼굴은 살짝 상기돼 있었다.

“얘길 들으니 좀 안심이 되네요. 제가 어울리기엔 너무 완벽한 사람들 아닌가 하고 좀 걱정됐었거든요. 알고 보니 둘 다 나쁜 사람들이네요.” 나는 농담이라는 걸 강조하려고 웃으며 말했다. 하지만 농담이 아녔다. 꽤 진심이었다.

“자, 나쁜 사람들을 위하여.” 테오가 잔을 들어 올리며 말했다.

우리는 모두 함께 잔을 들어 올렸다. "나쁜 사람들을 위하여."

"저도 올리브에 대해 좀 더 알고 싶은데요." 테오가 말했다.

나는 최대한 아무렇지 않아 보이려고 애쓰며 물었다. "뭘 알고 싶으신데요?"

"뭐든지요." 그는 테사와 닐을 향해 턱짓했다. "우리가 친구가 된 지는 정말 오래됐거든요. 이 모임에 새로운 얼굴이 등장한 건 꽤 오랜만이라서."

나는 식탁에 앉은 뒤 처음으로 테사 쪽을 힐끗 보았다. 그녀는 마치 길바닥에 누가 토해 놓은 걸 쳐다보듯 경멸 어린 시선으로 나를 보고 있었다.

나는 테오에게로 다시 시선을 옮기며 앞으로 몸을 기울여 술을 한 모금 마셨다. "뭐든 물어보세요."

"가족은 있어요?"

"제가 속해 있던 가족이 있었죠. 하지만 저만의 가족은 아직 만들지 못했어요."

"그러니까, 아이가 없어요? 남편도?"

"없어요."

"한 번도?"

"한 번도. 전남편도 없어요. 그저 운명은 아니었던 전남친만 몇 명."

"아이나 남편을 원하긴 해요?"

"언젠간 결혼을 꼭 하고 싶긴 해요. 하지만 아이는 원하지 않아요."

테오가 고개를 끄덕였다. "그럼 원래 가족은요? 여기 분들이세

148

요?”

“아뇨. 저는 인디애나 북부에서 자랐어요. 대학 때문에 여기로 이사했고, 다시 돌아가지 않았죠. 고향에 부모님이랑 자매들이 있긴 한데, 연락은 안 해요.”

내가 집을 나온 후 가족들 중에 내게 연락해 온 사람은 아무도 없었다. 적어도 아빠는 전화라도 하지 않을까 싶었는데. 아무래도 나를 완전히 끊어 내기로 했나 보다고 생각했었다. 나도 환영이었다.

“전혀요?” 그가 물었다.

“전혀요.”

그는 다시 고개를 끄덕였고, 이제 그가 ‘왜’를 물을 거라고 생각했다. 하지만 그런 질문은 선을 넘는다고 생각했는지, 고맙게도 화제를 돌렸다. “작가는 언제부터 되고 싶었어요?”

“제가 뭐가 되고 싶다는 생각이란 걸 처음 했을 때부터요.”

“작가 친구들이 있어요?”

“아뇨. 글쓰기는 원래 혼자 하는 일이죠.” 그냥 어디서 들은 대로 한 말이었다. 늘 작가가 되길 바라기만 했지 진짜 돼 본 적은 없었으니까.

“그렇긴 하죠. 대학 때문에 이쪽으로 이사했다고 했죠? 그럼 할로웨이 대학에 다녔나요?”

“네.”

“아스트리드가 이미 말했겠지만 제가 거기 교수로 있어요. 캠퍼스에서 일반인 대상으로 글쓰기 강의도 하고 있는데, 한번 와 보는 게 어때요? 비슷한 생각을 가진 사람들과 만나게 될지도 몰라요."

"네, 그럼 정말 좋겠네요." 테오의 초대에 뺨이 달아올랐다.

나는 아스트리드를 힐끗 보았다. 테오와 처음 만났을 때 이야기가 나온 뒤로는 내내 조용했다. 초점을 잃은 그녀의 눈은 술잔만 보고 있었다.

저녁 식사가 끝난 후, 우리는 처음에 앉아 있던 거실에 다시 모였다. 나는 바텐더에게 술을 한 잔 더 부탁했고, 그가 술을 만드는 동안 거실을 둘러보았다. 남자들은 한쪽 구석에서 대화 중이었고, 테사는 화장실에 다녀오겠다며 자리를 비웠다. 아스트리드를 찾으려고 돌아서는데 마침 그녀가 야외로 통하는 테라스 문을 열고 나가는 게 보였다.

나는 바텐더로부터 술을 받아들고 아스트리드를 따라 나갔다.

밖은 시원했다. 가을이 오고 있었다. 뒤쪽 정원은 앞쪽보다 더 근사했다. 면적이 얼마나 되는지는 알 수 없었지만 굉장히 넓은 것만은 확실했다. 왼쪽에는 수영장이 있었는데, 자연 그대로의 연못과 같은 곡선의 형태로 조명을 받아 빛나고 있었다. 오른쪽에는 야외용 소파와 벽난로가 배치돼 있었다. 그 너머로 텅 빈 잔디가 한동안 이어졌고, 그 끝을 오래된 나무들이 울타리처럼 둘러싸고 있었다.

아스트리드는 수영장 주변에 놓인 의자에 앉아 있었고, 그녀의 머리 위로 연기가 피어올랐다. 나는 그쪽으로 걸어가 그녀 옆에 앉았다. "하나 더 있어요?"

아스트리드가 담배와 라이터를 건네줬다.

"괜찮아요? 식사 후에 살짝 안 좋아 보여서요."

"아, 네. 괜찮아요."

내가 한쪽 눈썹을 치켜올리자 그녀는 연기와 함께 한숨을 크게 내뱉었다.

"그 얘기 있잖아요, 우리가 처음 만난 얘기. 그 얘기를 들으면 늘 복잡한 감정이 좀 올라와요." 아스트리드는 살짝 웃으며 말했다.

"미안해요. 괜한 걸 물었나 보네요. 주제넘게."

아스트리드가 고개를 저었다. "아니에요. 그 정도는 물어볼 수 있죠."

나는 잠시 조용히 있었다. 더 캐 볼까 아니면 여기서 관둘까 고민하다 조금 더 가 보기로 했다.

"너무 오래전 일이고, 그 뒤로 계속 함께 잘 살아오고 있잖아요. 설마 그 일로 아직도 죄책감을 느끼는 건 아니죠?"

"아니에요. 그런 건 아니에요. 제 전남친은 겉으로 보이는 것만큼 괜찮은 사람이 아니었어요. 하지만 뭐, 테오랑 저도 마찬가지인 것 같네요. 나쁜 사람들이잖아요." 그녀가 코웃음을 치듯 웃었다.

"둘 다 나쁜 사람 아닌 거 다 알면서 그래요."

아스트리드는 양쪽 눈썹을 치켜들면서 고개를 갸웃했다. 마치 '넌 아무것도 몰라'라고 하듯이. 그러곤 나를 바라보며 잠시 무언가를 고민하는 것 같더니 담배를 한 모금 더 빨았다. "얘기가 더 있어요. 우리가 처음 만난 얘기를 할 때 테오가 꼭 빼놓는 얘기. 둘이 만나기 시작한 지 몇 달 뒤에 제가 임신을 했어요. 그래서 결혼한 거예요."

내 입이 절로 벌어졌다. 너무 놀라서 숨길 수가 없었다.

"그런데 아기를 잃었어요. 16주에 유산을 했죠." 아스트리드가 담배를 한 모금 더 빠는데 손이 가늘게 떨렸다. 그리고 담배를 바닥에 떨어뜨리더니 하이힐 끝으로 비벼 껐다. 그다음엔 내가 무슨 말을 해 보기도 전에 자리에서 일어나 버렸다.

나도 따라 일어났고, 자리를 뜨려고 하는 그녀의 어깨에 손을 얹어 멈춰 세웠다. "그런 일이 있었다니 유감이에요. 그런 상실을 겪었다니."

그녀가 고개를 숙였고, 눈물이 바닥으로 똑 떨어졌다. 나는 그녀를 안아 줬다. 그러지 않을 이유를 생각해 보기도 전에 저절로 그렇게 됐다. 아스트리드가 너무 슬퍼 보여서 마음이 아팠다. 그녀도 나를 안았고, 나는 그녀의 어깨 너머로 시선을 옮기며 나는 지금 아스트리드를 딱하게 여길 처지가 아니라는 걸 기억하려고 애썼다. 아기는 잃었을지 몰라도, 그 뒤로 그녀가 얻은 것들이 얼마나 많은가.

그리고 그녀는 모르고 있었다. 앞으로 자신이 얼마나 더 많은 것들을 잃게 될 것인지.

나는 그녀를 따라 집 안으로 들어갔다. 모두들 저녁 식사 전처럼 거실에서 커다란 소파에 앉아 술을 홀짝이고 있었다. 저녁 식사 앞뒤로 함께 이렇게 술을 즐기는 모습이 멋져 보였다.

"둘이 어딜 갔다 온 거야?" 내가 들어오고 나서 테라스 문을 닫는데 테오가 물었다.

아스트리드가 웃으며 말했다. "바람 좀 쐬고 왔어. 올리브가 뒷마당을 구경하고 싶다고도 했고."

나는 곁눈으로 그녀를 흘낏 보았다. 그녀는 아무 일도 없었다는 듯 당당히 서서 아무렇지 않게 웃고 있었다. "정말 아름다워요. 정말 좋은 집에 사시네요."

"당신이 올리브에게 서재를 구경시켜 주는 건 어때?" 아스트리드가 말했다. "글 쓰는 사람들은 글 쓰는 공간이라면 아주 정신을 못 차리잖아요. 테오는 그렇거든요."

테오가 일어섰다. "스티븐 킹의 서재를 보셨나요?"

"사진으론 봤어요." 설마, 자긴 직접 봤다는 건 아니겠지. 나는 그를 따라 집 안을 가로질러 떡갈나무로 만든 커다란 문을 열고 들어갔다. 방은 굉장히 넓었고, 한가운데에 문과 같은 떡갈나무 재질의 압도적으로 거대한 책상이 놓여 있었다.

흥미롭군.

나도 예전에 스티븐 킹의 작업실에 대한 글을 읽은 기억이 있다. 한때 작업실 한가운데 이런 커다란 떡갈나무 책상을 두고 글을 썼지만, 여러 해 동안 음주 문제와 이런저런 고통에 시달린 끝에 스티븐 킹은 결국 그 책상을 치우고 방구석에 작은 책상을 마련했다고 들었다. 테오는 그 사실을 아는지 모르겠다.

책상의 오른편 벽면에는 거대한 벽난로가 있었고, 그 주변을 둘러싼 선반들은 값비싸 보이는 화병들과 오래된 책들이 채우고 있었다. 나는 한 발짝 가까이 다가가 가죽으로 제본된 책등의 글자를 읽어 보았다. 모두 고전들이었다. 나는 《드라큘라》의 금박 글자를 손가락으로 쓸어 보았다.

"아름답지 않나요? 나는 여행을 가면 희귀본 책과 수공예 화병은 꼭 구해 오려고 해요."

"정말 멋지네요." 나는 속삭이듯 말했다. 그리고 채색된 도자기를 손가락으로 쓰다듬었다.

“여보!” 복도에서 아스트리드가 소리치는 소리가 들렸다. “시가 커터를 어디에 뒀더라?”

테오가 한숨을 쉬었다. “금방 다시 올게요.”

그는 성큼성큼 걸어 나갔고, 그가 지나간 자리에서 오렌지 향과 스모키한 냄새가 떠돌았다. 나는 방을 가로질러 가 거대한 떡갈나무 책상의 표면을 손가락으로 쓸어 보았다. 촉감은 차가웠지만 나무의 질감이 좋았다. 나는 커다란 가죽 의자에 앉아 보았다. 그리고 가죽과 떡갈나무의 향을 아주 깊이 들이마셨다. 기억하고 싶었다.

호기심을 이기지 못하고 서랍까지 열었다. 그의 이름이 새겨진 값비싸 보이는 펜들이 줄지어 놓여 있었다. 이런 건 어떨 때 쓰는 걸까? 나는 눈으로 볼 수 없는 서랍의 안쪽 구석까지 손을 넣어 보았다. 손가락이 종이와 좀 단단한 무언가에 닿았다. 나는 서재 문 쪽을 한 번 힐끗 본 다음 그것들을 꺼냈다. 폴라로이드 사진 두 장과 반지였다. 반지는 남자용 졸업 반지였다. 2010년도 졸업 반지. 나는 그걸 브라 속에 쏙 넣었다.

첫 번째 사진을 가까이 들여다보았다. 약간 흐릿했지만, 한 남자와 한 여자가 서로 어깨동무를 하고 나란히 서 있는 사진이었다. 그들은 대학교 앞에 서 있었다. 눈을 가늘게 뜨고 다시 봤다. 카메라에서 너무 멀리 서 있긴 했지만 테오와 아스트리드라는 게 거의 확실한 것 같았다. 그 사진을 넘겨 다음 사진을 보았다. 또 한 남자와 한 여자의 사진이긴 했는데, 먼저 것과는 달리 최근에 찍은 것 같았다.

그때 발소리가 들려왔다. 나는 사진들을 제자리에 놓은 뒤 서랍을 닫고 얼른 일어나서 책상 위의 책을 한 권 펼쳐 들었다.

"그건 내가 제일 좋아하는 책 중 하나예요. 새로운 글을 쓰기 시작할 땐 꼭 다시 읽죠. 글의 문체를 잡는 데에 도움이 되거든요."

"인정하긴 싫지만 이 책은 아직 안 읽어 봤네요. 하지만 이제 독서 목록에 올려야겠어요." 나는 책을 덮어 다시 책상 위에 올려놓았다. "이제 다시 파티로 돌아갈까요?"

테오와 단둘이 보내는 시간이 정말 좋긴 했지만 아스트리드를 테사와 단둘이 남겨 놓는 게 불안했다. 테사는 오늘 밤 내내 싸늘했다. 하지만 내게 하고 싶은 말은 함께 쇼핑을 갔던 날 다 한 것 같긴 했다. 바라건대 제발 이제부턴 자기 일에나 관심을 가졌으면 좋겠다.

테오가 문밖을 향해 팔을 들며 말했다. "먼저 가시죠."

나는 방을 가로질러 걸어갔다. 필요 이상으로 좀 더 천천히.

그리고 필요 이상으로 그에게 좀 더 가까이.

15

테오의 글쓰기 강좌는 아침 8시에 시작했다. 나는 아침형 인간이 아니지만 아스트리드 역시 마찬가지였고, 나는 그녀보다 더 노력해야 했다. 그래서 5시에 일어나 달리기를 했고, 지금은 커피 한 잔과 함께 소파에 앉아 곧 넘겨야 할 이 끔찍한 로맨스 소설을 붙잡고 있다.

테오의 수업을 받으면 정말 쓸 만한 조언들도 얻을 수 있지 않을까 싶어 기대가 됐다. 로맨스 소설을 대필 중이라는 사실을 밝힐 생각은 절대 없지만, 내가 지금 고전 중인 부분을 에둘러서 물어볼 순 있지 않을까 싶었다. 어쩌면 내 책을 쓰는 데에 도움을 받을 수도 있을 것 같았다. 그것 때문에 고전 중이라고 말할 생각이었고, 그건 거짓말이 아니니까.

나는 삼십 분 일찍 학교 캠퍼스에 도착했다. 여기 다시 오니 기분이 이상했다. 테오의 강의실을 향해 가는 동안 높은 석조 건물들을 바라보았다. 이곳에 오니 다시 열여덟 살로 돌아간 것 같은 느낌이었다. 이곳이 주는 아름다움과 가능성에 벅차오르던 그때로. 그 모든 가능성을 하나도 살리지 못했다니 정말 유감이다. 하지만 아직 하나가 남아 있다. 이번엔 다를 것이다.

건물 앞에 있는 게시판이 눈에 들어왔다. 과외 교사 구인 광고, 디제잉 수업 광고, 그리고 다가오는 캠퍼스 단합 모임 등의 공지가 게시판 여기저기 붙어 있었다. 그리고 게시판 한쪽 귀퉁이에는 신입생 같아 보이는 어린 소녀의 사진이 인쇄된 하얀 종이가 붙어 있었다. 카페 레바세에서 보았던 전단지 속 그 여자아이였다. 종이 맨 위에는 '실종자를 찾습니다'라고 굵은 글씨로 찍혀 있었다. 아마도 이 학교를 다니던 아이였나 보다.

나는 부지런히 걸어서 교실을 찾았다. 교실 문의 유리창을 먼저 들여다봤다. 테오는 교실 앞쪽 책상에 앉아 있었다. 그 앞으로는 작은 책상이 붙어 있는 의자들이 줄지어 놓여 있었다. 테오는 휴대폰을 보느라 고개를 숙이고 있었다. 표정이 진지했다. 아스트리드에게 문자를 보내는 걸까?

나는 손잡이를 돌려 문을 열었다. 내가 들어오는 소리에 그는 똑바로 앉으며 휴대폰을 얼른 닫았다. "올리브, 진짜 왔네요."

"네. 이렇게 귀한 글쓰기 수업을 놓칠 순 없죠." 나는 책상 상판을 손끝으로 쓸며 책상들 사이로 걸어갔다. "이번 책은 정말 절 잡아먹을 것 같아요."

나는 교실 앞면을 향해 돌아섰다. 테오는 이제 서서 책상을 손바닥으로 짚은 채 몸을 앞으로 숙이고 나를 바라봤다. "에이, 그럴 리가. 그런 일이 일어나지 않게 내가 도와줄게요." 그는 입꼬리를 반쪽만 올리고 미소를 지었다. 내가 제일 좋아하는 그의 미소.

"저의 구세주시네요." 나는 낮은 목소리로 말했다.

교실 문이 열렸고 테오는 다시 똑바로 섰다. 그리고 여학생 둘이 들어오는 모습을 보며 다시 친절한 글쓰기 선생님의 표정으로 돌아갔다. 그녀들은 어리고 예뻤다. 팽팽한 피부, 탄력 있는 가슴, 그리고 간밤에 잠을 못 자 다크서클이 생겼어도 반짝이는 두 눈.

나도 저 나이 때 저렇게 보였다면 얼마나 좋았을까. 나는 늘 주눅 들어 있었고, 지독히도 소심했고, 스스로에 대한 확신이 너무 없었다. 지금 내 피부는 탄력을 잃어가고 있지만 소심함은 줄어들었고, 새로운 식단과 규칙적인 운동 덕에 그 어느 때보다도 자신감이 생겼다. 나는 십 년 전 이런 책상에 앉아 있던 그 아이와는 완전히 다른 사람이 됐다. 그때 그 아이는 자기가 원하는 곳에 도달하기 위해 필요한 것들을 갖지 못했다. 십 년이 걸렸지만 이제 나는 그것들을 가졌다.

학생들이 몇 명 더 들어왔다. 부스스한 머리에, 커피를 들고, 아직도 눈가에 잠이 덜 깬 모습이었다. 이 수업은 학점을 받는 수업이 아닌데도 아침에 침대에서 몸을 일으켜 여기 나온 학생들이 있다는 게 신기했다. 나보다 나이가 더 많아 보이는 사람은 딱 한 명뿐이었다.

테오는 칠판에 자기 이름을 쓰며 말했다. '테오 코너 교수'

"이 수업은 워크숍 형식입니다. 말인즉 내가 특정 주제로 강의를 하진 않을 거예요. 저는 여러분이 각자의 글을 써나갈 수 있도록 돕기만 할 겁니다. 자, 지금 쓰고 있는 것이 무엇이든 그걸 꺼내세요. 지금 고전하고 있는 부분이 어디인지 메모도 해 보시고요." 테오는 자기 책상 앞으로 걸어가 몸을 기댄 채 팔짱을 꼈다. "만약 지금까지 쓴 것을 제가 읽어 보고 피드백을 주길 원한다면 그것도 해 드릴 수 있습니다. 그러니까 원하는 분은 메일로 글과 함께 질문이나 고민하는 부분을 같이 적은 파일을 보내 주세요. 메일을 보내지 않은 분께는 그냥 전반적인 피드백을 드리겠습니다. 혹시 원고를 출력해 오신 분은 옆에 질문거리를 적어서 제 책상 위에 두고 가도 됩니다. 무엇이든 의논하고 싶은 게 있다면 제가 돌아다니며 한 분 한 분 질문을 받을 테니 그때 하시면 됩니다. 그때까지는 각자 쓰던 글을 자유롭게 쓰시는 겁니다. 그럼, 시작해도 괜찮을까요?"

모두들 중얼거리듯이 동의한다는 답을 했다. 그러자 트레이닝복 차림에 머리는 대충 위로 틀어 올린 여학생이 가방에서 묵직한 종이 뭉치를 꺼내더니 종이에 부지런히 뭔가를 적었다. "이거 교수님 책상에 올려 두면 될까요?"

"네. 그리고 연락할 방법도 메모를 꼭 해 두세요. 오늘 이렇게 수업에 나와 줘서 고맙습니다." 그리고 테오는 돌아서서 맨 앞에 앉아 있는 남학생 옆 책상에 걸터앉았다.

나는 공책 한 권만 달랑 가져왔기 때문에 테오가 내 자리로 올 때까지 질문들을 적어 넣기 시작했다.

테오가 내 옆까지 오길 기다리는데 시간이 이보다도 느리게 갈 수 있나 싶었다. 결국 그가 내 옆에 오기 전에 이미 한 시간 반짜리 수업은 끝이 났고, 내가 한 것이라곤 자리에 앉아 공책에 몇 자 끄적거린 게 다였다.

테오는 일어나서 시계를 보고 깜짝 놀라는 눈치였다. 마치 이렇게 시간이 흘러간 지 전혀 몰랐던 사람처럼. 그런 그의 얼굴을 보자 속에서 올라오던 짜증이 누그러졌다. 이야기의 세계에서 시간을 잃어버린, 소년의 열정이 담긴 그 눈동자 때문에.

테오가 봐주지 못한 사람은 나와 다른 여학생 딱 둘뿐이었다. 테오도 교실을 둘러보더니 같은 걸 깨달은 눈치였다. "올리브와 샌드라, 두 분만 못 봐 드렸네요. 미안해요." 그리고 시계를 들여다보며 잠시 고민하더니 말했다. "두 분만 괜찮으면 내가 지금 30분은 여유가 있거든요. 혹시 지금 시간이 안 되면 다음 수업 때 두 분을 제일 먼저 봐 드리고요."

샌드라는 자리에서 일어섰다. "저는 출근해야 해서요. 그래도 원고에 2천 단어 정도 써넣었으니까 시간을 낭비한 건 아니에요. 다음 주에 뵙겠습니다."

"좋습니다. 고마워요, 샌드라. 다음 주에 뵙죠." 테오가 이번엔 나를 봤다. 나는 이 자리를 떠날 생각이 전혀 없다. 오히려 내가 계획했던 것보다 상황이 훨씬 좋아졌다. 샌드라는 교실 밖으로 나갔고 마침내 우리 둘만 남았다.

"저는 오늘 쭉 비어 있어서 남을 수 있어요. 오늘 할 일은 이 책을 쓰는 것뿐이거든요."

"잘됐네요." 테오는 책상을 내 앞으로 돌려 나를 마주 볼 수 있게 놓았다. "지금 쓰고 있는 것에 대해 얘기해 주세요. 어떤 부분이 잘 안 풀리는지도."

나는 내가 진짜 쓰고 있는 책이 무엇인지 드러내지 않으면서 묻고 싶은 걸 물으려면 어떻게 해야 하는지 생각할 시간이 충분했다. "애정을 나누는 장면을 너무 유치하지도, 노골적이지도 않게 쓰는 게 쉽지 않네요."

그는 고개를 끄덕이며 생각에 잠긴 듯 천장을 올려다봤다. "그래요. 그게 그렇게 어려운 문제는 아니에요. 특히 끌어올 만한 본인의 경험이 있는 경우엔 더 쉽죠."

"대신 그런 경험이 없다면 훨씬 어렵겠죠." 나는 멋쩍게 웃었다.

나는 몇 명 되지 않는 전남친들을 떠올려 봤다. 에단도 떠올렸다. 하나같이 마음에 와닿는 장면이 없었다.

테오는 전혀 머뭇거리지 않고 바로 내 말을 받았다. "물론 어렵겠죠. 하지만 불가능한 건 아니에요. 경험이 없다면 좋은 예시를 찾으면 돼요. 영화나 드라마에서 찾을 수도 있고, 현실에서 찾을 수도 있죠. 주변에서 그런 애정이 나타나는 순간들을 잘 관찰하고 지켜보세요. 애정을 나누는 모습이 꼭 유치하거나 노골적이기만 하진 않으니까요. 서로 너무 잘 알아서 특별한 말이 필요 없는 두 사람이 주고받는 눈길. 감지하기 힘들 정도로 작지만 위로가 되는 몸짓. 그런 모습들은 완전한 침묵 속에서도, 혼돈의 순간에서도 나타나니까요."

나는 그가 말하는 단어 하나하나를 놓치지 않았다. 그리고 그가 묘사하는 그런 애정을 알고 싶다는 생각이 들었다. 아스트리드를 향한 나의 질투는 더 강해졌다. 이런 남자를 가졌다는 것이 얼마나 행운인지, 그녀는 과연 알고나 있을까?

"그런 진실한 애정을 경험해 보지 못한 저로서는 그런 걸 감지하기가 힘든 것 같아요."

"진실한 애정은 나의 약한 면을 솔직히 드러내야 가능해요. 그러지 못하면 감정이 진짜처럼 보이지 않거든요."

나는 고개를 끄덕였다. "맞는 말 같아요."

테오가 자세를 바꾸며 한쪽 다리를 뻗었다. 그의 다리의 안쪽이 내 다리의 바깥쪽에 스쳤다. 내 몸이 떨렸다. 그리고 그는 다리를 치우지 않았다. "그런 애정을 한 번도 느껴 보지 못했다니, 믿기 어려운 일이네요."

"제가 예전에 알았던 남자들은 모두 어딘가 부족했어요." 나는 거의 속삭이고 있었다. 예전에는 그랬지. 그를 만나기 전까지는.

"그것참 안타까운 일이네요."

이 순간을 뭔가 좀 더 의미 있게 만들 만한 말을 열심히 찾는데 들숨이 가슴에 탁 걸려서 숨을 제대로 쉴 수 없었다. 그때 그의 휴대폰이 자리에서 진동했고, 그 소리를 듣는 순간 모든 말들이 달아나며 그 순간도 그대로 증발해 버렸다. 그는 휴대폰을 꺼내려 한쪽으로 몸을 기울였고, 수업 전에 보았던 그 심각한 표정이 다시 나타났다. 그가 휴대폰 화면을 들여다보는데 미간에 깊은 주름이 잡혔다.

"미안해요." 그의 목소리가 갑자기 확 멀어진 사람처럼 들렸다. 그러더니 방금 정신을 수습한 듯 내 눈을 보며 말했다. "지금 가 봐야 할 것 같아요."

"괜찮아요." 나는 급변한 그의 태도에 살짝 당황해서 말했다. "저는," 나는 내 물건들을 챙기려고 주변을 둘러보며 더듬거렸다. 그는 이미 일어나 자기 짐을 가지러 교실 맨 앞의 책상을 향해 가고 있었다. 우리는 동시에 교실 밖으로 나갔고, 그가 문을 잠갔다.

나를 향해 돌아섰을 때쯤엔 그가 다시 평정심을 찾은 듯 보였다. "갑자기 이렇게 일어나서 미안해요. 내일도 수업이 있으니까, 바쁘지 않으면 내일 수업에도 오세요." 그는 미소를 짓고 가벼운 포옹을 하려고 몸을 기울였다. 나도 그에게 두 팔을 올렸다. 내 심장이 흉곽을 때리는 소리가 제발 들리지 않기를 바랐다.

"네, 일정을 확인해 볼게요." 무조건 올 생각이었지만 일단 그렇게 말했다.

우리는 그 길로 헤어져 나는 집으로 향했다. 그리고 집으로 가는 내내 테오에게 무슨 일이 생겼길래 그렇게 서둘러 가야 했던 걸까 생각했다. 아스트리드에게 문자를 보내 볼까도 생각했지만 방금 테오와 헤어졌는데 그건 좀 아닌 것 같았다. 만약 그가 아스트리드에게 가고 있는 거라면. 그럴 가능성이 크기도 했고, 곧바로 아스트리드에게 문자를 보내 무슨 일인지 캐내는 것처럼 보일 순 없었다.

그래서 그냥 드라이브스루 커피숍에 들러 커피만 한 잔 사 들고 집으로 돌아와 다시 책을 쓰기 시작했다. 나는 테오가 진실한 애정에 대해 한 얘기가 좋았다. 이 로맨스 소설을 억지스럽지 않게 쓰는 방법을 찾으려 머리를 쥐어짜던 참이었는데, 테오의 조언 덕분에 몇 가지 아이디어와 새로운 발상이 떠올랐다.

나는 아파트 건물의 입구로 들어가 우편함을 확인했다.

"혹시 나 따라다니는 거예요? 역시. 그쪽이 변태 스토커일 수도 있겠다고 생각은 하고 있었어."

로건이 내 옆에서 자기 우편함을 열어 보고 있었다.

"댁이 나랑 같은 아파트에 우연히 산다는 게 확률적으로 말이 된다고 생각해요?" 나는 우편함 문을 탁 닫으며 말했다.

"이봐요, 여긴 내가 먼저 살고 있었거든요. 이 상황에서 아주아주 수상해 보이는 건 그쪽이라고."

"그쪽이야말로 진짜 사람 짜증 나게 하는 거 알아요?"

"아, 말 참 예쁘게도 하네."

내가 그를 올려다보자 그는 다정하게 웃고 있었다. 발로 한 대 차 버리고 싶었다.

"우리 집에서 같이 야구나 볼래요?" 그가 물었다.

웃음이 났다. "아니, 대체 어떻게 그런 생각을 해요?"

"야구는 미국인의 취미랍니다, 아가씨." 그가 몸을 굽혀 내 우편함을 보더니 물었다. "그런데 왜 우편함에는 올리브라고 적혀 있고 우편 봉투에는 로라라고 적혀 있는 거예요? 스파이라도 되나?"

"로라라는 이름이 싫어서 바꿨어요." 나는 대체 왜 이 남자에게 진실을 말해 주고 있는 걸까. 적당한 거짓말이 생각나지 않아서겠지.

"흠." 그가 어깨를 으쓱했다. "그러면 진짜 나랑 야구 볼 생각은 없는 거예요? 아주 재밌을 텐데."

"없어요." 나는 계단을 올라가 집으로 들어가 버렸다. 1년 계약을 깨려면 얼마나 손해를 봐야 할까 생각도 해 봤다.

그리고 몇 시간 동안 새로 떠오른 아이디어를 정리했고, 몇 가지 장면은 실제로 써 내려가기도 했다. 글이 술술 잘 풀리고 있는 참에 전화가 울렸다. 마침내 갖게 된 이 추진력을 잃기 싫어서 전화를 받지 않을까도 싶었다. 하지만 결국 궁금함을 참지 못하고 소파 위로 팔을 쭉 뻗어 휴대폰을 집어 들었다. 아스트리드의 이름이 잠금화면 위에 떴고, 나는 음성 사서함으로 넘어가기 전에 얼른 전화를 받았다.

"여보세요, 아스트리드, 잘 지내요?"

"올리브? 지금 바빠요?" 그녀는 마치 눈물을 참고 있는 듯 목소리가 경직돼 있었다.

"아니에요. 안 바빠요. 무슨 일이에요? 괜찮은 거예요?"

"네." 아스트리드는 웃었지만 목이 메는 것 같은 소리가 났다. "괜찮아요. 그냥 좀 밖에 나가고 싶어서요. 내가, 어…, 지금 친구가 좀 필요해요." 웃음소리인지 울음소리인지 알 수 없는 소리로 아스트리드는 말했다. "혹시 지금 올리브 집으로 가도 될까요? 어디든 여기서 좀 벗어나야 할 것 같아서 그래요."

공포로 가슴이 와락 조여들었다. 절대 오면 안 돼. "지금 실은 바닥을 새로 까는 중이라, 우리 집엔 도저히 들어갈 수가 없네요." 나는 살짝 웃으며 말했다. "대신 저번에 요가 수업 끝나고 간 펍에서 만나면 어때요?"

"네, 전 좋아요. 고마워요, 올리브."

"뭘요. 30분 내로 갈게요."

나는 우버 기사에게 목적지에서 한 블록 떨어진 곳에 내려달라고 했고, 남은 거리를 걷다가 뛰다가 하며 부랴부랴 약속 장소로 갔다. 제발 아스트리드가 먼저 와 있지 않길 빌면서. 내가 도착하는 모습을 아스트리드가 볼 수 없도록 더 일찍 도착하고 싶었다. 내가 왜 차 없이 다니는지 설명하고 싶지는 않았다. 이젠 본격적으로 우버 말고 좀 더 좋은 차를 부를 수 있는 곳을 알아봐야 할 것 같다.

내가 펍 입구에 막 도착했을 때 아스트리드가 걸어오는 게 보였다. 얼굴은 상기돼 있었고, 눈물이 흐른 자국도 보였다. 마음이 살짝 아렸지만 무시했다. 그래도 두 팔로 그녀를 안아 주긴 했다. "세상에, 왜 그래요? 무슨 일 있었어요?"

테오에게 무슨 일이 생겼을 수도 있겠다는 생각이 문득 들었다. 그런 생각이 들자 심장이 배까지 내려앉는 것 같았다. "혹시 테오에게 무슨 일 있나요?"

아스트리드는 내게서 몸을 빼더니 짜증 섞인 표정을 지으며 문을 열었다. 누가 봐도 울고 난 얼굴로 공공장소에 부끄러움 없이 당당히 들어갈 수 있다는 게 놀라웠다. 눈물을 제대로 닦아 내지도 않았고, 울고 난 것을 숨기려는 기색조차 없었다. 몇 주 전에 카페에서 처음 봤을 때와는 정말 딴판이었다.

아스트리드는 앞장서서 구석 자리로 들어가 앉았고, 나는 그 맞은편에 앉았다. 바텐더를 찾으려는지 그녀는 바 쪽을 빤히 보며 입술을 씹어 댔다. 나는 내가 밖에서 한 질문의 답을 기다리며 그녀를 지켜보았다. 걱정으로 심장이 졸아드는 것 같았지만, 좀 전에 지은 짜증 섞인 표정을 보면 적어도 아주 심각한 일은 아닐 것 같았다.

얼마를 기다린 끝에 바텐더가 우리 테이블로 왔고, 우리는 주문을 마쳤다. 바텐더가 우리가 주문한 음료를 가지러 가자 나는 아스트리드를 보고 한쪽 눈썹을 치켜올렸다.

"사랑하는 사람과 함께 있으면서도 철저하게 혼자라는 느낌, 받아 본 적 있어요?" 아스트리드가 여전히 바를 응시한 채 물었다.

생각도 못 한 말에 멈칫했다. 가장 먼저 든 생각은 '나한테 왜 이런 걸 묻지?'였다. 혹시 테오 얘기를 하는 걸까? 그러다가 대답을 해 줘야 한다는 사실을 깨닫고 질문을 곱씹어 보았다. 그러자 목뒤가 뻐근하게 아파 왔다.

"그런 적 있는 것 같아요. 오래전 일이긴 한데, 저도 한때는 내 가족들을 사랑했던 것 같아요. 어릴 때요. 부모님과도 가까워지고 싶었고, 나중엔 동생들하고도 가까워지고 싶었어요. 하지만 언제나 나만 겉도는 것처럼 느꼈죠. 가족들은 한 번도 나를 이해하지 못했어요. 나도 그들을 이해할 수 없었고요. 그러니까, 네. 많이 외로웠죠."

나의 솔직함에 나도 놀랐지만, 아스트리드는 그제야 생각에 잠긴 얼굴로 나를 바라보았다. 아스트리드나 테오나, 이들은 상대방이 한 말에 비판적인 반응을 드러내는 사람들이 아니었다.

나는 내 가족에 관한 얘기를 입 밖으로 꺼내 본 적이 한 번도 없었다. 그 긴 세월 동안 내가 얼마나 외로웠는지 인정해 본 적도 없었다. 그리고 내가 한 때 그들의 인정과 이해를 바랐다는 사실 역시 단 한 번도 말해 본 적 없었다.

"테오랑 크게 싸웠어요." 그녀는 마침내 나의 질문에 답을 했다. "요즘 너무 거리가 느껴져요. 둘이 다른 걸 원하기 시작한 것 같다고 해야 하나." 그녀는 얼굴을 두 손에 묻고 결국 흐느꼈다. "그래서 그게 너무 무서워요."

나한테 너무 솔직한 거 아니야? 아스트리드에 대한 연민과 죄책감 때문에 마음이 요동쳤다. 나는 내가 하려는 것이 개인적인 감정 때문이 아니라고 계속 떠올려야 했다. 내가 하려는 것은 아스트리드를 향한 앙갚음 같은 것도 아니었고, 그녀에게 상처를 주고 싶은 마음도 없었다. 그녀는 단지 내가 가는 길을 막고 있을 뿐이다. 테오와 나는 진짜로 통하는 뭔가가 있다. 나는 늘 그것을 원해

왔고, 그걸 놓칠 수 없을 뿐이다.

아스트리드는 강한 사람이고, 갤러리를 운영하며 자기 일도 확실하게 꾸려 나가고 있다. 그리고 나는 마침내 그들 사이를 지켜 주는 결혼이라는 갑옷에 생긴 균열을 발견했다. 이건 아주 좋은 징조다. 아스트리드는 결국 다시 일어설 것이다. 그리고 그녀는 이미 자신이 불행하다고 느낀다. 둘 사이는 점점 멀어지고 있다. 어쩌면 일이 내가 생각했던 것보다 더 쉬울지도 모르겠다. 어쩌면 모든 일이 다 끝난 뒤에 우리가 친구로 남을 수도 있지 않을까?

16

"사악한 자들은 시기하고 증오한다.
그게 그들이 추앙하는 방식이다."

_빅토르 위고Victor Hugo

오늘도 내가 제일 먼저 강의실에 도착했다. 그리고 오늘도 문밖에서 테오가 책상에 앉아 있는 모습을 지켜보았다. 이번에는 휴대폰을 보고 있지 않았다. 마치 완전히 다른 곳에 가 있는 사람처럼 정면을 똑바로 응시하고 있었다. 그는 팔꿈치를 책상에 괸 채 몸을 앞으로 숙이고 있었다. 상체의 움직임으로 보아 다리를 떨고 있는 것 같았다.

아스트리드와 싸워서 스트레스를 받은 걸까? 지난밤 우리 둘이 만나 얘기를 나눴다는 것도 알고 있을까? 그걸 알아낼 방법은 오직 한 가지뿐이다. 그래서 나는 길게 심호흡을 하고 문을 열었다.

내가 들어오는 걸 보고 그가 즉시 미소를 지었다. 마음속 한가운데가 따뜻해졌다. "왔네요." 그가 자리에서 일어나며 말했다.

"네." 나는 맨 앞줄 책상에 가방을 내려놓고 그를 향해 돌아섰다. "안녕하셨어요?"

"괜찮아요. 상황이 좀 그런 것치고는요." 그는 무슨 말인지 다 알지 않냐는 표정을 지으며 어깨를 으쓱해 보였다. 어제 일을 다 안다는 소리였다.

"두 분 일은 잘 해결될 거예요. 두 분처럼 완벽한 한 쌍이 또 어디 있겠어요." 말은 그렇게 했지만 한 마디 한 마디가 입안에서 따끔거리며 찐득하게 달라붙어 잘 나오지 않았다.

테오는 쓸쓸하게 웃었다. "어쨌든 어젯밤에 아내와 얘기 나눠 줘서 고마웠어요. 아내한테는 올리브 같은 친구가 필요해요. 어제 아내 옆에 있어 줘서 진짜 고맙게 생각해요."

"뭘요. 친구 좋다는 게 뭐겠어요. 그리고 아스트리드에겐 테사도 있잖아요."

그는 얼굴을 살짝 찌푸렸다. "테사도 좋은 친구죠. 하지만 좀 얕은 사이라고 해야 하나, 올리브와 하는 것처럼 그런 진짜 얘기는 못 해요."

나는 대답 대신 고개만 끄덕였다. 아스트리드는 자기가 무슨 말을 했는지 다 말한 걸까? 아니, 그보다 내가 그녀에게 한 얘기도 전부 다 말한 걸까?

다른 학생들이 하나둘씩 들어오고, 나도 앞으로 한 시간 동안 앉아 있을 자리를 찾아 앉았다. 나는 그가 다른 학생들을 가르치는 모습이 좋았다. 그가 가볍게 웃으며 머리를 뒤로 젖히는 모습이. 학생들의 말에 귀를 기울이며 어떻게 도와줄 수 있을까 생각할 때의 진지한 표정이. 미간이 살짝 모이는 모습이. 나는 내가 아직 보지 못한 테오의 모든 표정을 떠올려 보았다. 나와 사랑을 나눌 때 그의 얼굴은 어떨까?

내가 그를 올려다보았을 때 그는 마치 내가 무슨 생각을 하고 있는지 다 알고 있다는 듯이 나를 보고 있었다. 내 얼굴이 달아올랐다. 그는 미소를 짓더니 글을 봐주고 있던 학생에게로 다시 눈을 돌렸다. 지금 나한테 작업 거는 걸까? 적어도 나는 그렇게 느꼈다.

수업이 끝났을 때, 나는 아주 천천히 가방을 싸며 다른 학생들이 먼저 교실을 나가길 기다렸다. 지난주처럼 아예 남을 생각은 아니었지만, 그와 단둘이 있을 수 있는 시간은 한순간도 놓치고 싶지 않았다.

"자, 오늘은 여기까집니다. 다음 주에 보기로 하죠. 도움이 필요하면 언제든 이메일을 보내 주세요." 그리고 그가 물었다. "올리브, 혹시 바빠요?"

나는 교실 입구까지 반쯤 걸어가다 말고 돌아보았다. "딱히 그렇진 않아요."

"혹시 점심 같이 먹을 수 있나 해서요. 제가 살게요."

갑자기 내 뱃속에서 새 떼가 한꺼번에 날아오르는 것 같은 느낌이 들었다. "좋아요. 실은 지금 엄청 배고파요."

그는 미소를 짓고는 자기 물건을 가죽 서류 가방에 챙겨 담았다.

햇볕은 불과 몇 시간 전보다 더 따뜻해져 있었다. 9월 중순치고는, 그리고 긴팔 셔츠와 청바지를 입은 내게는 좀 더웠다.

"내 차는 이 근처에 주차했는데, 괜찮으면 내 차로 가죠?"

"네." 나는 대답을 하고 그의 뒤를 따라갔다. 그의 차를 타고 같이 점심을 먹으러 간다는 생각만으로도 자꾸 웃음이 나고 들뜬 표정을 감출 수 없어서 그가 앞장서서 걷는 게 정말 다행스러웠다. 정말 데이트하는 기분이 들어서 그가 아직 아스트리드와 부부 관계라는 걸 기억하기도 어려울 정도였다. 적어도 아직까지는.

그의 차는 검은색의 매끈한, 아스트리드와 같은 포르쉐였다. 그가 나를 위해 조수석 문을 열어 주었다. "가방은 주세요. 뒷자리에 둘게요."

나는 지갑만 빼고 나머지 짐을 그에게 건넸고, 그가 내민 손을 잡고 차에 올라탔다. 그리고 사이드 미러로 그가 차 뒤로 가는 모습을 지켜보았다. 차 안에서는 삼나무 향기와 가죽 냄새가 났다. 남자의 냄새. 나는 차 뒷좌석에서 그와 섹스하면 어떨까 상상해 보았다. 공간은 충분할까? 뭐, 어떻게든 하겠지.

그는 운전석에 타더니 시동을 켰다. 엔진이 가볍게 진동했다. "제리코에 가본 적 있어요?"

"팔레스타인에 있는 도시요?"

그가 웃었다. "아뇨. 식당 말이에요."

"아뇨, 안 가봤어요." 나도 따라 웃었다. 그가 웃는 모습을 보면 나를 비웃는 게 아니라 내가 한 농담이 진짜 재밌어서 웃는 것 같았다.

"시내 동쪽 끝에 있는 작은 식당인데, 거기 음식은 내가 먹어 본 음식 중에 최고로 맛있어요."

"와, 엄청난 칭찬인데요?"

"그럴 만해요. 먹어 보면 알 거예요."

그는 기어 변속기에 손을 얹고 있었다. 나는 햇볕에 그을린 그의 손가락을 바라보며 그 손가락이 내 쪽으로 다가오길 바랐다. 잠깐 내가 먼저 손을 뻗어 볼까도 생각했지만 결국 그러지 않기로 했다. 지금 모든 게 내 의도대로 흘러가고 있었다. 이미 그와 아스트리드의 상황이 좋지 않은데 괜히 섣불리 움직여서 이 흐름을 깰 순 없었다. 그들이 자멸할 시간을 줘야 했다. 틈이 더 벌어지길 기다렸다가 적기가 왔을 때 들어가면 되는 거다. 조금만 더 기다리면 될 것 같았다. 거의 다 왔다. 나는 느낄 수 있었다.

그는 큰길에서 조금 떨어진 작은 주차장에 차를 댔다. 그리고 나는 그가 돌아와서 문을 열어 줄 때까지 기다렸다가 그가 내민 손을 잡고 내렸다. 그의 손은 차고 살짝 굳은살이 박여 있었다. 의외였다. 작가 겸 교수의 손에 왜 굳은살이?

테오가 벽돌 건물로 나를 이끌었다. 나무로 된 간판에는 필기체로 '제리코'라고 쓰여 있었다. 나는 아기자기하고 고풍스러운 곳을 상상했지만 전혀 다른 느낌이었다. 머리 위로는 크리스탈 샹들리에가 달려 있었고, 자리마다 쿠션감 좋은 고급 갈색 의자들이 놓여 있었는데, 그것 하나가 내 아파트에 있는 것들 전부를 합한 것보다도 비싸 보였다. 검은색 원피스를 입은 식당 사장이 웃으며 다가왔다.

"코너 씨 오셨어요? 두 분이신가요?"

"나탈리, 잘 지냈어요? 네, 둘 맞아요. 고마워요."

이 식당 사장은 테오가 왜 아내 아닌 여자와 밥을 먹는지 속으로는 의아하다 해도, 절대 겉으로는 드러내지 않았다. 혹시 테오가 종종 다른 여자들을 데려와 밥을 먹는 건 아닐까 잠깐 생각이 들었지만, 말도 안 되는 일이다. 사장은 그저 자기 일에만 충실하고 고객의 일에는 참견하지 않을 뿐이다.

테오가 내 옆에 서서 내가 테이블 안쪽으로 들어갈 수 있게 손을 잡아 주었다. 그리고 그가 내 맞은편에 앉자, 나는 사랑에 빠진 여학생처럼 절로 웃음이 나오는 걸 제어하기 어려웠다. "정말 아름다운 곳이네요."

"내가 제일 좋아하는 곳 중 하나죠. 그래서 여기 사장님이 내 이름도 알고 있고요." 그가 웃었다.

웨이터가 우리 테이블 앞에 나타났다. "안녕하세요, 코너 씨. 오늘도 하우스 레드와인으로 하시겠습니까?"

"네, 고마워요, 조너선."

그는 고개를 끄덕이고 돌아갔다. "여기는 와인도 직접 만들어서 식당 아래 지하 저장고에서 숙성시켜요. 아마 여기 와인보다 더 좋은 와인은 마셔 본 적 없을걸요?"

"최고의 음식에 최고의 와인이요? 저는 왜 지금까지 이 식당을 들어 보지 못했을까요?" 왜 못 들어 봤는지는 당연히 알고 있다. 내 형편으로는 감히 올 수 없는 가격대의 식당이기 때문이다. 심지어 대출받은 돈으로도 어림없다.

"아는 사람이 그리 많지 않아요. 하지만 한번 오고 나면 계속 올 수밖에 없죠."

"그렇구나." 나는 주위를 둘러보며 화려한 내부를 감상했다. 웨이터가 와인 한 병과 잔 두 개를 들고 돌아왔다. 그는 잔을 채우고 병은 테이블 위에 두었다.

"올리브는 해산물, 소고기, 닭고기, 파스타 중에 뭘 좋아해요? 아니면 혹시 채식주의자?" 테오가 물었다.

"해산물이요."

"훌륭한 선택이에요. 조너선, 우리 둘 다 셰프 추천 해산물 스페

셜로 할게요."

조너선이 고개를 끄덕였다. "네."

다시 우리 둘만 남자 테오가 잔을 들었다. 나도 잔을 들어 그의 잔 앞으로 가져갔다. 두 잔이 부딪쳤고, 테오가 와인을 한 모금 마셨다. 나는 그가 리드하는 대로 따르면서 우리가 지금 무엇을 위해 건배를 한 것인지 의아해했다. 와인은 역시 맛있었다. 그냥 맛있는 정도가 아니었다. 와인을 잘 알지도 못하는 내가 입에 대는 순간 비싼 와인이란 걸 알 수 있을 정도로.

"오늘 같이 점심을 해 줘서 고마워요." 테오가 말했다.

"이 자리에 불러 주셔서 제가 감사하죠."

"아스트리드가 별것도 아닌 개인적인 일로 올리브를 불러내서 내가 참 미안해요. 곤란했을 것 같아요. 그렇지만 아내를 위해 옆에 있어 줬다니, 얼마나 고마운지 몰라요. 아내는 그런 얘기를 스스럼없이 할 만한 친구가 별로 없거든요."

"저한테 별 얘기 하지도 않았는걸요." 나는 솔직히 말했다. 물론 그녀가 한 말에서 아주 많은 것을 추론하긴 했지만, 모두 그녀가 한 말은 아니었다.

그가 고개를 끄덕였다. "너무 개인적인 일이라 이런 말 꺼내기도 좀 미안하긴 한데요, 사실 우리는 꽤 오랫동안 아이를 가지려고 노력해 왔어요."

심장이 바닥에 닿는 느낌이었다. "정말요? 전혀 몰랐네요."

그는 어두운 표정으로 고개를 끄덕였다. "아스트리드는 임신이 어려워요. 다른 여러 가지 옵션들을 고려해 보긴 했지만 우리 둘 다 만족할만한 방법은 찾지 못했어요. 어제 다툰 것도 그것 때문이었어요. 앞으로 어떤 선택을 할지 서로 의견이 달라서요.”

입안에 침이 고였다. 이들은 아기를 원한다. 나는 부부 사이가 벌어지고 있다고 생각했는데, 사실은 가족을 늘리려 하고 있었다.

나는 가빠지려는 숨을 애써 가라앉혔다. 그럼 전체를 이해할 필요가 있었다. “어떤 선택인데요?” 사생활 존중 같은 건 개나 줘.

테오는 나의 질문에 적당한 말을 찾느라 고심하는 것 같았다. 설명하는 게 왜 그렇게 어려운 거지? “아스트리드는…, 이제 아기를 포기하고 싶어 해요. 하지만 나는 계속 노력하고 싶어요.”

나는 그의 말을 들으며 고개를 천천히 끄덕였다. 이게 나한테는 무슨 의미인 걸까? 테오는 아스트리드와 아이를 갖고 싶어 한다. 아니, 어쩌면 그냥 아이를 원하는 걸지도 모른다. 나는 한 번도 엄마가 되길 원한 적 없다. 하지만 될 수도 있을까? 테오를 위해서라면?

“어쨌든,” 그는 바로 앉아서 미소를 지었다. “우리 부부 얘기는 이제 그만하죠. 책은 잘 되어 가고 있어요?”

화제가 바뀐 것이 무척이나 다행스러웠다. 앞으로의 행보를 정하려면 이 새로운 정보를 정리할 시간이 필요했다. “실은, 잘 되어 가고 있어요. 조금 있으면 원고를 넘길 수 있을 것 같아요. 훌륭한 선생님의 조언이 엄청나게 도움 됐어요.” 그건 사실이었다. 이제 한 번만 더 퇴고하고 나서 하루 이틀 안에 원고를 보낼 생각이었다.

“정말 잘됐네요. 출간일이 정해지면 바로 알려 주셔야 합니다.”

“당연하죠. 최종본을 넘기고 나면 작은 기념 파티라도 열까 해요. 다듬을 건 다듬고 손볼 것들도 다 손본 다음에요.”

"정말 좋은 생각이에요." 그가 잔을 살짝 들어 올렸다. 조촐한 축배의 순간이었다. 나도 그를 따라 잔을 들어 올렸다.

"지금 둘이 무슨 일로 건배를 하는 거예요?" 갑자기 여자 목소리가 들려와 깜짝 놀랐다. 돌아보니 코리가 화이트와인이 담긴 잔을 손에 들고 우리 테이블로 다가오고 있었다. "아, 올리브였네. 난 또 아스트리드인 줄 알았지."

나는 그녀 목소리에 화들짝 놀란 나를 원망했다. 죄지은 사람처럼 보였을 것 같았다. 하지만 바로 웃어 보이며 긴 금발을 어깨 뒤로 넘기고 말했다. "머리 때문에 착각하셨나 봐요."

코리는 테오를 향해 턱짓하며 말했다. "남편 때문이기도 하죠."

어떻게 대답을 해야 하나 생각하느라 더듬거리는 사이 입가에 미소도 사라졌다. 그때 테오가 나섰다. "코리, 여긴 웬일이에요? 아스트리드 말로는 이번 주에 출장이 있어서 바쁘다고 했던 것 같은데."

코리는 몸의 무게를 왼발로 옮기며 엉덩이를 살짝 내밀었다. "일찍 돌아와야 했어요. 파스칼이 갑자기 아파서 집 봐주는 분이 동물병원에 데려갔거든요. 파스칼은 집에서 키우는 새예요."

"저런. 이젠 좀 괜찮아졌어요?" 테오는 진심으로 걱정하는 표정이었다. 대단하다. 나는 어이가 없어서 눈동자를 굴리고 싶은 걸 겨우 참는 중이었다.

"이제 괜찮아요." 코리가 딱 잘라 말했다. "그런데 제가 합석해도 괜찮을까요?" 그러더니 코리는 대답을 듣기도 전에 테오 옆으로 밀고 들어와 앉았다. 테오는 자리를 만들어 주느라 더 깊이 들어가 앉았다.

나는 그 모습을 지켜보며 테오만의 예의 바른 방법으로 코리에게 어서 꺼지라고 말해 주길 기다렸다. 하지만 그는 그저 살짝 놀란 듯한 기색만 비쳤을 뿐, 안 된다고 말할 생각은 없어 보였다.

"그러니까, 뭘 위해 건배를 하는 중이었어요? 이제 나도 좀 끼워 줘요." 코리는 잔을 들어 올리며 말했다.

"올리브가 이제 책을 거의 마무리했다고 해서요." 테오가 말했다. 내가 파티를 열 계획이라는 말까진 하지 않았다. 그녀를 초대할지 말지는 내게 맡긴 셈이었다. 코리를 부르긴 정말 싫었지만 초대하지 않으면 모양새가 좋진 않을 것 같았다.

"그래서 탈고 기념 파티를 작게 열까 하는 중이에요. 아직 세부 일정은 정리 중이긴 한데, 이달 말쯤엔 초대장을 보낼 수 있을 것 같아요."

"그런 것도 해요?" 코리가 물었다. "자기 할 일을 했다고 자기 손으로 파티를 열어요? 책 쓰는 게 올리브가 하는 일이잖아요. 맞죠?" 코리는 잔의 가장자리 너머로 내 눈을 똑바로 보며 와인을 한 모금 마셨다. 나는 저 잔을 그대로 그녀 입에 처박아 저 조잡한 가짜 래미네이트 치아가 부러지는지 확인해 보고 싶은 심정이었다.

"하죠." 나는 미소를 지었다. "예술계에선 하는 일이에요. 예술을 창작하는 부류와 그걸 판매하는 사람들 사이엔 차이가 있겠죠. 아무래도 창작자들이 느끼는 성취감은 잘 모를 테니까. 뭐, 그래도 일하러 갈 때 그런 멋진 정장을 입고 갈 수 있으니까 그런 점은 좋겠네요." 나는 그녀의 재킷을 훑어 내려갔다가 다시 올라와서 그녀 눈을 보며 활짝 웃었다. "모든 직업에는 장단점이 있는 거니까."

코리와 아스트리드가 비슷한 일을 한다는 것 때문에 약간 죄책감을 느끼긴 했다. 하지만 둘이 완전히 같은 일을 하는 건 아니다. 아스트리드는 자신의 갤러리를 소유하고 있다. 행사를 기획하고, 작품을 스스로 배치한다. 그녀만의 방식에서 그녀도 예술가라 할 수 있다. 코리는 일개 직원일 뿐이다. 예술가와 구매자 사이의 중개자.

테오의 입가가 살짝 비틀리며 불안한 웃음이 번졌다. "코리, 제리코는 언제부터 알게 된 거예요? 난 여기가 내 비밀 장소인 줄 알고 있었는데."

"몇 주 전에 동료를 따라 점심 먹으러 한번 와 봤는데, 그 뒤로 계속 다시 오고 싶더라고요. 아스트리드의 친구들과 이렇게 비밀 장소를 공유하다니, 정말 다정도 하셔라. 언제나 마음이 참 넓으세요." 코리는 그렇게 말하며 테오의 팔을 꽉 잡았다.

테오가 대답하려고 입을 여는데 웨이터가 음식이 담긴 쟁반을 들고 나타났다. 코리가 자리를 우리 테이블로 옮긴 것도 놓치지 않은 모양이었다. 그녀의 식사가 그녀 앞에 놓였다. 와인 잔은 다시 채워졌고, 우리는 다시 어색한 침묵 속에 있었다. 코리는 이 상황을 무척 즐기는 눈치였다.

식사가 끝나자 웨이터가 계산서를 들고 왔고, 테오가 그걸 받았다. 계산서는 하나뿐이었으므로 코리의 식사까지 테오가 계산할 모양이었다. 역시 정말 신사야. 자기 멋대로 식사 자리에 끼어드는 무례한 사람의 밥값까지 내 주다니.

"조너선, 게살 케이크 하나만 포장해 줄래요?" 테오가 카드를 내밀며 말했다.

"물론이죠." 조녀선이 고개를 끄덕이고 물러갔다.

"오후 간식인가요?" 코리가 물었다.

"아스트리드 주려고요. 제일 좋아하는 거거든요."

"아스트리드는 갑각류 알레르기가 있지 않아요?" 코리의 눈썹이 바짝 올라갔다.

"네?" 테오가 코리를 쳐다봤다. "아닌데요. 아스트리드가요? 갑각류를 얼마나 좋아하는데."

코리가 고개를 저으며 말했다. "제가 다른 사람이랑 착각했나 보네요."

저러면서 뭘 지가 아스트리드 친구라고.

17

"당신이 희망이라 부르는 불꽃,
그것은 욕망이 만드는 고통일 뿐."

_에드거 앨런 포Edgar Allan Poe

코리의 집을 찾는 것은 일도 아니었다. 2년 전 처음 집을 샀을 때 코리는 인스타그램에 사진을 올렸다. 번지수를 보기 위해선 그저 화면만 확대하면 됐다. 그다음엔 I-65 도로 남쪽 방면에서 사고가 나 갤러리까지 차로 가는 길이 막혔다는 얘기를 들었던 것을 기억해 냈다. 좀 더 예전 게시물로 넘겨 보니 메리디언 힐스의 동네 표지판 앞에서 찍은 사진과 함께 '오늘 집 보러 다녀요! 행운을 빌어 주세요!'라는 글을 찾을 수 있었다.

나는 구글 지도에서 번지수를 검색했고, 그 번지수를 가진 몇몇 거리를 찾아냈다. 그러고는 스트리트뷰를 이용해 동네를 돌아다니며 그녀가 올린 사진 속의 집과 같은 집을 찾았다.

그러자 떡하니 나타났다.

인스타그램을 보고 그녀가 지금은 다시 출장 중이라는 사실을 알 수 있었다. 가장 어려운 부분은 집 안으로 들어가는 것이다. 코리가 혼자 산다는 이유로 보안에 과도하게 신경 쓰는 타입이 아니길 바랄 뿐이다. 그래도 인디애나주에서도 제일 좋다는 동네에 살고 있는데, 그 정도면 충분히 안전하다고 느껴도 되잖아.

나는 준비물을 가방에 담아 차에 올라탔다. 갈색 가발, 야구 모자, 선글라스, 그리고 작은 공구 몇 개. 너무 밝은 금발이 아니어야 눈에 띄지 않게 위장을 할 수 있을 것 같아서 아마존에서 거금을 주고 가발을 하나 질렀다.

코리를 괴롭히는 것은 테오를 얻기 위한 내 계획에서는 약간 빗나간 일이었다. 하지만 알아내야 할 것들도 좀 있었고, 코리가 나를 너무 열받게 하고 있었으니까 일석이조였다. 코앞의 문제에서 잠시 벗어날 수도 있고, 머리를 식힐 수도 있고, 코리의 재수 없는 작태에 복수도 하고. 그러고 보니 일석삼조였다.

나는 길가에 차를 세우고 집으로 향하는 진입로를 성큼성큼 걸어갔다. 해가 막 지기 시작하는 중이었다. 이 일을 밤에 할지 낮에 할지 고민이 좀 되긴 했다. 대부분의 주택 침입은 낮에 일어난다. 보통 이런 일은 밤에 일어날 거라는 고정관념 때문에 낮에는 경계가 덜하기 때문이다. 결국 너무 오랜 시간 고민하다가 이렇게 어중간한 때에 오게 됐다.

집은 정말 좋았다. 내가 살았던 그 어떤 집과 비교해도 타지마할 궁전 수준이었다. 하지만 내가 코리만큼 돈이 있었다면 나는 이런 집을 고르진 않았을 거다. 대량으로 찍어낸 것 같이 보이는 외관의 하얀색 이층집. 작은 관목들이 하얀색 외장재 앞쪽에 줄지어 있었다.

앞문은 잠갔을 거란 생각에 집 옆면을 돌아들어 갔다. 외벽을 훑어보며 눈에 띄는 카메라가 있는지도 살폈다. 카메라가 없는 걸 확인하고는 뒷문을 향해 갔지만 잠겨 있었다.

이번엔 창문을 향해 갔다. 창문 잠그는 것을 잊어버리는 사람들이 정말 많기 때문이다. 뒷문 바로 옆에 창문이 하나 있었지만 그것 역시 잠겨 있었다. 젠장. 나는 팔짱을 끼고 안으로 들어갈 방법을 궁리하며 주변을 둘러봤다. 아래쪽을 내려다보자 갈색 현관 매트가 보였고, 매트에서 내려서서 매트를 뒤집어 보았다.

"찾았다." 나는 은색 열쇠 하나를 집어 들고 숨을 죽여 웃었다. 사람들은 왜 이렇게 바보 같을까. 열쇠는 자물쇠에 부드럽게 들어갔다. 열쇠를 돌리자 문이 열렸다.

코리의 집은 레몬 향 세제 냄새와 인공적인 꽃향기가 났다. 나는 문 바로 안쪽에 있는 다른 매트에 발을 문지르고 집 안으로 들어섰다. 복도는 부엌으로 바로 통했고, 거기서 곧장 나가면 거실이었다. 다 좋아 보였다. 일단 비싸 보였다.

가구들은 카탈로그에서 그대로 꺼낸 것 같았고, 방 안은 전문가가 꾸민 것 같았다. 왼쪽에 있는 계단이 나를 재촉했다. 나는 시간을 낭비하지 않기 위해 얼른 걸음을 옮겼다. 이제 새를 찾아야지.

첫 번째 방은 화장실이었다. 거의 비어 있는 걸 보니 이 화장실은 잘 쓰지 않는 것 같았다. 그런데 몇 년씩 살면서 이렇게 그냥 비워 두는 게 좀 이상하긴 했다.

다음 방에 내가 찾는 것이 있었다. 빨간 새가 방구석에 있는 새장에서 꽥 소리를 냈다. 침실이다. 욕실까지 딸려 있는 침실. 안방인 것 같은데 좀 이상했다. 복도 쪽의 화장실처럼 방에 살림살이가 거의 없었다. 침대는 금속 프레임의 더블베드였다. 침대 끝에 초록색 무늬의 담요가 구겨져 있었고, 검은색과 흰색으로 된 베개가 베이지색 침대 시트 위에 하나만 놓여 있었다. 모든 게 다 따로 논다. 아래층과는 완전히 딴판이었다.

나는 방을 가로질러 들어가 침대 옆 탁자의 서랍을 열어 보았다. 새가 또 한 번 날카롭게 우는 바람에 놀라 자빠질 뻔했다.

"조용히 해, 이놈의 새야!" 나는 목소리를 낮춰 쏘아붙였다.

서랍 안에는 침대 옆 탁자에 있을 법한 것들이 들어 있었다. 립밤, 쓰다 버린 책갈피, 쓰고 난 치실. 우웩. 서랍을 다시 닫았다. 한쪽 벽면에는 서랍장이 놓여 있었다. 침대 옆 탁자와 세트가 아닌 게 분명했다. 진짜 이상하네. 코리는 직장에서도 꽤 잘나가는지, 늘 고가 브랜드 옷을 입고 한 끼 밥값이 나의 한 달 치 식비인 식당에서 점심을 먹지 않나? 그런데 왜 그녀의 집 절반은 꼭 우리 집처럼 누추한 걸까?

이번에는 옷방으로 다가가 문을 열었는데 입이 절로 벌어졌다. 옷걸이에는 옷이 딱 두 벌 걸려 있었다. 제리코에 왔을 때 입고 있었던 바지 정장 한 벌과 검은색 원피스 하나. 그 넓은 옷방 전체가 텅 비어 있었다.

아니, 방금 한 말은 취소. 구석에 구두 상자 하나가 놓여 있긴 했다. 나는 검은색 원피스를 손가락으로 쓰다듬었다. 값비싼 원단이 손끝에 닿는 느낌이 좋았다. 그러다가 원피스에 그대로 붙어 있는 가격표가 눈에 띄었다. 230달러. 바지 정장을 들쳐 보니 거기에도 가격표가 붙어 있었다. 어쩌면 제리코에 입고 왔던 옷이 아닐 수도 있겠단 생각이 들었지만 사실 나는 거의 확신하고 있었다.

내가 잘 아는 수법이었다. 가격표를 떼지 않고 입은 다음에 환

불받는 거다. 이건 가난한 여자들이 쓰는 수법인데. 아니면 짠순이이거나. 아래층과 위층의 차이를 보니 아무래도 코리의 경우는 전자인 듯하다. 아니면 왜 집의 공용 공간에는 돈을 그렇게나 들이고, 위층에서는 대학생 기숙사처럼 해 놓고 살겠어.

"끼야아아아악!"

깜짝이야. 아무래도 창밖으로 저 새를 날려 버려야 할 때가 된 것 같았다. 나는 옷방에서 나와 새장으로 다가갔다. 코리가 애를 뭐라고 불렀더라? 패치스? 파블로?

"새야, 너 이름이 뭐니?" 나는 새장을 열려고 애쓰며 거의 혼잣말하듯이 말했다.

"안녕, 내 이름은 파스칼이야. 꽤액."

깜짝 놀라 눈이 동그래졌다. "너, 그러니까 그런 새였어? 그래, 파스칼, 너 자유롭게 살아 보는 건 어떨 것 같아?"

나는 새장 문을 열고 창가로 가져갔다. 그리고 창의 잠금장치를 풀고 문을 활짝 열었다. "자, 어서 가, 새야. 자유롭게 살아."

하지만 새는 그대로 있었다.

"왜 그래, 이 바보 같은 새야. 날아가라고. 밖으로 날아가. 이제 자유야." 나는 새장 쪽에서 열린 창을 향해 팔을 내저으며 길을 보여 주었다. 하지만 역시나 꼼짝하지 않았다.

한숨이 나왔다.

나는 다시 새장을 들고 창문 쪽으로 더 가까이 가져갔다. 새장이 움직이자 파스칼은 날갯짓하며 꽥꽥거렸다. 나는 열린 새장을 창문에 갖다 댔다.

"얼른, 파스칼, 날아가라고!"

날갯짓하는 폼이 이번에는 날아갈 줄 알았더니 다시 횃대 위에 자릴 잡고 앉았다.

이러기야 진짜? 제발, 이 멍청한 새야!

나는 새장을 도로 테이블에 갖다 놓고 창문을 닫았다. 나는 새가 진짜 싫다. 정말 질색이다. 난 그저 얘가 창밖으로 날아가 버리고 코리가 집에 왔을 땐 애지중지하던 새가 사라져 있길 바랐을 뿐이었다. 혹시 날지 못하는 걸까? 키우는 새가 날아가지 못하게 사람들이 날개 끝을 잘라 놓는다고 했던가?

나는 다시 용기를 내서 새장 안으로 손을 집어넣었다. 파스칼이 파닥였고, 나는 물릴까 봐 손을 얼른 뺐다. 젠장. 좋아, 할 수 있어. 나는 새를 밖으로 유인해 보려고 다시 손을 집어넣었지만 이번에도 역시 꼼짝하지 않았다.

나는 한숨을 푹 쉬고 새장 문을 탁 닫아 아래층으로 들고 내려 갔다. "너, 진짜 안 날기만 해 봐." 새한테 경고하듯이 말하는 내가 너무 우스웠다.

나는 바깥으로 나가 새장을 내려놓고 현관문을 잠갔다. 정말 허술하기 짝이 없는 비밀 장소에 열쇠를 다시 숨겨 두고, 새장을 뒷마당으로 가져가서 다시 한번 열었다.

"이봐, 새. 이제 진짜 갈 시간이야."

새를 새장에서 꺼내 보려고 거의 삼십 분을 씨름한 끝에 결국 나는 축축한 잔디에 주저앉아 두 손에 얼굴을 파묻었고, 새는 여전히 금색 새장 안에 조신하게 앉아 있었다. 손으로 꺼내기는 너무 무서웠다. 절대로 물리거나 쪼이고 싶진 않았다.

이미 예상보다 훨씬 오래 여기 머물렀다. 일 분 일 초마다 들킬 위험은 더 커지고 있었다. 그때 진입로에서 타이어 긁히는 소리가 들렸고, 나는 완전히 얼어붙었다.

안 돼, 안 돼, 안 돼….

코리는 지금 출장 가 있는 거 아녔어? 벌써 돌아왔다고? 혹시 경찰인가? 카메라가 있는데 내가 놓쳤고, 그래서 날 체포하러 온 건가? 나는 새장을 얼른 집어 들고 집 뒤쪽에 나무가 드문드문 있는 곳으로 몸을 숨겼다. 이어서 차 문이 탁 닫히는 소리가 났고, 나는 살짝 앞으로 나가 보았다. 새장 안에서 푸드덕거리고 꽥꽥거리는 새를 겨우 조용히 시켰다.

조금 더 앞으로 나아가 현관문 쪽을 살펴보는데 심장이 방망이질을 쳤다. 아무도 보이지 않았다. 다만 진입로에는 검은색 스포츠카가 서 있었다. 코리의 차인지는 알 수 없었지만 일단 경찰차는 아니었다. 나는 크게 심호흡을 하고 진입로를 향해 내달렸다. 파스칼도 새장 속에서 이리저리 난리를 쳤다.

나는 내 차로 가서 뒷좌석 문을 연 다음 새장을 집어넣고 운전석으로 뛰어 들어가 미친 듯이 차를 몰았다.

손이 덜덜 떨려서 운전대를 더 꽉 움켜쥐어야 했다. 하마터면 완전히 망할 뻔했다. 룸 미러로 뒤를 보니 빨간 새가 뒷좌석에 떡 하니 앉아 있었다. 저걸 어떡하면 좋지?

"그거 마코 앵무새 아니에요?" 내가 현관문을 열려고 낑낑대고 있는데 로건이 물었다.

나는 고개를 홱 돌리고 말했다. "몰라요. 맞을걸요? 나 좀 도와

줄 수 있어요?" 나는 어깨로 문을 들이받으며 물었다. "문을 못 열겠어요."

코리네 집에서 들킬 뻔한 이후로 빨라진 맥박이 정상으로 돌아오지 않고 있었다. 게다가 집 문은 열리지 않았고, 내가 훔친 새와 함께 있는 걸 보여 주기까지 했다. 로건이 문을 열어 볼 수 있게 나는 옆으로 비켜섰다. 그는 문손잡이를 요리조리 돌려보더니 잡아당겼다가 다시 밀었다. 워낙 가까이 서 있어서 그가 쓰는 세제 향까지 느낄 수 있었다.

마침내 문이 열렸고, 나는 안도의 한숨을 내쉬었다.

"이게 다시 이러지 않게 고쳐 줄 수 있는데." 내가 새장을 들고 그를 지나치려는데 그가 말했다.

그냥 가라고 하는 게 낫지 않을까. 나는 입술을 씹으며 망설였다.

"오래 걸려 봐야 십 분이면 끝나요."

"좋아요."

"혹시 '고마워요'라는 뜻이에요?"

"네, 고마워요." 나는 중얼거리듯 말했다.

그는 그 멍청한 미소를 지으며 고개를 끄덕였다. "연장만 챙겨서 얼른 다시 올게요."

나는 휴대폰을 꺼내서 펫 숍이든 조류 구조 센터든 어디든, 이 새를 받아 줄 곳이 있는지 검색해 봤다. 고개를 들었을 땐 로건이 돌아와 있었다. 그는 문가에 쪼그려 앉았다.

"안녕, 내 이름은 파스칼이야!" 부엌 조리대 위에서 새가 말했다.

로건이 웃으며 일어서더니 새를 향해 갔다. "안녕, 파스칼. 나는 로건이야. 너 진짜 예쁘게 생겼다!"

"예쁘게 생겼다!" 파스칼이 로건을 따라 말했다.

"얘를 어디서 데려온 거예요?" 로건은 새장 사이로 손가락을 집어넣어며 새를 쓰다듬으려고 했다.

"하지 말아요. 물지도 몰라요." 내가 말했다.

하지만 로건의 손가락은 이미 새의 깃털을 쓰다듬고 있었고, 새는 물지 않았다.

"아니지이이이." 로건은 아기한테 말하듯 말했다. "파스칼은 착한 새지이이이. 그렇지?"

"착한 새지!" 파스칼이 또 따라서 외쳤다.

"얘, 어디서 났어요?" 로건이 또 물었다.

왜 자꾸 물어보는 거야? "데려올 만한 데서 데려왔죠. 어디서 데려왔겠어요?" 나는 쏘아붙이듯 말했다.

로건은 또 웃었다. "그쪽은 참 공격적이야." 그가 손을 내리고 다시 문가로 갔다.

"아니, 그쪽이 자꾸 바보 같은 질문을 하잖아요."

로건이 문을 수리하는 동안 나는 새를 데려갈 만한 곳을 찾았지만 아무래도 그런 곳에 데려가면 소유 증명서 같은 것을 보자고 할 것 같단 생각이 들었다. 아니면 사실 집에 카메라가 설치돼 있어서 결국 코리가 새와 나를 추적해 올 수도 있을 것 같았다. 혹시 집에서 키우는 새에도 마이크로 칩 같은 걸 심어 두나?

"다 됐어요." 로건이 말했다.

"다행이다, 고마워요." 나는 고마운 마음이 전해지길 바라며 말했지만, 지금 느끼고 있는 불안감 때문에 목소리에 자꾸만 날이 섰다.

"괜찮은 거예요? 평소보다 기분이 더 안 좋아 보이네."

나는 미간을 좁히며 반박했다. "저, 평소에 기분 안 좋지 않거든요? 그리고 지금도 괜찮아요. 그냥 이 새를 어째야 하나 대책이 안 서서 그래요."

입을 다물었어야 했다. 고맙다는 말만 하고 로건을 그대로 돌려보냈어야 했다. 새에 대해선 아무것도 누설하지 말았어야 했다. 하지만 나는 지금 완전히 패닉 상태다. 내가 벌인 이 멍청하고 유치한 짓 때문에 결국은 덜미를 잡힐 것이고, 내가 그동안 그렇게 공을 들이고 실행해 온 계획도 다 망칠 것만 같았다.

"그게 무슨 말이에요? 애초에 그럼 왜 갖고 있는 거예요?" 로건이 물었다.

나는 동생이 갑자기 집을 비우게 돼서 새를 좀 돌봐 달라고 했다고 둘러댔다. 동생은 연락이 되지 않아 뭘 물어볼 수도 없는데, 이 새를 어떻게 해야 할지 모르겠다고. 그 정도가 내가 즉석에서 둘러댈 수 있는 최선이었다. 하지만 이젠 이러지도 저러지도 못할 상황이 돼버렸다. 새를 보낼 데가 어디 없냐고 물어보고 싶은데, 동생의 새를 맡아 주기로 해 놓고 갑자기 어디로 보내 버리려는 게 말이 안 되기 때문이었다.

"알겠어요. 그럼 사료는 있어요?"

"동생 집에선 못 찾았어요." 내가 말했다.

"괜찮아요. 펫 숍에 가서 사면 돼요. 사료 통이랑 물통은 항상 채워 놔야 하고요. 그리고 바닥 깔개는 이삼일에 한 번씩만 갈아

주면 될 거예요. 새들은 손이 거의 안 가요."

"모든 게 너무 벅차네요." 나는 얼굴을 두 손에 파묻었다. 더 이상 괜찮은 척 연기하는 게 너무 힘들었다. 혼자만의 시간이 필요했다. 마음을 가라앉히고 이 상황을 정리할 시간이.

"다 괜찮아질 거예요." 로건이 한쪽 팔로 나를 감쌌고, 나는 그대로 그에게 기댔다. 눈물 때문에 눈이 따끔거렸다.

그때 휴대폰 알람이 울렸고, 나는 그에게서 몸을 떼고 휴대폰을 꺼내 들었다. 아스트리드가 도시의 반대쪽에 있는 어느 커피숍에서 만나자고 보낸 문자였다. 하마터면 거절할 뻔했다. 정신을 수습해야 하기도 했고, 우리 집엔 지금 어찌해야 할지 모르겠는 망할 놈의 새까지 데려다 놨고, 코리가 저 새를 찾아낼까 봐 불안해 미칠 지경이었으니까.

"가야겠어요. 급한 일이 생겨서요." 내가 말했다.

로건은 멋쩍은 듯 물러나면서 고개를 끄덕였다. "네, 그럼 전 가볼게요." 그가 현관을 향해 가다가 돌아섰다. "그럼, 어, 또 오다가 다 봐요."

"네. 진짜 고마워요." 내가 말했다.

그가 나가고 문이 닫히자마자 나는 허둥지둥 옷을 갈아입고 머리를 정돈했다. 그리고 문을 열고 나가다 말고 다시 돌아와서 새장의 물통을 채운 다음 아스트리드를 만나러 뛰어나갔다.

나는 운전대를 손가락으로 초조하게 두드렸다. 내가 저지른 멍청한 짓 때문에 테오와 아스트리드의 상황에 대해선 생각해 볼 시간도 없었다.

그들은 아기를 가지려고 했다. 하지만 이제는 서로 생각이 달라졌다. 나는 입술을 깨물며 빨간 불 앞에서 속도를 줄이고 차를 세웠다. 계속 시도해 보자는 테오에게 굴복하지 말라고 아스트리드를 설득해야 했다. 그녀가 제 발로 떠나 버린다면 모든 것이 더 쉬워질 테니까.

하지만 내가 회피하고 있었던 커다란 질문이 남아 있었다. 나는 과연 테오와 아기를 가질 생각이 있는가? 나는 한 번도 엄마가 되고 싶었던 적이 없었다. 생존을 위해 내게 의지하는 작은 생명체와 내 몸을 나눠 쓰고 싶은 생각이 전혀 없었다. 언제나 뭔가를 달라고 하는 아이들과 나의 시간을 공유할 생각도 없었다. 이런 내가 자기중심적이라는 것도 알고 있고, 그 사실을 나는 기꺼이 인정한다.

하지만 테오와 함께라면 좀 다르지 않을까. 돈이 있으면 모든 게 달라진다. 유모를 고용할 수 있을 테니 내 시간을 빼앗기진 않을 것이다. 그렇다면 그렇게 나쁘지 않을지도 모른다.

그래, 그렇게 하자.

아스트리드가 테오를 떠나도록 설득해야 한다. 아이를 가지려고 더는 노력하지 않도록. 그리고 테오에겐 아이를 포기하는 것이 너무 큰 희생이라고 설득해야 한다. 그다음에 내가 테오의 아기를 가지면 된다.

나는 한 블록 떨어진 곳에 주차하고 커피숍으로 걸어갔다. 생각을 대충 정리했더니 마음도 차분히 가라앉았다. 새와 코리에 대한 생각은 밀어냈다. 그 걱정은 집에 돌아간 다음에 하자.

아스트리드는 먼 곳을 응시하며 느긋한 미소를 짓고 있었다. 직전에 봤을 때와는 완전히 다른 모습이었다. 내가 커피숍에 들어서

자 시선을 내게로 돌렸다. 우리는 서로를 보며 미소를 지었고, 주문을 하기 위해 함께 카운터로 향했다.

주문한 바닐라 라테를 기다리며 나는 그녀가 창밖을 응시하는 모습을 지켜보았다. 행복해 보였다. 내게 결코 좋은 징조는 아니었다. 나는 커피를 들고 커피숍을 그대로 나가 집에 가 버리고 싶은 강한 충동을 느꼈다. 정신적으로 너무 지쳐 있어서 지금 이 게임을 계속해 나갈 기운이 내게 남아 있는지 자신이 없었다.

카운터 뒤의 직원이 내 음료를 건넸고, 나는 크게 한 모금 마셨다. 입안과 목구멍을 데일 것만 같았다. 얼굴이 절로 찡그려졌지만 어쨌든 그대로 삼켰다. 그리고 아스트리드의 맞은편에 앉아 마음의 준비를 했다.

"오늘은 기분이 좋아 보이네요." 내가 웃으며 말했다. "두 분이 잘 풀었나 봐요?"

아스트리드가 웃었다. "네, 맞아요. 고집불통에 지기 싫어하는 우리 남편이 마침내 아이 갖기를 그만두기로 동의해 줬어요."

"와, 정말 잘됐네요." 정말 진심인 것처럼 보이기 위해 노력했지만, 입으로만 웃는 반쪽짜리 미소만 겨우 지을 수 있었다. 테오가 뜻을 굽혔다는 소식에 내가 놀랐다고는 할 수 없지만 실망한 것만은 확실했다. 둘의 단단한 갑옷에 드디어 금이 갔나 했는데.

"어쩜, 너무 잘 됐어요. 계속해서 그런 스트레스를 받는 건 누구에게도 안 좋죠. 삶에서 다른 좋은 부분을 즐길 수 없게 되잖아요. 그렇죠?"

"맞아요." 아스트리드가 고개를 끄덕였다. "그게 바로 제가 남편한테 한 말이에요. 내가 이 아름다운 삶을 즐길 수가 없다고…"

그녀는 잠깐 하던 말을 멈추었다. "우리가 그 일에만 너무 집착하면 말이죠."

"맞아요. 정말 맞는 말이에요." 나는 생각을 정리해 보려고 시선을 멀리 옮겼다. 내 계획은 무너지고 있었다. 하지만 아스트리드에게 그런 내 마음을 들킬 순 없었다.

"내 생각엔 그이도 이제 정말 그만둬도 괜찮다고 생각하는 것 같아요." 아스트리드는 자기 자신을 설득하려고 애쓰는 것처럼 보였다.

"정말 큰 결정이긴 하죠. 하지만 두 분은 어떤 결정을 내리든 행복할 거라고 생각해요. 서로 원하는 것의 차이가 너무 큰 경우에는 그걸 극복해 내는 부부들이 사실 많지 않긴 하죠. 하지만 두 분은 잘 해낼 거예요." 나는 안심하라는 듯 미소를 지어 보였다.

"우린 둘이서 정말 많은 것들을 이겨 내고 여기까지 왔어요." 아스트리드가 말했다.

나는 고개를 끄덕였다. "우린 친구니까, 나는 아스트리드가 행복했으면 좋겠어요. 둘이 그런 타협을 한 다음에 서로를 원망하지 않을 자신이 있다면 나는 이 결정을 백 퍼센트 지지해요."

내 말이 진심처럼 들리길 바라며 나는 말했다. 아스트리드는 내 말에 기분이 상했거나 불편해진 것 같진 않았다. 정말로 내 말을 새겨듣는 것 같았다.

"그저 아스트리드의 인생은 아스트리드 한 사람만의 것이란 걸 기억했으면 좋겠어요. 행복하기 위해서 꼭 다른 사람이 필요한 건 아니잖아요. 그리고 두 분이 그렇게 근본적인 문제에 대해 생각이 다르다면, 어쩌면 진짜 '내 사람'을 아직 찾지 못한 걸 수도 있어요. 어리고 예쁠 때 너무 급히 결혼하긴 했잖아요.”

내가 선을 넘지는 않았길 바라며, 나는 잠시 숨을 멈추었다. 하지만 아스트리드는 생각에 잠긴 듯 미간을 좁힌 채 고개를 끄덕일 뿐이었다.

“돌리지 않고 있는 그대로 말해 줘서 고마워요. 올리브는 좋은 친구네요. 생각을 좀 더 해 봐야겠어요.” 이제 그녀는 더 이상 안도한 것 같지도, 행복해 보이지도 않았다. 나는 살짝 죄책감을 느꼈다.

커피를 다 마신 뒤 우리는 하루이틀 뒤에 다시 만나기로 하고 헤어졌다.

나는 따뜻한 목욕과 와인 한 잔으로 피로를 좀 풀어야겠다고 생각하며 아파트 계단을 올랐다. 현관 앞에는 봉지 몇 개가 놓여 있었다. 가까이 다가가서 보니 봉지 속에 든 물건에 새 그림이 그려져 있는 게 보였다. 아, 우리 집 부엌에 그 망할 놈의 새가 있었지.

나는 쪼그리고 앉아 봉지 안을 들추어 봤다. 새 모이, 깔개, 그리고 새장 안에 넣어 줄 만한 장난감 몇 개. 로건이 갖다 둔 게 분명했다. 뒤를 돌아 그의 집 현관문을 보며 노크를 하고 고맙다는 말을 할까도 생각했다. 하지만 지금 당장은 그 누구와도 말을 섞을 여력이 없었다. 그래서 그냥 봉지들을 집 안에 들여놓고 문을 닫았다.

18

**"우리가 눈이 먼 이유는
보지 않는 쪽을 선택했기 때문이다."**

_마야 안젤루Maya Angelou

사이렌 소리에 눈을 떴다. 그리고 침대에서 벌떡 일어나 사방으로 눈동자를 굴렸다. 날 잡으러 온 거야. 새에게 칩이 박혀 있었고 그걸로 나를 찾아낸 거야.

하지만 곧 사이렌 소리는 새소리로 바뀌었고, 다시 아기 우는 소리로 바뀌었다.

나는 다시 벌렁 드러누워 베개로 얼굴을 덮어 버렸다. 나는 대체 왜 이 바보 같은 새를 집에 데려온 거지? 왜긴 왜야, 완전 혼이 빠져나간 바람에 그랬지. 그래서 새장을 그냥 들고 튀었지.

나는 침대에서 억지로 몸을 일으켜 조심스럽게 부엌으로 갔다.

"안녕! 내 이름은 파스칼이야." 새가 꽥꽥거리며 말했다.

"그래, 알아."

나는 새장을 돌아 부엌으로 들어가서 커피 메이커를 작동시켰다. 몇 시간 뒤에 테오의 글쓰기 수업이 시작된다 생각하니 기대감으로 뱃속이 간질간질했다. 벌써 너무 보고 싶다.

그 생각을 하자마자 휴대폰 알람이 울렸다. 테오로부터 온 이메일이었다. 수업이 취소됐다고 했다. 집에 급한 일이 생겼다는 사과와 함께 다음 주에 보강 수업을 하겠다는 내용도 쓰여 있었다.

순식간에 기분이 안 좋아졌다. 아스트리드에게 문자를 보내 자세한 내용을 묻고 싶어 손가락이 간질거렸지만, 너무 참견하는 듯한 인상을 줄 순 없었다.

커피를 다 마시고 나자 기분이 조금 나아졌다. 나는 파스칼의 모이통과 물통을 청소하고 새로 갈아 줬다. 그리고 새장 밑바닥을 살피며 로건한테 치워 달라고 부탁해도 될까 생각을 하고 있는데 누군가 문을 두드렸다.

"정말, 양반은 못 되시네요." 문을 열었더니 로건이 서 있었다.

"나한테 하는 얘기예요?" 그가 한쪽 눈을 찡긋하며 물었다.

"맞아요. 안 그래도 새장 안을 좀 치워 줄 수 있는지 물어보고 싶었거든요."

그의 입가에 걸려 있던 거만한 미소가 사라졌다. "뭐, 그야…, 해 줄 수 있죠."

나는 그가 안으로 들어올 수 있도록 옆으로 비켜섰다. "그런데 왜 온 거예요?"

"당연히 내 친구 파스칼이 잘 있나 확인하러 왔죠. 그쪽은 새랑 별로 안 친해 보였거든요." 그는 어깨 너머로 나를 흘끗 보며 비난하듯이 말했다. 물론 장난이었다.

나는 부엌 조리대에 몸을 기대고 그가 새장에서 깔개를 잡아 빼 쓰레기통에 구겨 넣는 걸 지켜보았다. 그가 나를 올려다보았다. 짙은 속눈썹 사이로 눈동자가 보였다.

"가족 식당에서 일을 돕는다고 했었죠?" 나는 침묵이 어색해서 아무 말이나 해 보았다.

"넵. 2대째 하는 식당인데, 할아버지 건강이 계속 안 좋아지고 있어요. 일할 사람 구하긴 점점 힘들어지고 있고요. 그래서 시간 날 때 가서 도와드리는 거죠."

"그럼 식당에서 서빙하는 일 안 할 땐 뭐 해요?"

"식당 경영하는 일이라고 해 주는 걸 더 선호합니다만." 그가 가르치는 듯한 표정을 짓자 웃음이 났다. 그도 나를 따라 씩 웃고는 말했다. "나는 간호사예요."

"정말 예상 못한 대답이네요." 나는 웃으며 말했다.

"내가 남자라서요?"

"그렇기도 하지만, 그냥 그쪽은 간호사로는 안 보여요."

"야, 이거 살짝 기분 나쁜데요?"

나는 어이없다는 듯 눈동자를 굴렸다. "간호사들은 돈 잘 벌지 않아요? 왜 여기 살아요?"

그는 봉투에서 새 깔개를 꺼내 새장 바닥에 깔아 주었다. "아직 의대에 다니는 중이거든요. 외과 의사가 되고 싶고, 학비도 내가 해결하고 싶으니까. 뭐, 월세가 저렴한 데서 살아야죠."

나는 고개를 끄덕였다. 그리고 '오, 대단한데'라고 말하듯 입꼬리를 살짝 내렸다. 그는 청소를 마무리하며 분리했던 부분을 새장에 도로 끼워 넣었다.

"그런데요, 예의상 뭐라도 마시겠냐고 물어봐야 하는 거 아니에요?" 그가 부엌 조리대에 기대며 말했다.

나는 또 한 번 눈동자를 굴렸다. 이 남자는 계속 눈동자를 굴리게 만드는 재주가 있네. 나는 조리대에서 폴짝 뛰어내려 냉장고 문을 열었다. "뭐 마실래요? 커피도 있긴 해요."

"커피 좋네요."

나는 그에게 줄 커피를 만들었다.

"그다음엔 이렇게 말해야죠. '잠깐만 있어요. 좀 편한 옷으로 갈아입고 올게요'라고."

나는 그를 흘겨봤다. "여긴 당신이 보는 포르노 속이 아니거든요. 커피라도 준 게 어딘데."

그가 웃었다. "알았어요, 알았어."

나는 그에게 커피를 건넸다. 이상하게도 그의 곁에 있을 땐 편안했다. 사실 편하지 않아야 맞다. 그는 내가 로라였을 때와 올리브가 됐을 때를 다 보았다. 나랑 같은 아파트에 사는 데다 나에게 관심도 있는 것 같다. 문제가 될 수도 있는 사람이다. 그렇지만 대화하는 게 싫지는 않았다. 경계를 해야 할 것 같은데 경계심이 들지 않았다.

"왜 내가 이름을 바꾸고 외모를 바꿨는지, 한 번도 안 물어봐요?" 막상 입 밖으로 말이 나오자 심장이 두근거렸다. 이런 얘긴 하지 않는 게 더 안전한 법인데. 그런 일은 일어난 적 없다는 듯, 아무것도 모른다는 듯 행동해야 했지만 너무 궁금했다.

그는 어깨를 으쓱했다. "뭐, 우리가 대화를 아주 많이 나눈 사이도 아니었잖아요. 내가 상관할 일도 아니고. 여자들은 툭하면 외모에 변화를 주지 않나요? 우리 누나만 해도 볼 때마다 딴사람이 돼 있던데요."

피식 웃음이 났다. 그래, 그 정도로만 해 두자. 그가 상관할 일이 아닌 것도 맞고, 그가 그걸 알고 있다는 것도 다행스러웠다. "커피 다 마셨어요? 내가 할 일이 좀 있어서요."

그가 눈썹을 위로 치켜뜨더니 눈을 동그랗게 뜨고 바닥을 보았다가 옆을 보았다가 했다. "와, 진짜 야속하네." 그는 부엌 조리대 위에 컵을 내려놓고 웃으면서 현관으로 향했다. "조만간 또 봐요." 그는 문틈 사이로 말하고 문을 닫았다.

나는 또 한 번 눈동자를 굴렸다.

이제 테오의 수업이 취소됐으니 오늘 하루를 어떻게 보내야 할지 소파에 앉아 생각해 보았다. 사실상 할 일은 없었지만 로건을 쉽게 들락거리게 놔둬서 좋을 건 없었다. 문득 에단 생각이 났지만 금세 시들해졌다. 지금 내 머릿속을 채우고 있는 건 테오뿐이다.

나는 마음이 약해지기 전에 머리를 포니테일로 묶고, 하루 지난 화장을 지운 다음, 레깅스와 오래된 대학 후드 티를 걸쳐 입었다. 그리고 캠퍼스로 차를 몰고 가 학생 주차장에 차를 세웠다. 뭘 찾으려고 여기 온 것인지는 나도 몰랐다. 무엇이든 테오에게 조금 더 가까워졌다고 느낄 수 있는 것이면 됐다. 어쩌면 그가 왜 수업을 취소했는지 알아낼 수 있을지도 몰랐다.

주말이었지만 캠퍼스엔 학생들이 많았다. 기숙사에 사는 학생들, 주말 수업을 듣는 학생들, 과제를 하느라 학교 도서관을 이용하는 학생들로 붐볐다.

나는 노트북 가방을 어깨에 메고 어떻게든 학생들 무리에 섞여 들어가려고 노력했다. 그리고 테오의 강의실로 향했다. 문 앞에 가까워졌을 땐 걸음을 늦추고 안에 불이 켜져 있나 확인했다. 불은 켜져 있지 않았다. 테오가 여기에 있을 거라고 기대하진 않았지만, 그래도 혹시나 했는데. 문손잡이를 돌려보았지만 잠겨 있었다. 젠장.

강의실 문 앞에 서서 나를 보고 있는 사람이 없는지 주위를 살폈다. 안으로 들어가야겠는데, 경비 아저씨가 열쇠를 갖고 있을 것 같았다. 하지만 특별한 이유 없이 문을 열어주진 않겠지. 뭘 잃어버렸다고 말할 순 있겠지만, 그러더라도 나를 강의실에 혼자 있게 두진 않을 거다. 청소 직원? 그들도 열쇠를 가지고 있을 테고, 경비 직원들만큼 엄격하지도 않을 것 같긴 했다. 어쩌면 나를 강의실 안에 혼자 둘지도 모른다. 나는 구내식당에 가서 음식을 골라 쟁반에 담았다. 칠리 수프 한 그릇, 크래커, 그리고 음료수 한 잔. 나는 쟁반을 들고 캠퍼스를 가로질러 테오의 강의실 앞으로 가서 쟁반째로 바닥에 떨어뜨렸다.

앗, 어머나.

캠퍼스엔 곳곳에 전화가 있었다. 그 전화는 보안팀, 청소업체, 그리고 경찰로 연결된다. 나는 청소업체에 전화를 걸어 무척 징징거리는 목소리로 말했다. "누가 여기 건물 1층 복도에 쟁반째로 음식을 떨어뜨리고 가서 완전 엉망이에요."

남자는 한숨을 쉬더니 알려 줘서 고맙다고 하고 전화를 끊었다. 나는 건물 입구 옆에 서서 기다리고 있다가 회색 작업복을 입은 사람이 건물 안으로 들어가는 걸 지켜보았다. 그리고 몇 초를 더 기다렸다가 황급한 척하며 그 남자를 지나쳐 달려가 테오의 강의실 문을 열어 보았다. 그리고 큰소리로 외쳤다. "아, 망했어!"

그리고 문 앞 복도에 서서 난감해 보이려고 최선을 다했다. 청소

직원은 나를 한번 올려다보더니 다시 음식을 치우기 시작했다. 그냥 이러고 만다고? 나는 얕은 숨을 빠르게 몰아쉬며 서성거리기 시작했다. 그리고 감정을 끌어올려 눈물을 짜냈다.

"괜찮아요, 학생?" 마침내 그가 물었다.

"아니요, 아니요, 안 괜찮아요. 어떡하지. 전 이제 F 맞을 거예요. 그리고 부모님이 아시면 전 죽었어요. 아, 어떡해." 나는 숨을 헐떡였다. 그리고 숨이 넘어가기 직전까지 몰아붙였다. 스스로도 놀랄 만한 연기였다. "어제 코너 교수님 강의실에 USB를 떨어뜨렸는데, 그 안에 오늘 밤까지 제출할 과제가 들어 있거든요. 아, 어떡해요, 진짜."

그는 하던 청소를 멈추었고, 무척 불편해진 얼굴로 나를 보았다. 여자들이 울면 남자들은 대부분 그렇게 된다. 그는 잠깐 더 망설이더니 문 앞으로 가서 열쇠 꾸러미의 열쇠들을 뒤적였다. "자, 들어가세요. 그리고 얼른 찾아서 나오세요." 그가 문을 열어 주었다.

"아, 진짜 감사합니다!" 나는 냅다 뛰어 들어가서 책상들 사이로 기어 다니기 시작했다. 내가 쓸고 다니는 세균들은 생각하지 않기로 했다. 그리고 머리카락 사이로 내 시선을 숨기며 살짝 올려다보았다. 그는 문가에 서 있었지만 몸은 복도 쪽을 향하고 있었다. 저 사람이 딴 데로 가야 할 텐데.

나는 존재하지도 않는 USB를 계속 찾아다녔다.

"나는 이 앞에 있을게요. 치우던 걸 마저 치워야 하니까. 알겠죠?"

"네, 네." 나는 최대한 찾는 일에 몰두한 척 대충 대답했다. 그리고 문이 딸깍 닫히는 소리가 들리자마자 재빨리 테오의 책상을 향해 기어갔다. 그리고 문 쪽에서 컴퓨터 화면이 보이지 않게 모니터를 돌려놓고 마우스를 흔들어 댔다. 테오의 프로필이 화면 중앙에 뜨더니 내가 알 도리가 없는 비밀번호를 요구했다.

나는 화면 아래쪽의 '사용자 변경'을 클릭하고 '방문자'를 선택해서 로그인했다. 계속 문 쪽을 확인하는데 다리가 달달 떨렸다.

바탕화면이 뜨자 'PC' 아이콘을 찾아 클릭했다. 예전에 학교에 다닐 때도 USB 대신 무심코 컴퓨터에 저장해 버린 파일들을 이렇게 찾곤 했던 기억이 떠올랐다. 나는 'C 드라이브'로 들어갔고, 그 다음엔 '사용자' 폴더를 열어 보았다. 그리고 가장 최근에 수정된 폴더를 클릭했다. 테오가 파일을 저장해 두었을 만한 곳들을 여기저기 뒤졌다. '바탕화면' 폴더도, '문서' 폴더도 문서들로 가득했다. 나는 내가 가져온 USB를 컴퓨터에 꽂고 파일들을 전부 복사하기 시작했다.

빨리, 빨리, 빨리.

문이 열리는 소리가 들린 순간 복사가 끝났다. 나는 전원 버튼을 눌러 화면을 끄고 바닥에 납작 엎드렸다.

"학생?"

나는 책상 뒤로 돌아간 다음에 벌떡 일어났다. "찾았어요!" 그리고 달려가서 그를 와락 끌어안았다. "선생님은 진짜 제 은인이세요. 사람 하나 살리신 거예요."

그길로 교실에서 달려 나와 주차장으로 내달렸다. 아드레날린이 솟구쳐 조마조마하면서도 기운이 뻗쳤다.

집에 돌아온 뒤에는 복사해 온 문서들을 샅샅이 살펴봤다. 나와 상관없는 것들까지도 전부 다. 그가 읽었던 것들을, 그의 것들을 내가 읽고 있다는 사실 자체가 좋았다. 이번 학기 그의 일정표도 찾아냈다. 정규 강의 일정과 글쓰기 수업 일정, 그리고 심지어 그와 아스트리드의 사적인 일정도 적혀 있었다. 몇 주 후로 예정된 아스트리드의 런던 출장과 갤러리 전시 일정, 테사, 닐 부부와의 저녁 식사 일정, 그리고 이번 주 목요일로 잡힌 나의 출간 기념 파티 일정까지 적혀 있었다. 나는 팔을 뻗어 그가 내게 선물해 준 에드거 앨런 포 배지를 집어 들었다. 나는 어느새 여기까지 왔다. 내 계획은 순항 중이었다.

19

> "지옥은 텅 비어 있다.
> 모든 악마가 여기 와 있기에."
>
> _윌리엄 셰익스피어William Shakespeare

오늘 밤은 일종의 시험처럼 느껴졌다. 내가 큰 무대를 잘 이겨낼 수 있는지 시험해 보는 기회. 절대 실패하고 싶지 않았다. 나는 평생 실패만 해 온 사람이었기 때문에 이제 한 번쯤은 성공해도 될 것 같았고, 나의 승리를 굳히기 위해 비용을 아끼지 않았다. 그동안 힘들게 갚아 온 카드 값을 다시 한도까지 긁어야 했다. 이번 달 카드값을 어떻게 막아야 할지 아득했지만 그건 내일 생각할 문제였다.

마룻바닥 위에서 또각거리는 아스트리드의 하이힐 소리가 그녀의 도착을 알렸다. 돌아서 보니 그녀가 활짝 웃으며 성큼 다가와 나를 안아 주었다. 그녀에게서 오렌지 향기와 담배 냄새가 풍겼다.

"주차하고 있는데 행사 업체 사람들이 막 도착했더라고요. 내가 뭘 도와주면 될까요?" 그녀는 마치 겁먹은 어린아이 다루듯 나를 한쪽 팔로 감싸며 물었다.

"별문제 없이 다 잘 진행되고 있는 것 같아요." 나는 그렇게 말하며 모든 걸 체크하듯 주변을 한 번 둘러보았다. 하지만 사실은 그녀가 도착하기 전에 이미 스무 번쯤은 점검한 상태였다. 이제 남은 일은 내가 고용한 사람들이 맡아서 할 일뿐이었다.

"와, 진짜요?" 아스트리드도 주변을 한 번 둘러보았다. 마치 내가 해 놓은 일을 심사라도 하듯이.

"진짜라니까요. 나랑 술이나 한잔해요." 나는 웃으며 구석에 있는 바로 향했다. 바텐더는 따로 없었지만 술은 가득 채워 뒀다. 아스트리드가 나를 따라왔다. "그럼 테오는 따로 차를 가져오나 봐요?"

"네, 아마 행사 시작 시간에 딱 맞춰 올 것 같아요. 오늘 저녁에도 수업이 있다고 하더라고요."

나는 잠시 멈칫하곤 손을 뻗어 와인 잔을 잡았다. 테오는 이번 학기에 저녁 강의가 전혀 없었다. 2주 전에 그의 일정표를 빼낸 이후 완벽히 외우고 있었기 때문에 틀림없었다. 하지만 나는 그걸 알아서는 안 되는 사람이므로 입을 다물었다.

그는 지금 밖에서 뭘 하고 있는 걸까? 아스트리드는 정말로 그가 저녁 강의를 하고 있다고 믿는 걸까? 그녀가 거짓말을 들은 것이거나, 내가 지금 거짓말을 듣고 있거나, 둘 중 하나였다.

아스트리드에게 정이 들고 마음이 약해져 버린 건 큰 실수였다. 더 가차 없이 행동해야 할 때도 좋게 좋게 대하게 됐다. 가능하면 그녀를 힘들게 하지 않는 쪽을 선택하게 됐다. 그녀가 상처받지 않도록 스스로 결정해서 떠나게 설득하려고 했다. 내가 어리석고 나약했다. 하지만 더는 아니다. 이젠 세게 나가야 한다. 독해져야 한다.

나는 화이트와인을 두 잔 따른 후 돌아서서 그녀를 마주 보며 잔을 내밀었다. "아스트리드를 위하여."

"왜 나를? 오늘 밤은 올리브의 밤이잖아요! 올리브를 위해 잔을 들어야죠!"

"이 파티는 아스트리드 없이는 불가능했을 거예요. 내가 정했던 장소가 무산됐을 때 갤러리를 선뜻 내줘서 얼마나 고마운지. 정말 고마워요."

아스트리드는 감동한 듯 겸손하게 손을 가슴에 얹었다. 그리고 우리는 업체 직원들이 나의 계획을 현실로 만들어 내는 모습을 지켜보기 위해 갤러리 중앙으로 걸어갔다. "그래서, 두 분 사이는 여전히 햇살이 반짝이고 꽃들이 만개한 천국 같나요?" 나는 태연한 척 물었다.

"테오랑 나요? 네, 요즘 정말 좋아요. 뭔가 아주 무거운 짐을 덜어 낸 것 같은 느낌이에요. 압박에서 풀려난 그런 느낌?"

나는 고개를 끄덕이며 와인 잔만 골똘히 쳐다봤다. 내가 심어 둔 의심의 씨앗들은 싹을 틔우지도 못하고 죽어 버렸나? 그녀가 나를 힐끗 보았다. 역시 눈치가 빠르다.

"왜 그래요?"

"뭐가요?" 나는 일부러 모른 척했다.

"방금 좀 표정이 이상했잖아요."

나는 결백한 얼굴로 아무 일도 아니라는 듯, 하지만 약간은 찔린 듯한 표정을 지었다.

"아무것도 아니에요. 진짜 아무것도 아니에요."

아스트리도 굽히진 않았다. "아니긴. 얼굴에 다 드러나요. 정말 거짓말은 못 하는 사람이구나!"

웃음이 나려 했지만 참았다. 나는 정말 거짓말 하나는 끝내주게 잘하는 사람이니까.

나는 한숨을 내쉬며 입술을 살짝 깨물었다. 그리고 어찌해야 할지 난감한 표정으로 말했다. "저기, 내가 테오의 글쓰기 수업을 몇 번 들은 거 알죠?"

"네." 아스트리드가 고개를 끄덕였다.

"지난주 수업에 갔었는데, 그날 수업에서 얘기를 좀 들은 게 있어서…"

"무슨 얘긴데요?"

나는 몇 분간 이 말을 해야 하나 말아야 하나 고민하듯 뜸을 들였다. 그리고 그녀가 얘기해 달라고 애원하게 만든 뒤에야 입을 열었다. "테오가 자기가 살면서 가장 원했던 건 아버지가 되는 거였다는 말을 하더라고요." 나는 그렇게 거짓말을 뱉은 후 애써 최대한 슬프고 안타까운 표정을 지어 보였다.

아스트리드는 처음엔 상처받았다기보다는 혼란스러운 표정이었다. 정말로 그가 아버지가 될 생각을 버리고 아무 미련을 갖지 않을 것이라 생각했던 걸까? 하지만 아스트리드는 이내 고개를 저었고, 내가 기대했던 그 고통스런 표정이 얼굴에 나타났다.

"그냥 지나가는 미련일 거예요. 사실 간단히 포기할 수 있는 일은 아니니까. 하지만 아스트리드를 사랑하잖아요. 그건 잘 알고 있죠? 그러니까 별일 아닐 거예요."

아스트리드는 '아니'라고 하듯 고개를 젓다가 다시 '맞아'라고 하듯 고개를 끄덕였다. 그리고 그 행동을 그대로 말로 옮겼다. "그건 아닌 것 같아요, 아니. 아니, 맞아요. 별일 아닐 거야. 테오와 얘기를 좀 해 봐야겠어요."

"아. 하지만 내가 얘기했다는 건 말하지 말아 줘요. 수업에서 말을 가려 해야 한다고 생각하실까 봐 걱정돼서."

"그래요, 맞는 말이에요." 아스트리드는 고개를 흔들며 심란한 표정을 지었다.

"괜히 이런 말 해서 미안해요. 오늘은 행복한 날이어야 하는데. 혹시 내가 망쳤다면 미안해요."

아스트리드는 멍해진 정신을 수습하듯 웃었다. "오늘은 올리브의 날이죠. 자, 가요." 그리고 내 팔에 팔짱을 끼며 말했다. "케이터링 팀이 왔는지 확인하러 가요."

남은 준비는 아무 문제 없이 착착 진행됐다. 초대받은 사람들이 도착하기 시작했고, 그들이 아스트리드 갤러리의 작품들과 얼음 조각상, 그리고 기발한 연출을 보며 감탄하는 소리를 나는 온몸으로 만끽했다.

마침내 테오가 도착했다. 그의 모습을 보자 온몸에 소름이 돋았다. 그는 바로 나를 발견하더니 미소를 지으며 내게 포옹해 주려고 우리 사이의 거리를 건너오고 있었다. 심장이 미친 듯이 뛰었다. 아스트리드는 이 공간의 반대편에 있었지만 그는 그쪽은 쳐다보지도 않았다. 곧장 나에게로 왔다

"올리브, 오늘 진짜 근사한데요?" 그는 내 손을 잡더니 나를 한 바퀴 빙글 돌렸다. 그의 눈길에, 그의 칭찬에 얼굴이 달아올랐다.

"고마워요. 테오도 오늘 정말 멋진데요." 그의 손가락은 여전히 내 손가락에 가볍게 닿아 있었고, 나도 장난스럽게 그를 한 바퀴

돌렸다.

내 팔 아래에서 돌기 위해 그는 허리를 숙여야 했고 우리는 함께 웃음을 터뜨렸다.

그리고 잠시 시선을 돌렸는데 아스트리드가 우리를 향해 다가오고 있었다. 표정이 거의 화난 사람 같았다. 그녀의 바로 뒤엔 방금까지 그녀와 함께 있던 코리가 나와 테오를 대놓고 역겹다는 듯 노려보고 있었다. 테오가 기회를 줬을 때 그녀를 초대하지 말았어야 했다.

"여보," 아스트리드는 테오의 목을 두 팔로 감고 그를 당겨 입을 맞췄다. "온 지도 몰랐잖아요."

"오늘의 주인공에게 먼저 축하 인사를 했지. 당신, 오늘 정말 눈부신데?" 테오는 아스트리드를 위아래로 훑어보며 말했다. 나는 순간 생각했다. '근사하다'와 '눈부시다' 중에 어느 말이 더 좋은 말일까.

나는 전시장을 돌아다니며 미소를 짓고 담소도 나누는 등 완벽한 주인 노릇을 하고 있었다. 하지만 다른 손님들과 애기를 나누느라 아스트리드를 그녀들 사이에 남겨 두는 게 마음에 걸렸다. 아스트리드는 테사, 코리와 함께 서 있었는데, 그 둘이 나에 대해 좋은 말을 할 리가 없었기 때문이었다.

테사가 나를 못마땅해하는 이유는 아직도 확실히 알 수 없었지만, 코리의 집을 보고 나니 코리라는 여자와 그녀의 의도는 짐작이 갔다. 코리도 나처럼 돈 한 푼 없으면서 상류층에 기생하려는 부류이고, 자기가 노리고 있는 호구를 붙잡는 데에 내가 방해가 될까 봐 신경이 곤두섰을 것이다.

다른 손님들을 충분히 상대한 후, 나는 다시 아스트리드에게 향했다.

"다들, 좋은 시간 보내고 계신가요?" 나는 그녀들에게 다가가며 말했다.

"그럼요." 아스트리드는 내 팔을 꼭 잡으며 말했다. 다른 사람들도 고개를 끄덕이며 그렇다고 했다.

"나는 하마터면 못 올 뻔했지 뭐예요." 코리가 말했다. "우리 집에 강도가 들었는데, 불쌍한 우리 파스칼을 데려가 버렸어요."

나는 입을 떡 벌리고 손으로 입을 가렸다. "어머. 어쩌다 그런 일이! 그게 고양이였던가요?"

코리는 나를 노려봤다. "새예요. 저번에 그쪽이랑 테오랑 제리코에서 점심 먹을 때 내가 얘기해 줬잖아요, 기억 안 나요?" 코리는 아스트리드를 곁눈질로 보며 말했다. 나도 아스트리드의 안색을 살폈지만 아스트리드는 전혀 놀란 눈치가 아니었다.

"맞아, 맞다. 미안해요. 정말 속상하겠어요." 내가 얼마나 안타까워하는지 보여 주려고 나는 이마를 한껏 찌푸렸다. "근데 왜 하필 새를 데려갔을까. 정말 이상하네요. 집에 귀중품도 정말 많았을 텐데."

"정말 이상해요. 아무래도 뭔갈 노리고 침입한 것 같아요." 코리가 한쪽 눈썹을 한껏 치켜올리며 의심스럽다는 듯이 말했다.

"그럼 코리 씨를 노린 걸까요, 새를 노린 걸까요?" 나는 살짝 빈정거리는 말투로 말했다. 나는 그녀가 무일푼의 거머리 같은 인간이라는 걸 폭로하고 싶었지만 상당히 조심해야 했다. 그 집에 들어갔던 게 나라는 걸 눈치채게 할 순 없었다.

"둘 다죠." 코리가 대답했다.

"그런데 코리는 메리디언 힐스에 살잖아요. 만약에 내가 도둑이라면 그런 부자 동네에 사는 사람 집엔 값비싼 귀중품이 많을 거라고 생각할 것 같아요." 나는 술을 한 모금 홀짝이고 말했다. "그럼 잠시 실례할게요. 주방을 좀 둘러봐야 해서."

나는 갤러리를 느긋하게 가로질러 뒤쪽에 자리 잡은 오픈형 주방으로 들어갔다. 새를 데려온 것에 대해선 죄책감을 느끼지 않았다. 파스칼은 우리 집에서 안전하고 편안하게 지내고 있으니까. 사실 이제는 나도 파스칼이 옆에 있는 것에 익숙해져 가고 있었다. 동틀 무렵마다 내는 그 끔찍한 소리를 내지만 않는다면 우린 더 사이좋게 지낼 수도 있을 것 같았다.

아스트리드의 친구들과의 신경전에도 불구하고 나는 얼굴에서 웃음기를 지우기 어려웠다. 불과 몇 달 전만 해도 나는 전혀 다른 삶을 사는 다른 사람이었다. 다시 갤러리로 돌아가 그 공간을 둘러보며 이 경험을 온전히 음미해 보았다. 나는 지금 성공한 사람들, 그래서 흥미로운 사람들에 둘러싸여 있다. 내가 늘 열망했던 친구들을 갖게 됐고, 그들은 모두 나를 위해 여기 모여 있다. 대부분이 아스트리드를 통해 만난 지인이긴 하지만 그런 건 상관없었다.

나는 갤러리를 한 바퀴 더 돌고 주방으로 가서 와인과 음식이 충분히 남아 있는지 확인한 다음 다시 아스트리드에게 가기로 했다.

테오와 닐이 바에 있었지만 내 잔은 이미 가득 차 있어서 그들에게 갈 구실은 없었다.

아스트리드와 테사는 나를 등지고 서 있었고, 코리는 다른 무리의 여자들과 섞여 있었다. 그들에게 말을 걸려고 입을 여는데 내 이름이 들려서 도로 입을 다물었다.

"아무래도 올리브가 좀 수상해. 네가 그 여자를 좋아하는 건 알겠는데, 그래도 할 말은 해야 할 것 같아." 테사가 말했다.

"말도 안 되는 소릴 해. 올리브는 좋은 사람이야." 아스트리드가 나를 감쌌다.

"갑자기 너무 뜬금없이 나타났잖아. 그 여자는 친구도 없어? 가족도 없어? 출판사 사람들은? 아니, 이 파티도 그래. 책을 완성한 걸 기념하는 파티라면서 출판사에서 온 사람은 아무도 없잖아."

뒤를 힐끗 보니 테오와 닐이 이쪽으로 다가오고 있었다. 엿듣고 있었다는 걸 들키지 않으려면 이들의 대화에 끼어들 수밖에 없었다.

"두 분, 뭐 하고 있어요?" 나는 방금 테사가 나에 대해 한 얘기는 전혀 듣지 못했다는 듯이 명랑하게 말했다.

아스트리드와 테사가 동시에 돌아섰다. 둘 다 양심은 있는지 미안한 얼굴이었다. 아니, 어쩌면 내가 나 보고 싶은 대로 보는 건지도 몰랐다.

남자들도 우리와 합류했고, 아스트리드는 파리에서 전시를 열려고 노력 중이라는 얘기를 꺼냈다. 이런 화제 전환이 어찌나 다행스럽던지. 너무 화가 나서, 내 입에서 튀어나오는 말을 단속할 자신이 없었기 때문이다. 나는 한 번 더 그 무리를 벗어나 여분의 음식과 술이 준비돼 있는 갤러리 뒤쪽 공간으로 갔다.

뒷문 근처 벽 쪽에 의자가 하나 덩그러니 놓여 있었다. 나는 그의자를 향해 직진했다. 바보 같이 길들이지도 않은 새 하이힐을 오늘 처음 신어서 발이 너무 아팠다.

나는 의자에 허물어지듯 앉았고, 마침내 내 발은 그토록 원했던 휴식을 취할 수 있었다. 한숨이 나왔다. 테사. 그 여자는 자기가 뭐라도 되는 줄 아는 모양이지? 감히 아스트리드에게 내 험담을 해? 애초에 나를 이 집단에 초대한 건 자기 아니었나? 낯선 사람을 자기 자식 생일 파티에 초대해 놓고, 인제 와서 나를 못 믿을 사람이라고?

"손님은 여기 들어오시면 안 됩니다." 낮고 굵은 목소리였다. 고개를 들어 보니 대머리에 검정 유니폼을 입은 체격 좋은 남자가 서 있었다. 보안 팀 사람이었다.

"이건 제가 연 행사예요. 그러니까 전 손님이 아니죠." 의도했던 것보다 내 말투에 더 날이 서 있었다. 분노가 흘러넘쳐 사정권 안에 들어온 사람은 아무나 공격하고 있었다.

"죄송합니다." 그는 고개를 한 번 숙였다가 일회용 컵을 입으로 가져갔다. "그런데 별로 좋은 시간을 보내고 계신 것 같진 않네요."

"네, 더 이상은 아니에요." 짜증 섞인 내 목소리가 내 귀에도 거슬렸지만 제어가 안 됐다. 겨우 내가 원하는 미래에 가까워졌는데, 이제는 테사가 방해를 시작했다.

남자는 마시던 걸 한 모금 더 마실 뿐 대답은 하지 않았다. 그의 침묵이 불편해서였을까, 나는 쓸데없이 아무 말이나 했다.

"여자들은 왜 서로 못 잡아먹어 안달일까요."

"그런 여자들도 있죠."

"난 올리브라고 해요." 나는 왜 파티로 돌아가지 않고 이러고 있을까. 아무래도 화를 좀 식힐 필요가 있었다. 그래야 홧김에 후회할 일을 저지르지 않을 테지.

"저는 행크입니다." 그가 말했다.

잘 어울리는 이름이네. "보안 직원으로 일한 지 오래됐나요?"

그가 고개를 끄덕였다. "원래는 미시간에서 일했는데, 몇 달 전에 그만두고 이쪽으로 왔어요."

"왜 인디애나폴리스로 오셨나요?"

"그냥 변화가 필요해서요."

"말수가 적은 편이시네요." 나의 말에 그가 히죽 웃었다.

"자, 전 이제 손님들에게 돌아가 봐야겠어요."

"몸조심하세요."

나는 깊은 한숨을 쉬며 일어났다. 그리고 한 걸음을 떼는데 행크의 목소리가 나를 붙들었다. "예전 직장에서 배운 게 하나 있다면 누굴 믿어야 할지 신중히 결정해야 한다는 겁니다. 저 밖에서 무슨 일이 벌어지고 있는지 저는 모르겠지만, 본인 자신을 잘 챙기세요."

나는 고개를 끄덕해 보이고 미간을 좁히며 잠시 생각에 잠겼다. 그리고 다시 파티가 열리는 곳으로 걸음을 옮겼다. 행크, 나는 나 자신을 잘 챙길 거랍니다. 이 파티에서 당신이 주의를 줘야 하는 사람은 사실 내가 아니에요.

20

"무엇이든 값을 치를 땐
당신의 삶으로 치르는 것이다."

_헨리 데이비드 소로Henry David Thoreau

파스칼에게 모이를 준 후, 옷을 갈아입고 아스트리드에게 문자를 보냈다. 테오의 수업은 다음 학기까지 취소된 상태라 그의 아내를 통하지 않고는 그를 만날 구실이 없었다. 어떻게 하면 테오를 만날 수 있을까 머리를 쥐어짜 내고 있는데 아스트리드에게서 답장이 왔다.

아스트리드: 미안해요! 오늘은 안 돼요. 테사랑 라파예트 팝업 스토어에 가기로 해서요.

내가 답을 보내기도 전에 문자가 또 왔다.

아스트리드: 초대 못해서 미안해요. 테사가 절친이랑 둘만의 시간을 보내고 싶대서.

나: 괜찮아요! 좋은 시간 보내요! 그럼 아이들은 닐이 보나 봐요?

아스트리드: 닐은 또 출장 갔어요. 애들은 할머니 댁에 있어요.

나: 아하. 좋은 시간 보내세요. ^^

두 볼이 화끈거렸다. 분명 테사가 아스트리드에게 나를 부르지 말라고 했을 것이다. 테사는 점점 더 골칫거리가 되고 있었다. 나는 절대로 그녀가 코너 부부와 나 사이의 걸림돌이 되게 놔두지 않을 것이다.

테사를 떼어 낼 방법을 생각해 내야 했다. 적어도 다른 일에 정신을 팔리게 하거나 바쁘게 만들어서 질투심에 불타는 여고생처럼 아스트리드를 내게서 빼앗아 가지 못하게 해야 했다.

코리의 집에 들어갔듯이 테사의 집에 들어갈 순 없었다. 그 집은 내가 제대로 이해하지 못하는 첨단 보안 시스템이 갖추어져 있었다. CCTV와 경보 시스템이 있는 한 애초에 불가능한 일이었다.

휴대폰 알람이 울려서 생각이 멈췄다. 잠금화면을 열어 보니 페이스북 메시지가 와 있었다. 메시지 내용은 내가 그를 바에서 처음 만났을 때 그가 내게 했던 말을 그대로 글로 옮긴 것이었다.

그걸 읽다가 번쩍하고 아이디어가 떠올랐다. 생일 파티에서 테사가 닐이 집에 설치한 스마트 홈 시스템을 불평했었지!

나는 에단에게 보내는 답장을 두드리기 시작했다.

헐. 말도 안 돼! 어떻게 이런 우연이 있죠? 제가 스마트 홈 시스템이 설치된 아파트에 막 이사를 했거든요. 근데 어떻게 해도 사용법을 모르겠어요. 집주인은 답이 없고, 아마도 전에 살던 사람들이 설정해 둔 그대로인 것 같아요. 설정을 초기화하거나 해결할 방법이 있을까요? 지금 제가 말이 되는 질문을 하는 건지도 잘 모르겠네요. ㅎㅎ

에단은 접속 중이었고, 바로 '메시지 작성 중'이 됐다.

이거, 운명인 것 같은데요? 그 시스템 내가 설계한 거예요. 도와줄 수 있어요.

나는 벌떡 일어나서 조금 춤까지 췄다. 계획이 들어맞아 가는 중이었다. 에단은 내가 설치해야 할 앱의 이름을 가르쳐 주며, 일단 내 휴대폰이 반드시 스마트 홈 시스템과 같은 와이파이에 연결되어 있어야 한다고 알려 줬다. 나는 와이파이 연결에 애를 먹는 척하며 테사의 집으로 차를 몰았다.

아스트리드의 SNS를 확인해 보니 술잔을 들고 건배하는 동영상이 올라와 있었다. 아직도 밖에 있다는 뜻이다. 집은 비어 있을 거였다.

나는 테사의 집을 살짝 지나쳐 길가에 차를 댔다. 그 집 와이파이에 연결할 수 있을 만큼 가까운 위치였다. 생일 파티 때 연결했던 와이파이가 내 휴대폰에 바로 잡혔다. 나는 에단에게 메시지를 보내고 다음 단계를 알려 달라고 했다.

그는 시스템 관리자로 로그인하는 방법을 설명해 주었다. 일반 사용자들은 쓸 일이 없지만, 고객들이 문제 해결을 요청해왔을 때

앱 관리자들이 쓰는 기능이라고 했다. 그리고 내가 암호를 초기화하자 곧바로 그 집의 모든 스마트 홈 시스템에 접속됐다. CCTV에서부터 세탁기와 건조기, 냉난방 온도 조절기, 오븐, 심지어 로봇 청소기에까지.

나는 에단에게 열렬히 고맙다는 인사를 전하고 칭찬 세례를 퍼붓는 것으로 보답했다. 그리고 페이스북 앱을 닫고 스마트 홈 앱을 살펴봤다. 원한다면 CCTV를 끄고 안으로 들어갈 수도 있었지만 이젠 그런 수고를 할 필요조차 없었다.

나는 오븐을 탭하고 온도를 최고치로 설정했다. 테사가 오븐에 빵을 보관하는 습관은 늘 문젯거리였다. 언제 화재가 나도 이상하지 않을 일이었다. 나는 이 집 식구들의 소중한 스마트 홈이 홀랑 타버릴 때까지, 테사가 오래오래 집을 비워 주기만을 바랄 뿐이었다.

거리 CCTV에 내 차가 찍혔을지도 모르지만, 그것으론 아무것도 증명할 수 없을 거다. 적어도 내 생각은 그렇다. 나는 앱을 닫기 전에 저장돼 있던 CCTV 영상을 모두 삭제하고 스마트 홈 시스템 전체를 완전히 초기화했다. 그 부분에선 에단의 도움도 필요 없었다. 구글의 도움만으로도 충분했다.

나는 내 휴대폰에서 앱을 삭제한 뒤 유유히 출발했다.

발밑의 바닥이 흔들리고, 나는 테오의 팔에 매달린다. 그가 나를 보호하려고 팔을 붙잡지만 땅은 계속 흔들린다. 그리고 윙 하는 소리가 들린다. 어둡다. 테오는 사라지고 없다. 나는 혼자다. 너무 춥다. 나는 떨고 있다. 두 다리가 무언가에 감겼다. 침대 시트다. 나는 내 침대 위에 있다. 꿈을 꾸고 있었군. 하지만 윙 하는 소리와 흔들림은 여전했다. 아, 휴대폰이구나. 젠장, 대체 어디 있는 거야?

휴대폰 화면의 불빛에 눈이 부셨다. 눈을 가늘게 뜨고 겨우 아스트리드의 이름을 확인했다. 전화는 울리다 멈췄다. 아마도 음성 사서함으로 넘어간 모양이었다. 그리고 다시 홈 화면이 떴다. 아스트리드로부터 부재중 전화가 네 통이나 와 있었다. 화면에는 시간이 아침 여덟 시라고 떴지만 그보다 훨씬 이른 느낌이었다. 내가 신음을 내뱉는 순간 아스트리드의 이름이 또 한 번 화면에 떴다.

"여보세요?" 나는 애써 짜증을 감추며 전화를 받았다.

"올리브." 아스트리드가 목이 멘 소리로 말했다. "깨워서 미안한데요…, 나 지금 친구가 너무 필요해요."

이번엔 또 뭐지?

"미안하긴요, 무슨 일이에요? 괜찮은 거예요? 테오도 괜찮아요?" 나는 전화를 귀에 붙인 채 억지로 몸을 일으켜 화장실로 갔다. 불을 켜자 빛이 너무 밝아 눈을 찡그렸다.

"우린 괜찮아요. 그게, 혹시 우리 집으로 와 줄 수 있어요? 혹시 아침 식사 전이면 빵이랑 커피를 준비해 둘게요."

"그럼요, 네, 알겠어요. 준비만 얼른 하고 바로 출발할게요."

"준비 같은 거 하느라 신경 쓸 필요 없어요. 진짜로. 나도 잠옷 바람인데 갈아입을 생각도 없어요. 그냥 우리 둘 다 거지꼴로 봐요."

이 상황을 어떻게 받아들여야 할지 몰라 그냥 웃었다. "알겠어요. 그럼, 바로 갈게요."

"고마워요. 정말 올리브가 없었다면 난 어쩔 뻔했는지 모르겠어요."

이를 닦으며 도대체 무슨 일인 건지 열심히 머리를 굴렸다. 왜 갑자기 전화를 미친 듯이 걸어 대는 것이며, 수요일 아침 여덟 시부터 잠옷 차림으로 오라는 걸까? 하지만 절대 자다 깬 옷차림으로 나갈 순 없었다. 보라색 수면 잠옷 바지에 고등학교 때 입던 티셔츠를 입고? 대신 나는 레깅스를 입고, 오버사이즈 스웨터를 걸치고 머리를 묶은 뒤 야구 모자를 썼다. 전신 거울로 비춰 보니 이 정도면 괜찮을 것 같았다. 테오는 아마도 출근했을 테니 그에게 보일 걱정은 안 해도 되겠지.

이번에도 우버를 타고 갔지만 팁은 주지 않았다. 우버 기사들은 요즘 내 덕에 돈을 너무 많이 벌고 있으니까. 대문을 향해 가면서 내가 대필해 준 로맨스 작가로부터 온 이메일을 확인했다. 아직도 두 번째 책을 낼 준비가 되지 않았다는 내용이었다. 혹시 이제 돈이 없는 걸까? 이유야 어쨌건 나는 이제 진짜 망했다. 그동안 겨우겨우 모은 돈을 출간 파티에 몽땅 다 써 버렸기 때문이다. 지난밤엔 밤새 다른 글쓰기 일감을 찾아보았지만 건진 게 없었다.

나는 휴대폰에서 눈을 겨우 떼어 철제 대문 사이로 집을 올려다봤다. 처음 봤을 때와 똑같이 사람을 완전히 압도하는 모습이었다. 오늘은 대문이 잠겨 있었다. 아마도 파티를 열지 않는 날은 언제나 그럴 것 같았다. 벨을 누르자 문이 커다란 소리를 내며 활짝 열렸다.

나는 진입로를 따라 걸어 올라갔다. 꽤 긴 거리였지만 걸어가는 동안 모든 걸 만끽했다. 이 모든 게 나의 것이라고 생각하면서. 빨간 포르쉐를 타고 저 대문을 지나서 들어오는 건 어떤 기분일까. 가을이 오면 이 집을 어떻게 꾸며야 할까. 이런 집을 우리 집이라고 부르는 건 어떤 기분일까.

내가 노크할 새도 없이 아스트리드가 현관을 활짝 열었다. 그녀가 잠옷이라고 입고 있는 것은 거의 속옷에 가까웠다. 머리의 컬은 완벽했다. 그녀가 속옷 카탈로그의 모델이 아닌 것처럼 보이게 하는 것은 퉁퉁 부은 눈과 눈물 자국이 난 얼굴뿐이었다.

"와 줘서 정말 고마워요." 그녀가 나를 끌어안았다가 놓으며 티슈로 코를 닦았다. "들어와요. 커피는 주방에 있어요."

그녀를 따라 들어가자, 집 안은 아침의 서늘한 공기와 달리 따뜻하고 포근했다. 이젠 공기가 차가워져서 마침내 가을이 온 것 같았다. 주방에는 깨끗한 유리 머그잔들이 놓여 있었고, 고급진 다크로스트 원두커피 향이 실내를 가득 채우고 있었다.

나는 그쪽으로 다가가 머그잔을 하나 집어 들었고, 커피를 따른 다음 크림을 찾기 위해 냉장고를 열었다. 내 행동이 너무 거침없는 건가 싶은 생각이 들기도 했다. 무례해 보이고 싶진 않았지만 벌써 이 집이 내 집 같은 기분이 드는 건 어쩔 수 없었다. 이제 진짜 시간문제 아닐까. 그래서 편하게 생각하며 식탁에 자리를 잡고 앉았다. 아스트리드가 나를 뒤따라왔다.

"자," 내가 입을 열었다. "무슨 일인지 얘기 좀 해 봐요." 커피를 한 모금 넘기면서 감미로운 액체가 목을 타고 내려가는 황홀감에 눈을 감았다.

"설명하기가 좀 복잡해요. 간단히 말해서 나는 우리가 포기한 줄 알았거든요. 아이를 얻으려고 하는 거 말이에요. 그런데 아직 그럴 수 없을 것 같아요."

방금 넘긴 커피가 위장에 불편하게 걸렸다. "그게 무슨 말이에요?"

아스트리드는 고개를 저었다. 그리고 눈물이 차오르더니 다시 흘러내렸다. "실은, 우리가 얼마 동안 해 보기로 합의한 일이 있어요."

"이해가 잘 안 돼요. 혹시 위탁 양육 같은 걸 하기로 했던 건가요?"

아스트리드는 내 눈을 똑바로 보며 고개를 끄덕이다가 잠시 두 손에 얼굴을 파묻었다. 그녀의 어깨가 떨렸고, 나는 잠시 주저했다. 지금 내가 위로해야 하는 거지? 나는 마지못해 그녀 옆으로 옮겨 앉아 두 팔로 그녀의 어깨를 감쌌다. "괜찮아요. 괜찮아질 거예요." 하지만 속으로는 이렇게 생각하고 있었다. '씨발, 쉴 틈이 없네.'

나는 아스트리드가 진정한 다음 원래 앉아 있던 자리로 돌아갔다. 커피는 식었을 테고, 다시 데워도 아까 같은 맛은 아닐 거다. 나는 한숨이 나려는 것을 참고 잔을 밀어 두었다. 지금 대체 무슨 일이 벌어지고 있는 건지 제대로 알아낸 다음에 새로 한 잔 내리자.

"미안해요. 내가 너무 한심해 보이죠?" 아스트리드는 다시 코를 풀며 말했다.

"무슨 소리예요? 한심하긴요. 내가 아는 사람 중에 제일 안정적으로 중심을 잘 잡고 사는 사람이 누군데요." 나는 그 말이 사실이라는 게 약간 짜증이 났다. 아스트리드가 몇 번이나 울면서 내게 전화를 하긴 했지만, 가장 힘들고 나약해지는 순간에도 그녀는 평소의 나보다 안정적이었다.

"그래도 결말이 나긴 할 거예요. 난 그저 우리가 바로 포기할 수 있을 거라고 생각했던 거죠."

"그럼 위탁 아동이 정해진 상태인 거예요?"

"아뇨."

"그러면…, 얼마 동안 언제든 위탁 부모를 할 수 있는 상태로 기다려야 한다는 거예요?" 나는 스스로 흩어진 조각들을 맞춰 보려 애쓰며 물었다.

"네, 맞아요."

주방 밖에서 발소리가 들렸다. "아스트리드? 여보? 여기 있어?" 아스트리드가 대답을 하기도 전에 그가 들어왔다. "아, 올리브. 미안해요. 손님이 와 있는 줄은 몰랐네요."

심장이 철렁 내려앉았다. 그가 아스트리드를 '여보'라고 부른 것과 나를 '손님'이라고 부른 것 때문에. 아스트리드는 의자에서 스르륵 빠져나와 어느새 그의 품에 안겼다. "일찍 와 줘서 고마워요." 그의 어깨에 얼굴을 묻은 채 그녀가 말했다.

"당연하지. 여보." 그가 그녀의 어깨를 잡고 조금 떼어 놓으며 얼굴을 보고서 말했다. "잠시 어디라도 다녀오는 게 어떨까? 휴가처럼?"

"아, 정말 좋아. 우리 진짜 갈 수 있어? 이런 상황인데…."

"그럼, 갈 수 있지." 그가 말했다. 그러고는 아스트리드의 얼굴 너머로 나를 보았다. "올리브도 같이 가요. 휴가를 좀 가도 좋지 않겠어요? 출간 기념을 이렇게 또 하는 거죠."

나는 아스트리드가 그에게서 살짝 몸을 떼고 그를 올려다보는 모습을 지켜보았다. 그녀가 나를 등지고 있어서 얼굴은 보이지 않았지만 그녀의 자세에서 나를 초대한 것이 마음에 들지 않는다는 사실을 읽을 수 있었다.

"와, 저까지 초대해 주시다니 정말 감사해요. 사실, 맞아요. 책을 끝내고 휴가가 절실하긴 했어요." 초대가 철회되기 전에 나는 얼른 말했다.

그러자 아스트리드가 활짝 웃으며 나를 향해 돌아섰다. "진짜 잘 됐어요! 우리 모두 휴식이 필요해요."

21

"자신이 사랑받는다는 확신이 서는 순간
우리는 놀랄 만큼 대담해진다."

_지그문트 프로이트Sigmund Freud

코너 부부가 전용기를 타고 여행을 간다고 했을 때 내가 왜 놀랐는지 모르겠다. 그 정도는 예상을 했어야지. 우버를 타고 돌아와 집 앞에서 내렸다. 짐을 챙기러 혼자 집에 와야 한다고 설득하느라 시간이 좀 걸렸다. 아스트리드는 계속 리무진을 타고 우리 집으로 다 함께 와서 내가 짐을 싸는 동안 기다리겠다고 했다.

아스트리드가 필요 이상으로 자기 의견을 밀어붙인다는 걸 느낄 수 있었다. 아마도 테사가 내가 의심스럽다는 얘기를 했기 때문이라고밖에는 생각할 수 없었다.

나는 이렇게 즉흥적으로 여행을 떠날 준비가 전혀 되어 있지 않았다. 테오는 여행지는 서프라이즈로 남기고 싶다며 우리가 가는 곳이 열대 기후니 수영복을 챙기라는 것만 알려 줬다. 문제는, 내겐 테사 아이의 생일 파티 때 입었던 수영복밖에 없다는 거였다.

파스칼도 문제였다. 나는 새장 안으로 손가락을 집어넣고 조심스레 머리를 쓰다듬었다. 우리의 관계는 발전 중이었다. 나는 서둘러 복도로 나가 로건이 집에 있기를 바라며 그의 집 문을 두드렸다.

"잠깐만요!" 그가 문 안쪽에서 소리쳤다. 뭔가 쾅 부딪히는 소리가 나더니 문이 홱 열렸다. "헤이, 무슨 일이에요?"

"파스칼을 며칠만 봐줄 수 있어요?"

"어, 그럼요."

"다행이다. 그럼 와서 파스칼 물건들을 좀 가져갈래요?"

그가 나를 따라 우리 집으로 왔고, 나는 현관 앞에 파스칼의 물건들을 차곡차곡 쌓기 시작했다. "매일 새장에서 한 번씩 꺼내 줘야 돼요. 새장에서 멀어지는 건 싫어하는데 또 넓은 공간은 좋아하더라고요."

로건이 고개를 끄덕였다. "동생이 집에 안 데려간대요?"

나는 2주 전에 황급히 만들어낸 거짓말이 생각나 잠시 멈칫했다. "네, 안 데려가네요."

나는 로건을 도와 파스칼과 물건들을 그의 집으로 옮겼다. 그가 부엌으로 안내했다. 구조는 우리 집과 똑같은데 느낌은 완전히 달랐다. 내가 예상했던 대학 기숙사 남자애들 방 같지는 않았지만, 누가 봐도 혼자 사는 남자의 집 같긴 했다.

커다란 사진 액자가 거실 벽에 걸려 있었다. 대학교 때 사진 같았다. 나는 이유를 알 수 없는 호기심이 일어 가까이 다가갔다. 대부분의 사진에서 로건을 찾아냈다. 짐작건대 친구나 가족들과 찍은 사진들인 것 같았다. 캠핑 갔을 때 사진, 하이킹하는 사진, 스노보드를 타고 있거나 배에 타고 있는 사진. "오, 완전 아웃도어 스타일이네요?" 내가 말했다.

"언제 같이 캠핑 한번 가시죠."

내가 돌아보자, 그는 식탁에 기대 씩 웃고 있었다.

"내가 그쪽이랑 캠핑 갈 것 같아요?"

그는 여전히 히죽거리며 어깨를 으쓱했다.

"며칠 있으면 돌아올 거예요. 연락은 계속할게요."

"그렇다면 나한테 번호를 주겠다는 뜻이네요?"

나는 힘껏 한숨을 내쉬고 휴대폰을 달라는 뜻으로 손을 내밀었다. 그의 전화에 내 번호를 저장한 뒤 파스칼을 위해 몇 가지 당부를 더 하고 내 물건을 챙겨 집을 나섰다.

마지막으로 물건들을 몇 가지 사느라 한 시간을 더 보낸 뒤 다시 우버를 불러 타고 코너 부부의 집으로 갔다. 그 앞에는 리무진이 트렁크를 연 채 주차돼 있었다. 그리고 그 옆에는 보디빌더 같은 우람한 체격의 남자가 정장을 차려입고 서 있었다.

내가 차에서 내리자 아스트리드와 테오가 현관문을 열고 걸어 나왔다. 아스트리드의 표정이 좋지 않은 걸 보고 나의 맥박이 빨라졌다. 오는 데에 너무 오래 걸렸다. 아스트리드가 마음을 바꾼 걸까.

"별일 없는 거죠?" 내가 차에서 가방을 내려놓으며 물었다.

"올리브, 가방은 그냥 둬요. 이분들이 해 줄 거예요." 테오가 말했다. 아까 그 거대한 남자와 내가 미처 못 본 또 다른 한 남자가 나타나 내 짐을 리무진으로 옮겨 실었다.

아스트리드는 나를 향해 달려오더니 두 팔로 내 목을 감았다. "테사가 너무 안 됐어요. 어제 집에 갔더니 집에 불이 나 있더래요." 아스트리드가 훌쩍거렸다. "같이 가자고 전화를 했더니 집이다 타 버렸다는 거예요."

"널을 포함해서 주위에 입 가진 사람들마다 얼마나 많이 말했어. 오븐에 뭐 좀 넣어 두지 말라고." 테오가 말했다.

아스트리드가 나를 놓아주었다. "어제는 뭘 넣어 둔 것도 아녔대요. 오븐이 어떻게 켜졌는지도 모르겠대요. 청소하는 분이 실수한 것 같다고 하던데. 청소하다가 실수로 켜 버린 것 같다고."

"어머, 큰일 날 뻔했네요. 다친 사람은 없는 거죠?" 내가 물었다.

아스트리드가 고개를 저었다. "없어요. 다행히 모두 밖에 있었대요. 소방서에서는 화재 원인이 오븐이라고, 확실하다고 했대요. 어떻게 손을 쓸 수도 없이 집이 완전히 다 타 버렸나 봐요."

"어쩜 좋아." 나는 얼굴을 찌푸리고 리무진을 향해 가며 얼른 출발하기만을 바랐다. 아스트리드가 갑자기 테사를 도와줘야 한다며 여행을 취소할까 봐 너무 겁이 났다.

"다음 주에 돌아오면 우리가 도울 수 있는 건 뭐든 돕겠다고 테사에게 말해 줘. 필요한 게 있으면 말하라고." 테오가 말했다. "올리브는 여권 가져왔죠?"

나는 고개를 끄덕였다. 몇 주 전에 여권을 새로 발급받아야겠다고 생각했던 게 얼마나 다행인지. 그가 손을 내밀었고 나는 가방에서 여권을 꺼내 그에게 건넸다. 그는 자기 것과 아스트리드 것까지 함께 기사에게 맡기고 내게 타라고 손짓했다. 그래서 얼른 탔다.

나는 이 부부 사이에 내가 끼어 있는 것 같은 느낌을 떨치려고 애썼다. 이 모든 게 곧 내 것이 될 거다. 그도 곧 내 남자가 될 거다. 리무진이 전용기 활주로가 있는 곳으로 들어섰을 땐 흥분해서 뱃속이 다 울렁거렸다. 나는 비행기를 딱 한 번 타 봤는데, 그땐 아홉 살이었으므로 기억이 거의 없다. 우리가 탑승 계단을 올라가는 동안 근육질의 리무진 기사가 우리 가방을 차 트렁크에서 꺼내 비행기로 옮겨 줬다.

비행기 안으로 들어서자 지극히 호화로운 세계로 입장하는 것 같았다. 바닥에는 하얀색 카펫이 깔려 있었고, 푹신해 보이는 베이지색 소파들이 작은 하얀색 대리석 테이블을 중심으로 놓여 있었다. 가구들은 바닥에 단단히 고정돼 있었다.

나는 테오와 아스트리드를 따라 테이블로 향했다. 모두 자리에 앉은 후, 이 비행기에 대한 감탄을 쏟아내려는데 자그마한 체구의 여자가 비행기 앞쪽에서 다가왔다.

"손님, 이륙 준비를 하는 동안 음료나 간식을 제공해 드릴까요?"

우리는 그녀에게 각자 음료를 주문했고, 테오는 프레츨도 가져다 달라고 했다.

"비행기가 정말 엄청나네요. 일등석보다도 훨씬 더 좋아요." 말을 하고 나자 잘난 척처럼 들릴 수도 있을 것 같았다. 일등석은 타 본 적도 없으면서. 하지만 그런 걸 들키고 싶진 않았다.

"테오는 이제 전용기만 타려고 해요." 아스트리드가 말했다. "여기에 투자를 한 건 사실 갤러리 때문인데 말이에요. 판매와 구매 일로 출장을 너무 자주 다니잖아요. 전용기가 있으면 언제든지 오갈 수 있어서 편하죠."

"정말 그렇겠네요." 아까 그 여자가 우리 음료를 가지고 왔고, 나는 감사하다고 말한 뒤 잔을 받아 입술로 가져갔다.

우린 거의 스물네 시간 비행 끝에 몰디브에 도착했다. 전용기가 상상을 초월하는 안락함을 제공하긴 했지만, 이젠 바깥으로 나가 땅을 밟고 싶은 마음이 간절했다. 목적지는 전혀 알지 못했었다. 테오가 나와 아스트리드를 깜짝 놀라게 해 줄 생각이었기 때문이었다. 그래서 하루 동안 비행기를 타게 될 거란 것도 전혀 예상하지 못했다.

하지만 목적지에 도착하고 비행기에서 내리자 쏟아지는 햇살에 도파민이 솟구쳤다. 인디애나폴리스에서도 이제 여름이 막 끝나가던 참이긴 했지만 이런 느낌은 아니었다. 야자수 때문일까? 바다 냄새와 파도 소리 때문인지도 모른다.

비행기에서 약 백 미터 떨어진 곳에 차가 대기 중이었다. 우리가 활주로 바닥을 딛자마자 차가 가까이 다가와 섰다. 기사가 내렸는데, 리무진 기사를 하기엔 우락부락해 보이는 남자였다. 우리가 차에 타는 동안 그는 비행기 화물칸에서 짐을 내렸다.

우리가 묵을 숙소는 거대한 하얀색 해변 주택이었다. 테오는 이 집을 일주일 동안 빌렸다고 했다. 침실이 네 개라 혹시 누군가를 더 초대한 건가 궁금했다. 만약 그런 거라면 그 사람이 때때로 아스트리드의 관심을 끌어 줄 수 있어서 좋겠다 싶었다. 하지만 그랬다면 비행기를 같이 타고 왔겠지. 현관문을 열자 집 안 전체가 한눈에 들어왔다. 거실이 있고, 식사 공간이 그 오른쪽에, 주방이 왼쪽에 있었다. 그리고 뒤편은 아코디언처럼 접히는 유리문을 통해 목재 테라스와 모래사장으로 연결돼 있었다.

집 안에는 짭조름한 바다 냄새와 갓 세탁을 마친듯이 상쾌한 린

넨 향기가 떠돌았다. "올리브가 먼저 원하는 방을 골라요."

"혹시 누가 또 오시나요?" 내가 물었다.

그가 고개를 저었다. "테사와 닐도 함께 올 걸 생각해서 이 집을 예약했던 거였어요. 우리끼리만 있을 예정이에요."

"어떻게 그런 일이 일어났는지, 마음이 너무 안 좋아요. 같이 못 온 것도 그렇고."

"괜찮아요. 우리 셋이서만 있어도 좋을 거예요. 좀 더 느긋하게 즐길 수도 있고. 테사가 있으면 아무래도 좀 시끄러워지고 분주해져서." 아스트리드는 그렇게 말하고 침실 두 개로 이어져 있는 복도로 향했다.

그 반대편 복도 쪽에 있는 방 대신 그들 방 바로 옆방을 고르면 좀 이상해 보이려나? 나는 아스트리드를 따라가 그녀가 복도에서 방을 들여다보는 모습을 지켜보았다. 아스트리드는 나를 향해 돌아서더니 말했다. "먼저 골라요. 뭐, 다 비슷비슷하긴 하지만."

"혹시 내가 바로 옆방에 있어도 괜찮겠어요? 잠자리가 바뀌는 거에 좀 예민해서…. 두 사람이 가까이에 있다고 생각하면 잠도 훨씬 잘 잘 것 같아요."

아스트리드는 눈썹을 모으며 따뜻한 표정을 지었다. "그럼요."

나는 고마움이 가득 담긴 미소를 지었다. "그럼 난 이 방에서 지낼게요. 정말 괜찮은 거죠? 혹시 다른 방을 원했던 거 아니죠?"

"그럼요, 좋아요. 아까도 말했지만 어차피 다 비슷비슷해요."

짐을 모두 푼 후에 우리는 뒷마당 테라스로 나갔다. 아스트리드는 긴 안락의자에 앉아 있는 테오의 무릎 위에 앉았다. 나는 그들을 너무 자주 쳐다보지 않으려고 노력했다. 우리는 내일이 없는 사

람들처럼 마셨고, 나는 어색한 기분에서 벗어나는 취한 느낌이 좋
았다. 어차피 나는 길을 잃은 기분이었고, 통제력도 잃은 느낌이었
다. 매번 모든 게 손에 들어왔다고, 계획이 통했다고 생각할 때마
다 상황은 번번이 제멋대로 흘러갔다.

너무 오래 기다리다가 확실하게 움직여야 할 때를 놓친 건 아닌
가 하는 생각이 자꾸만 들었다. 기회가 그렇게 많았는데, 번번이
흘려버리고 말았다. 이제 저 둘은 마치 내가 여기 없는 것처럼 꼭
붙어 있었다.

"우리 게임이나 할까요?" 나는 해가 물기 어린 수평선 뒤로 완
전히 넘어간 뒤에 말했다.

"무슨 게임이요?" 아스트리드가 물었다.

그리고 그다음부터 기억나지 않는다.

나는 두 사람에 의지해서 벽에 이리저리 부딪혀 가며 비틀비틀
겨우 방으로 갔다. 옷은 갈아입을 엄두도 못 내고 침대 위로 쓰러
졌다. 의식이 들어왔다 나갔다 하는데, 눈을 감으면 온 세상이 빙
빙 돌았다. 나는 토할 것 같아서 숨을 깊이 들이마셔야 했다.

막 잠에 빠져들려고 하는 순간 맞은편 벽에서 규칙적으로 벽을
때리는 듯한 둔탁한 소리가 들려왔다. 몸을 일으켜 보려고 했지만
몸이 납덩이 같았다. 소리는 점점 더 커지고 빨라졌다. 그리고 아
스트리드의 커다란 신음 소리가 내 방까지 들려왔다. 온몸의 신경
이 곤두섰다. 이렇게 가까운 방을 고른 건 두 사람이 섹스를 시도
조차 못 하게 하고 싶어서였는데, 내가 생각이 짧았다. 더군다나
셋이서 술을 그렇게 퍼마셨으니.

아스트리드의 신음 소리는 매분 매초 더 커졌다. 나는 그 소리

를 막아 보려고 베개로 머리를 눌러 보았지만 소용없었다. 잔인하게도 나의 뇌는 그 소리에 걸맞은 이미지까지 만들어 냈고, 나는 아스트리드의 나체 위에서 테오가 몸을 포개고 있는 모습을 떠올렸다.

"그마아안." 긴 울음처럼 그 말이 입에서 새어 나왔다. 눈물이 흘러내렸고, 나는 베개에 귀를 더 바짝 가져다 붙였다. 제발. 그만 멈춰 줘!

온갖 감정이 뒤섞여 몰려들며 심장이 조이는 느낌이었지만, 너무 취해서 이성적으로 생각을 정리할 수도, 떨쳐 낼 수도 없었다.

22

"배우기만 하고 생각하지 않으면 길을 잃고,
생각만 하고 배우지 않으면 큰 위험에 빠진다."

_공자孔子

블라인드 사이로 빛이 새어 들어왔고, 햇빛이 물에 반사되며 더 밝아지는 걸 보니 내가 잠을 자긴 한 모양이었다. 그 빛은 아직도 내 머리에 얹혀 있는 베개와 침대 사이까지 파고들었다. 나는 베개를 치워 버리고 내 상태를 점검해 보았다. 두통은 확실했고, 약간 메스껍긴 했지만 심하진 않았다.

나는 가만히 누워 집 안의 기척을 살폈다. 아직은 몸을 움직일 수 없었다. 움직이면 숙취가 더 심해질 게 뻔했다. 방문 밖에서 소음이 들려왔다. 주방 쪽인가?

지난밤의 기억이 머릿속에서 윙윙거리며 맴돌았다. 그것보다는 차라리 일어나는 순간 닥칠 편두통이 나을 것 같아 침대에서 몸을 억지로 일으켰다. 위액이 목구멍으로 넘어오는 것 같아 잠시 이불을 붙잡고 기다렸다. 올라오는 구역질을 겨우 삼키고 똑바로 서지도 못 한 채 비틀거리며 겨우 화장실로 갔다.

샤워를 마치니 그나마 다시 사람 같은 꼴이 된 것 같았다. 나는 억지로 걸음을 옮겨 거실로 나갔다. 거실은 비어 있었지만 커피 향이 나는 쪽으로 가 보니 비어 있는 머그잔 두 개가 식탁 위에 놓여 있었다. 나도 한 잔을 채워서 집 뒤쪽으로 나갔다. 테오가 테라스 끄트머리에 앉아 있었다.

하늘에는 구름 한 점 없었고, 기온은 벌써 30도 이상 올라간 것 같았다. 테오는 상반신을 다 드러낸 채 회색 반바지 하나만 입고 있었다.

"언제나 아침 일찍 일어나는 것 같네요." 나는 그의 옆에 앉으며 말했다.

그는 나를 힐끗 보며 미소를 짓더니 다시 시선을 바다 쪽으로 돌렸다.

"적어도 십 년 동안은 일출을 놓친 적이 없어요."

"와." 그는 어떻게 매번 이렇게 내게 더 멋진 모습을 보여 주는 걸까. 일출을 한 번도 놓친 적이 없다니, 그건 너무 아름답고 시적이었다. 나도 매일 그와 일출을 보고 싶다.

"늦게까지 술을 마신 다음 날에도? 그게 어떻게 가능하죠?"

"늦잠을 잘 것 같으면 밤새 깨어 있어요."

"아예 안 잔다고요?"

"그래요. 괜히 잤다가는 다음날 수면에도 영향을 주거든요. 그런 날은 카페인을 친구 삼아 버티죠." 그는 머그잔을 들며 살짝 비틀린 미소를 지었다.

"그럼 비행기에서 잔 이후로 하나도 못 잔 거예요?"

그가 고개를 끄덕였다. "오늘 밤에 자면 돼요."

"그럼 되긴 하는데, 오늘도 밤새 놀아야 하면 어떡해요?"

그가 웃었다. "아스트리드가 오늘은 차분해질 거예요. 휴가 첫날은 꼭 흥분하거든요. 그리고 숙취도 심할 테고."

"내가 놀고 싶으면요?"

"그렇다면 내가 버티는 수밖에 없죠. 아름다운 여성을 혼자 놀게 할 순 없으니까요."

"딱 내가 듣고 싶었던 대답이네요."

머그잔을 다시 채우러 집으로 들어가는데 부활한 아스트리드가 앞에 나타났다. 밝디밝은 금발은 목뒤로 묶고, 하얀색 민소매 원피스를 걸친 모습이었다.

"아침을 만들려고 했는데 재료가 없었어. 당신이 깨면 나가서 사 오려고 기다리고 있었지. 당신도 필요한 게 있을까 싶어서." 테오가 그녀의 옆머리에 가볍게 입을 맞추며 말했다.

"난 필요한 거 없어. 아, 와인을 좀 더 사야 하려나? 우리가 가져온 건 거의 다 마신 것 같은데."

"알겠어."

나는 놓칠 수 없는 기회를 포착하고 머그잔을 식탁에 내려놓으며 말했다.

"저는 사고 싶은 게 몇 가지 있는데, 혹시 같이 가도 될까요?"

"올리브, 날 두고 가지 말아요. 테오한테 필요한 거 적어 주고 나랑 해변에서 칵테일이나 한잔해요."

일단 입은 열었지만 적당한 말이 나오지 않았다.

"나 혼자 금방 다녀올게요. 필요한 건 내가 사 올게요." 테오가 말했다.

"알겠어요, 고마워요." 그를 따라가겠다고 계속 우기면 상황이 이상해질 것 같아서 그렇게 말했다. 사실 필요한 것도 없었기 때문에 글루텐 프리 빵과 올드 패션 제조에 필요한 재료를 적어 그에게 건넸다.

"좋아요. 번개처럼 다녀올게요." 테오는 그렇게 말하고 밖으로 나갔다.

아스트리드는 조리대 앞에 서서 커다란 텀블러에 오렌지 주스를 따르고 있었다. "수건만 몇 개 챙겨서 해변에서 만나요."

모래는 너무 뜨거워서 걷기도 힘들었다. 발바닥을 데일 것 같아 아주 빨리 걸어야 했다. 바다에 가까워지자 젖은 모래가 주는 안도감이 너무 좋았다. "발바닥 껍질이 홀랑 벗겨질 것 같아요. 이게 웬일이야." 나는 아스트리드가 나를 위해 가져다준 의자에 앉으며 말했다.

아스트리드가 머리를 뒤로 젖히며 웃었다. "그러게나 말이에요. 다음번엔 꼭 신발을 신기로 해요." 아스트리드는 칵테일을 가득 채운 텀블러 하나를 내게 건넸다. 술 생각만 해도 토할 것 같았지만 나는 빨대를 물고 아주 조금 삼켰다. 내 표정을 봤는지 아스트리드가 코웃음을 치며 말했다. "이건 해장술이에요. 첨엔 토할 것 같아도 몇 모금만 더 마시면 괜찮아진다니까요."

나는 얼굴을 찡그리고 한 모금 더 마셨다.

"아직도 테사 집이 다 타 버렸다는 사실이 믿어지질 않아요. 혹시 최근에 테사랑 연락한 적 있어요?" 아스트리드가 물었다.

내 작전이 성공했다는 사실이 나도 잘 믿기지 않았다.

"아뇨. 갤러리에서 출간 기념 파티 한 날 이후로는 못 봤어요. 안에 들어가면 문자라도 보내야겠어요." 그러고 보니 오늘 아침에는 내 휴대폰을 보지도 못했다. 파스칼이 잘 있는지도 확인해야 한다는 사실을 머릿속에 입력해 두었다.

"그런데 코리는 뭐가 문제인 걸까요?" 내가 불쑥 물었다.

"그게 무슨 말이에요?"

나는 어깨를 으쓱했다. "글쎄, 잘은 모르겠지만 모든 일에 다 참견하려고 하는 것 같아서요. 처음에 어떻게 친해진 거예요?"

아스트리드는 텀블러를 빙빙 돌려 안의 음료를 휘저었다. "시내에 있는 다른 갤러리를 보러 갔다가 만났어요. 코리는 미술품 딜러잖아요. 그래서 대화가 통했고."

"저번에 보니까 딜러를 고용하라고 아스트리드를 설득하는 것 같던데. 그 일도 아스트리드가 직접 하고 있는 거죠?" 내가 물었다.

아스트리드는 고개를 끄덕였다. "하지만 다른 일도 너무 많으니까요."

"내가 보기엔 자기가 그 일을 맡고 싶은 것 같더라고요. 돈이 꽤 되는 모양인지."

아스트리드는 고개를 갸웃하며 생각하는 듯했다. "그럴 수도 있겠네. 난 주로 고가의 작품을 구매하곤 하니까 우리 갤러리 딜러가 되면 수익이 꽤 크겠네요. 내가 직접 하면 수수료를 낼 필요가 없으니까 비용이 많이 절약되지만."

아스트리드도 코리의 의도를 파악한 것 같아 나는 굳이 더 말을 덧붙이지 않았다. 잠시 정적이 흘렀다. 파도가 모래사장 위로 밀려왔다가 광활한 바다로 다시 물러날 때의 철썩이는 소리만 반복될 뿐이었다.

"물어보고 싶은 게 있는데요, 쓸데없는 참견 같기도 해서…" 아스트리드가 먼저 입을 열었다. 물어봐도 좋다는 말을 듣고 싶은 거겠지. 내게 뭐가 궁금한 건지 나도 궁금해져서 괜찮으니 물어보라고 했다. "출간 기념 파티 말이에요, 왜 가족이나 다른 친구들은 아무도 안 왔어요?"

테사, 그 망할 년. 잘도 아스트리드에게 이런 생각을 심어 줬네.

"그게, 좀 복잡해요." 내가 말했다. 어쨌거나 사실이지 않나. "우리 가족은 날 지지해주지 않아요. 사실 연락하지 않은 지도 벌써 몇 달 됐어요."

이것 역시 사실이다. 하지만 완전한 진실은 내겐 출간을 기념할 책이 없다는 것. 그리고 내가 몇 년에 걸쳐 겨우 끝낸 소설은 내 이름을 건 소설도 아니라는 것. "그리고 내 담당자는 친한 친구지만 가족을 만나러 지금 해외에 나가 있고, 또 다른 친구는 파티 바로 전날 출산을 했어요." 전부 다 거짓말이다. 그래도 혹시 이런 상황이 오면 꺼내려고 인터넷에서 떠도는 엄마와 아기 사진을 저장해 두긴 했다. "이따 집으로 들어가면 사진 보여 줄게요. 얼마나 귀여운지."

"축하 파티에 친구들이 못 와서 정말 아쉽겠어요." 아스트리드가 말했다.

"괜찮아요. 아스트리드랑 새로 사귄 친구들이 모두 와 줬잖아요."

"맞네요. 우리가 가장 중요하니까." 아스트리드는 컵을 내밀어 내 컵에 부딪혀 왔다.

우리는 테오가 돌아왔는지 보려고 집 안으로 들어갔다. 그는 주방에서 아침을 만들고 있었다. 소시지 냄새에 뱃속이 꼬르륵거렸다.

그가 아침 준비를 하는 동안 나는 휴대폰을 확인하려고 잠시 방으로 돌아왔다. 가방을 샅샅이 뒤져도 나오지 않자 물건을 침대 위에 전부 쏟았다. 대체 어디에다 둔 거지?

바닥에 엎드려 침대 밑도 살펴보았다. 그리고 한숨을 쉬며 다시 일어나 앉았다. 어젯밤에 술을 마시다가 어디 엉뚱한 곳에 둔 모양이다. 뭐, 어디서 나타나겠지.

나는 주방으로 나가 테오 그리고 아스트리드와 함께 아침을 먹었다.

오늘 밤엔 지난밤 보다는 덜 취한 채로 침대에 누웠다. 벽을 넘어 또 옆방의 소리가 들려왔지만, 이번엔 낮은 목소리였다. 화가 난 목소리인 것 같기도 한데 내용은 잘 들리지 않았다. 그들의 방문이 쾅 닫히는 소리가 났고, 나는 벌떡 일어나 앉았다. 창밖으로 달빛을 받은 테오의 등이 어른거렸다. 그는 해변을 향해 가고 있었다. 나는 그가 모래 언덕 너머로 사라질 때까지 지켜봤다.

일단은 아스트리드가 따라나서나 보기 위해 잠시 그대로 있었다. 더 이상 옆방 문이 열리는 소리가 들리지 않자 나는 조용히 방을 빠져나와 뒷문을 향해 갔다. 발바닥이 마룻바닥에 달라붙었고, 걸음을 옮기며 체중이 실릴 때마다 바닥이 삐걱거렸다.

밖으로 나와 문을 닫고 나서야 조마조마하게 참고 있던 숨을 길게 뱉었다. 모래는 한낮보다 훨씬 차가웠다. 따뜻한 바람이 머리카락을 훑고 지나가자 온몸에 소름이 돋았다. 파도가 들어왔다 나간 자리 바로 뒤에서 테오의 넓은 어깨가 보였다. 그는 무릎을 세우고 두 팔을 그 위에 얹은 채 앉아 있었다. 나는 그 옆에 털썩 앉았다.

"깨웠다면 미안해요." 그가 말했다.

"그런 거 아니에요."

"지금은 얘기하고 싶은 기분이 아니네요."

"얘기하러 나온 거 아닌데요."

그가 나를 바라봤다. 달빛이 그의 광대뼈와 어깨 근육을 비추었고, 그 모습에 심장이 멈춘 것 같더니 다시 마구 뛰기 시작했다. "그럼 왜 왔는데요?" 낮게 떨리는 듯한 그의 목소리를 듣자 손과 아랫배가 간질거렸다. 다른 기회들은 전부 놓치고 말았지만 이번만큼은 놓칠 수 없었다.

"수영하러 나왔죠." 나는 일어나서 수영복 위에 입고 있던 커버 업 원피스를 머리 위로 훌렁 벗었다. 하지만 나의 수영복은 숙소 샤워실에 걸려 있었다. 나는 달빛 아래에 나체로 서서 뒤를 돌아보지 않고 그대로 바다를 향해 걸어갔다.

물은 예상보다 차가웠지만, 나는 계속 걸어 들어갔고, 파도가 내 몸 위쪽을 철썩 치고 갈 때는 헉 소리가 나오려는 걸 참아야 했다. 나는 숨을 깊이 들여 마시고 물속으로 잠수해 들어갔다. 찬물이 주는 충격 때문에 온몸이 깨어나 비로소 살아있는 것 같았다. 물살이 나의 맨살을 타고 흐를 땐 온몸의 신경과 모공이 바짝 곤두섰다.

숨을 쉬려고 수면 위로 올라온 다음엔 테오가 나의 초대에 응했는지 보고 싶었지만 감히 뒤돌아볼 수가 없었다. 그가 그냥 집 안으로 들어가 버렸을 때의 당혹감은 되도록 생각하지 않으려고 마음을 다잡았다.

텅 빈 해변에 시선이 닿자 마음이 내려앉았다. 그런데 그 순간 물 위로 무언가 튀어 올랐다. 그가 몸을 일으키고 물결이 밀려왔다 밀려 나가는 사이 그의 맨살이 드러났다. 그와 눈이 마주치자 속이 깊이 가라앉으며 뒤틀리는 느낌이었다. 그가 나를 향해 다가왔고, 한 손으론 내 머리를 감싸고 한 손으론 허리를 잡더니 이내 그의 입술이 내 입술 위로 포개졌다.

우리는 바다 쪽으로 더 깊이 들어갔고, 나는 다리로 그의 허리를 감아 우리의 몸을 더 밀착시켰다. 차가운 바닷물과 그의 따듯한 체온 때문에 모든 감각이 선명해졌다. 그의 손이 내 등을 타고 내려가 나를 더 가까이 당겼고, 다른 한 손은 나의 가슴을 감쌌다.

그가 나를 안고 해변으로 올라와 모래에 눕히자 나는 그를 더 당겨 안았다. 지금 이 현실이 믿어지지 않아 정신을 차리기 어려웠다. 내가 그토록 원하던 것을 가지게 되다니. 아직 전부는 아니지만, 그래도.

나는 그의 얼굴을 바라봤다. 나의 몸을 바라보는 그의 눈을 바라봤다. 그는 나를 선택했다. 그는 나를 선택했다. 그는 나를 선택했다.

그의 눈이 감겼고, 나의 등이 젖은 모래를 파고들며 우리는 사랑을 나눴다. 나는 모래투성이 손으로 그의 허리를 잡으며 그가 눈을 뜨고 나의 눈을 바라봐 주길 바랐다.

그가 천천히 몸을 떼고 내 옆으로 몸을 굴렸고, 나는 그의 얼굴을 보기 위해 옆으로 돌아누웠다.

"이런 말 하면 정말 나쁜 놈인 거 아는데, 난 아주 오랫동안 이 순간을 기다렸어요." 그가 말했다.

그의 말은 그의 몸과 똑같은 효과를 불러왔다. 나는 온몸이 달아오르는 것을 느꼈다. "나도 같은 시간만큼 같은 걸 원했어요."

그가 내 머리를 쓰다듬었다. 우리의 몸은 축축했고 모래 범벅이었지만 나는 꼼짝도 하기 싫었다. 그러다 마법이 깨지고 이 순간을 망쳐 버릴까 봐.

그렇게 한참 있다가 우리는 몸을 씻기 위해 다시 바다로 들어갔다. 그가 내 등의 모래를 쓸어내리며 나의 몸을 더듬고 입을 맞췄다. 몸을 다 닦아 낸 다음 우리는 다시 옷을 입고 해변에 앉았다.

"오늘 밤엔 잠을 좀 자야 하잖아요." 나는 그의 어깨에 머리를 기댄 채 말했다. 우리는 함께 바다를 바라보고 있었다.

"지금 이 순간을 위해서라면 잠은 얼마든지 포기할 수 있어요."

우리는 오랫동안 거기 그렇게 앉아 있었다. 해가 수평선 위로 올라오기 시작할 때까지 오래오래. 테오의 품에 안겨 나는 우리의 첫 일출을 보았다. 나는 궁금했다. 테오는 아스트리드에게 헤어지자는 말을 언제 할 생각일까? 잠시 후? 아니면 휴가를 마치고 집으로 돌아간 뒤에?

23

> "너는 언제나 끔찍한 것들을 향해 다가갔고,
> 세상의 모든 괴물을 어루만지고 싶어 했지."
>
> _프리드리히 니체Friedrich Nietzsche

우리는 동이 튼 뒤 해변을 걸어 집으로 돌아갔다. 아스트리드는 잠들어 있는 것 같았다. 테오는 밤을 새는 것에 익숙할지 몰라도 나는 아녔다. 방으로 돌아가자마자 샤워를 한 뒤 여행 가방의 안쪽 지퍼를 열고 테오가 내게 준 에드거 앨런 포의 배지를 꺼냈다. 그게 벌써 몇 달 전의 일이었다.

몇 시간만 자고 일어날 생각에 알람을 맞추려고 휴대폰을 찾는데, 어제까지도 끝내 찾아내지 못했던 게 생각났다. 파스칼이 잘 지내는지 확인하려면 조금 자고 일어나서 제대로 찾아봐야 할 것 같다. 나는 침대로 올라가 배지를 문지르며 나중에 같이 살게 되면 테오에게 파스칼의 존재를 어떻게 설명해야 하나 생각하다 잠이 들었다.

내가 일어났을 때 테오는 보이지 않았다. 늦은 오후였고, 아스트리드는 주방에서 토스트 한 조각을 조금씩 떼어 먹고 있었다. "잘 잤어요? 배 안 고파요?" 아스트리드가 물었다.

"배고파 죽겠어요."

나는 냉장고 문을 열고 하얀색 공간을 멍하니 바라봤다. 그러고 있으면 모든 것이 바뀐 이 상황에서 아스트리드를 어떻게 대해야 할지 답을 얻기라도 할 것처럼. 아직 아스트리드는 상황이 변했음을 모르고 있을 테니까.

나는 냉장고 선반에서 사과 하나를 꺼내 들고 식탁에 앉았다.

"밤에 못 잤어요? 영원히 잠든 줄 알았어요." 아스트리드는 몸을 옆으로 기울이며 다리를 꼬았다.

"잠이 잘 안 오더라고요. 낮에 햇볕 아래 너무 오래 앉아 있어서 그랬나 봐요."

"혹시 집에 빨리 돌아가고 싶은 건 아니죠?" 아스트리드가 물었다.

"전혀요." 나는 좀 혼란스러워져서 얼굴을 살짝 찌푸렸다. 왜 저런 걸 묻는 거지?

"다행이네. 나는 그냥 올리브랑 같이 있는 시간이 좋아요. 와 줘서 고마워요." 아스트리드는 정신이 딴 데 가 있는 사람처럼 식탁을 멍하니 보며 말했다. 하마터면 무슨 일이 있는 거냐고 물을 뻔했다. 하지만 이제 아스트리드의 감정에 대해선 마음을 쓰지 말아야 한다. 그 감정 때문에 테오와 함께할 기회를 놓칠 뻔하기도 했으니까.

"나야말로 초대해 줘서 고마워요. 테오와 둘이서만 오붓하게 오는 게 더 좋았을 수도 있는데."

"우리는 같이 보내는 시간이 많으니까요." 아스트리드는 커피를 한 모금 마시고 이어서 말했다. "그렇지만 둘 다 일을 하기도 하고,

따로 보내는 시간도 많은 편이라 이렇게 또 다른 사람이 함께하면 변화를 줄 수 있어서 좋아요."

나는 고개를 끄덕였지만 이해는 되지 않았다. 나는 테오와 함께라면 '변화를 줄' 필요 없이 얼마든지 휴가를 보낼 수 있을 것 같았다.

"담당자가 책 출간일은 알려 줬나요?"

"아직이요."

"흠. 일이 더디네요. 이미 최종 원고를 보냈잖아요. 왜 진행을 안하는 걸까?"

"아마도 원고를 한 번 더 점검하는 중인 것 같아요. 출간 뒤에 수정할 게 튀어나오면 곤란하니까."

"다음 책 작업도 들어갔어요?"

"조금요. 한 책이 완전히 마무리가 안 된 상태에서 새로운 이야기에 집중하는 게 쉽진 않아요. 그래도 곧 마무리가 되면 더 집중해서 시간을 쓸 수 있겠죠." 아마도 소설에 대한 나의 사랑 덕에 내가 이런 거짓말들을 막 지어낼 수 있는 것인지도 모르겠다. 정말 쉽다. 심지어 어떨 땐 나도 이런 내 거짓말이 진실로 믿어지기도 한다.

아스트리드는 한동안 또 말이 없었고, 나는 그 침묵이 불편하고 긴장됐지만 그냥 제 발 저리는 것인지, 아니면 아스트리드가 의도적으로 그런 느낌을 주고 있는 것인지는 알 수 없었다. 일어나서 뒷마당 테라스로 나가려고 하는데 아스트리드가 다시 입을 열었다.

"태풍이 다가오고 있대요. 월요일에 돌아가려면 위험할 수도 있

어요. 그러니까 먼저 가고 싶으면 오늘 밤에 돌아갈 수 있게 도와
줄게요."

이유는 알 수 없었지만 그녀의 말이 불길하게 들렸다. 일종의 경
고 같달까. 테오와 나 사이에서 무슨 일이 있었는지 감을 잡은 것
같기도 했다. "아니에요. 나머지 이틀도 여기서 충분히 즐기고 갈
래요."

테오는 저녁 식사 시간이 다 돼서야 돌아왔다. 휴가지에서 잠깐
외출하기엔 꽤 긴 시간이라 그가 뭘 하고 온 것인지 궁금했다. 지
난밤 일을 머릿속에서 정리하느라 시간이 필요했는지도 모른다.
한 조각의 의심이 마치 썩기 시작한 흉곽 속의 벌레처럼 심장 안
으로 기어들었다. 후회하고 있는 거면 어떡하지? 나와 잔 게 그저
아스트리드에게 화가 나서 충동적으로 벌인 행동이었다면?

안 돼. 그렇게 생각하지 말자. 설사 내가 믿어 의심치 않는 결말
로 이어지지 않는다고 해도 이번 여행에서 테오와의 관계에는 분
명한 진전이 있었다. 그는 나를 향한 마음을 인정했고, 나는 그걸
저평가해선 안 된다.

나는 나무 테라스에 앉아 사라지기 직전의 마지막 햇살을 즐기
고 있었다. 이제 곧 춥고 어두운 집으로 돌아가야 할 테니까. 테
오와 아스트리드가 밖으로 나왔다. 아스트리드는 잔을 하나 들고
있었고, 테오가 손에 든 두 개 중에서 하나를 내게 건넸다.

나는 고마운 마음으로 잔을 받아 차가운 화이트와인을 한 모금
마셨다. 우리 세 사람 사이의 긴장감은 인도양의 눅눅한 공기보다
더 숨이 막혔다. 아스트리드는 테라스 난간에 반쯤 기대어 있었
고, 테오는 테이블을 사이에 두고 나의 맞은편에 앉았다. 테오와

아스트리드가 화해하지 않은 것 같이 보여서 다행스러웠지만, 그래도 이 어색함을 견디기가 쉽지는 않았다.

우리는 가벼운 이야기를 주고받았다. 그러다가 아스트리드가 일어나 문 쪽으로 향했다. "좀 피곤하네. 오늘은 일찍 자야겠어요. 여보는?"

나의 두 뺨이 붉게 달아올랐고, 속으로 제발 '아니'라고 말해 주길 빌었다. 하지만 그는 일어서며 말했다. "그래, 들어가자. 올리브, 잘 자요. 내일 아침에 봐요."

둘은 집 안으로 사라졌고, 눈물이 맺혀 내 시야가 흐려졌다. 그들이 떠난 다음 나는 뭘 해야 할지 알 수 없었다. 내 방으로 가서 그들 사이에 무슨 일이 일어나고 있는지 알아내고 싶은 마음도 있었지만, 또 한편으론 알고 싶지 않았다. 처참한 실망감으로부터 나의 마음을 보호하려면 밤새 테라스에 앉아 있어야 할 것 같았다.

결국은 방으로 돌아가기로 했다. 이불을 들치고 침대에 누웠지만 옆방에선 아무 소리도 들려오지 않았다. 둘 다 이미 잠든 거겠지. 그럼 싸우고 있는 건 아닐 거다. 그렇다고 화해의 섹스를 하는 것도 아니니까, 그거면 된 걸까.

다음 날 일어나서 주방에 나가 보니 테오가 커피를 손에 든 채 아일랜드 식탁에 앉아 있었다. 내가 다가오는 소리를 듣고 고개를 돌린 그는 피곤한 얼굴로 미소를 지었다.

"잘 잤어요?" 그가 물었다.

"잘은 못 잤어요."

그가 그럴 줄 알았다는 듯이 고개를 끄덕였다. "나도 잘 못 잤어요."

나는 커피를 내리기 위해 주방을 가로질러 갔다.

"아스트리드에게 우리 일을 얘기했어요." 그의 말에 나는 그대로 우뚝 섰다. "듣더니 가 버렸어요."

현기증이 났다. 잘못 들은 걸까? 잘못 들은 걸 거야. "그게 무슨 말이에요?"

"갔다고요. 어젯밤 늦게 비행기를 타고 돌아갔어요. 비행기는 내일 돌아올 거예요. 아스트리드는 나와 헤어지겠대요."

입이 절로 벌어졌다. 결국 해냈다. 마침내 원하던 대로 됐어. 하지만 테오가 이 일을 어떻게 받아들일지는 아직 모른다. 그의 아내가 그를 막 떠났다. 뒷일을 생각하지 않고 그저 죄책감 때문에, 양심의 가책을 덜기 위해 우리 일을 고백한 걸 수도 있었다.

"미안해요." 나는 그렇게 말하고 상황을 파악해 보려고 그의 얼굴을 바라봤다. '테오, 이게 무슨 의미인지 말해 줘요.'

그가 자리에서 일어났고, 나는 숨을 죽였다. 그가 나의 손을 향해 손을 뻗었고, 우리의 손가락이 뒤엉켰다. 심장이 관자놀이에서 뛰는 것 같았다. "이제 우린 함께 할 수 있어요."

중력이 사라지는 느낌이었다. 그가 나의 손을 놓으면 곧 떠오를 것만 같았다. 그는 내 것이 됐어. 아스트리드가 가졌던 모든 것이 내 것이 됐어. 나는 다른 한 손으로 테오의 머리를 끌어당겨 입을 맞췄다.

"여기서 남은 마지막 하루를 즐기기로 해요." 그는 그렇게 말하며 나를 침실로 이끌었다. 지난밤까지 그가 아스트리드와 썼던 방이었다.

얼마 뒤 나는 그의 가슴에 고개를 대고 누워 심장이 뛰는 소리를 들었다. 우리의 진짜 첫 만남이 언제였는지 알게 되면, 그는 뭐라고 할까? 내가 올리브가 되기 전에 누구였는지 알게 된다면. 하지만 내가 그걸 말할 일은 절대 없을 것이다.

한동안 누워 있다가 주방으로 나왔을 땐 테오에게까지 들릴 정도로 내 뱃속이 요란하게 울렸다. 그가 웃더니 말했다. "아침을 준비할게요."

나는 아일랜드 식탁 스툴에 앉아서 그를 지켜봤다. 이런 순간을 수만 번 머릿속에 그려 봤지만, 눈앞에서 실제로 벌어지고 있다는 사실이 아직도 믿기지 않았다. 하지만 어쩔 수 없이 아스트리드 생각도 났다. 테오와 싸운 날 눈물범벅이 됐던 그녀의 얼굴이 자꾸 떠올랐다. 얼마나 절망했을까.

"혹시 내 휴대폰 못 봤어요?" 뒤집개로 프라이팬을 휘적이고 있는 테오에게 내가 물었다.

"휴대폰이요? 아니, 못 봤는데요."

나는 스툴에서 폴짝 내려와 방으로 가서 다시 물건들을 뒤지기 시작했다. 옷과 이불이 사방에 널려 있었다. 여기 어딘가에 묻혀 있겠지. 이렇게 엉망을 만들어 놨으니 못 찾아도 싸지.

"이게 뭐예요?" 불쑥 들려온 목소리에 깜짝 놀라 돌아섰다.

"깜짝 놀랐잖아요. 뭐가 뭐예요?"

그가 바닥에서 집어 든 것을 보고 심장이 멎을 뻔했다. "아." 나는 간신히 목소리를 냈다. "서점에서 찾은 배지예요. 재미있지 않아요?"

"그렇네요. 귀여워요." 그가 나를 보고 미소를 지었다. "아침 준비 다 됐어요."

그는 배지를 내 옷더미에 툭 던져 놓고 방을 나갔다.

나는 떨리는 숨을 간신히 내뱉었다. 그는 기억하지 못했다. 얼굴에 전혀 아는 기색이 없었다. 나는 괜찮다. 다 괜찮다.

테오를 따라 야외 테라스로 나가 보니 식탁 위에 접시 두 개가 차려져 있었다. 그의 표정은 여전히 즐거워 보였다. 나를 의심하는 느낌은 없었다. 정말로 기억을 못 하는 걸까? 이 남자, 얼마나 자주 아무에게나 선물을 주는 걸까?

태양은 벌써 이글거리며 눈이 부실 정도로 내리쬐고 있었다. 나는 손으로 얼굴에 그늘을 만들고 눈을 가늘게 떠 테오를 바라봤다.

"아침 고마워요. 맛있었어요."

"뭘요. 휴대폰은 찾았어요?"

"아뇨. 방이 엉망이라 방부터 먼저 치워야 할 것 같아요. 옷더미 아래 어디 묻혀 있지 않을까 싶어요."

그는 웃으며 고개를 끄덕이는 것 같았다. 하지만 확실히는 모르겠다. "이 낙원에서의 마지막 날, 뭘 하고 싶으신가요?" 내가 물었다.

"수영이나 할까 생각 중이었어요."

"그거 좋겠네요."

우리 사이에서 예전에 없었던 어색함이 흘렀다. 배지에 대한 기억이 떠오른 걸까? 아니면 지금까지 서로에게 완전히 솔직했던 적이 없어서 적응할 시간이 필요한 걸까? 잘 모르겠다.

아스트리드에 대한 감정이 어떤지 물어봐도 괜찮을까? 모든 게 너무 새로웠다. 둘이 계속 문제가 있었는지는 몰라도, 십 년이나 함께한 사이인데 테오는 별로 괴로워 보이지 않았다. 또 모르지. 내 기분을 생각해서 내색하지 않고 있는 건지도.

"혹시 하고 싶으면 아스트리드 얘길 해도 괜찮아요." 내가 말했다. "원했던 일이라고는 해도 힘든 일일 수 있어요."

나는 든든한 파트너가 되고 싶었다. 솔직한 마음을 털어놓을 수 있는 그런 파트너가. 그래서 그의 얘기를 들어 줄 마음의 준비를 했다. 파탄 난 부부 관계를 위로해 주고 싶었다.

"지금은 그 얘기를 하고 싶지 않아요. 휴가의 마지막을 망치고 싶지 않거든요."

"그래요, 알겠어요."

나는 입술을 씹었다. 이런 어색함은 일시적일 것이다. 우리도 곧 편안함에 안착할 수 있을 거다. 항상 시작이 가장 어려운 법이니까. 이혼 과정을 밟는 동안 그에게 힘이 되어 줘야 할 거고, 아스트리드가 집에서 나오고 내가 들어갈 때까지는 이런 시간을 우리의 새로운 일상이라고 생각해야겠지.

우리는 해변에서 칵테일을 마시고 파도에 몸을 맡기며 오후를 보냈다. 알코올 덕에 어색함은 줄어들었고, 어느새 파도에 휩쓸리며 우리는 웃기도 했다. 나는 수영과 보드카로 노곤해져서 모래 위에 누웠다.

"이제 저녁 먹으러 들어가요." 테오가 내게 다가와 입을 맞추며 말했다. 설렘으로 뱃속이 간질간질했다. 그리고 그의 손에 이끌려 해변을 걸어 올라갔다.

저녁 식사 후엔 둘이 테라스에 나란히 앉았다. 해가 저물며 인정사정없던 열기도 함께 물러갔다. 테오는 레드와인이 담긴 잔을 두 개 들고 나왔다.

"아름다운 휴가를 위하여. 돌아가면 우릴 기다리고 있는 새로운 미래에도 잘 적응하기를."

우리는 잔을 부딪치고 와인을 마셨다.

테오는 잔을 단숨에 비우더니 짓궂은 미소를 띠고 나를 봤다. "이러기에요? 이곳에서의 마지막 밤인데 이렇게 얌전하게 보낼 거예요?"

나는 그에게 눈을 찡긋해 보였다. "그럴 리가요." 그리고 나도 잔을 천천히 다 비웠다.

"그래, 그거지." 그가 박수를 쳤다.

테오의 행동이 좀 이상하다는 느낌이 들었지만 애써 무시했다. 그는 대학 때부터 사귄 연인과 이혼을 앞두고 있다. 심지어 자기 아이를 낳아 주길 원했던 여자 아니었나? 아니, 어쩌면 오래전부터 그녀를 떠나고 싶었는지도 모른다. 내가 카페에서 바리스타로 일하던 시절에도 나에게 작업 비슷한 걸 걸었잖아. 어쩌면 그가 아직 현실감을 되찾지 못하고 있는 건지도 모른다.

다음 잔은 사양했지만 테오는 내 잔도 가져왔다. 나는 그 잔은 그냥 내려놓았다. 이미 마신 술 때문에 꽤 취해 있었기 때문이었다. 고개를 돌리면 세상이 몇 초 뒤에 따라오는 것 같은 느낌이었다.

어지럽다고 농담을 하려고 했는데 혀가 꼬이는 바람에 말이 아무렇게나 뒤엉켜서 나왔다. 불안해져서 그냥 웃었다. 당황스러웠다. 아무래도 자러 가야 할 것 같았다.

일어나려고 했지만 다리가 풀려 말을 듣지 않았다. 나는 그대로 테라스 나무 바닥에 쓰러졌고, 심장이 미친 듯이 뛰기 시작했다. 나 왜 이러지? 그렇게 많이 마시지도 않은 것 같은데.

모든 움직임과 소리가 흐릿해진 채로 지난밤 해안에 몰려오던 물결처럼 나의 말초신경에 와 닿았다. 그리고 테오의 얼굴이 보였다. 내 얼굴 가까이에 있었다. 심장 박동이 느려졌다. 그가 날 돌봐 줄 거야. 내가 안전하다는 것을 인식하며 나는 두 눈을 감았다. 내가 어둠에 굴복하자 모든 것이 고요해졌다.

전에 한 번도 겪어보지 못했던 통증이 온몸에서 느껴졌다. 가슴도 숨을 쉴 수 없을 만큼 뻐근하게 조여 왔다. 눈을 뜰 수가 없었다. 움직일 수도 없었다. 호흡에 집중해 보았다. 공기를 들여 마시고, 내쉬고, 천천히, 깊게. 왜 이렇게 숨쉬기가 힘든 걸까? 손가락을 움직여 보는데 손가락끼리 스치는 감각이 느껴지자 울음이 터질 뻔했다. 몸이 어딘가에 결박된 것처럼 꼼짝하기가 어려웠다. 의식이 돌아오자 내 몸이 마치 공처럼 말려 있는 느낌이 들었다. 한동안 이렇게 있었던 것인지 다리가 쑤셔 왔다. 다리를 뻗어 보려고, 사지를 펴 보려고 몸부림쳤다. 하지만 소용없었다. 몸으로 밀어 봤지만 움직여지지 않았다. 나는 가슴 안쪽으로 접혀 있던 팔을 얼굴로 더듬더듬 가져갔다. 그러다 속눈썹이 떨리는 느낌 때문에 내가 눈을 뜨고 있다는 사실을 깨달았다. 단지 너무 어두워 아무것도 보이지 않았을 뿐이다.

대체 무슨 엿같은 일이 벌어진 건지 정신없이 생각하는데 심장이 곧 폭발할 것처럼 미친 듯이 뛰었다.

꿈인가? 술에 취했을 때 어디 이상한 데에 떨어진 걸까? 환각일까? 누군가 집에 침입해서 나를 납치한 걸까?

나는 온 신경을 집중해 무슨 소리라도 들어 보려고 애를 썼다. 그러자 쿵쿵거리는 느낌과 함께 내가 이동하고 있는 것을 느낄 수 있었다. 차 안인가? 덜컹거림은 점점 빨라졌고 나는 정말 빠르게, 지나치게 빠르게 움직이고 있었다. 그러더니 갑자기 멈췄다. 멈춘 것 같았다. 멈추기 전에는 어디론가 떨어지는 이상한 느낌이 들었었다. 그렇게 한 번 더. 그리고 나의 바로 아래쪽에서 기계가 진동하는 소리가 들렸다.

마치 내 의식보다 몸이 먼저 감지한 느낌이었다. 나는 비명을 질렀다. 공포감이 가슴을 타고 올라왔고, 숨을 쉬기가 어려웠다.

공포 때문인지 산소 부족 때문인지, 나는 다시 의식을 잃기 시작한 것 같았다. 의식을 잃기 전에 끈질기게 생각해 보려 했다. 대체 내가 어쩌다가 항공기 짐칸에 실리게 됐는지를.

24

"금지된 것들에는
말로 다 할 수 없는 매력이 있다."

_마크 트웨인Mark Twain

내 눈꺼풀 위로 주황색과 노란색 빛이 번쩍거렸다. 이젠 더 이상 비행기 컨테이너 안에 갇혀 있지 않았다. 어딘가 푹신한 곳에 누워 있었다. 침대? 소파? 깨끗한 세탁물 향기가 나는데 이상하게 편안했다. 공기는 따뜻했고, 희미하게 윙윙거리는 소리가 들렸다. 이어서 으드득하는 소리가 나서 바짝 긴장했다. 그 소리가 계속 이어지다가 바스락거리는 소리로 바뀌었다.

나는 숨을 죽이고 겨우 눈을 떴다. 천장이 보였다. 원을 그리며 돌고 있는 선풍기 날개도 눈에 들어왔다. 마치 거미가 내 뼈를 타고 기어오르는 것처럼 공포가 온몸에 퍼져 나갔다. 나는 바스락거리는 소리를 향해 천천히 고개를 돌렸다.

내가 누워 있는 침대 옆에 침대가 또 하나 놓여 있었다. 그 침대는 비어 있었다. 그리고 그 옆으로 리클라이너 소파가 놓여 있었다. 거기에 웬 여자애가 앉아 있었다. 어른인가? 그녀의 무릎 위에는 마트에서 파는 꼬마 당근 한 봉지가 놓여 있었다. 전혀 어울리지 않는 조합에 웃음이 날 지경이었다. 하지만 이 공포스럽고 불확실한 상황에 나는 다시 진지해졌다. 나의 시선을 의식했는지 그녀가 고개를 내 쪽으로 돌렸고 우리의 눈이 마주쳤다. 그녀는 연민 어린 표정을 지으며 자리에서 일어났다.

그녀가 움직이자 나도 깜짝 놀라 반사적으로 몸을 일으켜 세워 등이 벽에 부딪힐 때까지 정신없이 뒤로 물러났다. 그녀가 제자리에 멈춰 서서 나를 달래려는 듯한 손짓을 했다.

"해치지 않아요. 괜찮아요. 아니지, 진짜 괜찮은 건 아니지만 지금 당장은 괜찮아요."

"여기가 어디죠?" 목이 너무 건조했다. 낮은 쇳소리가 흘러나왔다.

"이름이 뭐예요?" 내 질문은 무시하고서 그녀가 물었다. 그녀의 가는 팔다리와 갈색 머리카락은 가을을 연상시켰다. 눈동자는 나무껍질 같은 색이었다.

"올리브요. 여기가 어디죠?"

소녀의 얼굴에 다시 연민이 번졌다. "여긴 코너 부부의 집 지하실이에요." 그녀가 또박또박 말했다.

소녀의 모습이 흐릿해지면서 귀가 먹먹해졌다. 입을 열었지만 할 말을 찾을 수 없었다.

"왜," 나는 헛기침을 하고 물었다. "왜? 어떻게?"

그녀는 깊이 한숨을 들이쉬고 침대 끝에 걸터앉더니 벽을 응시했다. 그녀의 긴 머리카락이 눈에 들어왔다. 어려 보였지만 정확히 몇 살인지는 가늠하기 어려웠다. 그런데 왜 이렇게 낯이 익을까? 기다려 봐도 그녀가 입을 열지 않아서 내가 다시 물었다. "당신은 누구예요? 무슨 일이 있었던 거죠?"

그녀의 눈이 촉촉이 젖었다. "제 이름은 홀리 피셔예요."

이름이 낯익다. 왜지?

"할로웨이 대학교 신입생이었어요. 코너 교수님의 미국 문학 입문 수업을 들었고요."

온몸의 피가 식는 느낌이 들면서 내가 어떻게 이 아이를 아는지 갑작스럽게 깨달음이 왔다. 몇 달 동안 본 실종자 전단지 속 아이였다. 아니, 몇 달이 아니라 몇 년이었나? 전 직장 게시판에, 대학교 캠퍼스 게시판에 붙어 있던 바로 그 얼굴이었다.

나는 벌떡 일어났다. 왼쪽에 열린 문이 보여서 그곳으로 달려 나가니, 내가 작은 아파트처럼 보이는 곳에 있음을 알아차리게 됐다. 넓게 트인 공간에 주방과 식탁과 거실이 함께 있었다. 문이 두 개 더 보였는데, 하나는 일반적인 목재 문이었고, 다른 하나는 위압적으로 보이는 커다란 철문이었다.

나는 철문을 향해 달렸다. 그 문이 우리를 이곳에 가둔 문 같았다. 하지만 손잡이가 없었다. 열쇠 구멍 하나뿐이었다. 나는 어깨로 그 문을 들이받았고, 울음인지 비명인지, 아니면 구역질인지 모를 무언가가 목구멍으로 치밀어 올라왔다. 주먹으로 문을 두드리는데 눈물이 얼굴을 타고 흘렀다.

이건 아니야. 어떻게 이런 일이 있을 수 있어.

"여기서 나갈 방법은 없어요." 홀리가 내 뒤에서 말했다.

나는 공포와 분노가 끓어올라 몸을 홱 돌렸다. "여기서 나가려면 너도 도와야지!"

"도우라고요? 내가 여기 있고 싶어서 있는 줄 알아요? 나갈 방법이 없다고요."

반드시 나갈 방법이 있을 거야. 내 삶이 이렇게 끝날 리 없잖아. 나는 계획이 있었다고. 새로운 삶도 손에 거의 넣었잖아. 아직도 그 맛을 느낄 수 있는데. 테오의 입술에 묻어 있던 와인의 맛이 아직 남아 있는데. 어떻게 모든 게 이토록 순식간에 뒤틀려 버린 거지?

나는 홀리를 똑바로 보며 말했다. "네가 아는 걸 전부 말해 줘."

25

<blockquote>

"너는 네가 특별하다고 느꼈지만
결국 절망 속에서 모든 것들을 증오하기 시작했지."

_표도르 도스토옙스키 Fyodor Dostoevsky

</blockquote>

홀리는 팔짱을 낀 채 내게서 몇 발짝 떨어진 곳에 서 있었다.

"여기서 무슨 일이 벌어지고 있는 건지 네가 아는 걸 전부 말해줘. 여기에 어떻게 오게 됐고, 그 뒤로 무슨 일이 있었는지. 전부 알아야겠어."

"안다고 달라지는 건 없어요." 홀리는 돌아서더니 내가 방금 달려 나왔던 방으로 도로 들어가 버렸다.

나는 입고 있었던 커버업 원피스로 얼굴을 문질렀다. 방 안은 아주 따뜻했지만 소름이 온몸에 돋아나며 몸이 떨렸다.

나는 홀리를 따라 방으로 들어가며 목울대에 걸린 커다란 덩어리 같은 것을 삼켰다. 정보가 필요했다.

방으로 들어가자 홀리가 옷을 건넸다. "지금 입고 있는 옷보단 편할 거예요."

나는 내 손에 들려 있는 회색 트레이닝복 바지와 색이 누렇게 바랜 흰색 티셔츠를 내려다봤다. "이거, 네 거야?"

"아니요." 홀리는 꼬마 당근 봉지를 손에 든 채 다시 좀 전에 앉아 있던 의자에 털썩 앉았다.

나는 방을 가로질러 가서 두 번째 침대 끝에 걸터앉아 그녀를 보았다. 머리를 다 잡아 뜯고 싶은 충동이 너무 강하게 올라와서 그녀의 갈색 머리카락으로 손을 뻗지 않으려고 두 손을 꽉 맞잡아야 했다.

"난 지금 막 낯선 곳에서 깨어났는데 너는 여기가 내 친구 집 지하실이라고 말하고 있잖아. 내게 무슨 말이라도 해 줄 수 있는 사람은 너뿐인데 입을 그렇게 다물고 있으면 어떡해. 이게 대체 무슨 일이야?" 나는 말이 통하지 않는 이 아이를 설득하기 위해 낮은 목소리로 천천히 또박또박 말했다.

홀리는 허탈하게 웃었다. "그 사람들이 당신 친구라고 생각하는 거예요?"

"지금 그게 중요한 게 아니잖아!" 나는 냅다 소리를 질렀다. 더 이상 평정심을 유지할 수가 없었다.

그녀는 꼬마 당근 봉지를 작은 테이블에 내려놓고 나를 향해 고쳐 앉았다. "당신 친구들은 미친 사이코패스들이에요. 나를 납치했고, 당신도 납치했고, 아주 많은 여자들을 납치했죠."

"홀리, 제발. 나도 알고 싶어. 아는 걸 다 말해 줘."

홀리는 볼 안쪽을 씹으며 잠시 망설이다가 한숨을 쉬었다. "테오 코너는 내 교수님이었어요." 그리고 눈동자를 굴리며 코웃음을 쳤다. "여자애들은 전부 그 사람을 좋아했죠. 나도 마찬가지였어요."

중요하지도 않은 얘기를 참고 듣느라 이를 너무 꽉 깨물어서 다

으스러질 것 같았다. 나는 그녀의 목을 졸라서라도 여기에 어떻게
오게 됐고 그 뒤로 무슨 일이 있었는지 당장 얘기하라고 하고 싶
었다.

"2학기 때는 그 사람 수업을 듣지 않았지만 셰익스피어를 조사
하는 걸 도와 달라고 찾아갔어요. 낙제 위기였는데, 그럼 장학금
을 놓치게 될 상황이었거든요. 그리고 그가 나를 아내와 함께하는
저녁 식사에 초대했어요. 그다음엔 기말 리포트 쓰는 걸 도와주겠
다고 했고요."

홀리는 잠시 멈추더니 얼굴이 굳었다. 그리고 숨을 천천히 들이
쉬는데 눈가가 젖어 있었다. 숨을 내쉬면서, 그녀는 눈을 감아 버
렸다. 제발 말을 하라고!

마침내 눈을 떴을 땐 눈동자에 물기는 사라지고 없었다. "괜찮
을 거라고 생각했어요. 안전하다고. 알잖아요. 아내도 같이 있는데.
나도 바보는 아니에요. 위험하다 싶으면 피할 줄도 알고 조심할 줄
알아요. 그리고 그 사람은 교수잖아요. 몇 주 동안 나를 도와줬어
요. 아내도 함께 있을 거라고 했고요."

나는 계속하라는 의미로 고개를 끄덕였다.

"아내가 문을 열고 들어왔어요. 아스트리드요. 그 여자가 나를
사무실로 데려가서 와인을 한 잔 따라 줬어요. 그때 난 열여덟 살
밖에 안 됐지만 대접받고 존중받는 기분이 들었어요." 홀리는 비
웃는 듯이 코웃음을 치더니 소매로 코를 훔쳤다.

"그다음엔 별로 기억나는 게 없어요. 그냥 너무 피곤해지기 시
작했고, 테오 코너가 나를 어딘가로 옮기는 것 같은 장면이 드문
드문 기억나요. 그리고 눈 떠 보니 여기였어요."

다 제각각의 사건인 것처럼 보였던 일들이 머릿속에서 하나의 선으로 맞춰지기 시작하면서 뱃속이 뒤틀렸다. 하지만 자기가 일하는 대학교의 실종된 여학생과 테오가 연결돼 있다는 사실은 이해하기 힘들었다.

"왜 너를 납치한 거야? 우리한테 원하는 게 뭔데?"

그녀의 얼굴이 구겨지며 그 단단하던 껍질이 한순간에 무너졌다. 나는 심장이 목구멍까지 올라온 것 같은 느낌 때문에 숨쉬기가 어려웠다.

"그 인간들은 더러운 짓을 하고 있어요. 정확히는 몰라요. 하지만 그 인간들은…, 그 인간들은 아기를 원해요." 마지막 부분은 속삭이듯 말했지만 나는 아주 똑똑히 들었다.

듣기는 똑똑히 들었지만 그게 무슨 말인지 이해는 할 수 없었다. 아기를? 왜? 그게 나랑 무슨 상관이지?

그녀는 혼란에 빠진 내 얼굴을 보았는지 몸을 굽히고 침대 옆에서 무언가를 집어 들었다. 가죽끈이었다. 돌아서서 다른 침대를 보니 그 침대의 모서리에도 검은색 가죽끈이 매달려 있었다. 속이 울렁거리며 뒤집히는 것 같았다.

"그 인간들은 당신을, 우리를 임신시켜서 아기를 얻으려고 해요. 우리가 출산하면 아기를 가져가요. 그것 말곤 아무것도 몰라요."

머리가 빙빙 돌면서, 마치 내가 살던 세상이 아닌 다른 차원의 현실에 떨어진 것 같은 느낌이 들었다. 꿈일지도 몰라. 전혀 말이 안 되잖아. 테오는 나를 사랑해. 나 때문에 아내와 헤어지려고도 했잖아.

숨을 제대로 쉬기가 어려웠다. 나는 침대에서 벌떡 일어나 주변

264

을 돌아보며 서성거리기 시작했다. 출구를 찾아야 해. 내가 느끼는 건 공포보다도 분노였다.

"어떻게 여기 이렇게 오래 있었어? 탈출은 시도도 안 했어?" 나는 입에서 불을 뿜듯이 말했다.

홀리가 눈을 가늘게 떴다. "당연히 했죠. 하지만 그 사람들은 바보가 아니에요. 충동적으로 이런 일을 벌인 게 아니라고요. 모든 걸 생각해서 준비한 거예요. 나갈 방법은 없어요."

"분명히 있을 거야."

나는 이 말도 안 되는 공간을 계속 둘러보며 도움이 될 만한 것이 있는지 찾았다. 홀리는 문틀에 기대어 서서 그런 나를 지켜보았다. 한 대 치고 싶은 충동이 일었다. 그러고 있지 말고 너도 나를 도우라고! 하지만 거의 한 시간을 살펴본 결과 나도 어쩔 수 없이 같은 결론에 이르고 말았다. 여길 나가고 들어올 수 있는 유일한 통로는 저 거대한 철문뿐이었다. 문을 뚫고 나갈 방법은 없었다.

나는 바닥에 주저앉았다. 정신을 차리기 어려웠다. 그 빌어먹을 것들이 대체 왜 아기를 원하는 거야? 지금 이 현실은 지난 몇 달간 내가 알아 왔던 모든 것과 하나도 맞지 않았다. 앞뒤를 꿰맞춰 보려니 머리가 지끈거렸다.

거대한 철문에서 금속이 갈리는 듯한 소리가 들려왔다. 나는 일어나서 홀리가 있는 쪽으로 가려고 했지만 그녀는 이미 사라지고 없었다. 공포에 질려 어찌할 바를 모른 채 마음을 단단히 먹고 그 문으로 테오가 들어오는 모습을 지켜보았다. 여기서 이런 식으로 깨어났고, 들은 얘기들이 있었지만, 그를 보자 몸의 긴장이 이완

됐다. 안도감과 사랑의 감정이 내가 그에게 다가가도록 만들었다.

"안녕, 올리브." 그가 안으로 들어와 문을 닫았다. 그의 손엔 종이봉투가 들려 있었다. 그가 멈춰 서더니, 마치 무언가 생각난 듯한 표정을 지었다.

"올리브란 이름이 좋은 거지? 로라."

피가 혈관 안에서 그대로 얼어붙는 것 같았다.

그가 웃었다. 악마처럼 매혹적이었다. 죽도록 아름답고, 또 그만큼이나 위험한 미소. 그는 작은 식탁을 향해 가더니 커다란 종이봉투를 올려놓았다. "네가 정말 흥미로운 여자였다는 건 인정하지 않을 수가 없어."

그가 나를 과거형으로 언급하는 게 싫었다. 마치 내가 이미 존재하지 않는 것처럼 말하는 게. 나는 한 걸음 물러났다.

"어떤 게 진실이고 어떤 게 거짓인지 알아내기가 나도 쉽진 않았거든." 그가 봉투에 든 물건을 꺼내며 말했다. 하얀색과 분홍색 알약이 든 약병, 공책 한 권, 그리고 크레용 하나. "너의 의도는 처음부터 분명했지. 네 딴에는 교묘했다고 생각했는지 모르겠지만."

"내가 교묘해 봤자 너만 하겠어."

그는 얼굴에서 냉소를 거두고 나를 죽일 듯이 노려보았다. 그리고 다음 순간 내게 다가오더니, 내가 도망칠 새도 없이 내 목을 쥐고 나를 벽으로 밀어붙였다.

조여 오는 그의 손가락보다도 공포 때문에 질식할 것 같았다. 그는 내게 몸을 더 가까이 붙이며 귀에 대고 속삭였다. "넌 나한테 아무것도 아니야. 너에게선 아무런 매력을 느낄 수 없다고. 넌 그냥 소모품일 뿐이야. 너를 써먹고 나면 처분할 거야. 그러니까 딴 생각은 안 하는 게 좋을 거야."

그는 내 목을 놓은 뒤 식탁으로 향했고, 나는 미끄러지듯 바닥에 주저앉았다. 눈물이 정신없이 쏟아졌다.

"이제부터 하는 말 잘 들어. 난 가야 하니까." 그가 말했다. "홀리가 어디까지 말해 줬는지 모르겠지만 이건…," 그는 식탁 위의 약병을 내 쪽으로 밀었다. "임산부 비타민이야. 저녁 식사 후, 자기 전에 먹도록 해. 보통 메스꺼움을 유발하는 경향이 있다니까."

메스껍기는 이미 메스꺼웠다. 나는 목구멍까지 올라오는 구역질을 겨우 삼켰다.

"이 공책에는 생리 주기를 써. 기억나는 것들부터 적어 넣고, 앞으론 모든 걸 다 빠짐없이 적도록 해. 화장실에 둔 배란 테스트기도 매일 빠뜨리지 말고 사용하도록 하고."

"이런 짓을 하고 그냥 넘어갈 수 있다고 생각하지 마."

그는 거의 동정이 담긴 눈으로 웃었다. "다들 그렇게 말하더라."

"내가 실종됐다고 신고가 들어갈 거야. 나는 너희 부부와 휴가를 갔다가 사라졌어. 이 멍청한 새끼야. 무슨 일이 생겼는지 다들 알게 될 거라고."

"대체 누가 알게 된다는 거지?" 그가 고개를 갸웃거리며 물었다. "몇 달째 연락 끊고 있는 네 가족? 네 출판사 담당자?" 그는 자기가 알고 있는 것들을 공개하는 게 즐겁다는 듯이 더 활짝 웃으며 말했다. "너는 가깝게 지내는 가족도 없고 친구도 없잖아. 어디 고용된 것도 아니고. 그리고 네 집주인한테는 우리가 친절하게도 재계약은 없을 거라고 말도 해 뒀어. 너를 찾을 사람은 아무도 없어." 그는 어깨를 으쓱하더니 마저 말을 이어갔다. "찾는다 해도 그때쯤엔 이미 모든 흔적이 사라지고 없겠지. 만에 하나 경찰이 우리를 조사하기 시작하면 그땐 세상 사람들이 다 똑같이 할 말을 하면 돼. 너는 전형적인 꽃뱀이었고, 우리 부부가 눈치를 채자 증발했다고.”

나는 고개를 흔들며 도리질을 쳤다. 멈출 수가 없었다. 말도 안 돼. 나의 현실이 조각조각 나 눈앞에서 산산이 부서졌고, 나의 머리로는 지금 이 상황을 제대로 파악하기도 어려웠다.

“난 이제 나가 봐야 해. 다른 노트들도 잊지 말고 봐 둬. 네 운동 루틴이 적혀 있으니까. 매일 거기 적힌 대로 하고, 체크해 놓도록 해.”

그는 문 쪽으로 걸어갔고, 나는 눈으로 그를 좇으면서 문을 어떻게 여나 보려고 했지만 그의 몸이 시야를 가려 버렸다. 그가 문을 닫기 직전에 한 번 돌아보더니 말했다. “곧 또 보자고, 로라.” 그러면서 내게 윙크를 하고 문을 닫았다. 나는 그 자리에 허물어져 흐느껴 울었다.

26

**"생각하는 일은 어렵다.
그래서 대부분은 심판만 하려 든다."**

_칼 융Carl Jung

나는 오랫동안 그대로 앉아 있었다. 정신이 아득했다. 음식 냄새가 현재의 악몽 같은 현실을 다시 일깨워줬다. 나는 두 눈을 크게 끔뻑이며 앞을 또렷이 보려고 애썼다. 홀리는 부엌에서 포크를 입에 문 채로 전자레인지를 톡톡 누르고 있었다.

그러다 빙글 돌아서서 자기를 빤히 보고 있는 나를 발견하고는 말했다. "원하면 당신 것도 데워 줄게요."

나는 얼굴을 찡그렸다. "별로 먹고 싶은 기분 아냐."

"기분으로 먹는 거 아니에요." 전자레인지에서 땡 소리가 나자 다시 돌아서서 음식을 꺼내며 홀리가 말했다. "우린 그 사람들이 주는 대로 먹어야 돼요. 그것도 노트에 적혀 있거든요." 그리고 포크로 식탁 위의 공책 더미를 가리켰다.

"내가 시키는 대로 안 하겠다면 어떻게 되는데? 그놈이 억지로 먹이기라도 하나?"

나는 벌떡 일어났다. 내 뱃속 저 깊은 곳에서부터 분노가 격렬하게 끓어올라 온몸이 달구어졌다.

"넌 착한 아이처럼 여기 얌전히 앉아서 시키는 대로만 하고 있었던 거야? 그래서 네가 얻은 게 뭔데?"

홀리는 아무렇지도 않게 닭고기를 한 입 더 뜯었고, 나는 우물거리는 그녀의 입을 후려치고 싶은 충동을 느꼈다. 접시를 바닥에 내동댕이친 다음 얼굴에 대고 소리를 지르고 싶었다.

어떻게 저렇게 차분할 수 있는 거지? 이 상황을 받아들이는 저 아이의 태도에 너무 화가 나서 참지 못하고 소릴 질러댔다.

"넌 교수한테 달라붙은 멍청한 대학생이었지? 왜 그랬어? 학점 잘 받고 싶어서 그랬니?" 나는 내 가슴을 손가락으로 쿡 찍으며 말했다. "하지만 난 여기 있을 사람이 아니야. 이런 일을 겪게 될 거라곤 상상도 못 했어. 나한텐 계획이 다 있었다고."

"어쨌든 우린 둘 다 여기에 있잖아요." 나는 입가의 침을 닦고 있는데 그녀의 목소리는 차분하고 흔들림이 없었다. 홀리는 나를 올려다보며 말했다. "삶이 당신을 엿 먹인 건 아니잖아요. 난 순전히 내가 한 결정 때문에 여기 오게 됐고, 당신도 마찬가지예요."

나는 눈동자를 굴리며 분노 섞인 웃음을 터뜨렸고, 손으로 눈물을 훔쳤다. 이대로 있다간 저 애에게 덤벼들고 말 것 같아 돌아서서 침실로 들어왔다.

TV 위에 리모컨이 있었다. 나는 그걸 쥐고 뉴스가 나오길 바라며 채널을 돌려봤다. 그리고 지역 채널을 찾았다.

남부에 열대성 태풍이 올라오고 있다는 보도가 나오고 있었다. 나는 침대 발치에 등을 대고 바닥에 앉아 혹시 내 얘기가 나오나 한참 지켜봤다.

하지만 테오의 말이 맞았다. 나의 가족은 내게서 연락이 없어도 걱정하지 않을 거다. 몇 달째 말 한마디 섞지 않았으니 당연하다. 내가 사라졌다고 경찰에 신고해 줄 직장도 없다. 무시해도 그만인 원고 의뢰 메일이나 한 통 와 있겠지.

로건이 생각나자 아주 작은 희망의 불씨가 피어났다. 그는 내가 돌아오길 기다리고 있을 거다. 하지만 정말 테오가 내 휴대폰으로 집주인과 대화를 마쳤다면 로건을 처리할 방법도 생각해 냈겠지.

나는 어느새 카페 레바세에서 테오를 처음 본 순간 이후의 내 삶을 돌아보고 있었다. 마치 지난 생의 일처럼 아득하게 느껴졌다. 생각해 보면 정말 그런 것 같기도 했다.

아스트리드와 보냈던 순간들도 하나하나 다 다시 떠올랐다. 그들 부부는 아기를 가지려고 노력 중이었다. 입양할 계획이라고 했던가? 아니, 그렇게 말하진 않았던 것 같다. 내가 그렇게 믿게 만들긴 했지만 그런 말을 하진 않았던 것 같다. 정확히 어떻게 표현했더라?

'아이를 얻으려고 하는 걸 그만두고 싶다'라고 했던 것 같다.

아스트리드와 테오가 나의 가족 관계에 대해 묻고 나는 연락을 끊었다고 대답했던 것도 기억났다. 아스트리드가 파티에 왜 내 친구가 아무도 오지 않았던 거냐고 물었을 땐 나는 테사 때문에 아스트리드가 나를 의심하게 됐다고 단정 지었다.

하지만 그들은 그런 걸로 내가 납치하기에 적절한 먹잇감인지 알아보고 있었던 것이었고, 나는 인터뷰에 성실하게 응해 준 셈이었다.

◆

잠시 졸았던 모양이었다. 밖에서 누군가 흥얼거리는 소리에 잠이 깼다. 나는 허둥지둥 문틀을 향해 갔다. 고개를 내밀어 보니 홀리가 또 음식을 만들고 있었다. 무슨 노래를 흥얼거리는지도 모르겠고, 제발 멈춰 줬으면 좋겠다는 생각만 들었다. 이런 상황에서 저렇게 노래가 나올 수 있다는 게 역겨웠다.

홀리는 찬장을 열고 약병을 꺼내 여러 종류의 알약을 손바닥에 쏟더니 입에 넣고 물을 마셨다. 나는 쿵쾅거리며 방 밖으로 나갔다. "이런 약을 왜 먹는 거야? 그냥 변기에 넣고 물 내려 버려도 되잖아."

홀리는 턱짓으로 위를 가리켰다. 돌아서서 보니 구석에 카메라가 달려있었다.

"보이는 것만 해도 카메라가 세 대에요. 분명히 숨겨 둔 게 더 있겠죠?" 그렇게 말하곤 소고기 패티 같은 걸 한 입 뜯어 물었다.

나는 카메라를 향해 달려가 손을 뻗어 떼어 버리려고 했지만 손이 닿지 않았다. 다시 식탁 쪽으로 돌아가서 의자 하나를 끌고 와 벽 쪽에 붙였다.

"뭐 하는 거예요?" 홀리가 두려워하는 게 분명한 목소리로 말했다. 한심하기는.

"올리브, 멈춰요. 그러지 마요."

나는 의자 위에 올라서서 카메라를 있는 힘껏 잡아당겼다. 결국은 카메라가 벽에서 떨어져 나왔고, 그 충격에 하마터면 나도 의자에서 떨어질 뻔했다. 나는 뜯어낸 카메라를 들고 의자에서 내려왔다. 그리고 부서진 조각들을 노려보았다.

"나머지는 어디 있어?"

홀리는 고개를 저었다. "그런 짓 하면 우리 둘 다 큰일 나요."

"너 여기서 평생 이러고 살 거야? 여기서 죽을 거야? 뭐라도 해야 할 거 아냐."

"하지만 이런다고 나갈 순 없어요."

"그럼 거기 그러고 앉아서 주는 대로 먹고 비타민도 꼬박꼬박 삼키면 나갈 수 있을 것 같아?"

"카메라가 꺼진 걸 알면 그 사람이 내려올 거예요. 그러면 우리 둘 다 대가를 치르게 될 거고요."

"카메라를 다 떼면 눈을 피해서 뭐라도 시도해 볼 수 있어. 숨어 있다가 공격할 수도 있고."

"내 말을 뭐로 듣는 거예요? 카메라가 더 숨겨져 있다고요. 이미 카메라가 꺼진 걸 알고 지금 내려오고 있을 거라고요. 그런데 그 짧은 시간 동안 나머지 카메라를 다 없애고 그 사람을 기습할 준비를 하자고요?"

나는 그녀 뒤의 벽을 노려보며 이를 악물었다.

"당신은 지금 그냥 되는 대로 날뛰고 있는 것뿐이에요. 그러다 우리 둘 다 죽는다고요."

받아치려고 입을 열었지만 할 말도, 방금까지 들끓던 분노도 함께 사라져 버렸다. 맞는 말이었다. 나는 비이성적으로 경솔하게 굴고 있었다. 테오와 아스트리드는 지하실에 가둔 노예들이 탈출을 시도할 것도 전부 대비해 놨을 것이다. 이 방을 빠져나가도 모든 게 준비돼 있겠지.

하지만 나도 계획이라면 일가견이 있다. 먼저 계산이 서야 한다.

나도 그런 식으로 접근했어야 옳았다. 나는 고개를 끄덕였다. "알 겠어." 다시 의자를 끌고 식탁으로 돌아가 자리에 앉았다. 홀리는 아주 기겁한 눈치였다. 테오가 아까 내 목을 졸랐던 것이 생각났 다. 이 아이도 비슷한 일을 겪었을까? 그는 정말 나를 해칠 생각이 었던 걸까?

"저녁 먹고, 비타민도 다 먹어요. 그 사람이 돌아와서 당신이 시 킨 대로 하지 않은 걸 보면 불같이 화를 낼 거예요."

어이가 없었다. 탈출 계획은 좀 더 신중하게 생각해야 한다는 것은 인정하지만, 그렇다고 주는 대로 먹고 임산부 비타민을 삼킬 생각은 없었다. 굶는 거에는 이미 도가 텄다. 빈틈없는 계획과 약 간의 운만 따라 준다면 굶어 죽을 것처럼 보일 때쯤엔 여기서 나 갈 수 있지 않을까.

내가 부린 난동 탓에 아직도 진정이 안 되는지 홀리는 고개를 절레절레 저었다. 그리고 두려움에도 전염성이 있는지 그녀가 긴장 할수록 나도 내가 한 짓의 결과가 걱정되기 시작했다.

워낙 기다리는 시간이 가장 끔찍한 법이다. 내가 곁눈으로 커다 란 철문을 지켜보는 동안 시간은 더디게 흘러갔다. 홀리가 잘 준 비를 시작하자 나도 그녀를 따라 방으로 들어가 아까 준 헌 옷을 마지못해 받아 들었다.

문은 한밤중에 열렸다. 이 감옥 같은 집은 칠흑같이 캄캄했다. 한 시간 전에 홀리가 침대에서 일어나는 소리를 들었지만 방 밖으 로 나가진 않은 것 같았다. 나는 바닥으로 내려와 내게 배정된 침 대 옆의 구석으로 몸을 밀어 넣었다.

밖에서 들려오는 소리를 들으려고 귀를 바짝 세워 봤지만 격하게 뛰는 내 심장 소리 외엔 고요뿐이었다.

갑자기 어둠이 사라지고 밝은 빛에 눈이 멀 듯했다. 귀를 찢어발기는 듯한 날카롭고 높은 소리가 사방에 울렸고 나는 두 손으로 얼른 귀를 막았다. 갑자기 청각과 시각을 잃고 공포에 질린 나는 눈을 떠 보려고 애썼다. 눈물이 차올랐다. 내가 두려워서 울고 있는 것인지 아니면 빛 때문에 눈물이 흐르는 것인지 알 수 없었다.

눈이 어둠에 적응하기까지 너무 오래 걸려서, 나는 테오가 내 머리채를 잡아서 질질 끌고 갈 때까지도 그를 알아보지 못했다.

27

내가 방바닥에 이리저리 내던져질 때 그의 얼굴이 언뜻언뜻 보였다. 눈이 아파서 1초 이상 뜨고 있기도 힘들었다. 눈꺼풀의 감각이 완전히 뒤죽박죽이다. 귀를 찢을 듯한 마찰음 같은 것 때문에 아무것도 들을 수 없었다.

벽으로 내던져지며 얼굴부터 박았다. 손으로 머리를 지킬 것인지 아니면 귀를 막을 것인지 둘 중 하나를 선택해야 했다. 도저히 결정할 수 없어서 둘 사이를 오락가락하는데 꼭 귀를 막고 있을 때만 단단한 곳을 향해 내던져졌다.

얼굴이 쑤시고 화끈거렸다. 심장은 격분한 듯 뛰었다. 테오의 얼굴이 내 앞에서 흐릿하게 지나갔다. 그는 선글라스를 끼고 있었다. 나는 아무 생각 없이 그걸 향해 손을 뻗었다. 바로 벗겨지진 않았다. 머리에 고정된 것 같았다. 쓰는 방식인 건가? 고글처럼? 하지만 나도 놓지 않았다. 그리고 뜯어내듯이 벗겨 버렸다.

그의 손이 나를 놓아주었고, 나는 바닥에 떨어진 채 기어서 뒤로 물러났다. 고글을 놓쳐버렸지만 그 뒤로 몇 초 만에 내 감각을 향한 공격도 멈췄다. 귀는 여전히 울렸지만 눈을 비비자 눈앞에서 점들이 떠다녔다. 이제 방 안의 불빛도 평소 밝기로 돌아왔다. 나는 방향 감각을 잃은 상태였고, 여전히 쿵쾅거리는 심장을 부여잡고 주변 상황을 파악해 보려 했다.

상황과 위치를 파악하기도 전에 테오가 다시 달려들었다.

"감히 내 말을 무시하고 카메라를 부숴?" 테오가 이를 꽉 깨물고 말했다. 그리고 팔을 뒤로 젖혔다가 내 얼굴을 힘껏 후려쳤다. "로라. 네가 잘만 하면 훨씬 쉽게 갈 수 있어. 아니면 하루하루가 끔찍한 악몽이 될 거야. 나야 어느 쪽이든 상관없어."

그의 손가락이 내 턱을 어찌나 세게 짓누르던지 얼굴에서 떨어져 나갈 것 같았다. 그를 밀쳐 내려 했지만 꼼짝도 하지 않았다. 해변에서 보았던 그의 등과 팔의 근육이 떠올랐다. 하룻밤 전만 해도 나는 쾌락을 느끼며 그의 몸에 매달렸건만, 이렇게 극단적으로 바뀔 줄이야.

그는 나를 바닥에 내팽개친 다음 한 걸음 물러나며 씩씩거렸다. "말을 따를래, 아니면 남은 인생을 생지옥에서 보낼래?"

나는 흐릿한 눈으로 그를 노려보다가 결국은 참지 못하고 울음을 터뜨렸다. 테오는 팔짱을 낀 채 내가 우는 모습을 지켜보았다.

남은 생을 이렇게 살 순 없어. 내가 왜 이렇게 살아야 해? 나는 내가 남편과 함께 벽난로 앞에 앉아 와인을 홀짝이게 될 줄 알았다. 문학과 예술을 주제로 토론하면서 예쁜 드레스를 입고 멋진 사람들과 함께 칵테일을 즐길 자격이 있었다. 하지만 솔직히, 지금 당장은 손바닥만 한 거지 같은 아파트와 낡아 빠진 혼다라도 감지

덕지였다. 아침에 카페 레바세로 출근할 수 있다면 영혼이라도 팔 지경이었다.

"결정할 시간을 주지. 방 안에 들어가 있어. 나는 네가 건방진 원숭이 새끼처럼 뜯어낸 카메라를 다시 달아야 하니까."

내가 꼼짝하지 않고 있자 그가 나를 향해 다가왔고, 나는 또 뚜드려 맞을까 봐 얼른 움직였다. 비틀거리며 방으로 들어가자 홀리가 침대 옆 구석에서 고개를 숙이고 팔로 머리를 감싸며 방어하는 자세로 앉아 있는 게 보였다. 나는 테오가 나를 끌어냈던 방구석으로 가 그대로 주저앉았고, 방문이 닫히고 잠기는 소리를 들었다.

내가 깨어있는 건 오직 아드레날린 때문이었다. 시간이 좀 지나자 맥박이 느려지며 제 속도로 돌아왔다. 아드레날린 수치가 떨어지면서 눈꺼풀도 무거워졌다. 그리고 철문이 열렸다가 닫히는 소리가 들렸다.

온몸에 아프지 않은 구석이 없었다. 손가락 끝을 볼에 가만히 갖다 대자 얼굴이 절로 찌푸려졌다. 떨리는 숨을 들이마시고 억지로 바닥에서 몸을 일으켜 세웠다. 무릎이 휘청거리며 금방이라도 주저앉을 것만 같았다.

나는 간신히 화장실로 기어가 불을 켰고, 형광등 불빛에 눈이 부셔 눈을 감았다. 머리가 너무 지끈거려서 시야가 다 뿌옇게 흐려졌다. 초등학교 때도 치고받는 싸움은 해 본 적이 없었던 나로서는 이런 통증은 한 번도 경험해 보지 못한 것이었다.

겨우 눈을 떴을 땐 거울에 비친 내 모습에 속이 울렁거렸다. 뺨에 길게 난 깊은 상처에서 피가 나 목까지 흐르고 있었다. 오른쪽 눈은 보라색이 되어 부풀어 올라 있었다. 이래서 앞이 제대로 안 보였구나. 목구멍은 타들어 가는 것 같았고 두피도 쓰라렸다.

근육도 힘이 들어가지 않는 느낌이었다. 침대까지 다시 돌아갈 수 있을지도 의문이었다. 나는 이를 악물고, 한 걸음씩 뗄 때마다 고통을 느끼며 침대로 향했다.

돌아왔을 때 홀리는 침대에서 이불을 뒤집어쓰고 숨어 있었다. 나는 불을 끄고 침대 위로 올라갔고, 머리가 베개에 닿는 순간 얼굴을 찡그렸다. 나의 정신과 육체는 완전히 지친 상태였다. 뇌진탕일 수도 있으니 지금 자면 안 되는 거 아닐까 생각하다가 어느새 의식을 잃었다.

홀리가 나를 흔들어 깨웠다. 오른쪽 눈은 떠지지도 않았다.

"왜, 뭔데?" 나는 이 아이에게 짜증이 났지만 이유는 설명할 수 없었다.

"이걸 얼굴에 대고 있어요. 그리고 얼굴에 난 상처도 물로 씻는 게 좋을 거예요."

나는 홀리가 내민 걸 받아 들었다. 냉동 완두콩 봉지였다. 차가운 표면이 얼굴에 닿는 순간 숨이 턱 막혔고, 나는 악문 이 사이로 숨을 들이마셨다.

침대에서 나오는 데만 몇 분이 걸렸다. 홀리는 식탁에 앉아 포크로 음식을 뒤적거리다가 중얼중얼 말했다. "내가 그러지 말랬잖아요."

"아, 욕 나올 것 같으니까 그런 죽상 짓지 마. 너는 안 맞았잖아."

홀리는 숨을 후 내뱉으며 고개를 절레절레 저었다. "당신 혹시 평소에 굉장히 자기중심적이란 소리 안 들어 봤어요?"

들어 봤지.

"아니. 난 자기중심적이지 않아. 너한텐 아무 일도 안 일어났잖아. 왜 울고 난린데?"

"지금은 안 울거든요."

"곧 울 것 같은데 뭐." 나는 맞은편 의자에 앉으며 말했다. 이 애와 티격태격하고 있는 게 다시 십 대로 돌아간 느낌이었다.

"둘째." 홀리가 목소리를 높이며 말했다. "그리고 당신은 내 생각은 전혀 안 했어요. 당신이 멍청한 짓을 하면 나한테 무슨 일이 생길지는 걱정하지도 않았다고요."

"너한텐 아무 일 없었잖아!"

홀리는 벌떡 일어나 의자를 밀어 넣었다. 바닥이 요란하게 긁히는 소리에 다시 머리가 깨질 것 같았다.

"방에 빈 침대가 두 개 있는 건 알고 있는 거죠?" 홀리가 손가락으로 내 어깨 너머를 가리켰다. "새로 들여놓은 게 아니에요. 다른 여자들이 여기 있었다고요. 그런데 더 이상 없죠. 테오가 데려갔고, 다신 돌아오지 않았어요."

홀리는 훌쩍거리더니 손등으로 코를 닦았다. "어제 그 불빛이랑 소음 기억해요? 저번에 그랬을 땐 그 사람이 셀리아를 데리고 나갔어요." 홀리가 흐느끼며 목소리가 갈라졌다. "어젯밤엔 날 데려가는 줄 알았단 말이에요!"

할 말이 없었다. 내가 하고 싶은 말이 나오지 않았다. 테오가 자길 데려갈까 봐 두려웠다는 건 알겠지만, 안 데려갔잖아. 대신 나만 뚜들겨 맞았지. 그런데도 마치 자기가 맞은 것처럼 나한테 소리를 지르고 있다니.

하지만 아무 말도 하지 않았다. 대신 또 다른 냉동 채소 봉지를 머리에 대며 두통이 사라지기만을 기도했다.

홀리와 나는 종일 거의 한마디도 나누지 않았다. 그러다가 홀리가 내 머리 옆 테이블에 약병 하나를 쾅 내려놨다. 나는 몸을 일으켰다. 진통제였다.

내가 입을 떡 벌린 채 그녀를 올려다봤다. "내가 몇 시간씩 통증으로 괴로워하고 있었는데 인제야 진통제를 주는 거야?"

홀리는 어깨를 으쓱했다. "약은 안 먹겠다면서요?"

"이게 무슨," 나는 소리를 지르려다가 두개골에서 찌르는 듯한 통증을 느껴 멈춰야만 했다. "너, 대체 뭐가 문제니?" 나는 조금은 낮은 소리로, 하지만 여전히 날을 세운 채로 물었다.

홀리는 대답하지 않았다. 대신 나를 그냥 지나쳐 가 버렸고, 곧 침실에서 TV 켜는 소리가 들렸다. 열불이 났다. 하고많은 사람 중에 왜 하필 저런 애랑 같이 갇혀 있어야 하는 걸까.

뱃속이 요동치며 속이 울렁거리고 어지러웠다. 뭘 먹은 지 너무 오래됐다. 물을 마지막으로 마신 게 언젠지 기억조차 나지 않았다.

나는 조심스럽게 싱크대로 다가갔다. 여기 있는 것은 무엇도 먹고 싶지 않았지만, 그건 서서히 자살하는 것이나 다름없었다. 아직까진 그렇게까지 하고 싶지 않았다. 나는 유리컵을 하나 찾아 물을 받아서 천천히 마셨다.

냉장고와 찬장을 뒤져 뭐가 들었는지도 살폈다. 냉장고에는 음식 용기들이 세 통씩 묶여 차곡차곡 쌓여 있었다. 아침, 점심, 저녁. 주방을 둘러보면서 가스레인지가 없다는 사실을 처음 깨달았다. 냉장고와 전자레인지뿐이었다.

찬장 한 곳에서 크래커가 든 통을 발견했다. 나는 그 통과 물을 들고 방으로 들어가 벽에 베개를 대고 기대앉았다.

내가 자리를 잡자 홀리는 나를 힐끗 보았지만 말을 걸지도, 도와주겠다고 하지도 않았다. 홀리는 2,000년대 초반쯤 나왔을 법한 드라마를 보고 있었다. 골반에 걸치는 청바지와 크롭 티셔츠를 보니 그런 것 같았다. 이 안에 책은 한 권도 없나? 홀리는 TV에 빠져 있었고, 나는 지금까지 소설은 말할 것도 없고 잡지 한 권조차 보지 못했다.

홀리에게 물어보려고 입을 열었다가 그냥 다물었다. 우리는 시작부터 좋지 않았다. 나는 홀리가 싫지만, 그녀의 도움 없이는 여기서 나갈 수 없을 것이다. 그리고 지금 이 상태로는 홀리가 나를 돕지 않을 게 뻔했다. 저 아이를 내 편으로 만들어야 했다.

"드라마 제목이 뭐야?" 내가 물었다.

홀리는 나를 잠시 쳐다보더니 다시 TV로 시선을 옮기며 말했다. "길모어 걸스."

나도 제목은 들어 본 건데 한 번도 본 적은 없었다. 나는 크래커를 조금씩 씹어가며 TV 속 드라마의 내용을 파악해 보려고 했다.

"저 여자는 왜 저렇게 말을 빨리 해? 반도 못 알아듣겠네."

홀리가 씩 웃었다. "캐릭터 자체가 그래요. 80년대 음악에 심취해 있거든요."

그 채널에서는 〈길모어 걸스〉가 연속 방영 중이었고, 우리는 함께 몇 편을 연달아 봤다. 나는 계속 질문을 했고, 홀리는 기꺼이 대답을 해 주었다. 입을 꾹 다물고 있거나 나에게 날을 세우기만 했는데, 그러지 않는 건 처음이었다.

나는 테오와 아스트리드에 대해 묻고 싶은 게 많았다. 그녀가 알고 있는 것들과 내가 오기 전에 여기서 일어났던 일들에 대해. 계획을 세우고 어서 빠져나갈 준비를 하고 싶었다. 움직이고 싶어서 온몸이 근질거렸다. 요가 교실에서 사바사나를 할 때의 기분이었다.

28

"희망은 내 영혼 위에 가만히 내려앉아
말 없는 노래를 흥얼거리길 한시도 멈추지 않았다."

_에밀리 디킨슨Emily Dickinson

다음 날, 나는 내가 해야 할 일들을 빠짐없이 했다. 정해진 아침 식사를 하고, 비타민을 삼키고, 머리가 핑 돌고 주저앉고 싶어질 때까지 하라고 적혀 있는 운동도 마쳤다.

오후에는 목욕을 했다. 옷을 벗고 욕조에 앉아 있는 것은 힘든 일이었다. 다친 상처 때문만은 아니었다. 그가 언제 들이닥칠까 봐 종일 문을 주시하며 긴장해 있어야 했다.

나는 젖은 수건으로 상처 난 얼굴을 살살 닦아 냈다. 가장 예민한 부분을 건드렸을 때는 비명이 터져 나왔다. 몸을 다 씻은 후엔 잠깐이라도 뜨거운 물에 들어가 긴장을 풀어 보려 했다. 파스칼은 괜찮을까? 로건이 잘 돌봐 주고 있어야 할 텐데. 테오와 아스트리드가 로건을 찾아내서 파스칼을 빼앗아 코리에게 돌려주지 않았길 바랐다.

홀리는 내게 자기가 가지고 있던 옷을 또 한 벌 줬다. 이제는 그 옷들이 셀리아가 입던 것이라는 걸 알겠다. 물론 그전에는 또 다른 누군가가 입었었겠지. 나는 죽은 여자들이 입던 옷을 입고 식탁에 앉아 점심을 먹었다.

"그 사람들… 얼마나 자주 여기 내려와?" 내가 머뭇거리며 물었다.

홀리는 내 맞은편에 앉아 포크로 브로콜리를 잔뜩 찍어 입에 반쯤 넣던 중이었다. 채소들을 입에 넣고 플라스틱 포크를 빼는데 플라스틱이 이에 긁히는 소리가 났다.

"아스트리드는 자주 안 와요. 테오가 올 수 없는 상황일 때만 내려오지. 보통은 테오가 내려와요. 한 달에 두 번쯤? 누굴 새로 데려오거나 데리고 나갈 때는 더 자주 들락거리기도 하고요."

그리고 다시 브로콜리를 먹었다. 마치 자기를 납치한 사람들에 대해서가 아니라 할머니 할아버지를 얼마나 자주 뵙는지 얘기하는 것 같았다.

질문을 더 하고 싶었지만 괜히 겨우 안정된 관계를 망치고 싶진 않았다. 홀리는 식사를 마친 다음 음식 용기를 세척하고 침실로 들어갔다. 분명 또 TV를 보기 시작하겠지. 나는 TV를 보고 싶지 않았지만 그래도 따라서 들어갔다.

"TV를 설치해 준 건 좀 의외다." 나는 침대로 기어 올라가 벽에 등을 기대고 책상다리로 앉았다.

"처음에 왔을 땐 없었어요. 6개월간 고분고분 시키는 대로 해서 얻어낸 거예요."

나는 손톱을 만지작거리며 고개를 끄덕였다. "또 받은 게 있어?" 나는 내 목소리에서 그 어떤 냉소나 비난의 기색을 다 빼려고 노력했다. 결코 쉬운 일은 아니었다.

"내가 제일 좋아하는 식당에서 가끔 음식을 사다 줘요. '제리코'의 게살 케이크. 음!"

홀리는 셰프를 흉내 내듯 엄지와 검지를 입에 붙였다 떼며 키스를 날렸다. 토할 것 같았지만 참았다. 그리고 테오가 데리고 갔던 그 식당이 떠올랐다. 그가 게살 케이크를 포장해 달라고 했을 때 코리가 아스트리드는 갑각류에 알레르기가 있다고 말했던 사실이 생각났다.

"나도 거기에 그 인간이랑 갔었어." 목이 잠겨서 거의 속삭이듯이 말했다.

홀리는 얼마간 조용히 있었다. 내가 또 기분을 상하게 했나 싶어서 오늘 밤은 이만 포기하자 하고 돌아눕는데, 그 애가 입을 열었다. "당신을 찾아 줄 만한 사람은 있어요? 테오는 없다고 하던데. 진짜예요?"

"모르겠어." 나는 솔직히 말했다. "돈 꿔 준 사람들은 찾으려고 하겠지." 나는 가볍게 웃으며 말했다. "하지만 가족이나 다른 사람들은 내가 연락이 없어도 별 관심 없을 것 같아."

"그래도 나보단 낫네요." 홀리가 말했다.

나는 잠시 생각에 잠겼다. "그러고 보니 넌 밖에서 일어나는 일은 아무것도 안 물어보네. 가족이 없어?"

홀리는 고개를 저었다. "여덟 살 때 엄마가 돌아가셨어요. 유방암으로. 아빠는 내가 고등학교 1학년 때 병으로 돌아가셨고요. 외동딸이었고, 친척도 없어서 아빠가 돌아가신 뒤로는 쭉 혼자였어요."

가슴이 먹먹해졌다. 나답지 않게 홀리가 안쓰러웠다. 내 가족들은 내게 거의 아무런 의미도 없는 사람들이라 막말로 그들을 잃는다고 해도 그렇게 쓸쓸하진 않을 것이다. 홀리는 울고 있지 않았지만, 이렇게 멀찍이 앉아 있어도 그녀가 힘들어하는 걸 느낄 수 있었다.

"사람들은 아직도 네 얘기를 하고 있어. 대학 친구? 동기? 아니면 룸메이트? 잘 모르겠지만 어떤 여자애가 시내 여기저기에 실종 전단지를 계속 붙이고 있어. 몇 달에 한 번씩 새 사진으로 바꿔가면서 붙이더라."

"그렇게 찾고 있으면 날 죽일지도 모르겠네요." 퉁명스럽게 말했지만 목소리가 떨리는 게 느껴졌다. "만약에 내 룸메이트라면 걔 이름은 말리샤예요." 그리고 잠깐 말을 하다가 말고 웃었다. "아니, 무조건 말리샤일거야. 우리 아빠가 자주 하던 말이 있어요. 세상에 낯선 사람은 없고, 아직 친구가 되지 못한 사람만 있을 뿐이라고. 말리샤를 만나기 전까진 그 말이 무슨 말인지 몰랐어요. 근데 말리샤한테는 정말 낯선 사람이 없었어요. 누구를 만나든 만나는 순간부터 절친처럼 챙겼거든요." 홀리가 웃는데 눈가가 촉촉이 젖었다.

나도 미소를 지었다. 기분 좋은 얘기였다. 내겐 낯설지만 좋은 일이다. 자신을 그렇게 챙겨 주는 사람이 있다는 것은.

"걔는 누굴 만나건 5분 만에 진짜 절친보다도 그 사람을 더 잘 이해해 주는 느낌이에요." 홀리가 웃으면서 말했다. "내가 기숙사로 들어갔던 날에도 자기 짐을 풀다가 말고 내 짐 푸는 걸 도와주더니, 나한테 두 번째로 한 질문이 '부모님이랑은 잘 지내?'였어요."

나는 홀리가 추억에 잠기는 모습을 바라봤다. 마치 기숙사 방으로 돌아간 것처럼 먼 곳을 응시하며 얘기하고 있었다.

"이런 애는 분명 심리학 전공이라고 생각했는데, 아니더라고요. 그 많은 전공 중에 경영학이었어요."

그러더니 홀리는 조용해졌다. 마치 나머지 기억들은 혼자만 간직하려는 것처럼. 침묵 속에서 나는 나의 우정에 대해 생각해 봤다. 내게 얼마나 친구가 없는지를. 아스트리드와 테사는 정말 오랜만에 내게 찾아온 가장 친구에 근접한 사람들이었다. 그리고 그 관계의 끝이 이거다.

지금 이 상황에 이르기 전까지, 내가 이 지하 감옥에서 깨어나기 전까지만 해도 나는 아스트리드에게 내가 친구라는 사실을 납득시키려고 정말 적극적으로 노력했었다. 하지만 나는 그녀가 부모와 어떻게 지내는지도 알지 못한다. 부모님이 살아 계신지 조차도 알지 못한다.

나 자신에 대한 불편한 자의식을 억누르려고 노력했다. 나는 좋은 친구 행세조차 할 줄 모르는 사람이라는 깨달음이 문득 불편했다.

"부탁 하나만 들어줄 수 있어요?" 한참 시간이 흐른 뒤 홀리가 물었다.

"응." 나는 졸음 탓에 무겁게 내려앉는 눈꺼풀을 밀어 올리며 대답했다.

"만약에 당신이 진짜로 여기서 나가면…." 홀리는 말끝을 흐리더니 헛기침했다. "만약에 당신은 나가고 나는 못 나가면. 내가 낳은 아이가 둘 있거든요…. 그 사람들이 데려가 버렸지만요. 아들 하나,

딸 하나. 어디로 데려갔는진 몰라요. 그리고 잘 숨겨 놨을 테니까 이게 어려운 부탁이라는 것도 알지만…. 혹시 찾아봐 줄 수 있어요?"

울컥 목이 메어 왔다.

"그때쯤엔 난 이미 죽어서 당신이 아이들을 찾았는지 찾지 못했는지 알지도 못하겠지만. 그냥 찾아봐 줄 거라고 말해 줄래요?"

"그럴게." 나는 말했다. "약속할게."

29

"세상에 불만을 품은 사람들은 언제나 위험하다.
그들은 마치 삶이 자신에게 빚을 진 것처럼 행동한다."

_애거서 크리스티Agatha Christie

나는 홀리를 설득해서 TV를 거실로 옮겼다. 하루 종일 방 안에 틀어박혀 있는데, 주구장창 TV를 보는 것 말고는 달리 할 일이 없으니 더 우울했다. TV를 보면 정신이 한가할 새가 없는데, 여기에선 그것만큼 중요한 게 없었다.

혹시 책은 한 권도 없냐고 물었을 때 홀리는 바로 낯빛을 흐리며 고개를 저었다. 홀리는 문학에 대한 사랑으로 자신과 테오가 이어져 있다고 느꼈는데, 그래서 납치당하고, 강간당하고, 아이들까지 빼앗기자 문학에 대한 사랑을 버려야만 테오를 생각하지 않을 수 있을 것 같았다고 어렵게 설명해 주었다.

나는 이해가 잘 가지 않았다. 사이코패스들도 관심사는 있을 수 있고, 그러면 그중 몇 개는 나와 겹칠 수도 있겠지. 그렇다고 내가 좋아하는 것을 버릴 필요가 있을까? 그게 인간의 살을 뜯어먹는 일도 아니고, 강제로 누군가를 납치해 지하에 가두는 일도 아닌 이상.

하지만 나는 공감하는 척 고개를 끄덕였다. 공감 능력도 훈련으로 기를 수 있다는 걸 나는 이제야 배워 가는 중이다. 요가나 운동처럼. 모든 게 처음에는 어색하고, 힘들고, 심지어 고통스럽기까지 하다. 하지만 하다 보면 쉬워진다.

홀리는 오전 내내 긴장해 있었다. 컵에 물을 채워 조리대 위에 올려놓고서, 비타민 병으로 손을 뻗다가 컵을 쳐 바닥에 떨어뜨렸다. 홀리가 움찔 뒤로 물러나는 걸 보고 내가 일어나서 수건을 찾았다. 홀리는 빈 플라스틱 컵을 걷어차 버리더니 짜증 섞인 비명을 질렀다.

"오늘 왜 그래? 왜 이렇게 예민해?" 나는 물이 쏟아진 바닥에 수건을 던지고 발로 대강 밀며 물을 닦아 냈다.

"오늘 밤에 그 사람이 와요." 홀리가 바닥을 응시하며 말했다.

"어떻게 알아?" 심장이 덜컥 내려앉았다. 그가 내 얼굴을 박살 낸 이후로는 아직까지 보지 못하고 있었다. 벌써 일주일이 지났다. 이제야 오른쪽 눈을 겨우 뜰 수 있게 됐지만 아직도 얼굴 한쪽 면은 시퍼렇게 멍이 들어 있었다. 볼의 상처는 아직도 아물지 않은 채 벌어져 있었고, 가끔 피가 나기도 했다. 하지만 어쨌든 좋아지고 있긴 했다.

"시간이…, 시간이 됐거든요." 홀리가 고개를 떨구고 바닥만 보며 말했다. 나는 잠시 그 말을 이해하지 못하다가 홀리처럼 고개를 숙이고 나서야 이해했다. 테오가 그녀를 임신시킬 때가 됐다는 것을.

손이 절로 입으로 갔다. 홀리는 내 옆을 지나 물이 엎질러진 바닥을 향해 가더니 엎드려 물기를 훔쳤다. 다 닦아 내고 난 뒤엔 소파로 가서 리모컨으로 TV를 틀었다.

나는 소파의 다른 한쪽 끝에 앉아 화면만 보며 물었다. "어떤 일이 일어나는 거야?"

"이제 다시 두 명이 있으니까, 당신은 여기에서 기다리게 할 거예요. 그리고 화장실에 갔다가, 침실로 들어와서 문을 잠그고, 시작해요…. 그 과정을."

"과정?"

"자세한 얘기까지 하게 만들지 말아 줘요. 음, 자기 정액을 넣은 소스 주입기처럼 생긴 기구를 내 안에 집어넣는 거예요."

나는 얼굴을 찡그렸다. "미안해." 그리고 고개를 저었다. 미친 새끼들. 완전히 미친 새끼들. "그럼 결국 자기 자식이라는 거잖아. 그 애들을 어떻게 하는 거야?"

홀리는 바로 대답하지 않았다. 무릎을 꽉 끌어안듯 가슴 쪽으로 당기고 말했다. "전혀 몰라요. 그저 아이들이 무사하기만을 기도할 뿐이에요."

홀리의 대답으로 판단할 때 낙관적인 상황은 아닌 것 같았지만, 그 말을 꺼낼 수는 없었다.

"이름은 뭐로 지었어?" 내가 물었다. "아이들 이름은 지어 줬을 것 같아서." 홀리가 아무 대답도 없자 내가 다시 가만히 물었다.

"앰버하고 재스퍼." 홀리는 눈을 크게 뜨고 자기 무릎을 응시하며 말했다.

"예쁜 이름이네. 어떻게 정한 거야?"

"앰버는 우리 엄마 이름이에요. 재스퍼는 우리 아빠 이름이고." 홀리의 얼굴이 일그러졌고, 나는 곧바로 죄책감을 느꼈다. 그래도 여기서 멈출 순 없었다. 왜냐하면 나는 홀리의 도움이 꼭 필요했고, 아이들을 만날 수 있다는 희망만이 그녀가 나를 돕게 만들 수 있다는 걸 알았기 때문이었다.

나는 그녀에게 가까이 다가가 손을 잡았다. 홀리는 손을 빼 버렸지만, 나는 다시 잡아 그녀를 내 쪽으로 당겼다. "그 아이들에겐 네가 필요해, 홀리. 앰버와 재스퍼에겐 네가 필요하다고."

홀리는 이제 대놓고 흐느껴 울기 시작했다. 온몸을 떨며 우는 그 애를 보고 있자니 슬픔과 죄책감이 밀려와 괴로웠다. "나는 그 아이들을 도울 수 없어요. 여기서 나갈 수가 없는걸요."

홀리의 목소리는 너무나 앳됐고, 아이 같은 그 목소리 때문에 가슴이 찢어질 것 같았다. 내가 이런 감정을 느낄 수 있다니. 나는 그녀를 꼭 안았고, 이번에는 홀리도 거부하지 않았다. "시도는 해 봐야지. 홀리, 내 말 들어 봐. 저 자식들이 우릴 다 써먹었다고 판단하는 순간 우린 여기서 죽을 거야. 그럼 차라리 도망치다가 죽는 게 낫지 않겠어? 시도는 해 보자. 앰버와 재스퍼를 위해서라도 시도는 해 봐야지."

홀리는 얼마간 아무 말 없이 몸을 떨었다. "알겠어요. 해 봐요."

CCTV에 소리까지 잡히는지는 알 수 없었다. 홀리는 그런 것 같지는 않다고 했지만 확신할 순 없었다. 그리고 더 이상 고민할 시간도 없었다. 바로 오늘 탈출을 시도해야 하니까. 홀리가 또 한 번 그 일을 겪게 할 순 없었다.

5번 채널의 뉴스를 보니 오늘은 9월 13일, 화요일이다. 그렇다면 테오는 정오의 점심시간을 제외하고 아침 8시부터 오후 3시까지 수업이 있다는 애기였다. 테오의 일정표를 훔쳐 외워 둘 수 있었던 것이 정말 고맙게 느껴졌다.

지금이 오전 10시니까 테오가 휴대폰을 확인할 수 있기 전까지 두 시간이 남아 있었다. 하지만 우리가 계산할 수 없는 변수들이 너무 많은 게 문제였다. 일단 CCTV 카메라에 소리가 잡히는지도 알지 못했고, 녹화 중인지, 그래서 우리가 뭘 하고 있었는지 앞으로 돌려서 볼 수 있는지도 알 수 없었다. 그리고 아스트리드도 있었다.

아스트리드도 CCTV를 확인한다고 생각하는 편이 안전했다. 아스트리드는 여기서 벌어지는 일을 알고 있다. 그녀도 한패니까. 다만 테오보다는 개입의 정도가 훨씬 적을 것이다. 일단 여기에 내려오는 일이 잘 없었다고 하니, 어쩌면 CCTV를 확인하고 있지 않을 수도 있다. 일이 잘못될 가능성은 너무 컸다. 하지만 그런 것들을 일일이 다 따지고 있을 시간이 없었다. 당장 움직여야 했다.

"무기로 쓸 만한 걸 찾아야 해. 날카롭거나 무거운 거." 내가 말했다.

먼저 우리가 서 있는 거실과 주방 공간을 둘러봤다. 엄지손톱을 깨물고 있는 홀리는 이미 긴장돼 보였다.

"아무것도 없어요. 포크조차 플라스틱인데 뭐가 있겠어요."

"그래도 뭔가 있을 거야. 찾으면 뭔가는 반드시 있어."

나는 무언가가 내 눈에 띄길 바라며 몸을 천천히 돌렸다. 그리고 화장실로 향했다. 생각이 떠오르기 시작했다. 변기 물탱크 뚜껑은 제법 무거웠지만 내가 휘두를 수 있는 정도였다. 나는 그걸 들고나왔다.

홀리는 의자를 하나 뒤집어 놓고 있었다. "다리를 부러뜨릴 수 있지 않을까요? 운이 좋으면 끝이 쪼개지면서 날카로운 부분이 생길 수도 있을 것 같아요."

"좋은 생각이네. 내가 도와줄게."

우리는 조용히 의자를 해체했다. 혹시라도 홀리가 이 계획에서 발을 빼려고 할까 봐 걱정돼서, 나는 계속 곁눈질로 홀리 쪽을 살폈다.

이제 열두 시까지 20분 남았고, 우리는 준비해 둔 도구들을 숨기고 소파에 앉아 TV만 보고 있었다.

아무렇지 않게 〈길모어 걸스〉 재방송을 보려고 했지만 심장이 몸 밖으로 튀어 나올 듯이 뛰었다. 점심시간이 끝나기 전까지 한 시간은 이렇게 앉아 있어야 했다. 나도 모르게 자꾸 이를 악물게 됐고, 어깨가 뻣뻣하게 경직됐다. 금방이라도 테오가 문을 박차고 나타나 우릴 추궁할 것만 같았다.

마침내 한 시가 되자 나는 준비를 마저 하기 위해 일어섰고, 홀리가 그새 마음을 바꾸지 않았기를 빌며 홀리를 쳐다봤다.

"또 그걸 사용하면 어떡하죠? 그 번쩍거리는 불빛이랑 소음 말이에요." 홀리가 말했다.

"나도 그 생각은 했어. 약병 안에 든 솜 있잖아, 그걸 귀에 끼워 넣으면 어떨까?"

"그럼 불빛은 어떡하고요?"

"얇은 천 같은 거 혹시 없어? 티셔츠나 뭐 그런 거."

홀리는 잠시 생각해 보더니 말했다. "없는 것 같아요."

"내 커버업 원피스가 있긴 하다. 여기 갇힐 때 입고 있었던 거. 아주 얇은 흰색 천이니까 그걸로 눈을 가리면 될지도 몰라." 나도 확신은 없었다. 다른 게 혹시 있을까 싶어 주변을 다시 둘러보았다. "아니면 아예 전등을 가리면 어떨까?"

홀리가 주변을 둘러봤다.

"원래 키는 전등불이 밝아지는 거야, 아니면 다른 불을 켜는 거야?" 내가 물었다.

"다른 불은 못 봤어요."

홀리는 화장실로 가더니 서랍에서 옷을 몽땅 챙겨 양팔 가득 들고나왔다.

"좋아, 해 보자. 이 엿같은 곳에서 나가 보자." 홀리는 그 어느 때보다도 살아 있는 사람 같았다. 홀리가 여태껏 보여 주지 않던 용기를 꺼내니 나도 희망이 솟았다.

테오는 홀리가 벽에 뭘갈 붙일 수 있게 테이프를 주었다고 했다. 우리는 셔츠와 담요로 전등을 싸서 테이프로 붙였다. 이러면 그가 올 때까지 거의 어둠 속에 있어야 했지만, 그런 건 괜찮았다.

"카메라들도 다 떼야 할 것 같아." 나는 테이프를 뜯어 홀리에게 건네며 말했다.

홀리는 고개를 저었다. "카메라를 떼면 테오가 경계하면서 내려올 거예요. 그대로 놔둬야 기습할 수 있어요."

"아니면 그냥 카메라로 보고 알겠지. 그리고 '어, 이상하네, 왜 전등을 다 가려 놨지? 그리고 재들은 왜 부러진 의자 다리를 들고 문 앞에 서 있지?'라고 생각하겠지. 어쨌거나 알게 되는 건 똑같아. 뭐든 상대방이 예상 못 한 걸 해야 기습이 가능한 거지."

홀리는 내 말을 곱씹으며 입술을 잘근잘근 씹었다. "숨겨 놓은 카메라들은 어쩌죠? 정말 찾을 수가 없던데요."

"왜 카메라가 더 숨겨져 있다고 생각하는 거야?"

"테오가 말해줬어요."

나는 어이없다는 표정을 지었다. "거짓말하는 거지. 네가 카메라를 떼도 자기는 너를 계속 볼 수 있다고 믿게 하려고."

홀리는 테오가 여태껏 자신을 속이고 있었을 가능성에 대해 생각해 보는 것 같았다. 자신을 혼란스럽게 만들어 조종하고 있었을 가능성을. 그리고 홀리는 마침내 그가 거짓말을 하고 있었다는 쪽을 믿기로 한 것 같았다. 얼굴에 드러났다. 홀리는 입을 앙다물고 두 눈으로 앞을 바라봤다.

"좋아요." 마침내 홀리가 말했다. "그렇게 해요. 하지만 모든 준비를 마친 후에. 왜냐하면 카메라를 떼면 경보기가 울릴 거예요. 그건 확실해요."

"어떻게 알아?"

"셀리아가 전에 한번 카메라를 다 부순 적이 있어요. 내가 여기 온 지 얼마 안 됐을 때. 그 사람이 셀리아를 벌준 뒤에 휴대폰을 꺼내더니 카메라가 망가지면 알람이 울린다는 걸 보여 주더라고요. 그리고 셀리아한테는 '멍청한 년'이라고 했어요."

나는 변기 물탱크 뚜껑을 들고 가서 내가 숨어 있기로 한 벽에 세워 두었다. 홀리는 테오의 눈에 대고 분사할 용도로 방향제 스프레이를 손에 들고 있었다. 하지만 그가 고글을 쓰고 나타날 확률이 높았다. 그래서 내가 먼저 변기 뚜껑으로 머리를 후려칠 작정이었다. 그를 덮어 버릴 이불과 부러뜨린 의자 다리도 눈에 보이는 곳에 준비해 두었다.

무기로 쓸 만한 것은 더 찾아보아도 나오지 않았지만 나는 필요하다면 의자 다리를 씹어서라도 뾰족하게 만들 각오였다. 무거운 물건이 몇 개 있긴 했다. 이를테면 TV 같은 것들. 하지만 그런 것들은 너무 무거웠다. 던지는 건 둘째치고, 아예 들어 올릴 수도 없었다. 변기 탱크 뚜껑 정도가 그나마 묵직하면서도 휘두를 수 있는 도구였다.

할 수 있는 모든 준비를 마쳤을 때 우리는 카메라를 떼어 냈다. 떼어 낼 때에는 내가 식탁에 올라가서 온몸의 무게를 실어 카메라에 거의 매달리다시피 잡아당겼다.

그리고 침묵 속에서 기다렸다. 귓속에 솜을 꽂고 있어도 심장이 쿵쾅거리는 소리가 들렸다. 손이 덜덜 떨리고 진땀이 너무 나서 변기 뚜껑이 미끄러질까 봐 걱정이 됐다. 나는 철문을 열고 들어왔을 때 바로 보이지 않는 부엌 쪽 벽 모서리에 서 있었다. 우리는 소파를 뒤집어서 문을 향해 비스듬히 세워 두었다. 마치 그 뒤에 누군가 숨어 있는 것처럼 보일 거라고 생각했기 때문이었다. 홀리는 문 바로 옆 벽에 딱 붙어 서 있었다. 내 위치에서는 홀리가 보이지 않았지만, 나는 솜을 꽂아둔 귀에 온 신경을 집중하고 기다리고, 또 기다렸다.

얼마쯤 지났을까, 주변에서 나는 소리를 잘 듣고 싶어서 한쪽 귀의 솜을 빼기로 했다. 홀리는 한마디도 하지 않고 있었고, 혹시라도 잠든 건 아닌가 하는 말도 안 되는 생각이 머릿속을 괴롭혔다. 홀리를 불러 볼까 생각하는 찰나에 금속성 마찰음이 들렸다. 자물쇠에 열쇠가 꽂히는 소리였다.

갑자기 심장이 목구멍으로 튀어나올 것 같았다. 아드레날린 때문에 손가락이 저릿저릿했고, 나는 바로 몸을 던질 준비를 했다.

평생 이런 두려움은 느껴 본 적이 없었다. 솜을 도로 귀에 꽂아야 할까, 일단 기다려 봐야 할까. 무슨 일이 벌어지고 있는지는 제대로 들어야 했다.

불과 몇 초밖에 안 되는 시간이었지만 난투극을 앞둔 내겐 그 시간이 너무 길게 느껴졌다. 공포가 극에 달했다. 나는 최대한 소리를 내지 않고 변기 뚜껑을 집어 들었다. 하지만 제대로 쥐기도 전에 사방에서 귀를 찢을 듯한 소리가 폭발했다. 나는 깜짝 놀라 도자기 재질의 변기 뚜껑을 발등에 떨어뜨렸다. 아파서 비명이 절로 터졌지만 어마어마한 소음에 완전히 묻혀 버렸다. 나는 솜을 귓속에 쑤셔 넣었다. 그 정도로는 소음이 차단되지 않았지만 정신을 잃지 않을 정도로는 막아 주었다. 전등을 감싸 둔 것도 효과가 있었다. 방 안은 여전히 깜깜했다.

나는 다시 변기 뚜껑을 무릎에 올린 다음 어깨 위로 들어 올렸다. 모퉁이를 돌아나가자 홀리와 테오가 뒤엉켜 몸싸움을 벌이고 있었다. 치솟는 아드레날린과 공포감을 연료 삼아 나는 앞으로 돌진했다. 그는 아직 고글을 쓰고 있었다. 빛을 차단하는 용도이기 때문에 빛이 없는 지금은 코앞을 보기도 어려울 거였다. 나는 있는 힘껏 내달렸지만 변기 뚜껑은 내 손에서 미끄러지게 그냥 두었다. 홀리와 테오가 이런 식으로 엉켜 있는 상황에선 정확히 테오의 머리만을 조준하기엔 너무 무거웠다.

대신 의자 다리 하나를 손에 쥐고 테오의 등을 향해 냅다 찔렀다. 그러자 그가 그 다리를 낚아채 내 손에서 빼앗아 갔다. 나는 다시 몸싸움에 뛰어들어 테오의 머리채를 잡았다. 그리고 그가 꽂고 있는 이어플러그를 빼내려고 그의 귀를 더듬다가 손가락이 어던가에 걸렸고, 나는 그대로 그걸 할퀴어 버렸다. 손톱 끝에 뜯긴 살점이 낀 것 같았다.

나는 때리고, 물어뜯고, 발로 찼다. 그는 바닥에 쓰러져 있었다. 변기 뚜껑을 찾으려고 고개를 들었는데, 철문이 활짝 열려 있는 것이 보였다. 나는 홀리가 듣지 못할 거라는 걸 알면서도 홀리를 소리쳐 불러 보았다. 그리고 홀리의 팔을 잡아끌었지만 그때 테오가 다시 얼어섰다. 홀리는 다시 그에게 달려들었다. 나는 문을 향해 움직이면서 홀리의 주의를 끌어보려 했지만 그녀는 내 쪽을 보지 않았다. 더는 시간을 허비할 수 없었다.

문을 나가는데 숨이 막히는 것 같았다. 그 공간을 미친 듯이 스캔하다가 계단을 발견했다. 후들거리는 다리로 할 수 있는 한 최대로 빨리 기어 올라갔다. 계단 끝까지 올라갔을 때 홀리가 내 뒤를 잘 따라오고 있기를 바라며 뒤를 돌아봤다. 하지만 아무도 없었다. 오고 있을 거야. 금방 달려 나올 거고 나는 그 전에 우리가 어디까지 나갈 수 있는지 확인해야 해. 이 지하실 밖에 뭐가 있든지 우리 둘 다 전혀 모르고 있으니까.

계단을 기다시피 올라가자 문이 또 하나 나왔다. 열쇠 구멍이 있는 또 다른 철문이었다. 만에 하나라도, 혹시라도 열리지 않을까 하는 희망을 안고 밀어 보았지만 당연히 열리지 않았다. 비명을 지르고 싶은 심정이라 그대로 질러 버렸다. 계단을 내려오며 좌절감이 날카로운 비명이 되어 입 밖으로 터져 나왔다.

나는 숨을 죽이고 우리가 갇혀 있던 그 방으로 다시 들어갔다. 분명 테오가 열쇠를 갖고 있을 것이다. 지금쯤 홀리가 그를 때려눕혔을 수도 있지 않을까. 하지만 그 공간에 들어섰을 때, 내가 가장 두려워했던 일이 현실이 되어 있었다.

홀리는 테오의 발아래에 쓰러져 있었다. 그는 쓰러진 홀리의 머리맡에 서서 거친 숨을 몰아쉬더니 홀리의 머리를 인정사정없이 걷어찼다. 홀리는 미동조차 없었다. 그가 주머니에서 휴대전화를 꺼내 들자 귀를 찢을 듯한 소음이 뚝 끊겼다.

순간 몸이 먼저 반응했다. 싸우거나 도망치거나, 둘 중 하나다. 하지만 도망칠 곳이 없었다. 나는 그의 등을 향해 달려들었고, 목을 졸라 기절시키는 방법은 알지도 못하면서 팔로 그의 목을 감으려고 했다.

그는 필사적으로 덤비는 여자가 아니라 귀찮은 어린아이를 떼어내듯이 나를 바닥에 내동댕이쳤다. 그가 우리 사이의 거리를 좁히며 다가오는 모습을 보자 심장이 목구멍 밖으로 튀어나올 것 같았다. 땀범벅이 된 그의 머리카락은 산발이 되어 있었다. 귀에선 피가 흐르고 있었고, 눈동자에는 광기가 담겨 있었다.

그가 나를 향해 몸을 굽혔고, 나는 그를 향해 발길질하며 비명을 질렀다. 그러다 내 발이 그의 얼굴을 정통으로 때렸고, 우두둑하는 통쾌한 소리가 났다. 그가 두 손으로 얼굴을 가리며 뒷걸음질 쳤다. 나는 휙 돌아서 변기 탱크 뚜껑을 향해 기어가기 시작했다. 그리고 그것을 잡고 몸을 일으켜 세웠다.

그의 손이 당장이라도 나를 붙잡을 거라는 예감에 온몸의 피부가 전율했다. 하지만 돌아서 보니 그는 사라지고 없었다.

안 돼. 안 돼, 안 돼, 안 돼, 안 돼.

나는 분노와 절망감을 느끼며 그대로 바닥에 무너져 내렸다. 이게 나의 기회였는데. 나의 유일한 기회였는데. 이제 그는 두 번 다시 경계를 풀지 않을 것이다.

쏟아지는 눈물 사이로 널브러져 있는 홀리의 몸이 보였다. 공포가 전신의 신경에서 느껴졌다. 나는 그녀에게 기어가 등을 바닥 쪽으로 돌려 눕혔다. 얼굴은 피범벅이 되어 부풀어 올라 있었다. 토할 것 같은 느낌이 목구멍 위까지 올라왔지만 겨우 삼켰다. 그리고 조심스럽게 홀리의 얼굴에서 머리카락을 떼 내고 머리를 내 무릎에 눕혔다.

"홀리, 내 말 들려? 제발 눈 좀 떠 봐. 홀리, 일어나. 제발." 나는 눈물을 쏟으며 애원했다. 덜덜 떨리는 손가락을 그녀의 코 밑으로 갖다 대 보았지만 알 수가 없었다.

경보음 때문에 아직도 귓속이 울렸다. 나는 귓속의 솜을 빼고 손바닥으로 귀를 문지르며 귓속의 울림을 막아 보려 했다.

마침내 울림은 사라졌고, 갑자기 사방이 고요해졌다. 너무 고요했다. 홀리에게선 숨소리도, 그 어떤 기척도 들리지 않았다. 슬픔과 죄책감으로 가슴이 옥죄어 들었다. 내가 이 아이를 혼자 싸우게 남겨 두었다. 나만 살겠다고 도망쳤다. 내가 이 아이를 죽게 했다.

30

"풀 수 있는 매듭은 절대 끊지 말라."

_로버트 프로스트Robert Frost

홀리의 몸에서 악취가 나기 시작했다. 냄새를 막아 보려고 콧구멍 근처에 치약을 조금씩 찍어 발라 봤지만 피부가 너무 쓰라렸다.

우리가 탈출을 시도했다가 실패한 지 어느새 며칠이 지났다. 홀리가 죽은 게 벌써 며칠 전이라니. 그다음 날, 나는 그 아이의 얼굴을 닦아 주고, 머리를 빗겨 주고, 침대로 옮겨 눕혀 주었다. 침실 문을 닫고 문 밑으로 수건을 끼워 두었지만 악취는 틈을 비집고 새어 나왔다.

이젠 도저히 침실로 들어갈 수 없었다. 갈아입을 옷을 가지러 갈 엄두도 안 났다. 생명이 끊어진, 썩어 가는 홀리의 몸을 볼 수 없었다. 다 내 잘못이었으니까. 탈출은 내 생각이었다. 그리고 내가 그 아이를 테오와 남겨 두었다. 나는 그 아이를 남겨 두고 혼자 도망쳤고, 이제 그 애는 죽어 버렸다.

테오는 아마도 내가 여기에 갇혀 서서히 고통 속에서 죽어가게 할 생각인 것 같았다. 음식은 어제 다 떨어졌다. 우리가 탈출을 시도했던 날은 우리 냉장고를 다시 채우는 날이었기 때문에 남은 게 거의 없었다. 그리고 멍청하게도 나는 그걸 조금씩 나누어 먹지도 않았다. 오늘이 돼서야 그가 나를 굶겨 죽일 수도 있다는 생각이 들었다.

샤워를 하거나 몸을 닦을 시도조차 하지 않았다. 냄새 때문에 코에 치약을 바를 때 한 번 거울을 봤다. 머리는 떡이 져서 몇 갈래로 엉겨 붙어 있었고, 그 사이사이로 칙칙한 갈색 뿌리가 드러나 있었다. 얼굴은 멍투성이였고, 피가 말라붙어 있었다. 내 피인지 아닌지도 알 수 없었다. 그딴 게 무슨 상관이라고.

나는 무감각한 상태로 마치 유령처럼 돌아다녔다. 때로는 사실 나도 그날 죽었고, 영혼만 여기 갇혀 떠도는 게 아닌가 하는 생각이 들기도 했다. 심지어 벽을 통과할 수 있을까 싶어 벽으로 걸어 들어가려고도 해 봤다. 그렇게는 안 됐다.

나는 자주 싱크대로 가서 물을 마실 수 있는 만큼 마셨다. 몽롱하고 무감한 상태에서도 생존 본능은 자동으로 작동하는 모양이었다.

생리가 시작됐다가 끝났다. 며칠 만에 처음으로 가슴속에서 무언가가 느껴졌다. 아니, 몇 주 만인가? 안도감과 공포. 2주쯤 지났을 무렵부터 방문 너머로 홀리가 내게 말을 걸기 시작했다. 그러다 홀리가 조용해지면 엄마 목소리가 들리기 시작했고, 그제야 내가 환청을 듣고 있었다는 걸 깨달았다.

둘 다 나를 끔찍한 인간으로 몰아세웠다. 홀리는 나 때문에 자기가 죽었다고 했다. 내가 잠을 자려고 할 때마다 자기 아이들의 이름을 속삭였다.

앰버, 재스퍼, 앰버, 재스퍼, 앰버, 재스퍼.

엄마는 내가 언제나 이기적인 딸이었다고 했다. 나는 엄마도 형편없는 엄마였다고 받아쳤다. 엄마는 나를 한 번도 제대로 보아 주지 않았다고. 엄마 눈에는 엄마밖에 없었다고. 언제나 자기를 기준으로 사람을 판단했다고. 엄마는 웃으면서 나도 마찬가지라고 말했고, 나는 울면서 그 사실을 인정했다. 내가 이 세상에서 가장 증오하는 인간과 똑같은 사람이 된 나 자신이 원망스러웠다.

하지만 내가 결코 이기적으로 살고 싶은 건 아녔다. 아무도 나를 돌봐 주지 않았다. 내 편은 아무도 없었기 때문에 나만이라도 내 편을 들어 줘야 했다. 엄마도 아무도 자신을 돌봐 주지 않는다고 생각했던 걸까? 그래서 항상 자기만 챙겼던 걸까? 다른 사람들에게 피해를 주면서까지?

홀리는 울음을 그치지 않았다. 그러다가 비명을 지르기도 했다. 나는 귀를 막아 보았지만 그녀는 입을 다물지 않았다.

'그녀를 봐. 그녀들을 봐. 똑똑히 보라고.'

대체 내게 뭘 보라는 걸까. 누구를? 아무도 없는데. 나밖에 없는데. 나 혼자 여기서 죽어가고 있는데. 내 곁엔 내가 죽인 거나 다름없는, 유령이 된 소녀와 빌어먹을 우리 엄마밖에 없는데.

아스트리드가 차가운 수건으로 내 얼굴을 닦아 줬다. 나는 고맙다고 했다. 미안하다고도 했다. 널 증오한다고도 했다.

그러자 아스트리드가 자기도 날 증오한다고 했다.

나는 잠이 들었다.

◆

　머리의 통증 때문에 잠에서 깼다. 몸의 감각을 되찾기까지 몇 분이 걸렸다. 그리고 내가 침대에 누워 있다는 사실을 깨달았다. 심장이 쿵쿵 뛰었다. 내가 왜 여기 누워 있는 걸까? 나는 벌떡 일어나 홀리의 침대를 봤다. 없다.

　온몸 구석구석에서 공포가 차올랐다. 또다시 저 아이를 잃어버린 걸까? 그가 데려간 것이다. 내게서 모든 걸 빼앗아 갔듯 홀리도 빼앗아 간 것이다. 나는 울었다. 나의 가장 깊숙한 중심까지 흔들리도록 흐느꼈다.

　멈추지 않는 눈물을 흘리며 굶어서 기진맥진해진 상태로 침대에서 기어 나왔다. "홀리 어디 있어?" 침실 문을 향해 가며 나는 비명을 질렀다. "그 애를 어떻게 한 거야, 이 나쁜 새끼야!"

　나는 문을 열고 비틀거리며 밖으로 나갔다. 그리고 식탁에 앉아 있는 아스트리드를 보고 그대로 굳어 버렸다.

31

"인간의 얼굴은 결국 한낱 가면일 뿐이다."

_애거서 크리스티Agatha Christie

그녀는 내가 방금 휘청거리며 나온 문을 바라보고 있는 식탁에 앉아 있었다. 머리는 한 올의 흐트러짐도 없이 매끈하게 정리돼 있었고, 화장도 완벽했다. 할 말을 찾지 못한 나는 그저 입을 벌린 채 앞으로 한 걸음 내디뎠다. 그녀의 시선이 식탁으로, 그리고 오른편으로 향했다. 그녀의 시선을 따라가 보니 보란 듯이 놓아둔 검은색 권총이 반짝였다.

"앉아." 그녀가 맞은편 의자를 향해 턱짓했다.

나는 발을 질질 끌며 그 자리로 향했다. 아파트는 깨끗하게 청소돼 있었다. TV도 다시 침실로 들어가 있었다. 토스트 한 조각이 앞에 놓여 있었고, 그걸 보자 본능적으로 침이 고였다. 나는 의자에 앉자마자 허겁지겁 먹기 시작했다. 그녀를 마지막으로 보았을 때와 지금의 내 처지가 얼마나 달라졌는지 생각하자 수치심이 밀려들었다.

"천천히 먹어. 그러다 체하겠다."

나는 그녀 말대로 씹는 속도를 늦췄다.

"이제 우리가 얘기를 좀 할 때가 된 것 같은데."

나는 다 씹은 토스트를 삼켰다. "홀리는 어떻게 했어?"

"쓸모없어진 여자애들 처리할 때처럼 처리했지." 그녀의 목소리는 차갑고 건조했다.

"그래? 그게 어떻게 하는 건데?" 내 목소리는 그녀 같지 못했다.

아스트리드는 고개를 옆으로 살짝 기울였다. "네가 그걸 알아서 뭐 하게? 올리브, 넌 아직 쓸모가 많으니까 당분간은 걱정하지 않아도 돼."

그녀가 내 이름을 부르자 혼란스러웠다. 그녀는 내가 누군지 알고 있다. 그런데 왜 올리브란 이름으로 날 부르는 걸까. "그냥 홀리를 어떻게 했는지만 알려 줘."

아스트리드는 씩 웃더니 내 말은 무시하고 시선을 자기 손톱으로 가져갔다. "우린 원래 나이가 어린 여자를 데려와. 그래야 더 오래 써먹을 수 있으니까. 하지만 네가 자기 발로 달려드는데 도저히 마다할 수 없더라."

나는 내 손만 뚫어져라 보며 고개를 끄덕였다. "남의 걸 가지려 했던 대가를 치르나 봐."

"완전 정답." 아스트리드의 목소리에도 약간의 감정이 실렸다. 나는 고개를 들어 그녀의 눈을 봤다. "이 더럽고 멍청한 년. 대체 얼마나 멍청하면 네가 나와 테오 사이에 낄 수 있다고 생각한 거야?"

나는 양쪽 눈썹을 치켜올리며 볼을 부풀렸다가 숨을 푹 내쉬었다. "너희 둘 다 이 정도로 미친 인간들일 줄은 상상도 못 했지.

인정할게. 내가 분수를 모르고 너희를 얕봤어."

아스트리드는 고개를 저으며 살짝 웃었다. "입담은 여전하시네. 이렇게 절망적인 상황에서도."

나는 반응을 보이지 않으려고 노력했다. 절망감을 느끼고 있는 거, 맞다. 나를 탈출하고 싶게 만들었던 내 안의 불꽃이 완전히 꺼진 것 같았다. 머릿속에서 홀리와 엄마의 목소리가 메아리쳤다. 스스로가 우스웠다. 내가 죽기 직전인데도 이렇게 몰아세우다니, 정말 우리 엄마다웠다.

"아직도 유머 감각을 잃지 않았다니 다행이야. 홀리는 그런 면이 전혀 없었거든."

나는 얼굴이 타오르는 걸 느끼며 눈을 들어 그녀를 똑바로 봤다. "그 아이를 그렇게 말하지 마."

아스트리드의 완벽한 눈썹 한쪽이 아치를 그리며 올라갔다. "내가 잘 몰랐으면 둘이 그새 친구라도 된 줄 알았겠어. 하지만 난 다 알고 있지. 넌 친구 같은 건 만들 줄 모르잖아. 안 그래?"

"난 널 친구라고 생각했어." 나는 낮은 목소리로 가만히 말했다.

아스트리드가 웃었다. "세상에. 네가 왜 평생 혼자인지 알만하다." 아스트리드는 나를 향해 몸을 내밀었다. "이제는 아무 소용도 없겠지만, 지금 기분이 좀 괜찮으니까 인생에 도움 될 만한 충고를 하나 해 줄게. 친구 남편이랑 자려고 그렇게 기를 쓰면 안 되는 거야."

"기를 써? 그건 일도 아니었어."

아스트리드가 고개를 돌렸다. 그리고 나는 바로 알았다.

"몰랐구나." 비웃진 않았다. 그러고 싶었지만 참았다. 그런 태도는 그녀를 자극할 뿐이었다. 그리고 나를 의심하게 만들 수도 있었다.

"거짓말."

"그래? 그럼 처음부터 나를 화물칸에 처넣을 생각이었다면 왜 굳이 나랑 섹스까지 하면서 착각하게 만든 걸까?" 나는 말하면서 그녀의 얼굴을 가만히 살폈다.

아스트리드는 반응하지 않았다. 애써 부정하지도 않았다. 그렇다면 진작부터 의심은 하고 있었던 거다. 표정을 보니 내 말을 믿는 것 같았다.

내가 더 말하지 않았는데도 그녀는 고개를 저었다. "그이가 그랬을 리 없어."

"그랬어. 그것도 두 번이나."

"아니, 테오는 나를 사랑해. 우린 모든 걸 같이해 왔어." 그녀의 얼굴은 확신을 가진 표정으로 바뀌어 갔다. 남편이 자신을 배신했다는 생각은 그녀 안에서 천천히 곪아 가게 놔둬야 할 것 같다. 지금은 들쑤시지 않고 가만히 두는 편이 나았다.

"그래? 그럼 그날 밤엔 왜 떠났어?" 내가 물었다.

아스트리드가 깊이 숨을 들이쉬었다. 그리고 이를 악물었다. "너를 납치하는 일엔 관여하고 싶지 않았으니까."

나는 고개를 저었다. "어차피 너도 한패야." 그녀가 대답이 없자 나는 화제를 바꿨다. "여긴 왜 온 거야? 왜 지금 왔어?"

"너를 죽게 놔둘 순 없었어. 우린 이미 홀리를 잃었고, 또 다른 여자애를 납치하는 게 간단하진 않잖아."

나는 고개를 끄덕였다. "그럼 왜 테오가 안 오고?"

"그런 건 네가 걱정할 일이 아니고. 이제 가 봐야 해. 그전에 반창고를 갈아 줄게."

아스트리드는 일어서서 식탁 위의 권총을 집어 들었다. 그리고 조리대 위에 놓여 있는 구급상자를 들고 오더니 내게 자기 쪽으로 얼굴을 돌리라고 손짓했다. 나는 그녀가 내 얼굴의 상처를 소독하고 뺨의 반창고를 새로 갈도록 가만히 있었다.

"냉장고는 다시 채워 뒀어." 아스트리드는 물건들을 챙겼다. "한 번만 더 선을 넘었다가는, 아니, 이젠 비타민 한 번 빼먹는 정도만으로도 넌 여기서 굶어 죽게 될 거야." 그 말을 끝으로 그녀는 그대로 돌아서서 나가 버렸다.

나는 토스트를 한 조각 더 먹고 싶은 마음이 미친 듯이 간절했지만 속이 좋지 않아서 몇 시간만 참기로 했다.

겨우 마음을 다잡고 침실로 돌아갔을 땐 이 적막함을 없애기 위해 TV를 켰다. 나는 홀리의 침대를 향해 옆으로 누웠다. 눈물이 콧등을 타고 내려 베개를 적셨다.

도저히 여기 있을 수 없었다. 죽은 아이의 침대를 쳐다보며 잠들 수는 없었다. 일어섰을 땐 머리가 핑 돌았지만 나는 베개와 이불을 들고 소파로 가서 누웠다.

처음으로 남은 삶을 여기서 보내는 것이 내 현실이라는 생각을 해 보았다. 이제 아이를 낳을 수 있을 때까지만 살게 됐으니, 그때까지 얼마나 남았을까? 마흔이 되어서도 아이를 낳는 여자들에 대해 들은 기억이 났다. 잘해 봐야 앞으로 십 년이다.

그동안 꽤 오랫동안 잠을 잔 모양이었다. 왜냐하면 이젠 잠이 나를 피해 갔으니까. 마치 어릴 적에 집으로 데리고 들어오려고 애썼던 길고양이처럼 잠은 내게 가까워지다가도 별 이유 없이 싹 달아나 버렸다.

머릿속이 도무지 조용해지지 않았다. 다시는 바깥세상을 볼 수 없을 것이다. 남은 평생을 이 지하 감옥 같은 곳만 보고 살게 될 것이다. 아스트리드와 테오를 제외하곤 아무와도 대화하지 못할 것이다. 책은 절대 완성하지 못할 것이다. 절대 작가가 될 수 없을 것이다. 앞으로 그 어떤 파티에도 가지 못할 것이고, 예쁜 드레스도 입지 못할 것이다. 동생들 결혼식에도 가지 못할 것이다.

'너, 또 그러고 있구나.'

홀리의 목소리가 머릿속에서 맴돌았다. 나는 얕은 숨을 내뱉고 돌아누웠다.

'네 멋대로 생각하는 거 그만 해.'

나는 방금 전 아스트리드와의 만남을 떠올렸다. 그녀는 테오가 나랑 잔 것도, 나를 선택했다고 착각하게 만든 것도 모르고 있었다. 나는 휴양지에서 아스트리드와 보낸 마지막 날을 떠올렸다. 아스트리드와 테이블에 마주 앉아 내가 이겼다고 생각했던 그때를. 그녀가 뭐라고 했더라? 다음 날 돌아가는 건 위험할 수도 있다고 말했었지. 원한다면 먼저 떠나게 도와주겠다고.

내게 도망칠 기회를 주고 있었던 거야. 나는 내가 테오를 차지했기 때문에 아스트리드가 나를 빨리 집으로 보내 버리려고 한다고만 생각했다. 하지만 그게 아녔어. 나를 납치하고 싶지 않았던 거야. 아까도 나를 살려 둔 게 또 다른 아이를 납치할 생각이 없어서라고 말했어.

더 예전 일이 떠올랐다. 테오와 아스트리드가 다퉜던 일들. 아스트리드는 아기를 가지려는 걸 그만하고 싶다고 했었다. 자기들 아이를 가지는 걸 얘기하는 게 아니었다. 이 일에 대해 얘기하는 거였다. 아스트리드는 멈추고 싶어 했다. 발을 빼길 원했던 거다.

그 점을 파고들 수 있을 것 같았다. 내 안에서 희망의 불꽃이 일었다. 하지만 홀리는 두 번 다시 자유를 맛보지 못하게 만들어 놓고, 나만 여기서 빠져나가도 되나? 내가 살아오며 상처 주고 피해를 준 사람들의 목록은 아주 길다. 나는 자격이 없었다. 지금 일어난 일은 내가 저지른 모든 잘못의 결과다.

나는 머릿속으로 이름들을 적어 보았다. 내가 잔인하게 대한 사람들. 도둑질하고, 음모를 꾸민 대상들. 나의 부모님, 내 동생들, 에단, 도나, 잭슨, 테사, 아스트리드, 코리…. 초등학교 때까지 거슬러 올라가 내가 못되게 굴었던 아이들 이름을 떠올릴 무렵엔 마침내 잠에 곯아떨어졌다.

32

“나는 등불을 들고 나를 찾으러 길을 나섰다.”

_에밀리 디킨슨Emily Dickinson

나는 지난밤 잠을 설치고 밤새 방 안을 서성거렸다. 내가 저지른 짓들을 생각하면 이런 벌을 받아도 싸지만, 그래도 혹시나 한 번만 더 기회를 얻을 수 있진 않을까. 여기서 빠져나가면 그땐 다른 사람이 될 수도 있지 않을까. 그리고 무엇보다 홀리의 아이들을 찾을 수 있지 않을까. 나는 홀리와 약속했다. 그리고 홀리가 죽도록 방치했다. 이대로 주저앉아 포기할 순 없었다. 홀리의 아이들을 그 괴물 자식 손에 남겨 둘 순 없었다. 그 아이들이 태어나게 한 괴물의 손에. 아이들은 자신들의 엄마가 누군지 알아야 했다.

나를 내보내 달라고 아스트리드를 설득해야 했다. 그것만이 나의 유일한 희망이었다. 아스트리드는 애초에 발을 빼고 싶어 했다. 이 일을 계속하길 원치 않았다. 심지어 내게 탈출할 기회도 주려 했었다. 이 여자밖에 없었다. 내가 속이고, 조종하고, 사기 치고, 훔치기까지 했던 이 여자가 나의 유일한 기회였다. 이런 삶은 그녀가 원하는 삶이 아니라는 걸, 그녀를 붙잡고 있는 건 테오라는 걸 깨닫게 해야 했다.

하지만 아스트리드가 다시는 여기 내려오지 않는다면? 이제부터 테오만 내려오기로 한 거라면? 몇 주가 지나도록 둘 다 내려오지 않는다면? 아스트리드가 오길 기대하며 철문만 쳐다보고 있자니 뱃속이 꽉 죄어 오는 느낌이었다. 이런 기대감을 더 이상 감당하기 힘들어졌을 때 나는 억지로 화장실에 갔다.

내게선 지독한 악취가 풍겼고, 머리카락은 원상태로 돌아갈 수 있을지조차 의문이었다. 욕조에 따뜻한 물을 받은 다음 가만히 몸을 담갔다. 머리에 감은 붕대가 젖지 않도록 조심하면서 씻을 수 있는 만큼만 씻었다.

극도로 불편한 자세로 머리를 젖힌 채 붕대를 적시지 않으면서 비누 거품이 묻은 머리카락을 물에 담그려고 안간힘을 쓰는데, 문가에서 사람의 형체가 보였다.

나는 비명을 지르며 뒤로 미끄러졌고 욕실 벽에 머리를 부딪쳤다. 머리를 관통하는 통증 때문에 나도 모르게 눈을 질끈 감았다.

"조심해." 아스트리드가 말했다. "그러다 상처가 다시 터지겠다. 자, 내가 해 줄게."

간신히 눈을 떠 보니 아스트리드가 옆에 서 있었다. "괜찮아. 혼자 할 수 있어." 나는 두 팔로 몸을 가리며 말했다.

"안심해도 돼. 하지만 나는 지금 총을 갖고 있으니까 허튼짓할 생각은 말고. 자, 고개를 뒤로 젖혀 봐. 내 손에 머리를 기대."

나는 하라는 대로 순순히 움직였다. 아스트리드가 내가 죽지 않길 바랐던 사실을 떠올리며, 내 머리를 물 밑으로 밀어 넣진 않을 거라고 생각했다. 그녀가 깨진 내 머리를 받쳐 들고 머리를 감겨 주는데 이상할 정도로 다정함과 친밀함이 느껴졌다. 그녀가 내 머리에 집중하는 동안 나는 그녀의 얼굴을 가만히 봤다. 내가 평소처럼 보고 싶은 대로 보는 것일 수도 있지만, 그녀는 슬퍼 보였다.

혹시 친구가 그리운 걸까. 비록 나 같은 나쁜 친구라고 해도. 그녀는 나를 앞으로 당겨서 앉혔다. "다 됐다. 난 나가서 기다릴게." 아스트리드가 말했다.

갈아입을 옷이 없어서 나는 타월을 몸에 두르고 부엌으로 나갔다.

"옷은 어디 있어?" 그녀가 물었다.

"전부 침실에 있는데, 거긴 들어가고 싶지 않아. 죽은 아이들의 옷을 입고 싶지 않아."

그 말에 아스트리드는 움찔했다. 거의 눈에 띄지 않을 정도로 미세한 움직임이었다. "그럼 옷 가져다 줄게."

나는 고개를 끄덕였고, 눈물이 시야를 뿌옇게 가렸다. "고마워."

아스트리드는 헛기침하더니 비타민 병을 내 쪽으로 밀었다.

"제발 좀 잘 챙겨 먹고."

나는 약병 뚜껑을 하나씩 열고 비타민을 삼키며 그녀의 눈을 바라봤다. 나는 왜 그녀 안의 괴물을 보지 못했던 걸까. 얼마나 멍청했으면 이 관계에서 내가 포식자라고 착각할 수 있었던 걸까.

아스트리드는 어제보다 분노도, 적대적인 태도도 덜해 보였다. 차라리 애원해 볼까? 제발 나를 풀어 달라고 빌어 볼까? 하지만 괜히 잘못 건드렸다가는 아스트리드가 다시 방어벽을 세울지도 모른다. 그녀의 마음을 열 기회를 영영 날려 버릴 수도 있다. 예측하기 정말 어려운 일이다.

"파리 전시회는 잘했어?" 나는 머뭇거리며 물었다.

그녀는 잠시 나와 눈을 마주치다가 시선을 돌렸다. "했어."

"어떻게 됐어?"

"완판됐어." 숨기려고 하는 것 같았지만, 그녀 목소리에서 자랑스러움이 묻어났다.

나는 활짝 웃었다. "그럴 줄 알았어. 축하해."

"고마워." 비타민 약병을 내려다보는 그녀의 입가에 살짝 미소가 걸렸다.

"다음 전시는 언제야?" 내가 알약을 다 삼켰는데도 아스트리드가 일어설 기미를 보이지 않자 내가 물었다.

"내 갤러리에서 열 예정이야. 내가 함께 작업해 보려고 몇 년을 공들인 나이지리아 출신 작가가 있는데, 마침내 승낙받아서 2월에 작품을 걸게 됐어."

"정말 대단하다." 내가 말했다.

아스트리드가 고개를 끄덕였다. "고마워."

차마 입 밖에 내기엔 두려운 것들을 마음에 한 가득 품은 채 우리는 그저 침묵 속에 앉아 있었다.

"이제 가 봐야겠어." 아스트리드가 일어났다.

나도 따라 일어섰다.

"옷은 나중에 가져다 줄게."

"그래, 고마워." 그녀가 가고 나면 나는 종일 뭘 해야 해야 하나 생각하며 어색하게 자세를 고쳐 섰다.

그리고 그녀를 조금이라도 더 붙잡아 두려면 무슨 말을 해야 하나 열심히 생각했다. 혼자 있고 싶지 않았다. 그녀도 무슨 말을 꺼내고 싶은 눈치인데, 끝내 하지 않았다. 그리고 문 쪽으로 가더니 그대로 열고 나갔다.

그 즉시 외로움이 나를 덮쳤다. 감당하기 어려웠다. 신경을 다른 곳으로 돌려 보려고 머리를 빗기로 했다. 그러려면 먼저 머리에 감고 있는 붕대를 풀어야 했다. 그리고 몇 분간 씨름을 한 끝에 따뜻한 액체가 목을 타고 흐르는 게 느껴졌다.

그러자 얼음장 같은 공포가 사지로 뻗어 나갔고, 나는 허둥지둥 화장실로 가서 수건으로 머리를 누르고 피가 멈추길 기다렸다.

마침내 지혈이 끝나자 원래 감고 있었던 자리에 겨우겨우 붕대를 다시 감았다.

내겐 시간을 보낼 마땅한 방법이 없었다. TV는 다시 침실 안으로 옮겨져 있었고, 거기 다시 들어갈 생각은 없었다.

글을 쓰고 싶었다. 그 욕구는 뼈가 아릴 만큼 간절했다. 오후 내내 쓰고 싶은 이야기의 문장들이 머릿속을 가득 채웠다. 생리 주기를 기록하라고 준 공책에 크레용으로 써 볼까 잠깐 생각했다가 접었다. 괜히 아스트리드와 테오의 심기를 건드려서 나를 여기에서 죽게 내버려 두도록 만들 순 없었다.

글을 쓸 공책을 하나 줄 수 없겠냐고 아스트리드에게 물어볼까? 좋은 생각 같았다. 그녀의 대답을 통해서 나에 대한 감정이 어떤 것인지 알아볼 수도 있는 일이었다. 만약 내게 연민 같은 것이 조금이라도 남아 있는지 말이다.

아스트리드는 쇼핑백을 들고 나타났다. 볼이 빨갛게 상기되어

있었고, 숨도 약간 가빠 보였다. 그녀의 코트 자락에서 찬 공기가 느껴졌다.

"너 주려고 가져온 거야." 그녀가 말했다.

"그래?"

그녀는 쇼핑백에서 물건을 꺼냈다. 옷이었다. 그리고 하나씩 식탁에 올려놓았다. 부드러운 캐시미어, 청바지, 실크 파자마, 손가락으로 옷감을 쓸어 보며 이게 꿈은 아닐까 두려움이 일었다. "이걸 날 주려고 산 거야?"

그녀가 고개를 끄덕였다. "마음에 들어?"

"완전히." 여전히 믿기지 않아 웃음이 났다. "고마워, 아스트리드."

"아니야."

내 안에서 죄책감 같은 것이 스멀스멀 올라와 입가에 웃음기가 사라졌다. 나는 옷에서 손을 떨어뜨렸다. 아스트리드는 그런 나를 묘한 표정으로 바라봤지만 아무 말도 하지 않았다.

"내가 지금 뭘 부탁할 처지가 아니라는 건 아는데," 내가 입을 떼자 아스트리드가 눈썹을 살짝 들며 나를 봤다. "혹시…, 공책이랑 연필을 좀 얻을 수 있을까?"

아스트리드의 눈을 볼 수 없었다. 내 부탁을 비웃는 잔인한 표정이나 내 뻔뻔함을 역겨워하는 표정을 보게 될까 봐 두려웠다.

"이렇게 옷도 주고, 이미 많이 도와준 거 알아. 그리고 진짜 고맙게 생각해." 내가 고마움도 모르는 것처럼 보일까 봐 서둘러 덧붙였다.

"생각 좀 해 볼게." 아스트리드는 담담하게 말했다. 나는 고개를 들었다.

"정말?"

"주겠다고 하진 않았어. 생각해 본다고만 했지."

나는 고개를 끄덕였다. "그래. 고마워. 생각해 보겠다고 한 거, 고맙다고."

그녀는 잠시 마음을 가다듬는 듯하더니 다시 나갈 준비를 했다. 그러다가 멈춰 서서 굳게 닫힌 침실 문을 쳐다봤다.

"올리브, 언젠가는 다시 방으로 들어가야 할 거야."

나는 시선을 바닥으로 떨어뜨렸다.

"네 마음이 조금이라도 편해지도록 내가 할 수 있는 걸 해 볼게. 안에 있는 걸 치운다거나, 침대 시트와 이불을 바꾼다거나, 적당한 선에서. 어쨌든 결국은 들어가야 할 거야."

"알았어." 목이 잠긴 것처럼 쇳소리가 나왔다.

아스트리드는 고개를 끄덕이더니 다시 나를 두고 떠났다. 그녀가 나간 후, 옷을 입어 봤다. 옷감이 피부에 닿는 감촉이 기이하게 느껴졌다. 그 고급스러운 감촉은 지금 나를 둘러싼 다른 모든 것과 전혀 어울리지 않았다. 그 느낌을 즐기고 싶었다. 예전의 나라면 그랬겠지. 하지만 그럴 수 없었다. 잘못된 일처럼, 메스껍고 불편하게 느껴졌다. 마치 홀리를 배신하는 기분이었다.

하지만 영원히 몸에 타월을 감은 채 살 순 없었으므로 실내복으로 갈아입고 자기혐오에 빠져들었다. 아스트리드는 정말 내게 공책과 연필을 가져다줄까? 단칼에 거절하진 않았으니 기대를 걸어 볼 만했다. 이렇게 옷도 가져다주지 않았는가.

지난 몇 년간 다른 여자들이 입었던 옷은 낡고, 헤지고, 얼룩진

옷들이었다. 아스트리드가 내게 선물한 옷들은 적어도 그녀가 내
게 호의를 보여 준 걸로 생각해도 되지 않을까. 그렇다고 낙관할
만한 것은 아니었다. 단지 아스트리드와는 말이 통할지도 모른다
는 희망을 품었을 뿐.

33

"환상은 모든 쾌락의 시작이다."

_볼테르Voltaire

문이 열리는 소리에 잠에서 깼다. 너무 빨리 몸을 일으킨 바람에 시야가 아득해졌다. 문이 열릴 때마다 들어오는 게 테오일까 봐 두려웠다. 다행히 아스트리드였다. 그런데 뜻밖에도 그 뒤를 따라 남자 둘이 쇼핑백과 매트리스, 그리고 그 외에도 몇 가지 물건들을 들고 들어왔다. 공포와 함께 저들에게 나를 여기서 내보내 달라고 외치고 싶은 반응이 본능적으로 일었다. 그래서 그 물건들이 무엇인지 제대로 볼 새도 없었다.

"하지 마." 아스트리드가 경고했다. "이 사람들은 우리 직원이야. 널 도와주지 않아."

나는 그대로 소파에 주저앉았다. 그리고 침실 안에 있는 물건들을 빼고 다시 새 걸 넣고 있는 건장한 체격의 남자들에게서 눈을 떼지 못했다. 아스트리드가 내 옆에 앉았다.

"어떻게 이게 가능해?" 내가 물었다.

"돈으로 안 되는 건 없어." 아스트리드는 건조하게 말했다.

남자들은 능숙하게 침실에서 뺀 것들을 지하 감옥에서 밖으로 날랐다. 그들이 매트리스를 뺄 때 문이 활짝 열렸고, 그 사이로 계단 앞을 지키고 서 있는 또 다른 남자가 보였다.

침실 정리를 마치고 남자들은 떠났다. 아스트리드는 좀 더 머물며 마치 정신이 딴 데 가 있는 사람처럼 나를 지나쳐 다른 곳을 응시하고 있었다. "이제 다시 침실에서 자야 할 거야."

"그래." 나는 멍해져서 현실로 돌아오기까지 어려움을 느꼈다.

아스트리드가 나간 뒤 잠금장치가 딸깍하고 걸리는 소리가 들렸다. 나는 여전히 넋이 나간 채 침실로 비틀비틀 걸음을 옮겼다. 아스트리드는 약속을 지켰다. 침실은 예전과 전혀 딴판이었다. 완전히 다른 방처럼 느낄 수 있도록 가구 배치까지 바뀌어 있었다. 그래도 이 방에서 자는 것은 여전히 생각만으로도 끔찍했다. 하긴 지금 이 상황에 끔찍하지 않은 게 있을까. 어차피 내겐 선택권이 없었다.

자야 할 시간이 됐을 때 나는 내가 여기가 아닌 어딘가에 있다고 생각하려고 갖은 애를 다 썼다. 하지만 눈을 감을 때마다 머릿속에선 방이 예전과 같은 모습으로 보였다. 홀리가 자기 침대에 누워 있는 게 보였다. 잠을 잔다고 생각하기엔 너무 뻣뻣한 모습으로.

그러다 어느 순간 까무룩 잠에 들었다가 드릴 소리에 깼다. 나는 침대에서 벌떡 일어나 문 쪽으로 살금살금 걸어가 밖을 보려고 했다. 하지만 문이 잠겨 있었다. 나는 침대 끄트머리에 앉아 문을 열어 주기를 기다렸다.

문이 딸깍 열리자마자 얼른 일어나 거실로 나갔다. 구석에 책상과 타자기가 놓여 있었다. 나는 그 옆에 서 있는 아스트리드를 바라봤다. 이 상황을 믿기 어려워 눈만 크게 떴다.

"나사로 고정돼 있으니까 옮길 생각은 마. 그리고 종이는 서랍 안에 넉넉히 들어 있어."

"고마워." 눈물이 차올라 시야가 뿌예졌다. 나는 생각 없이 두 팔을 벌려 그녀를 안으려고 다가갔다. 그녀가 뒤로 물러났고, 나도 멈춰 섰다. "미안해." 나는 나의 어리석음에 질려 고개를 저었다. "고마워."

"고마울 거 없어. 이 안을 고문실처럼 만들 필요는 없지. 날 후회하게 만들지 말아 줘."

나는 고개를 저었다. "그러지 않을게."

아스트리드는 고개를 끄덕이며 미소를 지었다. "마음에 들어?"

"너무 좋아." 나는 타자기를 손가락으로 쓸어 보며 말했다.

"됐네. 생각보다 찾기 쉽진 않았어."

아스트리드가 식탁에 앉았고, 나도 그녀를 따라가 맞은편에 앉았다. 그녀가 늘 휴대하고 있던 권총이 보이지 않았다.

그녀는 비타민 병을 내 쪽으로 밀었다.

"뭘 쓸 생각이야?"

"아직 확실히는 몰라. 아이디어만 조금씩 떠오르는 정도."

"그럼 네가 글을 쓴다는 건 거짓말이 아니었던 거야?" 그녀가 물었다. 그녀의 눈빛이 내 눈을 꿰뚫는 느낌이었다. 우리 둘 사이엔 기묘한 역학이 존재했다. 둘 다 서로에게 거짓말을 했고, 서로를 배신했다.

나는 솔직해지기로 했다. 여기서 잃을 게 뭐가 더 있다고. "출판사와 계약했다고 한 거나 내 책을 완성했다는 건 지어낸 얘기야. 하지만 내가 작가인 건 진짜야."

"그럴 수도 있겠네."

나는 마지막 비타민을 삼켰다. "그럼, 잘 써 봐." 그녀가 나간 뒤, 나는 경외감과 설렘을 느끼며 타자기 앞으로 다가갔다. 나는 늘 타자기로 글을 써 보고 싶었다. 그렇지만 중고 가게에서 찾아낸 타자기는 망가진 거였고, 온라인에서 판매하는 것들은 늘 너무 비쌌다. 쓸 만한 노트북이 있는데 굳이 타자기를 살 명분을 찾을 수 없었다.

오후에는 내내 타자를 치며 시간을 보냈다. 그냥 의식의 흐름대로 흘러가는 문장들과 아이디어들을 써 내려갔다. 마침내 화장실에 가려고 자리에서 일어나고 나서야 몇 시간이 지났다는 걸 알 수 있었다. 나는 음식을 데워 허겁지겁 먹었다. 비타민을 먹고 나서 한 시간 안에 저녁을 먹었어야 했는데, 뒤늦게 먹은 셈이었다. 내가 규칙을 어긴 게 실수였다는 것을 그들이 알아주기만을 바랐다.

나는 운동을 하고, 위가 가득 차서 배가 터질 것 같은데도 저녁을 꾸역꾸역 먹고, 다시 타자기 앞으로 돌아갔다.

눈꺼풀이 무거워질 때쯤 옷을 갈아입고 침대로 갔다. 천장을 응시하며 이야기의 순서를 생각했다.

내 머릿속은 온통 이야기뿐이었다. 내일은 무얼 쓸까, 몇 시간을 생각하다가 겨우 잠이 들었다. 내 예상이 맞았다. 글을 쓰는 동안엔 현실을 잊을 수 있었다.

34

"혼자일 땐 스스로를 자랑스러워하기 어렵다."

_볼테르Voltaire

나는 외로운 여자아이에 대해 썼다. 친구도 없고, 가족도 없는 소녀. 세상 속에서 자기 자리를 찾지 못했지만 너무나도 간절하게 그 속으로 들어가고 싶어서 유일한 방법을 생각해 내는 소녀. 그녀는 자기가 원하는 삶을 사는 다른 사람을 흉내 낸다. 모든 게 완벽한 그 사람의 삶을 살겠다는 생각에 집착한다. 그러나 그녀는 자신이 닮고자 했던 바로 그 사람들이 놓은 덫에 걸린다. 그녀는 결국 고립되고, 다시 혼자 남겨진다. 그리고 강제로 후회와 불안을 마주하게 된다. 할 일이 사라진 그녀는 자신의 삶을 해부하듯 들여다본다. 자신이 한 선택들과 자신의 마음을 있는 그대로. 그리고 마침내 자기 자신의 실패와 약점을 인정하게 되자, 세상을 질투와 오만이라는 왜곡된 렌즈를 통해서가 아니라 있는 그대로 보게 된다. 그리고 그제서야 탈출을 결심할 수 있게 된다.

나는 내 이야기를 썼다. 그러면서 이 이야기가 어떻게 끝날지 알 수 있었다. 내가 놓친 것들을 볼 수 있었다. 나의 실수와 약점을 볼 수 있었다. 그리고 무엇보다도 아스트리드와 테오의 약점을 볼 수 있었다.

문이 딸깍 열리는 소리가 들렸다. 벌떡 일어나 돌아서자 그녀가 들어오는 게 보였다.

"이것 좀 도와줄래?" 아스트리드는 손에 든 가방을 보며 말했다. "너 주려고 뭘 좀 가져왔어. 근데 너무 무겁네. 이젠 정말 요가를 빼먹지 말아야겠어."

나는 얼른 달려가 가방 몇 개를 받아들었다. "뭘 가져온 거야?" 나는 가방 안을 들여다보며 식탁으로 옮겼다.

"책이야. 엄청 많이."

나는 웃었다. 고마운 마음과 토할 것 같은 기분을 동시에 느끼며 몇 권을 꺼내 보았다. "와. 어쩜 이렇게 골랐어? 다 내가 정말 좋아하는 것들이랑 진짜 읽고 싶었던 거네."

아스트리드는 입을 다문 채 의미심장한 미소를 지었다. 나는 그녀가 입을 열기 전에 이미 무슨 말을 할지 알아 버렸다. "테오한테 추천해달라고 했어."

나는 그 말에 반응하지 않으려고 애쓰며 책 표지들을 살펴봤다.

"글쓰기는 잘 돼가?" 아스트리드가 얼른 화제를 돌렸다.

"응, 아주 좋아. 정신 건강에 얼마나 도움이 됐는지 말로는 표현할 수 없을 정도야." 나는 웃으며 말했다.

이 상황이 정상적인 척하고 있자니 기분이 이상했다. 우리는 어떻게든 현실을 피하고 있었다. 나는 묘하게 형성된 이 관계를 망가뜨릴까 봐 긴장됐다. 우리가 재회한 지 겨우 일주일이 지났지만 그동안 많은 변화가 있었다. 하지만 나는 할 일을 해야만 했다.

나는 내 이야기를 끝까지 썼다. 비틀리고 병든 결말이었지만, 이제는 그걸 실행에 옮겨야 했다.

그녀가 내게 급속도로 온화해진 것을 보면 그녀 역시 자기가 돕고 있는 일에 죄책감을 느끼는 게 분명했다. 그 외에도 자신은 이 일에 가담하고 싶지 않다는 신호 또한 수없이 보내왔다.

아스트리드는 테오의 아이를 임신하는 바람에 테오와 결혼했다. 그걸로 테오는 아스트리드를 이 기괴한 가족 사업에 끌어들였다. 비록 그걸 돕고 있다는 건 그녀 역시 정상이 아니라는 얘기겠지만, 나는 그녀가 이 단단한 성의 유일한 약점이라는 걸 확신했다.

"이런 거 묻고 싶지 않았지만, 머릿속에서 생각이 떠나질 않아서." 나의 말에 아스트리드가 궁금한 표정으로 나를 봤다. "내 배란기가 오늘부터 시작돼. 그러면 테오가 여기 내려오게 되는 걸까?"

아스트리드의 얼굴이 일그러지는 것 같았지만, 무슨 감정인지는 포착하기 어려웠다. "맞아. 오늘은 출장 중이지만 내일은 집에 돌아올 거야."

"그렇구나." 나는 고개를 끄덕였다.

그녀는 조용했다. 우리가 애써 만든 취약한 관계의 환상이 그 말 한마디에 박살 나 버렸다.

눈물이 차올라 시야가 흐려졌고, 결국 참지 못한 눈물이 얼굴을 타고 흘렀다. 나는 지금 나의 얼굴이 내 감정을 고스란히 전달해주길 바라며 아스트리드를 바라봤다. 그녀는 슬픔과 죄책감이 뒤섞인 얼굴을 푹 숙였다.

"아스트리드, 제발 날 내보내 줘." 한없이 조여드는 목으로 겨우 말했다.

"못 해." 아스트리드는 속삭이듯 말했다. 사과 같기도 했다.

나는 고개를 끄덕였다. "할 수 있어. 네가 나를 내보낼 수 있어. 제발 보내 줘."

아스트리드는 고개를 저었다. "테오가 나를 죽일 거야. 그리고 너도 바로 찾아낼 거야. 그리고…" 그녀는 말끝을 흐렸다.

"그리고 뭐?"

아스트리드는 말하고 싶지 않다는 듯 입술을 깨물었지만, 잠시 후 말했다. "우린 네가 필요해."

나는 비명을 지르고 싶었지만 그 충동을 참아냈다. 그녀는 나의 유일한 희망이다. 유일한 희망. "너희들 팔고 있는 거지? 맞지? 아기들 말이야."

아스트리드가 움찔했다. 그리고 그 모습에 나는 분노를 조절하기 어려웠다. "현실을 외면하지 마. 너희는 여자들을 납치하고, 강간하고, 태어난 아기들을 훔쳐서 내다 팔고 있는 거야." 이를 너무 악문 나머지 잇몸이 다 아팠다.

아스트리드는 눈물을 훔치고 자세를 꼿꼿이 세웠다. "그래. 맞아. 그게 우리 일이야. 잘못된 일이라는 거 알아. 내가 역겹고 괴물 같은 인간이라는 것도 알아. 하지만 너는 이게 어떻게 된 일인지 다는 알지 못하잖아. 우리가 어느 날 아침에 갑자기 일어나서 '여보, 우리 지하실에 여자들을 가두고, 임신시키고, 암시장에 아기들이나 팔까?' 한 게 아니라고."

"어떻게 된 일인지는 중요하지 않아. 중요한 건 너희들이 그 짓을 하고 있다는 거야.” 어느새 나의 목소리가 정상으로 돌아와 있었다.

“조만간 끝낼 거야.”

“거짓말하지 마.” 내 말에 아스트리드가 고개를 저었다. “거짓말이야, 아스트리드. 너도 알고 있잖아. 테오는 이미 그런 식으로 널 계속 속여 왔잖아.”

“거짓말 아니야. 그도 그만두고 싶어 해. 하지만 그럴 수가 없어. 테오가 앞으로 몇 년만 더 팔면 손을 털 수 있을 거라고 했어.”

속이 뒤집혔다. ‘판다’라는 말을 마치 차를 파는 것처럼 말하고 있었다. 만약 저들이 몇 년 안에 ‘손을 털’ 계획이라면 내가 도망치지 않는 한 내겐 살날이 몇 년 안 남았다는 사실도 충격적이었다.

“여긴 나밖에 없는데, 몇 년 더 해 봤자 무슨 의미가 있다는 거야?” 그 질문을 하는 순간 상황이 파악되기 시작했다.

아스트리드는 말이 없었고, 나는 그녀를 압박해야 했다. “아스트리드?”

“곧 여자가 새로 들어올 수도 있어.” 마침내 그녀가 말했다.

목이 턱 막혔다. 그녀는 내 눈을 보지 않았다. “나는 네가 더 이상 납치에 가담하고 싶지 않은 줄 알았는데.” 나는 목소리에 비난이나 심판의 기색이 들어가지 않도록 애쓰며 말했다. 아스트리드의 눈에 눈물이 차올랐다.

“설마 돈 때문에 이렇게까지 하는 건 아니지? 갤러리에서 파는 작품들도 있잖아. 웹사이트에서 얼마인지도 봤어. 그리고 전시 계획도 계속 있잖아.”

아스트리드는 쓸쓸하게 웃었다. "작품? 너 정말 멍청하구나."

이건 또 무슨 뜻일까.

아스트리드는 고개를 한쪽으로 꺾었다. "작가들 검색은 해 봤어? 왜 비싸게 팔리는 지도?"

"검색이 안 되던데, 모든 사람이 자기 삶을 인터넷에 전시하진 않아."

"그 사람들은 작품을 팔아서 생계를 유지하는 사람들이야. 뭐라도 찾을 수 있어야 맞지." 아스트리드가 쏘아붙이듯 말했다.

왜 이렇게 갑자기 흥분한 거지? 나는 어찌해야 할지 몰라 아스트리드가 말을 이어가길 기다렸다.

"갤러리 웹사이트로 거래하는 거야. 아기를 사는 사람들하고. 작품을 파는 게 아니라 아기를 파는 거라고."

나는 얼굴을 찡그리며 고개를 저었다. "그건…." 나는 말을 하다 말았다. 내 생각이 뭐가 중요한가 싶었다.

"갤러리 수익금과 주립 대학교 교수 월급으로 우리가 누리는 것들이 가능할 것 같아? 이런 집, 이런 옷, 이런 차, 가구, 전용기."

"코너 집안 돈이 있잖아. 난 그래서 너희가 이런 집에서 살 수 있다고 생각했어."

"맞아." 그녀의 얼굴이 혐오감과 분노로 일그러졌다. "코너 가문의 사업에 함께하게 된 걸 환영해."

숨이 멎는 것 같았다.

"이제 알겠어? 네가 생각했던 것보다 이게 복잡한 일이라는 걸?"

"너한테는 복잡하지 않을 수 있어. 너는 이게 잘못된 일이라는 걸 알잖아. 너는 가담할 필요 없어." 나는 그다음 말을 입 밖에 내기 두려워 입안에 고인 침을 꿀꺽 삼켰다. "아스트리드, 넌 그를 떠날 수 있어. 네가 경찰을 불러서 전부 바로잡을 수 있어."

아스트리드의 눈썹이 한 데 모였다. "난 그를 사랑해, 올리브. 그는 내 영혼의 단짝이야."

"아스트리드, 그 대가가 뭔데? 네가 하는 짓은…, 범죄야."

그녀는 초점 없는 눈으로 내 뒤의 어딘가를 보는 것 같았다. 그러더니 돌아서서 문을 향해 걸어갔다.

"아스트리드, 기다려!"

그녀가 멈춰 섰다.

"너는 사랑하는 남자를 위해 너의 영혼을 팔고 있어. 하지만 그 남자는 너를 사랑하지 않아."

"대체 무슨 말을 지껄이는 거야? 테오는 나를 사랑해."

"그러면 왜 나랑 잤을까?" 나는 연민을 담아 조심스럽게 말했다.

그녀의 눈동자에 다시 눈물이 차올랐다. "네가 거짓말하는 거라고 하던데. 나와 테오 사이를 이간질해야 네가 사니까."

나는 천천히 고개를 저었다. "우리는 섹스를 했어. 해변에서. 네가 떠나기 전날 밤. 내가 먼저 시작했어. 옷을 벗고 바다를 향해 걸어 들어갔어. 그리고 그가 나를 따라왔어. 그다음엔 나를 안고 물 밖으로 나왔어…" 나머지는 말하지 않았다. 그녀도 알고 있을 테니까. 마음속 깊은 곳에선 이미 다 알고 있을 거란 걸 나는 알았다. "그리고 다음 날 우리 일을 너에게 얘기해서 네가 떠났다고 했어. 이제 우리 둘이 함께할 거라고도 했어. 그날 아침에 또 같이 잤어. 종일 손을 잡고 키스를 하며 하루를 보냈어."

“CCTV를 봐.” 아스트리드가 문 쪽으로 걸어갈 때 내가 말했다.
“그가 여기 내려오면 꼭 CCTV를 봐.”

35

"우리는 상처보다 상처에 대한 두려움으로 고통받고
현실보다 상상에 고통받는다."

_세네카Seneca

테오가 문을 열고 들어왔을 땐 오후 두 시가 갓 지난 참이었다. 그를 다시 보는 건 초현실적인 느낌이었다. 멀리서 볼 땐 몇 주 전에 있었던 난투극의 흔적이 보이지 않았다. 하지만 그가 더 가까이 다가오자 옆얼굴에서 붉은색의 작은 흉터가 보였다. 손톱자국인 것 같았다.

"내가 보고 싶었어?" 그가 말했다.

"이상하게도 그렇더라."

그는 믿지 않는다는 듯 히죽거렸다. 이 과정이 어떻게 진행되는지는 홀리에게서 들어 알고 있었다. 화장실에 가기 전에 나를 침대에 묶어 놓을 것이다. 그리고 수정이 된 후 30분을 기다렸다가 나를 풀어주고 갈 것이다.

하지만 오늘은 그렇게 진행되지 않을 것이다.

나는 전에도 테오를 유혹한 적이 있었다. 다시 할 수 있다. 내가 그럴 수 있길 바란다.

"침실로 들어가." 그가 말했다.

나는 소파에서 일어나서 침실로 들어갔다. 아스트리드에게 받은 것들 중에는 몸을 거의 다 드러내는 하얀색 슬립 원피스도 있었다. 나는 그걸 골라 입고 있었다. 그리고 침대에 누웠다. 그가 내 다리를 묶으려고 할 때 나는 슬립을 머리 위로 훌렁 벗었다. 그는 매듭을 꽉 묶은 다음 잠시 내 몸을 훑어봤다.

한동안 아무 일도 일어나지 않았다. 그가 나를 여기 데려온 첫날 내게 내뱉은 말이 머릿속에서 다시 재생됐다. '넌 아무 매력도 없어.' 나는 바보 같은 짓을 하고 있는 걸까. 계획대로 되지 않는다면 나는 멍청하게도 자유를 되찾을 모든 기회를 다 날리게 되는 건지도 몰랐다.

그런데 그가 바지 단추를 풀었다. 나는 구역질이 나는 것을 참으며 이 상황에 빠져든 것처럼 보이려고 최선을 다했다. 그를 유혹해야 한다. 그는 주머니에서 휴대폰을 꺼내 화면을 몇 번 두드렸다. 그리고 탁자 위에 올려놓은 다음 옷을 벗기 시작했다.

그가 좀 더 달아오르도록 무슨 말이라도 하고 싶었지만, 무슨 소릴 잘못 꺼냈다가 지금 그에게 걸린 최면이 깨질까 봐 겁이 났다. 그가 멈춰서는 안 됐다. 나는 아스트리드가 자기 영혼까지 팔며 사랑하는 남자가 그녀를 사랑하지 않음을 보여 줘야 했다. 그는 자기 자신만을 사랑할 뿐이라는 걸.

생각이란 것이 머릿속에서 휙휙 지나갔다. 테오는 침대로 올라왔고, 내 위로 몸을 지탱했다. 나는 그의 어깨에 입을 맞추기 위해 몸을 일으켰다. 그가 나를 거부하지 않자, 목으로 옮겨 갔다.

그가 나를 움켜잡았다. 그리고 그의 입술이 내 귀에 닿았다. "카메라는 껐어." 그가 내 귓불을 깨물며 말했다.

나는 당황하지 않으려고 안간힘을 썼다. 아스트리드도 카메라를 조종할 수 있을 거라 생각하기로 했다. 테오가 카메라를 껐다면 아스트리드는 켤 수 있을 거야. 내가 CCTV를 보라고 했으니 분명히 볼 거라는 걸 나는 알았다. 그녀는 테오에 대한 확신이 없으니까.

우리 둘 다 그녀가 들어오는 소리를 듣지 못했다.

"너를 증오해!" 아스트리드가 문가에 서서 절규했다. 창자에서부터 터져 나오는 비명이었다.

테오는 내 몸에서 튀어 올랐다. 마치 내 몸이 뿜어내는 천 볼트쯤 되는 전기에 감전된 사람 같았다. 사실 그 순간에는 내가 진짜로 그랬을 수도 있다고 생각했다. 나는 침대에서 뒤로 물러나 벽쪽으로 몸을 붙였다.

테오는 이불로 자기 몸을 가렸고, 나는 여전히 전부 드러낸 상태였다. 벗어 던진 슬립을 찾아보려고 손을 더듬었지만 아직 아스트리드에게서 눈을 뗄 수 없었다.

아스트리드는 굳은 자세로 서 있었고, 눈물로 얼룩진 얼굴은 울어서 그런 것인지 분노 때문인지 붉게 달아올라 있었다. 그리고 권총을 테오에게 겨눴다.

"자기야, 총 내려놔. 지금 뭐 하는 거야?" 그의 목소리는 차분하고 평평하게 흘러나왔다.

"뭐 하는 거냐고? 당신이야말로 뭐 하는 건데?" 아스트리드는 울부짖고 있었다.

"나는 우리가 할 일을 하는 것뿐이야."

"이런 식은 아니지!" 그녀가 그를 찌르듯이 총을 겨누자 그는 움찔했다. "여기서 왜 이러고 있는 거야?" 아스트리드의 목소리에 깃든 고통 때문에 나까지 울고 싶어졌다. 하지만 나는 지금 침대에 묶여 있고, 나를 여기 가두는 것을 도운 사람이 아스트리드임을 기억해야 했다.

"다 설명할 테니까 총 내려놓고, 이성적으로 대화하자."

아스트리드의 눈이 커졌다. "이성?"

"저년이 당신 머릿속을 거짓말로 휘저어 놓은 거야, 그래서 내가 자기는 여기 내려오지 말라고 했잖아. 저년은 사람을 교묘하게 조종한다고. 지금도 너를 내게서 떼어 내려는 거잖아. 보고도 모르겠어?"

아스트리드가 나를 보았다. 나는 아무 말도 하지 않았다. 그녀는 진실을 알고 있으니까.

테오는 침대를 돌아서 아스트리드를 향해 가며 애원했다. "저년은 자기한테 늘 거짓말만 했잖아. 자기가 가진 모든 걸 빼앗는 게 목표였다고. 아무것도 믿으면 안 돼."

아스트리드가 나를 향해 총구를 돌리는 걸 나는 지켜보기만 했다.

바로 지금이 침묵을 깰 시간이었다. "나는 아무 변명도 할 필요가 없어. 아스트리드, 너는 눈이 멀지 않았어. 네 눈으로 직접 모든 걸 봐."

테오가 바로 끼어들었다. "저년 봐, 지금 묶여 있지도 않잖아. 내가 하고 싶었던 게 아니라고. 다 쟤가 꾸며낸 일이야. 부끄럽지만 인정할게. 나도 저년의 거짓말에 넘어갔어."

황당해서 입이 떡 벌어졌다. 나는 왼쪽 다리를 최대한 들어 보이며 내가 묶여 있는 걸 보여 줬다. "아스트리드, 넌 진실을 알고 있어. 내가 CCTV를 보라고 했지. 저 인간이 거짓말하고 있다는 거 알잖아. 널 조종하는 건 저 인간이야. 아스트리드, 저 인간은 널 사랑하지 않아. 적어도 네가 사랑하는 것처럼은 아니야."

아스트리드의 무릎이 휘청하더니 흐느끼며 바닥에 무너져 내렸다.

안 돼, 안 돼, 안 돼, 안 돼. 일어나!

테오가 그녀를 향해 다가갔다. 끝이다. 다 끝났다. 나의 마지막 기회가 날아갔다.

아스트리드는 몸을 일으켜 세웠고, 테오가 그녀 앞에 다다른 순간 방아쇠를 당겼다. 우리 모두 몸이 튀어 올랐다. 그리고 테오가 쓰러졌다. 방이 빙글빙글 도는 것 같았다. 나는 충격으로 꼼짝도 못 한 채 아스트리드의 비명을 들었다. 아스트리드는 테오를 향해 침대 뒤로 기어갔고, 내 시야에서 그들이 사라졌다. 나는 묶여 있는 발목을 풀려고 허리를 굽혔고, 침대 옆으로 몸을 빼내듯이 조심스럽게 내려갔다. 귓속이 울려 댔지만 아스트리드의 비명 소리만은 선명하게 들려왔다.

바닥에 등을 대고 누운 테오의 가슴에서 피가 흘러나왔다. 가슴에 총을 맞은 것치곤 흐르는 피의 양이 많지 않은 것 같았다. 아스트리드는 그의 옆에서 얼굴을 그의 얼굴에 맞대고 있었다. 테오는 한 손으로는 가슴을 부여잡고, 다른 한 손으로는 아스트리드의 머리를 감싸 안고 있었다.

나는 그들 옆을 지나가고 싶지 않아서 다시 침대 위로 올라가 반대편으로 내려갔다. 그리고 바지를 주워 입었다. 테오는 탁자 바로 앞에 쓰러져 있었다. 열쇠와 휴대폰이 들어 있는 그의 청바지를 그의 몸이 가로막고 있었고, 아스트리드의 뒤에 총이 있었다. 뭐라도 해야 했다. 이렇게 시간을 버릴 순 없었다.

내가 한 걸음 떼자 테오가 기침을 했다.

"도망가지 못하게 해." 테오가 숨을 헐떡이며 말했다.

아스트리드가 나를 향해 돌아앉았고, 나는 눈만 커다랗게 뜬 채 얼어붙었다. 테오의 피로 얼룩진 손자국이 그녀의 창백한 얼굴과 뚜렷한 대조를 이루었다.

"테오의 휴대폰은 탁자 위에 있어. 열쇠는 청바지 앞주머니에 있을 거야. 여기서 나가기 전에 구급차만 불러 줘. 제발. 부탁이야."

나는 고개를 끄덕였다. 마음이 너무 급해서 그의 주머니를 뒤지는 손이 계속 더듬거렸다. 두려움과 아드레날린 때문에 손이 덜덜 떨렸다. 내가 빨리 움직이지 않으면 아스트리드의 마음이 변하기라도 할까 봐, 그리고 테오가 다시 일어나서 나를 막을까 봐 두려웠다.

드디어 손가락이 주머니 안의 금속 열쇠에 닿았고, 나는 그걸 움켜잡았다. 그리고 탁자 위의 휴대폰을 낚아채 철문을 향해 달렸다. 문이 철컥 열리자 마지막으로 이 문을 나갔던 순간이 떠올랐다. 홀리가 생각났고, 내가 그녀를 그냥 죽게 놔두고 간 것도 생각났다. 문을 그대로 통과하려다가 멈춰 섰다.

다시 안으로 뛰어 들어가 타자기가 놓여 있는 테이블에서 서랍 안의 원고를 챙겼다. 그리고 다시 계단을 뛰어올라 마지막 문을 열고 밖으로 나갔다.

집 안은 어둡고 조용했다. 문에서 더 멀리 떨어진 뒤에 테오의 휴대폰 화면을 터치했다. 잠겨 있었지만 긴급 통화 버튼을 눌렀다. 그리고 경찰에게 언젠가 내 것이 될 거라고 생각해서 외워 둔 집 주소를 불러 줬다. 경찰을 보내 달라고, 내 이름은 올리브 테이트고 납치당했다고, 그리고 총에 맞은 남자가 있으니 구급차도 보내 달라고 했다. 그들은 전화를 끊지 말라고 했지만 나는 그대로 끊어 버렸다.

어떤…, 어떤 알 수 없는 감정이 나를 방금 탈출한 감옥으로 향하는 계단으로 이끌었다. 계단을 내려가는데 지극히 고요해서 내 팔의 잔털이 모두 곤두섰다. 낭비할 시간이 없었으므로 두려움을 떨치고 계속 움직였다. 아스트리드는 벽에 등을 댄 채 움직이지 않는 테오의 손을 꼭 쥐고 앉아 있었다. 그리고 멍하니 맞은편 벽을 보고 있었다.

나는 그녀 옆으로 가서 털썩 앉았다. 그녀는 미동도 하지 않았고, 나를 알아보지도 못하는 것 같았다. 나는 그녀의 다른 한 손을 잡았다. 그녀가 눈을 깜빡였다.

"아스트리드. 경찰이 오고 있어."

"그이가 죽었어." 그녀의 목소리는 자갈이 부딪히는 듯 거칠었다.

"알아." 나는 그녀의 얼굴을 내 쪽으로 가만히 돌렸다. "아스트리드. 경찰이 오고 있어. 넌 지금 떠나야 해. 현금을 챙길 수 있는 만큼 챙겨서 비행기를 타고 떠나. 아직 늦지 않았어. 새로 시작할 수 있어."

아스트리드는 고개를 다시 돌려 벽을 멍하니 응시했다.

"아스트리드!" 나는 목소리를 좀 더 높였다. 마음이 너무 다급하고 불안했다. 왜 나는 지금 갑자기 아스트리드를 여기서 빼내야 한다고 절박함을 느끼는 걸까. 아스트리드는 죄를 지었다. 테오만큼 그녀도 유죄였다. 하지만 이 일로 이미 너무 많은 사람들이 죽었다. 여기 갇혀 있던 여자들. 홀리. 테오.

테오가 죽었다. 이 끔찍한 죄의 값을 누군가는 치른 셈이었다.

"지금 가야 돼." 나는 아스트리드의 팔을 잡아당겼다. 하지만 그녀가 내게서 손을 획 빼 버렸다.

"그이를 떠나지 않을 거야."

"떠나야 해." 어느새 나는 흐느끼고 있었다. "제발, 아스트리드. 넌 체포당할 거야."

"내가 한 짓에 대해 벌을 받아야지. 그게 맞아."

"벌은 테오가 받았잖아. 대가는 이미 치렀어. 그냥 제발 가."

"아직 나한텐 할 일이 있잖아." 아스트리드의 말을 나는 바로 이해했다. "날 놔두고 가." 그녀가 한 번 더 나를 보며 말했다. "미안해, 올리브. 정말, 정말 미안해."

나는 그녀 옆에 도로 앉아 머리를 그녀의 어깨에 기댔다. "나도 미안해."

36

"모든 인생에는 결코 밝히고 싶지 않은
숨겨 둔 챕터가 있다."

_애거서 크리스티Agatha Christie

아스트리드는 4주 전에 지하실에서 체포된 이후로 아무 말도 하지 않고 있었다. 나는 아스트리드와 애기 좀 하게 해 달라고 경찰에게 애원했지만 지금까지 줄곧 거부당했다. 그러다 오늘, 한 시간 전에 형사가 전화를 걸어 와서 하인츠 정신 병원으로 와 달라고 했다. 나는 지금 2층 로비에 앉아 기다리는 중이다.

"테이트 씨?" 키 큰 남자가 대기실 끝에 서서 나를 불렀다. "같이 가 주시겠습니까?"

나는 일어나서 그를 향해 걸어갔다. "코너 씨와 얘기하시기 전에 먼저 저와 몇 가지 애기를 나누셔야 합니다."

나는 딱히 아픈 곳도 없는데 며칠을 병원에서 보냈었다. 경찰은 관찰이 필요하다는 걸 핑계 삼아 나를 병원에 가두고 조사하길 원했다. 하지만 내 몸에 났던 상처들은 이미 치료를 마쳤고, 대부분은 다 나은 상태였다. 나는 그동안 잘 먹었고, 수분도 잘 섭취했고, 규칙적으로 운동도 했다. 과거의 어느 때보다도 건강한 상태였다.

나는 그들에게 내가 아는 모든 것을 얘기했다. 테오의 집안이 이 일에 어떻게 연관되어 있는지, 얼마나 오랫동안 이 일을 해왔는지.

이 사건의 세부 사항은 철저히 비밀에 부쳐졌다. 언론에선 사실이 약간 다르게 보도됐다. 납치범들이 자신들이 감금한 여자에게 공격당해 둘 다 죽었다고. 남편이 먼저 죽고, 구급차가 도착하기 전에 아내까지 죽었다고.

코너 가문의 또 다른 범죄자들을 체포하기 위해 경찰에서 일시적으로 꾸며낸 얘기였다. 그래야 그들이 숨거나 위험한 시도를 하지 않을 거라고 생각했기 때문이었다. 나는 보호 시설에서 지내며 아스트리드가 할 말을 하고 내가 풀려날 수 있을 때를 기다렸다.

"우리는 그들이 과거에 납치했던 여성들의 이름을 알아내려고 노력 중입니다. 시체를 어떻게 했는지도 알아야 하고요. 그리고 팔려 간 아기들의 수도 파악하는 중입니다. 누가 어떻게 아기를 샀고, 또 누가 도왔는지까지요. 코너 부인에게서 뭐라도 알아내 주시면 큰 도움이 될 것 같습니다."

나는 고개를 끄덕였다. "제가 할 수 있는 데까지 해 볼게요." 나는 답답한 마음을 숨긴 채 대답했다. 전부 내가 아스트리드에게 묻고 싶었던 것들이었다. 하지만 경찰은 허락하지 않았었다. 나는 홀리에게 약속했었다. 내 친구 홀리에게. 나는 홀리의 아이들을 찾아야 했다.

내가 걸어 들어가자 아스트리드는 의자에 꼿꼿이 앉아 있었다. 그리고 나와 눈이 마주치자 미소를 지었다. 기뻐하면서도 놀란 표정이었다.

"안녕." 내가 인사를 했다. 그녀는 회색 스웨터와 바지를 입고 있었다. 머리는 축 처지고 피부도 칙칙했다. "꼴이 이게 뭐야."

아스트리드가 웃었다. "원래 내가 회색은 잘 안 받아." 한동안 말을 안 해서 그런지 목이 잠겨 있었다.

나는 맞은편에 앉아 바로 본론으로 들어갔다. "아스트리드, 말을 해야 해. 그러려고 거기 남았던 거잖아."

아스트리드가 한숨을 내쉬었다. "알아."

"근데 왜 안 했어?"

"모르겠어. 돕고 싶은데, 내가 할 수 있는 건 뭐라도 하고 싶은데, 질문을 받을 때마다 그냥 얼어버려." 아스트리드의 눈에 물기가 어렸다.

"지금 말해 봐. 그냥 나랑 얘기하면 돼."

아스트리드는 고개를 끄덕였고, 떨면서 숨을 들이쉬었다.

"홀리는 자기가 낳은 아이들이 남자아이 하나와 여자아이 하나라고 했어. 그 아이들은 어디 있어?" 경찰이 부탁한 것들도 질문할 생각이었다. 모든 걸 물어볼 생각이었다. 하지만 이걸 가장 먼저 알아야 했다.

"테오가 쓰는 컴퓨터가 있어. 거기에 전부 다 들어 있어. 납치한 여자들 이름, 태어난 아기들, 그리고 세부 사항…. 판매에 관한 세부 사항."

"집에 있는 컴퓨터는 경찰이 다 뒤졌어. 아무것도 못 찾았대."

홀리가 고개를 저었다. "숨겨 둔 컴퓨터가 있어. 철문으로 내려가는 계단. 맨 위 계단 앞부분을 잡아당기면 쑥 빠질 거야."

나는 침을 꿀꺽 삼키고 고개를 끄덕였다. 경찰이 이제 그리로
갈 것이다.

"하지만…, 아기들은 정말 여기저기로 팔려 갔어. 우린, 우린 팔
려 간 아기들이 어떻게 됐는지까지는 몰라."

속이 뒤틀리는 느낌이었다. "그렇구나."

"그럼 죽은 여자들은 어떻게 했어?" 내가 물었다.

아스트리드는 고개를 떨구며 이젠 참지 않고 그냥 울었다. 나는
그녀가 감정을 수습할 때까지 잠시 기다렸다. 얼마 후 그녀가 고
개를 들었다. "전부 화장했어."

심장이 내려앉았다. 가족들이 장례를 치러 줄 수 있는 것도 남
기지 않았다니.

"재는 꽃병에 있어." 너무 작은 소리로 말해서 거의 들리지도 않
았다.

"뭐라고?"

"꽃병에 들어 있다고. 테오의 서재에."

그의 서재 책꽂이를 장식하고 있던 화려한 꽃병들이 떠오르면
서 구역질이 올라오려는 것을 온 힘을 다해 내리눌렀다. 여행을 다
녀올 때면 늘 사 온다던 그 꽃병들. 내가 좋다고 만졌던 그 꽃병들
이었다.

내 앞에는 수많은 사람이 서 있었다. 모든 눈동자가 나에게 박
혔다. 심장이 쿵쿵 뛰지만 나는 어깨를 펴고 섰다. 손가락으로 머
리카락을 꼬았다. 홍보 담당자는 머리를 어두운색으로 염색하라

고 내게 애원하다시피 했었다. 나와 아스트리드를 분리할 필요가 있다고. 최대한 다르게 보여야 한다고. 하지만 난 그럴 수 없었다.

나는 이름도 올리브를 그대로 쓰기로 했다. 이유는 설명하기 어려웠지만 설명해 보려고 최선을 다했다. 내가 사랑한다고 생각했던 남자와 모든 걸 빼앗으려고 했던 여자의 지하실에서 내가 다시 태어났다는 것. 그래서 다시는 로라로 돌아갈 수 없다는 것. 그리고 비록 새로운 정체성을 가지고서 내가 한 짓들을 혐오하지만 나는 그걸 짊어지고 살아야 했다. 내가 얼마나 나락으로 떨어지려고 했는지 절대 잊어서는 안 됐다.

게다가 이름을 또 바꾸는 건, 솔직히 좀 과했다.

나는 연단을 내려다보았다. 내 회고록이 목재 단상 위에 놓여 있었다. 《남편 도둑과 암시장의 아기들》이란 제목이 끔찍하고 역겨운 행위를 가볍게 만드는 감이 없진 않았지만, 나는 그 제목이 좋았다. 내 인생에서 별로인 부분들을 감당하는 법을 나는 새로 배우고 있었다. 나를 안에서부터 곪게 만드는 시기와 질투 대신 유머를 택하기로 했다.

청중들 속에 앉아 있던 여자가 손을 들었다. 남자가 헤집고 들어가 그녀에게 마이크를 넘겨줬다.

"그렇게 본인의 나쁜 면을 다 꺼내서 세상 사람들이 읽게 하는 것이 힘들지 않았나요? 본인을 불운한 피해자나 영웅으로 그리고 싶다는 생각은 없었나요?"

"저는 지금껏 줄곧 저를 피해자나 영웅으로 착각하며 살아왔어요. 그럴만한 근거도 이유도 없이요. 물론, 진실을 쓰는 건 힘든 일이었어요. 자기 자신에게 정직해지는 일은 언제나 힘든 일인 것 같아요. 특히 저처럼 못되게 살아왔다면 더 그렇죠. 하지만 그게 저를 해방시키는 느낌이었어요. 진실을 말하는 건 껍질을 벗겨 버리는 것 같았어요. 제가 변화하고, 성장할 수 있게 해 줬어요.”

다른 손이 올라갔고, 나는 마이크가 그에게 전달되기까지 기다렸다. “아이들은 몇 명이나 찾아냈나요? 아직도 찾는 중인가요?”

슬픔과 기쁨이 가슴 속에서 뒤엉켜 싸웠다. “거의 다 찾았습니다. 그리고 아직 남은 몇 명은 계속 찾고 있어요.”

아스트리드가 내게 알려 준 컴퓨터에 그들이 납치한 여자들과 태어난 아이들의 기록이 전부 남아 있었다. 홀리 이전까지는 그랬다. 홀리라는 이름은 기록에 있었지만, 홀리의 아이들은 없었다. 경찰은 홀리가 사실은 아기를 낳지 않은 것일 수도 있다고, 극심한 스트레스 속에서 지어낸 얘기일지도 모른다고 말했다. 하지만 그들의 생각이 틀렸음을 나는 알고 있었다.

그건 아스트리드가 끝내 말하지 않은 한 가지였다. 누가 홀리의 아기들을 데려갔는지 아스트리드는 끝까지 말하지 않았다. 하지만 코너 가문의 범죄자들과 그들을 도운 사람들을 체포하도록 도왔다. 그리고 아이들에 대해 친권을 행사할 권리를 포기하는 서류에 서명했다. 이례적인 일이었다. 사실상 아이들은 모두 테오의 아이들이었기 때문이었다. 아스트리드는 여전히 정신 병원에 있었고, 최소 25년을 복역하게 됐다. 감옥에서 나온 뒤에도 종신형이나 다름없는 형을 살게 될 것이다. 이 모든 게 돈이 만든 지옥이었다.

돈 얘기가 나와서 말인데, 아스트리드는 자기 부부 소유의 모든 자산을 처분했다. 그리고 피해 여성들의 가족들에게 상당한 액수를 지급했다. 내게도 큰돈을 보냈다. 받지 않을까도 생각했다. 거절해야 마땅하다는 느낌이 들게 하는 돈이었다. 하지만 피해자 가족 중에 돈을 거절한 사람은 아무도 없었고, 결국 나도 받아들였다. 그 돈으로 빚을 정리하고 부모님 집 근처 동네에 집을 샀다. 남은 돈은 투자 펀드에 넣어 뒀고, 이제는 배당금을 받으며 매일 책을 쓴다.

거의 모든 것이 제자리를 찾았다. 적어도 내가 할 수 있는 선에서 내가 할 수 있는 것들은 다 했다는 얘기다. 하지만 홀리와의 약속은 아직도 내 귓가를 울리고 있었다.

나는 연단에서 내려오며 이 행사가 끝났다는 사실이 다행스러울 뿐이었다. 뒤쪽에서 로건을 발견하고 나는 미소를 지으며 그에게 다가갔다. 하지만 사람들 사이를 거의 다 빠져나왔을 때쯤 서점의 출구로 향하는 낯익은 얼굴을 보았다. 테사였다.

나는 손을 들어 로건에게 잠시만 기다려달라는 신호를 보낸 다음 사라지고 있는 테사의 뒤를 쫓아 뛰었다. 나는 그동안 그녀가 나타나길 기다려 왔었다. 나는 재킷에서 봉투를 하나 꺼내며 그녀의 팔을 잡았다.

"테사, 잠깐만요."

테사는 돌아서며 내 손에서 팔을 빼 버렸다. 하지만 곧 미안한 표정을 지었다. "미안해요. 난…, 난 미안하단 말을 하러 왔어요. 그쪽에 대해 내가 했던 말들도 그렇고. 아스트리드와 테오가 한 짓은 우린 정말 몰랐어요."

"괜찮아요." 나는 더듬거리는 그녀의 말을 막으며 말했다. "그런 사람들이었다는 걸 당신이 어떻게 알았겠어요. 그리고 나에 대해 한 말은 다 맞는 말이었어요. 당신은 좋은 친구가 해야 할 일을 한

348

것뿐이에요."

닐이 어린 딸 레아의 손을 잡고 테사의 뒤에서 나타났다. 나는 테사에게 봉투를 건네며 그녀가 뿌리치기 전에 얼른 안아 버렸다. 내가 팔을 풀고 테사가 한 걸음 물러났을 땐 그녀의 눈에 눈물이 맺혀 있었다. 그녀의 눈동자는 유리처럼 맑고 투명한 파란색이었다.

"아빠, 아이스크림은?" 레아가 몸을 꼬며 말했다.

나는 미소를 지으며 여자아이를 보았다. 수줍게 웃는 아이의 입꼬리가 올라갔다. 그 얼굴이 너무 낯이 익어서 심장을 강타당하는 느낌이었다. 예전에도 레아를 보았지만, 주의 깊게 본 적은 없었다. 하지만 이 아이의 눈동자, 그 눈동자는 나무껍질 같은 갈색이었다.

나는 닐을 쳐다봤다. 그의 눈동자도 저 위에 펼쳐진 하늘처럼 구름 한 점 없는 푸른빛이었다.

나는 아이에게서 간신히 눈을 떼고 로건을 향해 뛰어갔다. 심장이 터져 버릴 것 같았다. 힐끗 돌아보니 테사가 봉투를 열어 보고 있었다. 그녀는 그 안에서 1,107달러를 발견할 것이다. 아마도 내가 자기 돈을 훔쳤다는 건 모르고 있겠지. 내가 그녀에게서 빼앗은 것 중 가장 하찮은 액수였다. 내가 자기 집을 홀랑 태워 버렸다는 사실도 아직 모르고 있을 거다.

나는 그런 것까지 회고록에 쓸 정도로 정직하진 못했다.

로건이 나의 손을 잡고 차로 향했다. "이제 갈 준비됐어?"

"완전." 나는 말했다. "나오기 전에 파스칼 밥은 줬지?" 회고록에 쓰지 못한 이야기의 또 다른 부분.

"당연하지." 그가 나의 손을 꼭 잡으며 말했다.

"잠깐만." 나는 주머니에서 휴대폰을 꺼냈다. 그리고 테사의 인스타그램에서 가족사진을 찾아 확대했다. 한 살 터울 정도 돼 보이는 어린아이 둘. 남자아이의 눈동자도 여자아이와 같은 색깔이었다. 친엄마의 눈동자와 똑같은 색깔.

그 사진을 캡처해서 코너 가문 사건 담당 형사에게 보냈다. 문자가 전송되자마자 내 휴대폰 화면이 밝아졌고, 전화를 받는데 심장이 거의 목구멍까지 올라오는 느낌이었다.

"마지막 남은 아이들, 홀리의 아이들요, 그 사진에 있는 아이들이에요. 테사와 닐 시거드슨이 데리고 있어요. 그래서 아스트리드가 말하지 않았던 거예요. 테사와 절친이었으니까." 나는 정신없이 말을 쏟아 냈고, 형사는 진정하고 천천히 말해 보라고 했다. 로건의 걱정 어린 눈빛이 내게 닿는 게 느껴졌다.

형사는 아이들을 보호한 뒤 DNA 검사를 진행하겠다고 약속한 다음 전화를 끊었다. 법적으로는 검사가 필요하겠지만 내겐 굳이 그런 확인이 필요 없었다. 이거면 아스트리드가 왜 나나 경찰에게 그 아이들에 대해 말하지 않았는지도 이해할 수 있었다. 홀리는 이미 세상을 떠났고, 그녀에겐 가족이 없었다. 나서서 집으로 데려갈 사람도 없는데 굳이 아이들을 부모로 알고 자란 사람들에게서 떼어 낼 필요는 없다고 생각했을 거다.

그 생각이 나의 양심을 자꾸 붙잡았다. 옳고 그름에 대한 판단이 흔들렸다. 하지만 홀리는 자기 아이들이 그런 사람들 밑에서 자라길 원치 않았을 것이다. 아이들을 사는 사람들. 전부 다는 모르더라도 적어도 자신들이 석연치 않은 방식으로 아이를 얻었다는 것을 알고 있었을 사람들.

로건은 월컷으로 차를 몰았다. 우리는 오늘 밤에 나의 부모님과 저녁 식사를 하기로 돼 있었고, 나는 긴장이 돼서 죽을 지경이었다. 그저 나를 기다리고 있는 일들에만 집중하면 다른 건 경찰이 알아서 할 것이라 믿기로 했다. 가족들은 지하실에서 나온 뒤로 딱 한 번밖에 만나지 않았다. 나는 내가 그동안의 행동들을 반성하고 있음을 보여 줬다. 동생들은 나의 진심을 다 믿는 눈치는 아니었지만 부모님은 눈물을 흘리며 내가 그런 일을 겪고도 살아 돌아왔다는 사실에 기뻐했다.

나는 앞으로 갚아야 할 빚이 너무 많다. 지금 나의 삶은 내가 거짓말하고, 속이고, 훔쳐서라도 갖고 싶었던 그런 삶은 아니다. 오히려 지금이 더 낫다. 내가 너무나 간절히 닮고 싶어 했던 부류의 사람들에게서 겨우 떨어져 나왔다. 나는 나의 길을 벗어나지 않으려고 노력하며 살아간다. 그리고 지하실로 끌려갔던 다른 여자들처럼 삶을 마감하지 않았음에 감사한다.

옮긴이 **김현수**

고려대학교를 졸업하고 성균관대학교 번역대학원에서 문학석사 학위를 받았다. 한때 라디오 작가로 일했고, 지금은 바른번역 소속 번역가로 활동 중이다. 번역작으로는 《피터 래빗의 정원》, 《자기만의 방》, 《완벽한 아내를 위한 레시피》, 《에이프릴은 노래한다》, 《인형의 집》 등이 있다.

훔친 여자

초판 2026년 4월 24일 1쇄
저자 알레샤 디케마
옮긴이 김현수
편집 김대웅 **디자인** 배석현
ISBN 979-11-93324-91-2   03840

발행인 아이아키텍트 주식회사
출판브랜드 북플라자
주소 서울시 강남구 학동로 329 북플라자 타워 6층
홈페이지 www.bookplaza.co.kr

오탈자 제보는 book.plaza@hanmail.net으로 해주세요.
파본은 구입하신 서점에서 교환해 드립니다.